JAMAIS
JE N'OUBLIERAI

DU MÊME AUTEUR
AUX ÉDITIONS BELFOND

L'Espace d'une vie
Les Voix du cœur
Accroche-toi à ton rêve
Quand le destin bascule
L'Héritage d'Emma Harte

BARBARA TAYLOR BRADFORD

JAMAIS JE N'OUBLIERAI

Traduit de l'américain
par Dominique Peters

LE GRAND LIVRE DU MOIS

Cet ouvrage a été publié sous le titre original
REMEMBER
par Random House Inc., New York

Couverture : Ernesto Aparicio.
Photo : Paul Morin, *Girl in Woods*, Image Bank.

Si vous souhaitez recevoir notre catalogue
et être tenu au courant de nos publications,
envoyez vos nom et adresse, en citant ce livre,
aux Éditions Pierre Belfond,
216, bd Saint-Germain, 75343 Paris Cedex 07.
Et, pour le Canada, à
Edipresse Inc., 945, avenue Beaumont
Montréal, Québec H3N 1W3.

ISBN 2-7144-2908-4

Ce livre a été écrit pour mon mari, Robert,
lui qui livre les combats justes.
Avec tout mon amour
et toute mon admiration.

Souviens-toi de moi quand je serai partie,
Partie loin dans le monde silencieux;
Quand tu ne pourras plus me tenir par la main,
Quand je ne pourrai plus me détourner à demi
pour partir
Et pourtant rester.
Souviens-toi de moi quand, au jour le jour,
Tu ne me parleras plus des projets que tu formes :
Souviens-toi seulement de moi; tu comprends,
Il sera tard alors pour conseiller ou prier.
Pourtant, si tu dois m'oublier un moment
Et ensuite te souvenir, ne pleure pas;
Car si la noirceur et la corruption épargnent
Un vestige des pensées que j'ai eues,
Mieux vaut que tu oublies et que tu souries
Plutôt que tu te souviennes et sois triste.

Christina Rossetti

PREMIÈRE PARTIE

Compagnons d'armes

Un ami pourrait bien être
le chef-d'œuvre de la Nature

Ralph Waldo Emerson

CHAPITRE PREMIER

Elle n'arrivait pas à dormir.

Allongée dans l'obscurité, elle tentait de vider sa tête de toute pensée, ennuyeuse ou non, mais cela semblait impossible. Elle était pourtant physiquement épuisée quand elle s'était déshabillée et jetée sur son lit. Mais, maintenant, elle était parfaitement éveillée, tous les sens en alerte. Elle tenta de percevoir un bruit fâcheux provenant de l'extérieur, mais bien peu de bruits traversaient les murs de sa suite. Dans cet hôtel confortable, on avait l'impression que régnait, à l'extérieur, un silence curieux, presque effrayant.

C'est là que je devrais être, se dit-elle. Dehors.

En effet, elle aurait certainement dû se trouver où elle avait laissé son cœur et son esprit. Dehors... avec son équipe : Jimmy Trainer, le cameraman, Luke Michaels, l'ingénieur du son, et Arch Leverson, son producteur. Ils ne se quittaient guère, en général, comme toute bonne équipe de journalistes en mission à l'étranger.

Il était rare qu'elle ne soit pas avec eux, mais ce soir, après un dîner léger, elle s'était sentie si fatiguée, ses yeux se fermant tout seuls après plusieurs nuits presque sans sommeil, qu'Arch avait insisté pour qu'elle aille se coucher au moins quelques heures. Il avait promis de la réveiller largement à temps pour qu'elle se prépare à son émission de nuit destinée aux États-Unis. Le bon sens et la fatigue avaient eu raison de son entêtement : elle avait accepté — et elle s'était révélée incapable de se détendre et de sombrer dans le sommeil dès qu'elle s'était glissée entre les draps frais.

Elle était tendue, elle attendait quelque chose. Soudain, elle comprit pourquoi. Son intelligence, sa capacité de raisonnement et son instinct, combinés à son expérience de correspondante de guerre, s'accordaient pour lui dire : c'est pour cette nuit. La répression en suspens dans l'air depuis des jours allait s'abattre.

Elle frissonna involontairement en prenant conscience de cette prédiction, et soudain elle eut froid. Dotée d'une prescience peu commune, elle savait qu'il était inutile de douter de ses certitudes, et elle frissonna de nouveau à l'idée du sang qui allait être versé. Car le sang coulerait si l'Armée populaire affrontait le peuple de Pékin.

Elle se redressa contre ses oreillers, alluma la lampe de chevet et regarda sa montre. Il n'était pas encore dix heures. D'un geste décidé, elle rejeta les couvertures, puis se leva et gagna la fenêtre, qu'elle ouvrit. Elle sortit sur le balcon, anxieuse de voir s'il s'était passé quelque chose dans les rues de la capitale chinoise.

Sa suite était située au quatorzième étage de l'hôtel Beijing, sur l'avenue Changan, l'avenue de la Paix Éternelle, qui aboutissait à la place Tiananmen. En contrebas, sur la large avenue illuminée de grappes de lampes aux globes verts, les gens marchaient en un flot continu, comme des truites remontant le courant. En les voyant passer dans les flaques de lumière des réverbères, elle remarqua que presque tous portaient des chemises ou des chemisiers blancs, et qu'ils se déplaçaient avec un tel calme, dans un tel silence qu'elle en fut stupéfaite.

Ils se dirigeaient vers la place Tiananmen, ce vaste rectangle de pierre construit en 1651, au début de la dynastie Qing, pour rassembler un million de personnes sur ses quarante hectares. Elle en était venue à comprendre que c'était le cœur symbolique du pouvoir politique en Chine, la place ayant été, au fil des siècles, le théâtre de bon nombre d'événements parmi les plus importants de la tumultueuse histoire du pays.

Elle huma l'air. Il était pur, sans trace de gaz lacrymogènes, ni de cette poussière jaune qui arrivait perpétuellement du désert de Gobi et enveloppait d'ordinaire la capitale congestionnée. Le vent léger emportait peut-être les deux odeurs loin de l'hôtel, ou bien on n'avait pas utilisé de gaz lacrymogènes cette nuit. Après avoir lentement parcouru des yeux la longueur de l'avenue, elle revint sur la foule qui passait sous son balcon, sur ces gens qui marchaient vers la place dans un ordre impeccable. Tout semblait paisible, sans un soldat à l'horizon. Pour le moment.

Le calme avant la tempête, se dit-elle avec tristesse. Elle rentra dans sa suite.

Après avoir allumé les autres lampes de la chambre, elle gagna la salle de bains où elle s'aspergea d'eau froide qu'elle tamponna de sa serviette, et entreprit de brosser sa chevelure à coups rapides et réguliers.

Son visage, auréolé de doux cheveux blonds, était assez large, avec une mâchoire plutôt forte, mais ses traits restaient classiques, bien dessinés, francs : pommettes hautes, nez droit, jolie bouche, menton ferme et résolu sans agressivité. Les yeux, bien écartés sous l'arc de ses sourcils blonds, étaient grands et clairs, d'un bleu de mer des tropiques, mais pas vraiment turquoise. L'ensemble formait un visage d'une beauté inhabituelle, pétillant d'intelligence et d'humour, et extrêmement photogénique. Pieds nus comme à ce moment, elle mesurait 1,68 mètre, silhouette élancée et pourtant d'une force surprenante, aux longues jambes qui lui donnaient une grâce de liane.

Cette jeune femme s'appelait Nicole Wells, et on la connaissait sous le diminutif de Nicky, bien que sa famille, son équipe et ses amis les plus proches préférassent le plus souvent l'appeler Nick.

A trente-six ans, correspondante de guerre pour American Television Network (ATN), la chaîne de télévision new-yorkaise, elle était au sommet de sa carrière. Renommée pour le brio avec lequel elle menait ses enquêtes de journaliste d'investigation, elle était également reconnue pour la qualité de ses reportages de guerre et respectée pour la façon spectaculaire dont elle couvrait en expert les événements mondiaux. On la savait courageuse et intrépide, et face à la caméra elle avait un charisme unique. Bref, elle était devenue une véritable superstar des médias.

Nicky posa la brosse, tira ses cheveux en arrière en une queue de cheval qu'elle fixa fermement avant de chercher son rouge à lèvres dans son nécessaire de maquillage. Quand elle eut dessiné sa bouche en rose, elle se rapprocha du miroir et se fit une grimace. Comme toujours, sans maquillage, elle avait l'air ravagé et livide, mais elle était trop pressée pour se mettre du fond de teint. De plus, elle était certaine de ne pas passer à l'antenne ce soir. Quand la loi martiale avait été décrétée, le 20 mai, presque deux semaines plus tôt, le gouvernement chinois avait interrompu les transmissions par satellite ; de plus, on avait interdit les caméras de télévision sur la place. Sans le satellite ni Jimmy derrière sa caméra, plus de reportages en direct. Du moins plus sur la place Tiananmen, et c'était là que s'écrivait l'histoire, là le centre de l'action. Une fois encore, il faudrait qu'elle se contente de téléphoner son texte.

S'écartant du miroir, Nicky revint dans la chambre où elle revêtit le pantalon beige bien ample, le T-shirt de coton bleu et la veste à manches courtes style safari assortie au pantalon. C'était presque son uniforme quand elle était en mission à l'étranger pendant l'été, et elle emportait toujours trois ensembles identiques, plus une collection de T-shirts et de chemises d'homme afin d'ajouter une touche de couleur seyante pour la caméra.

Quand elle eut chaussé ses confortables trotteurs en cuir brun, elle alla prendre son grand sac à bandoulière dans le placard et le posa sur la table. C'était un fourre-tout pratique, en tissu imperméable vert, qui contenait, comme elle le disait en riant, toute sa vie ; elle se déplaçait rarement sans lui pendant son travail. Et maintenant, comme toujours avant de sortir, elle l'ouvrait et vérifiait qu'effectivement sa « vie » était bien sagement rangée dans le sac. Passeport, carte de presse, cartes de crédit, argent liquide, y compris des dollars américains et des dollars de Hong Kong, des livres anglaises et des yuans — la monnaie locale —, la clé de son appartement de Manhattan, son carnet d'adresses internationales, une pochette de toilette avec dentifrice, brosse à dents, savon, maquillage, miroir, brosse à cheveux et mouchoirs en papier. Le tout soigneusement rangé dans les divers compartiments de la poche intérieure. Dans deux grandes poches extérieures elle avait glissé son téléphone portatif, son magnétophone, son bloc-notes, des stylos, des lunettes pour voir de près, des lunettes de soleil et un paquet de masques de gaze pour se protéger des grenades lacrymogènes.

Tant qu'elle avait son sac avec elle, Nicky savait qu'elle pourrait survivre n'importe où dans le monde et, ce qui était tout aussi important, faire son travail avec efficacité. Mais elle n'avait pas besoin de le prendre ce soir; juste quelques petites bricoles suffiraient. Elle les sortit et referma le fourre-tout. Elle jeta dans un sac de cuir brun, plus petit, son passeport et sa carte de presse, le téléphone, les lunettes pour lire, de quoi écrire, les masques de gaze, quelques dollars US et des yuans.

Elle passa la bandoulière du sac sur son épaule et glissa la clé de sa chambre dans une de ses poches avant de ranger le fourre-tout dans le placard. En quittant sa suite, elle regarda l'heure. Il était dix heures vingt.

Bien que pressée par un sentiment d'urgence et un besoin de se retrouver dehors sur la place, Nicky se rendit néanmoins dans la suite d'ATN, à quelques portes de la sienne, afin de voir si Arch Leverson était revenu pour appeler New York. Il y avait treize heures de décalage horaire entre Pékin et

New York, si bien qu'à la station, en ce vendredi, il n'était que neuf heures vingt du matin. C'était habituellement l'heure à laquelle Arch appelait Larry Anderson, le directeur de l'information d'ATN.

La suite leur servait de salle de rédaction et, quand elle y arriva, ce fut la voix du caméraman qu'elle entendit indistinctement derrière la porte. Elle frappa doucement.

Une seconde plus tard, la porte s'ouvrit et Jimmy lui adressa un large sourire en voyant que c'était elle.

— Salut ! Je n'en ai que pour une minute, dit-il en regagnant le bureau. Je finis juste cet appel à New York.

Refermant la porte derrière elle, Nicky le suivit, posa son sac sur une chaise et s'appuya au dossier.

A cinquante-deux ans, Jimmy Trainer était en pleine forme. De taille moyenne, mince et plein d'entrain, il avait les cheveux grisonnants, les joues rouges et un visage joyeux aux yeux bleu pâle d'où jaillissaient des étincelles. As de la caméra, il avait remporté d'innombrables récompenses et adorait son travail, surtout dans l'équipe de Nick. Son travail, c'était sa vie, bien qu'il eût une femme merveilleuse et que son mariage heureux lui eût donné deux enfants. De plus, comme Luke et Arch, il était totalement dévoué à Nicky Wells. Pour Jimmy, c'était un rêve de travailler à ses côtés, et il aurait donné sa vie pour elle.

Jimmy souleva le combiné et reprit sa conversation interrompue, parlant vite et d'une voix sourde pour terminer cet appel à sa femme.

— Nicky vient d'arriver, Jo chérie. Il faut que j'y aille. Le devoir m'appelle !

Après une ou deux secondes d'écoute, il termina par un affectueux au revoir et raccrocha. Il se tourna vers Nicky.

— C'est le meilleur système téléphonique que j'aie jamais utilisé. Il faut reconnaître aux Chinois qu'ils ont installé un équipement de pointe. On aurait dit que Joanna était dans la chambre à côté, et non à l'angle de la 83e Rue et de Park Avenue, et elle...

— C'est français, interrompit Nicky. Le système téléphonique, je veux dire.

— Oui, je crois que je le savais. Jo t'embrasse.

Nicky lui sourit.

— Comment va-t-elle ?

— Ça avait l'air d'aller. Mais elle regarde les nouvelles à la télévision et elle écoute même les informations à la radio. Elle se fait du souci pour nous quatre. Elle semble pourtant bien dominer la situation, comme toujours. Mais, dis donc, petite, ajouta-t-il en fronçant les sourcils, est-ce que tu ne devais pas dormir quelques heures au lieu de rôder par ici dans l'attente de la transmission de la nuit ?

— Je sais, je sais, mais je n'arrivais pas à dormir. J'ai le pressentiment que quelque chose... non, que *tout* va exploser cette nuit. Mon instinct me dit qu'on va leur tomber dessus. Probablement vers minuit, ou par là.

Devant la tension qu'il percevait dans sa voix, son expression tourmentée et le sérieux de ses paroles, Jimmy la regarda fixement. Après cinq ans et demi de collaboration avec Nicky Wells dans tous les coins troublés du monde, il avait fini, implicitement, par se fier à son intuition. Il ne se souvenait pas que son jugement eût jamais été mis en défaut.

— Si tu le dis, Nick... Tu sais que je suis avec toi jusqu'au bout. Mais attends un peu, il faut que je te dise quelque chose : c'est *très*, très calme dehors. Du moins c'était très calme il y a vingt minutes.

Nicky le fixa d'un air interrogateur.

— Il ne s'est rien passé, sur la place ?

— Rien de spécial. Les gosses commençaient à sortir de leurs tentes pour bavarder, partager leurs expériences, comme ils semblent le faire chaque nuit... A vrai dire, ajouta-t-il après un moment de réflexion, ça m'a un peu rappelé Woodstock, le soir, sans la drogue, naturellement. Ou, si tu préfères, un de ces festivals de rue qu'on a l'été, à New York. Tout était très détendu, amical, sans problème.

— Ça ne va pas durer, annonça Nicky avec une calme véhémence. J'ai beaucoup réfléchi, dit-elle en s'effondrant dans un fauteuil, et je crois que Deng Xiaoping est au bout du rouleau. Ça fait un moment que les étudiants le provoquent et le gênent, et je suis sûre qu'il est sur le point de réagir. Il s'y prendra mal. Tout comme le gouvernement et lui s'y sont mal pris dès le début avec cette affaire de Tiananmen. Mais il n'aura aucun scrupule, tu sais. Il donnera l'ordre à la troupe de marcher contre les étudiants, dit-elle en soupirant, avant d'ajouter d'une voix faible et triste : Je crains qu'il n'y ait un bain de sang, Jimmy.

— Oh, Nick, certainement pas ! Deng n'irait pas aussi loin. Il n'oserait pas ! Il ne peut risquer une condamnation des dirigeants du monde entier.

— Si, James, je crois qu'il va le faire. Et je vais te dire autre chose : je crois que Deng se fiche éperdument du reste du monde, de ses dirigeants politiques et de ce qu'on pense de lui.

La gravité de ce que sous-entendaient ces mots choqua Jimmy.

— Oh, mon Dieu ! Ces gosses sont si jeunes, si idéalistes ! s'exclama-t-il avant de poursuivre dans un murmure : et si *pacifiques*. Tout ce qu'ils demandent, c'est qu'on les écoute... Ils veulent seulement qu'on les *entende*.

— Ça n'arrivera jamais. Tu sais aussi bien que moi comment les étudiants surnomment Deng et sa cohorte... le Gang des Vieux. Ils ont absolument raison. Deng a quatre-vingt-cinq ans, et il est beaucoup, beaucoup *trop* vieux pour comprendre ce qui se passe à notre époque. Il est totalement coupé de cette génération, et la seule chose qui l'intéresse, c'est de s'accrocher au pouvoir. Nous savons que les étudiants n'ont pas d'exigences déraisonnables et, de toute façon, réclamer la liberté et la démocratie est une chose assez normale, non ?

Jimmy approuva de la tête et prit une grande inspiration désespérée.

— D'accord. Alors, qu'est-ce que tu veux faire ?

— Je veux être là-bas, au beau milieu, quand ça arrivera. C'est pour ça qu'on est là, non ? Pour rendre compte de la situation, pour donner des nouvelles aux gens, pour dire au monde extérieur ce qui se passe en Chine, ce vendredi soir, deuxième jour de juin, en l'année 1989.

— On a quand même un gros problème, Nick : on ne peut rien filmer, là-bas. A la minute où on arrivera, la police cassera la caméra et le magnéto. En plus, elle pourrait nous emmener pour nous interroger, comme c'est déjà arrivé à d'autres correspondants étrangers. Nous pourrions nous faire arrêter, jeter en prison...

Jimmy s'interrompit en voyant la porte s'ouvrir et Arch Leverson entrer. Le producteur de Nicky ne sembla pas surpris de la voir là.

— Et pourquoi risque-t-on d'être jeté en prison ? demanda-t-il.

— Nicky veut essayer d'aller filmer sur la place.

Arch Leverson s'approcha de Nicky et lui posa la main sur l'épaule.

— Ne rêve pas, Nick. Rien n'est changé depuis hier.

Ils se sourirent. Toujours élégant où qu'il soit, Arch était grand, mince, avec un visage mélancolique et des cheveux prématurément argentés. Il cachait ses yeux gris clair derrière des lunettes cerclées de métal. Quarante et un ans, vétéran des informations télévisées, il avait été enlevé trois ans plus tôt par ATN à une autre chaîne. Outre le salaire proposé, c'était la perspective de travailler avec Nicky Wells qui l'avait décidé. L'homme qui produisait les émissions de Nicky depuis des années avait pris sa retraite, et la place était libre. Il n'existait personne sur le marché des informations télévisées qui n'aurait rêvé de produire les passages de Nicky à l'antenne ainsi que les documentaires qui l'avaient rendue célèbre, et pour lesquels elle avait remporté plusieurs Emmy Ewards, les récompenses les plus prisées de la profession. L'agent d'Arch avait négocié un bon contrat en son nom. Il avait donc changé de chaîne et ne l'avait jamais regretté. Nicky et lui avaient immédiatement fait équipe. Cette grande professionnelle avait conquis tout à la fois son respect et son affection.

— Il va se passer quelque chose de grave, lui dit Nicky, et ce sera certainement ce soir.

Arch lui rendit son regard calme, mais il ne répondit pas immédiatement. Au bout d'un moment, il dit avec lenteur :

— Tu n'as pas souvent tort, Nicky, et j'aurais plutôt tendance à être d'accord avec toi. Une intervention militaire semble effectivement inévitable.

— Jimmy dit que tout était paisible sur la place, ce soir. Est-ce que l'atmosphère a changé ?

— Pas vraiment. En fait, j'irais même jusqu'à dire que c'est presque la fête là-bas. Néanmoins, les rumeurs vont bon train. On parle surtout de concentration de troupes dans différents quartiers de Pékin. Je viens de rencontrer un des types de CNN dans le hall de l'hôtel, et il m'a dit qu'il avait entendu dire la même chose.

Arch alla s'asseoir derrière le bureau et regarda tour à tour Nicky et Jimmy, très préoccupé.

— On ferait bien de se préparer à un dur week-end. Dur de toutes les façons possibles.

— J'en suis sûre, dit Nicky.

Jimmy ne fit aucun commentaire et ne réagit pas non plus aux sombres prédictions du producteur. Il se mit à arpenter la pièce d'un air inquiet. Quand il s'arrêta, il dit à Arch :

— Puisqu'on ne peut filmer en direct sur la place, je vais devoir prendre Nick ailleurs en ville, comme nous l'avons fait au début de la semaine.

— Je ne crois pas que nous devions à nouveau prendre ce risque, dit Arch. La ville grouille de policiers et on ne pourra pas faire deux pas sans avoir de graves ennuis.

— Je pensais à l'un des quartiers périphériques, très loin de Tiananmen. Ce serait plus calme, là-bas.

— *Non!* répéta Arch en hochant la tête. C'est trop risqué. C'est mettre Nick en danger, et inutilement. Je ne veux pas courir ce risque...

— Allons, Arch ! intervint Nicky. Je suis correspondante de guerre, ne l'oublie pas. Je vis dans des zones dangereuses depuis des années. Je crois que nous devrions faire ce que suggère Jimmy.

— Et moi non ! répliqua Arch d'un ton inhabituellement cassant. Je viens de te le dire. Je ne veux pas te faire courir de risque. Je ne veux faire courir de risque à *aucun* d'entre nous. Pas ici, pas en Chine !

— Écoute, j'en ai assez de faire ces reportages au téléphone depuis la place ! Et je suis sûre que New York en a assez de passer une photo de moi à l'antenne pendant que je parle. Je t'en prie, essayons de faire au moins une émission en direct, avec la caméra, ce soir, quel que soit l'endroit où on filme. Je sais bien qu'on ne peut l'envoyer à New York par satellite, qu'il faudra l'expédier par courrier mais, même comme ça, la chaîne l'aura à temps pour la passer dimanche ou lundi. Jimmy, il n'y a pas de problème pour faire partir un film via Hong Kong et Tokyo, non ?

— Les courriers font toujours leur boulot, assura Jimmy. Je pense qu'on pourrait te filmer dans ta suite, même si tu as toujours été contre, Nicky...

Jimmy s'interrompit et courut à la fenêtre. L'ouvrant, il sortit puis revint à l'intérieur. Pendant un moment il regarda le balcon depuis la pièce.

— Je crois qu'il y a un moyen de filmer Nick dehors, dit-il soudain, avec Changan et Tiananmen en toile de fond. Ce sera juste, mais ça vaut le coup d'essayer.

Arch se redressa dans son fauteuil, soudain plus animé.

— Oui, on en a déjà parlé et on n'a jamais vraiment écarté cette solution. De toute façon nous n'avons pas le choix. Dehors, sur le balcon, on pourra au moins donner une impression de reportage vécu. J'espère. Et c'est à ça qu'on sert.

— On va commencer les préparatifs, dit Jimmy.

Nicky gagna la fenêtre ouverte et regarda au-delà du balcon, puis, pivotant sur ses talons, elle dit à Jimmy :

— Je suis sûre que ça va marcher, et je suis entièrement d'accord.

— Écoute, Nick, dit Arch. J'ai bien peur que tu ne doives encore faire l'émission de ce soir par téléphone. On n'a pas le choix. On va commencer par ça, et ensuite on filmera, pour que l'Amérique te voie sur place, et en couleurs, lundi au plus tard.

— D'accord. En attendant, si vous n'avez pas besoin de moi, je crois que je vais aller un moment sur la place. Arch, où est Luke ? Au monument des Martyrs ?

— C'est là que je l'ai laissé. Il est avec Clee.

— Alors on s'y retrouve, d'accord ? Mais avant, je voudrais me balader, mettre mon nez un peu partout, sentir ce qui se passe vraiment. Je vais parler à Yoyo et à quelques-uns des autres étudiants.

— On te rejoint dans une heure environ, dès que j'aurai appelé la chaîne, dit Arch.

— Alors, à tout à l'heure.

A sa façon efficace et rapide, Nicky prit son sac, le jeta sur son épaule et sortit de la suite.

*
* *

Arch, ne pouvant détacher ses pensées de Nicole Wells, resta à regarder la porte pendant quelques minutes après qu'elle fut partie.

Chaque fois qu'elle s'aventurait seule dans une zone dangereuse, il avait une envie presque irrésistible de lui dire de faire attention, mais il avait appris à repousser cette tentation. Il avait appris sa leçon bien longtemps auparavant, après avoir été plusieurs fois remis à sa place, aux premiers jours de leur association. Il aurait bien voulu ne pas se sentir aussi protecteur vis-à-vis d'elle, mais c'était ainsi, et il n'y avait pas grand chose à faire pour modifier ses sentiments. De toute façon, Jimmy et Luke étaient comme lui : ils se faisaient constamment du souci pour elle. Et elle passait son temps à les faire mourir de peur, avec tous les risques qu'elle prenait.

Il ne doutait pas un instant de son courage. Elle n'avait peur de rien. Le danger ne la gênait pas ; elle le traitait avec un pied de nez, et même elle semblait l'apprécier. Plus d'une fois, il avait eu l'impression qu'elle se conduisait comme si sa vie comptait assez peu pour elle. Mais il savait qu'il allait trop loin, et il n'eut pas de mal à écarter une fois encore cette idée. Naturellement, Nicky tenait à la vie, même si elle prenait souvent sa sécurité à la légère.

Arch sortit de sa poche un paquet de cigarettes, en prit une et l'alluma. Aucun doute, c'était le reportage qui comptait, c'était la raison de leur présence, c'était la raison d'être de Nick. Le travail passait en premier, il prenait le pas sur tout le reste, et Arch le comprenait très bien, puisque lui aussi était journaliste. Nicky Wells ressemblait à presque tous les autres correspondants de guerre, hommes ou femmes : elle voulait être au centre de l'action, là où tout se passait. L'action et le danger étaient deux puissants aphrodisiaques, il le savait. Une fois qu'on y avait goûté, il était difficile de s'en passer.

Elle est bien la fille de son père, songea-t-il en tirant sur sa cigarette. Andrew Wells avait été lui aussi, dans sa jeunesse, un correspondant de guerre célèbre et il était maintenant un éditorialiste respecté au *New York Times*. On ne pouvait non plus oublier la mère de Nick, Élise Elliot Welles, qui, alors qu'elle était correspondante à l'étranger, avait remporté le prix Pulitzer et qui avait écrit des livres importants.

Arch s'était souvent demandé ce que cela avait été de grandir entre ces deux formidables personnalités. Nicky devait avoir eu une sacrée enfance, entraînée de pays en pays par deux journalistes prêts à tout pour faire la une de leurs journaux respectifs et qui néanmoins adoraient leur fille unique, à ce que tout le monde disait. Qui l'adoraient toujours, en fait.

Un jour, alors qu'elle était d'humeur mélancolique, elle lui avait confié que son père l'appelait Nick parce qu'il avait toujours voulu avoir un fils. Cela lui avait permis de comprendre beaucoup mieux la personnalité de sa collaboratrice et son attitude de risque-tout face au danger. Elle voulait être le courageux « fils » qu'avait désiré son père, dont elle recherchait toujours l'approbation.

C'est plutôt lourd comme fardeau à porter, pour une petite fille, se dit Arch en écrasant sa cigarette. Pas un instant il n'avait souhaité que sa fille Rachel fût un garçon. Il l'aimait exactement comme elle était, il n'aurait rien voulu changer en elle. Elle était sa joie et sa fierté, mais aussi son plus chaleureux réconfort depuis qu'il avait divorcé d'avec la mère de la petite.

Quant à Nicky, eh bien, elle était sans nul doute différente de la plupart des gens, non seulement parce qu'elle avait des parents tout à fait extraordinaires, mais aussi parce qu'elle avait été exposée à tant de choses à un âge aussi tendre. Elle avait beaucoup voyagé et reçu une excellente éducation, elle était intelligente et réfléchie, déterminée et très ambitieuse. Un ensemble plutôt impressionnant chez une jeune femme, se disait-il depuis longtemps.

Sa vie privée, malheureusement, était un désastre, à ce qu'il lui semblait. Aucun homme autour d'elle, ces temps-ci. Du moins ne l'avait-il entendue parler de personne en particulier, depuis que sa dernière liaison avait fini si tristement. Vraiment tragique, à y repenser, et ç'avait certainement abattu Nicky pendant un bon moment. Il se demandait si elle en souffrait encore, si elle souffrait encore de la façon terrible dont tout s'était terminé. Il avait du mal à savoir ce qu'elle ressentait, parce qu'elle ne parlait jamais de ses problèmes personnels et qu'elle faisait toujours bonne figure. De toute façon, il n'aurait pas voulu être indiscret. Nicky préservait jalousement sa vie privée, et c'était mieux ainsi, conclut-il. Ce qu'elle fait en dehors de son travail ne me regarde pas. Sauf que je tiens diablement fort à ce que tout aille bien pour elle !

Il considérait Nicky comme un des êtres les plus honnêtes qu'il ait jamais rencontrés. Elle était juste, réfléchie, gentille, extraordinairement loyale, et possédait une intégrité sans faille. Il voulait ce qu'il y avait de mieux pour elle, le meilleur du meilleur. Il voulait qu'elle soit heureuse. Au diable ! se dit-il. Qui donc est heureux dans ce monde de fous ?

Il soupira et sortit de ses ruminations pour téléphoner. Avant qu'il n'ait décroché, Jimmy intervint :

— Arch, avant d'appeler New York, est-ce que tu pourrais venir ici une minute, s'il te plaît ? Je voudrais que tu doubles Nicky.

— Avec plaisir, dit Arch en se levant pour gagner la fenêtre. Qu'as-tu en tête exactement ?

— Je voudrais que tu sortes sur le balcon, pour que je puisse calculer l'angle correctement. Ça fera gagner du temps plus tard. D'ici, je pourrais avoir quelques bons gros plans d'elle. Et avec mon téléobjectif, si je me mets dans les plantes, j'ai l'avenue Changan et la place Tiananmen. Il faudra qu'on filme quand il fera assez clair, à moins que je puisse sortir des éclairages ici. Mais ça ira, Arch, ne t'en fais pas.

— Je ne m'en fais pas du tout, James. Pas quand c'est toi qui tiens la caméra.

CHAPITRE 2

La nuit était chaude, presque étouffante.

Comme Nicky voulait avancer d'un bon pas sur l'avenue Changan, elle devait zigzaguer parmi la foule plus lente des autres piétons. Tout le mone semblait aller dans la même direction.

Quand elle était arrivée à Pékin, Clee Donovan lui avait dit que les Chinois avaient toujours l'habitude de converger vers la place Tiananmen, le soir et en fin de semaine, pour participer à une célébration, manifester ou simplement se promener. Il lui avait aussi expliqué qu'ils s'y rendaient pour réfléchir, pleurer leurs morts, passer le temps.

Ces dernières semaines, la place était devenue le centre consacré des manifestations.

Depuis avril, les étudiants de toutes les provinces de Chine réclamaient pacifiquement la démocratie et la liberté. Cela avait commencé autour du monument des Héros du Peuple érigé sur la place, quand des gens s'y étaient réunis pour rendre hommage à la mémoire de Hu Yaobang, membre libéral et instruit du gouvernement, que les jeunes aimaient bien et qui était mort au début du mois. Ils étaient donc venus le pleurer et célébrer tout ce pourquoi il avait vécu. Sans qu'on s'y soit attendu, la cérémonie s'était transformée en une sorte d'occupation des lieux, et c'est alors que les grèves de la faim et les manifestations non violentes avaient débuté.

Cela faisait maintenant six semaines, et les étudiants occupaient la place, par centaines de milliers. Ils étaient en outre soutenus par les citoyens de Pékin, qui leur apportaient à manger et à boire, des couvertures, des tentes et des parapluies, et puis qui s'asseyaient avec eux et se mettaient à parler de leurs propres revendications.

Au moment où ces manifestations commençaient à Pékin, Nicky et son équipe étaient en Israël pour un reportage spécial sur le Mossad, les services secrets israéliens. Mais à la fin du mois, alors qu'ils terminaient leur travail, Nicky avait décidé qu'ils devaient aller en Chine. Mikhaïl Gorbatchev était attendu dans la capitale chinoise au milieu du mois de mai pour une visite officielle et, sachant ce que faisaient les étudiants, Nicky sentait que l'histoire ne s'arrêterait pas là. Ce serait une grosse affaire. Elle avait téléphoné au directeur de l'information d'ATN.

— Écoute, Larry, les étudiants ne vont pas se contenter de replier leurs tentes et de s'éclipser tout doucement quand Gorbatchev arrivera en ville. Je crois que quelque chose d'important se prépare là-bas.

Sentant que Larry Anderson hésitait, elle avait insisté :

— Réfléchis un peu, Larry. Pense au scénario ! Comment les jeunes vont-ils se conduire pendant la visite de Gorbatchev ? Vont-ils continuer à manifester ? Vont-ils mettre le gouvernement dans l'embarras ? Comment Gorbatchev va-t-il réagir face à cette situation ? Et — c'est tout aussi important — comment le gouvernement chinois va-t-il réagir ? Que va-t-il faire ?

Ce ne sont là que quelques-unes des questions qu'elle lui avait posées ce matin-là en lui téléphonant de Tel Aviv, et elle s'était à l'évidence montrée persuasive. Après avoir parlé à Arch, Larry avait accepté qu'ils partent pour Pékin. Il les avait immédiatement fait rentrer du Proche-Orient pour une semaine de repos à New York, puis il les avait envoyés en Chine avec sa bénédiction.

Nicky et son équipe avaient atterri à Pékin le 9 mai. Officiellement, ils étaient là pour couvrir la visite de Mikhaïl Gorbatchev, qui serait là le 14. Mais ils étaient venus pour les étudiants — parce que Nicky croyait à des événements de portée historique.

Quand le dirigeant russe, sa femme et leur suite arrivèrent, Nicky, Arch, Jimmy et Luke étaient bien installés à l'hôtel Beijing, en compagnie de mille autres correspondants étrangers de tous les pays du monde.

Comme Nicky le pensait, Gorbatchev fut presque accueilli en héros par les étudiants ; il y eut beaucoup de mouvement pendant les trois jours de sa visite et les manifestations continuèrent sans faiblir. De l'avis de Nicky et, comme elle l'avait prévu, les étudiants avaient volé la vedette à la réunion au sommet entre dirigeants politiques russes et chinois. Elle avait délibérément centré ses reportages sur les étudiants et leur action.

A un moment, pendant la visite de Gorbatchev, un million de manifestants avaient convergé vers

Tiananmen, exigeant des droits démocratiques, la liberté de parole et un gouvernement qui ne soit pas corrompu. Les étudiants s'étaient établis sur la place, bien décidés à y rester en dépit d'un soleil brûlant, d'orages aussi soudains que violents et des fortes pluies qui les accompagnaient.

Arch s'était assuré que Jimmy avait tout fixé sur la pellicule, et le reportage quotidien de Nicky grâce au satellite avait fait sensation à l'antenne. Pendant la courte période où Gorbatchev et la foule des reporters étrangers étaient restés à Pékin, le gouvernement avait fait semblant de ne rien voir et revêtu un masque de tolérance vis-à-vis aussi bien des étudiants que de la presse étrangère.

Puis les autorités ne perdirent pas de temps : deux jours après que les Russes et la plupart des journalistes furent partis, elles décrétèrent la loi martiale. Nicky et son équipe restèrent, de même que quelques centaines de leurs confrères du monde entier : il se passait quelque chose d'extraordinaire en Chine et les reporters voulaient être là pour faire leur travail, pour rendre compte des événements au fur et à mesure que s'accomplissait l'Histoire.

En cette chaude soirée de juin, alors qu'elle se dirigeait vers la place, Nicky réfléchissait à toute vitesse. Elle savait que le dénouement approchait et elle avait peur que ces enfants ne se fassent tuer. Peut-être par milliers. A cette pensée, elle ralentit le pas, mais pour un instant seulement. Elle se reprit et continua son chemin, le cœur lourd comme du plomb dans sa poitrine.

Chroniqueur des multiples guerres, révolutions, famines, inondations et tremblements de terre, elle était constamment témoin de la douleur et de l'angoisse, de la mort et de la destruction, à tous les niveaux, dans tous les pays. Pourtant, elle ne s'y était jamais habituée, et ces événements catastrophiques la feraient toujours souffrir, la rendraient toujours malade.

Au fil des années, et surtout depuis trois ans, elle en était venue à considérer ce monde comme l'endroit le plus terrifiant et le plus horrible où vivre. Les hommes n'étaient pas plus civilisés qu'au Moyen Age. Ils étaient aussi violents et brutaux qu'alors ; à en croire sa mère, ils le seraient toujours. Ces caractéristiques faisaient tout simplement partie de la nature humaine.

Ce dont elle était témoin, ce qu'elle relatait, lui rongeait le cœur comme un acide. Pourtant, elle avait appris à se contrôler, et elle avait trouvé le moyen, en particulier depuis que Charles Devereaux l'avait traitée avec une telle brutalité, de dissimuler ses véritables émotions, pas seulement devant l'œil pénétrant d'une caméra de télévision, mais aussi devant son équipe et ses amis. Même Clee, la personne vers laquelle elle se sentait le plus attirée, ne savait rien de ses sentiments profonds.

Elle accéléra le pas dès qu'elle pensa à Clee. Il était à Tiananmen, et elle avait besoin de lui parler, de connaître ses impressions. Il avait une bonne intuition et ressentait souvent les événements de manière viscérale et immédiate, tout comme elle. De plus, elle avait confiance en son jugement. Elle avait toujours eu confiance, depuis qu'ils s'étaient rencontrés pour la première fois au Liban, quand ils couvraient tous deux cette interminable guerre. On les avait présentés l'un à l'autre le lendemain du jour où le Premier ministre, Rachid Karameh, avait été tué par une bombe placée dans son hélicoptère. C'était en 1987. Nicky se rendit compte soudain qu'elle connaissait Clee depuis exactement deux ans.

C'était Arch Leverson qui les avait présentés. Clee était un de ses vieux amis, et ils ne cessaient de se rencontrer dans le hall de l'hôtel Commodore, à Beyrouth Ouest, où logeaient fréquemment les journalistes de la presse étrangère. Arch et Clee avaient pris rendez-vous pour un verre ce soir-là, et Arch avait insisté pour que Nicky l'accompagne.

Cleeland Donovan était célèbre, presque une légende vivante. On le considérait comme le plus grand photographe de guerre, comme le plus grand reporter photographe depuis Robert Capa et, de même que Capa, il avait la réputation d'un homme courageux, voire téméraire. Tout le monde savait que, pour fixer sur la pellicule les images qui l'avaient rendu célèbre, Clee Donovan se jetait au milieu de l'action sur un champ de bataille. Américain expatrié vivant à Paris, il avait fondé, à l'âge de vingt-cinq ans, sa propre agence de photos de presse, *Image*, et il semblait bien qu'il n'ait jamais regardé en arrière. Couronnées par de nombreux prix, ses photos paraissaient dans tous les grands magazines et journaux du monde, et les livres qu'il avait publiés sur son travail avaient tous été des best-sellers. Arch disait aussi que les femmes le trouvaient très attirant.

Les lèvres de Nicky ébauchèrent un léger sourire au souvenir du soir où ils s'étaient rencontrés. Pendant qu'elle se changeait dans sa chambre du Commodore, elle s'était remémoré ce qu'elle avait entendu dire de Clee Donovan, et elle avait su immédiatement à quoi s'attendre. Il ne pouvait être qu'insupportable ! A tous les coups, il allait se montrer prétentieux, imbu de lui-même et évidemment égocentrique.

Elle avait tort. Clee n'était rien de tout ça.

Quand il était entré dans le bar du Commodore, qu'il avait regardé autour de lui, et qu'il s'était dirigé vers eux, elle avait d'abord cru que c'était quelqu'un d'autre, un autre ami qu'Arch aurait aussi invité à se joindre à eux. Il n'avait pas du tout l'aspect ostentatoire d'une star de cinéma, bien qu'il fût assez beau et d'allure très américaine. Il avait un visage *gentil*, on ne pouvait mieux le décrire, un visage ouvert et honnête, les cheveux sombres, les yeux bruns chaleureux et une bouche sensuelle toujours prête à sourire. Il ne faisait sans doute pas tout à fait 1,80 mètre, mais il semblait plus grand tant son corps était mince et athlétique.

Elle avait jugé que c'était un garçon ordinaire et plutôt agréable, en dépit de tous ses succès, de toute cette gloire. Il s'était assis à la table, avait commandé un verre, et ils s'étaient mis à bavarder aimablement.

Au bout d'une vingtaine de minutes, elle avait changé d'avis : *ordinaire* n'était certainement pas le qualificatif qui s'appliquait à Clee Donovan. D'une intelligence aiguë, très amusant, il possédait un charme naturel irrésistible. Ses histoires les avaient fascinés, et Nicky s'était rendu compte que sa réputation n'était pas usurpée.

Elle s'était dit qu'il devait avoir son âge, peut-être même un peu moins, mais plus tard, elle avait appris par Arch qu'il avait trois ans de plus qu'elle. Il avait l'air si gamin que cela l'avait surprise.

Nicky avait aussi découvert dès leur première rencontre que, contrairement à ce qu'elle prévoyait, il n'était pas prétentieux du tout. Il était sûr de lui, mais cette assurance lui venait de son travail, de son talent de journaliste et de photographe. Elle avait fini par comprendre que son travail était pour Clee le sang de sa vie.

Ce soir-là, à Beyrouth, ils s'étaient beaucoup appréciés l'un l'autre, et leur amitié n'avait fait que croître au fil des semaines et des mois qui avaient suivi. Ils se retrouvaient fréquemment dans les lieux en proie à des troubles, couvrant les mêmes événements et, quand cela se présentait, ils joignaient toujours leurs forces.

Parfois, ils partaient dans des directions différentes, et se retrouvaient aux antipodes de la planète, mais ils s'arrangeaient pour rester en contact par téléphone, ou par l'intermédiaire de leurs bureaux respectifs. Un fort sentiment fraternel s'était développé entre eux. Elle en était venue à penser à Clee comme au frère qu'elle n'avait jamais eu. Il était sans aucun doute un très bon ami, son compagnon d'armes.

CHAPITRE 3

Cleeland Donovan était assis sur une des marches menant au monument des Héros du Peuple, connu aussi sous le nom de monument des Martyrs de la Révolution, qui, ce jour-là, faisait face à la déesse de la Démocratie. Cette statue de dix mètres de haut avait été dressée au milieu de la place par les étudiants de façon à paraître lancer un défi au portrait de Mao Zedong accroché en contrebas au-dessus de la porte Tiananmen. La statue, composée de plâtre et de mousse plastique, avait été fabriquée par les étudiants de l'Académie centrale des beaux-arts avant d'être apportée sur la place en grande cérémonie.

En la voyant arriver, Clee avait pensé comme tout le monde à la statue de la Liberté de Bartholdi, à cause de l'espèce de toge qui la drapait et de sa posture, le bras levé, brandissant une torche de la liberté. Le fait que la statue fût laide n'avait aucune importance. C'était le symbole qui comptait.

Il était là quand les étudiants l'avaient érigée sur Tiananmen et aussi quand ils l'avaient dévoilée, trois jours plus tôt. Ils avaient chanté l'*Internationale* au milieu de beaucoup de cris de joie et de

« Vive la démocratie ! ». La cérémonie était émouvante et l'avait profondément touché. Il avait réussi à prendre en cachette plusieurs rouleaux de pellicule, alors même que les appareils photo étaient interdits sur la place. Les policiers lui en avaient d'ailleurs cassé trois. Mais, heureusement, il en avait plusieurs en réserve, dont le Nikon F4 qu'il portait ce soir en bandoulière sous une légère veste de coton.

La nuit où la statue était arrivée sur la place, le temps venait de changer. Malgré de fortes pluies accompagnées de vent, au matin, la déesse était toujours intacte. Mais dire combien de temps elle resterait là était une autre affaire.

Clee savait que la déesse avait irrité et vexé le gouvernement plus que toutes les autres actions des étudiants, et ses représentants officiels avaient dénoncé comme une « humiliation » sa présence en un lieu historique aussi important et aussi solennel que la place Tiananmen.

En revanche, elle fut pour les étudiants l'encouragement dont ils avaient besoin. Le simple fait de voir leur statue en un lieu aussi stratégique leur remontait le moral. Afin de protéger la déesse, ils avaient monté des tentes tout autour de son socle et des groupes d'étudiants restaient toujours à ses pieds, prêts à la défendre.

Mais le gouvernement va quand même faire abattre la statue, se dit Clee, et il soupira tristement à cette perspective.

Luke Michaels, assis près de Clee, le regarda.

— Quelque chose ne va pas ?

— Je me demandais juste combien de temps elle allait rester là, murmura doucement Clee en montrant la statue.

— Je ne sais pas, dit Luke en haussant les épaules.

Il passa la main dans ses cheveux roux foncé et tourna vers Clee son visage, sérieux malgré les taches de rousseur qui lui donnaient toujours un air drôle.

— Pour toujours, peut-être ?

— Je lui donne deux jours, au plus, avant qu'elle ne soit totalement détruite, répondit Clee avec un rire amer. Et je peux te garantir, Luke, qu'elle ne sera plus là d'ici à une semaine.

— Oui, tu as peut-être raison. C'est une épine dans le pied de Deng. Dans le pied de tous les dirigeants. Le Gang des Vieux n'en supporte pas la vue, et ils ont considéré sa création comme un acte de pur défi à l'autorité. Je ne faisais que rêver à haute voix quand je disais que la statue resterait là pour toujours, comme pour rendre une sorte d'hommage aux gosses.

— Personne ici, en dehors de nous, la presse internationale, ne va rendre le moindre hommage à ces gosses. Il faut qu'on continue à parler d'eux au monde entier, à parler de leur lutte. Il faudra faire ce qu'on peut pour ça.

Luke hocha la tête et, changeant de position, il s'adossa à la pierre et ferma les yeux. C'étaient des photographes comme Clee et des correspondants comme Nicky qui risquaient leur vie pour apporter la vérité au public, et il les trouvait tous deux très enthousiasmants. Il admirait tout spécialement Nicky Wells, un vrai petit soldat, comme aurait dit sa mère. Il n'était pas encore marié et ne fréquentait personne en particulier mais, quand viendrait le temps de se fixer, il espérait trouver une femme comme Nick. Il y avait quelque chose de chaud et de rassurant chez elle, et elle ne rabaissait pas les hommes.

Il ne faisait partie de son équipe que depuis un peu plus d'un an. A vingt-sept ans, alors qu'il n'était à la télévision que depuis cinq ans, il savait qu'il aurait beaucoup à apprendre en travaillant avec elle. Mais Nicky l'avait aidé avec gentillesse dès le début, tout en le traitant comme un véritable vétéran. Maniaque de la ponctualité, elle se montrait perfectionniste pour bien d'autres choses encore, ce qui la faisait parfois sortir de ses gonds. Mais c'était une vraie professionnelle, et il aurait fait n'importe quoi pour elle.

Il aurait bien voulu qu'elle se trouve un type bien. Parfois elle avait l'air triste, ses yeux devenaient distants, comme si elle se souvenait de quelque chose de douloureux. On parlait d'un homme qu'elle avait aimé, avant que Luke n'ait rejoint l'équipe. Arch et Jimmy n'y faisaient guère allusion, et il n'aimait pas poser trop de questions. Pourtant, c'était bien dommage qu'elle soit seule. Quel gâchis ! Une femme aussi adorable...

— Luke ! Luke !

L'ingénieur du son se redressa en sursaut en entendant son nom. Il regarda en bas des marches, au pied du monument des Héros du Peuple, autour duquel les gens déambulaient, comme d'habitude, puisque cet endroit était le siège de la coordination du mouvement étudiant. La presse étrangère s'y rassemblait généralement aussi, ce qui faisait beaucoup de monde autour de ce massif obélisque.

C'était son copain Tony Marsden qui l'appelait. Luke lui répondit d'un geste du bras et se leva.

— Je vais voir ce que veut Tony, dit-il à Clee. Peut-être a-t-il appris quelque chose que nous ne savons pas encore. Je reviens.

— Prends ton temps, répondit Clee.

Il continua de regarder la place. Il savait qu'il quitterait bientôt la Chine, que la fin était en vue. Les coudes sur les genoux, la tête dans les mains, le visage morose, il éprouvait une sourde angoisse pour ces gamins si idéalistes, si innocents et tellement courageux. Quand il était arrivé à Pékin, presque six semaines plus tôt, il les avait trouvés enthousiastes et pleins d'espoir. Ils parlaient avec flamme de démocratie et de liberté, chantaient, jouaient de la guitare.

Mais les guitares restaient silencieuses, ce soir, et bientôt leurs voix se tairaient aussi. Il frissonna et en eut la chair de poule. Il détestait songer à leur destin, parce qu'il se rendait compte qu'ils couraient un grave danger. Quoi qu'il n'en eût parlé ni à Nicky ni à personne d'autre, il sentait bien que tout le monde comprenait que les étudiants n'avaient plus guère de temps devant eux.

Soudain, Clee vit Nicky traverser la place, venant vers le monument. Comme l'avenue Changan, Tiananmen était illuminée par de grands lampadaires portant chacun une grappe de lampes, neuf en tout, entourées d'un globe blanc translucide. La place était si lumineuse qu'on se serait cru en plein jour. On voyait tout le monde et on pouvait même lire sans peine.

Un sourire apparut dans ses yeux dès qu'il vit Nicky, et il descendit les marches à sa rencontre. Elle l'aperçut et lui fit signe.

— Je savais que tu ne tarderais pas à arriver ! lui déclara-t-il avec un sourire.

— Il fallait que je vienne, Clee. Mon intuition me dit que la situation est sur le point d'exploser.

— A grand bruit, confirma-t-il en lui prenant le bras. Marchons un peu, j'ai besoin de me dégourdir les jambes. Je suis sur ces marches depuis presque une heure.

— Parfait, c'est exactement ce que je voulais faire. Peut-être qu'on verra Yoyo. Il est généralement avec Chai Ling et d'autres leaders étudiants, et il sait sans doute quelque chose.

— Il est constamment en contact avec les Tigres volants. J'en ai vu plusieurs pétaradant sur leurs engins.

Clee faisait allusion à une brigade de jeunes motocyclistes que les journalistes américains avaient aussi surnommés les *Paul Revere*, en souvenir du vaillant patriote qui avait chevauché toute une nuit pour prévenir les colons révoltés du Massachusetts de l'approche des troupes anglaises : ils portaient les messages dans tout Pékin, surveillaient les mouvements des troupes et les faits et gestes de la police, et de façon générale servaient de guetteurs aux étudiants.

— Yoyo est probablement dans une des tentes. Si on y allait ?

— Bonne idée.

— Où est Luke ? Arch m'a dit qu'il était avec toi.

— Il vient de partir avec ce type de la BBC, Tony Marsden. Ils sont dans le coin. Tu as besoin de lui ?

— Non, je voulais seulement savoir. A propos de la BBC, est-ce que tu as vu Kate Adie ce soir ?

Clee secoua la tête.

— C'est bizarre, dit Nicky. Elle est en général un pas devant moi.

— Ton homologue britannique, pouffa Clee, est souvent juste à tes côtés, et parfois derrière toi, mais elle n'est jamais devant toi.

— Tu as des préjugés, dit Nicky en riant. Mais c'est très gentil.

— C'est possible. En tout cas, elle est probablement quelque part dans la foule. Ce ne sont pas les correspondants étrangers qui manquent, ce soir. Tout le monde a dû sentir qu'il y avait quelque chose dans l'air.

— J'ai l'impression que c'est presque le moment, pas toi ?

— Oui. Les étudiants et le gouvernement sont engagés dans une impasse. Il faut que quelqu'un cède. Je crains bien que les étudiants ne soient condamnés, et nous allons assister à un énorme déploiement de forces contre eux.

Nicky frissonna en dépit de l'air tiède de la nuit.

— Où est ton appareil photo ?

— Sous ma veste, suspendu à mon épaule. Mes copains de Magnum et d'Associated Press font la même chose, comme presque tous les photographes.

— Clee... Ça va devenir dangereux ici... très bientôt.

— Je le crois. Et avant que tu ne le dises, oui, je ferai attention, répondit-il avec un léger sourire. Je ferai aussi attention que toi.

— Je ne prends pas de risques inutiles, même si Arch pense le contraire ! J'essaie toujours de réduire les aléas.

— C'est une chose que nous avons en commun.

— Y en a-t-il d'autres ?

— Oui, nous avons tous deux des nerfs d'acier.

— Sans doute. Et ça vaut mieux pour nous, dans ce genre de métier. Il nous suffit d'avoir un sixième sens pour prévoir le danger.

Clee approuva du chef mais ne dit rien, et ils marchèrent en silence quelques minutes. Comme ils approchaient des tentes, Nicky se tourna vers lui.

— Tu sais, cet endroit a vraiment sa vie propre maintenant, avec les tentes et les bus. C'est comme une petite ville, et...

— Un bidonville.

— C'est vrai. Est-ce que ça sent toujours aussi mauvais ce soir ?

— Ils ont probablement fait enlever les ordures. En tout cas, la brise s'est levée.

— L'autre jour, quand je suis venue pour voir Yoyo, ça puait, il n'y a pas d'autre mot pour décrire cette odeur répugnante de nourriture pourrie, de corps sales et de dieu sait quoi d'autre. C'était nauséabond.

Tandis qu'ils entraient dans le campement et passaient à côté de plusieurs bus où vivaient certains des étudiants, l'air était étonnamment frais, et la zone semblait avoir été récemment débarrassée de ses détritus et nettoyée. Pas de trace d'ordures.

Nicky fut à nouveau surprise par les rangées bien droites de tentes vert olive, imperméables et commodes, qui avaient été envoyées de Hong Kong. Elles avaient été disposées avec une précision quasi militaire, et des panneaux portant un caractère soigneusement calligraphié dominaient chaque groupe, indiquant l'origine des différentes délégations. Il y avait des contingents d'étudiants de presque chaque université de toutes les provinces de Chine.

Des semaines auparavant, Nicky avait découvert que la plupart des étudiants dormaient pendant la journée, parce que c'était la nuit que tout se passait. Maintenant, la majorité des tentes étaient vides, bien que quelques lève-tard en soient encore aux premiers stades d'un pénible réveil. Tous se préparaient à la fin de la nuit et aux premières heures du matin à venir.

Des colporteurs arpentaient la place, vendant sodas, eau en bouteille, glaces, et de quoi tromper la faim.

— Tu veux quelque chose ? demanda Clee.

Nicky fit une grimace.

Le jeune étudiant Chin Yong Yu, surnommé Yoyo, était au centre du campement, près de sa tente, avec une jeune femme. Tous deux portaient jeans et chemise de coton blanc. La jeune fille, à peu près du même âge que Yoyo, vingt-deux ans, était jolie. Nicky se demanda si c'était sa petite amie, dont il avait dit qu'elle était en visite chez des parents à Shanghai ces dernières semaines. Yoyo était en grande conversation avec la jeune fille mais, quand il vit Nicky et Clee, il s'interrompit et leur fit des signes enthousiastes. Il dit quelques mots à sa compagne et vint en courant les accueillir.

C'était presque par hasard que Nicky, en arrivant à Pékin, avait rencontré cet étudiant des Beaux-Arts sur la place Tiananmen. Elle avait tenté de parler à certains des étudiants, ce jour-là, cherchant en fait quelqu'un qui comprît l'anglais. Yoyo s'était approché d'elle avec un sourire et lui avait déclaré, dans un anglais très correct, qu'il serait heureux de l'aider s'il le pouvait. Après quoi il s'était montré utile de toutes sortes de façons : il avait donné des informations, l'avait présentée à d'autres leaders étudiants comme Chai Ling et Wuer Kaixi, et l'avait tenue au courant de l'évolution des choses entre étudiants et leaders du mouvement. Il était intelligent et amical, et Nicky l'aimait beaucoup, sentiment que partageaient les autres membres de son équipe et Clee. Ils se faisaient du souci pour Yoyo. Ils se demandaient ce qui allait lui arriver, surtout quand tout cela serait terminé.

— Nicky ! s'écria Yoyo en venant vers elle, un grand sourire aux lèvres et les bras tendus.

— Salut, Yoyo, dit-elle en lui serrant la main. Clee et moi te cherchions.

— Bonsoir, Clee.

— Salut, Yoyo ! Qu'est-ce qui se passe ? demanda Clee.

L'expression du visage de Yoyo changea, et c'est d'un air très sombre qu'il dit doucement :

— Ça va aller mal. L'armée va jeter d'hélicoptères des boîtes de gaz lacrymogènes . Sur la place. Cette nuit. Vous voyez. Vous avez des masques ? Et des soldats arrivent aussi.

— Cette nuit ? Les soldats arrivent *cette nuit*? insista Nicky.

— Oui, dit Yoyo en hochant la tête. On raconte que des soldats sont cachés dans des immeubles près de la place. Ils arrivent. Tout à fait sûr. Il va y avoir du vilain. Vous le direz au monde, hein ?

— Nous continuerons en tout cas à dire au monde ce qui se passe, Yoyo, affirma Nicky. Mais crois-tu vraiment que l'Armée populaire de Libération va ouvrir le feu sur le peuple ?

— Oh oui ! oui, assura-t-il avec une certaine emphase. Certains étudiants soutiennent que non, que c'est impossible. L'Armée populaire de Libération est notre armée, disent-ils. Les soldats ne tireront pas sur nous. Ils sont fous. L'armée est très disciplinée. L'armée obéit aux ordres qu'on lui donne. Je le sais.

Nicky fixait sur lui ses yeux clairs et intelligents.

— Tu devrais quitter la place. *Maintenant*. Quand c'est encore possible sans danger.

— Ce serait sage, oui, admit Yoyo. Mais tout le monde ne partira pas, Nicky. C'est difficile de faire partir tout le monde. Il y aura du sang, cette nuit.

Nicky frissonna et regarda Clee.

— Et Chai Ling et les autres leaders ? demanda Clee. Est-ce qu'ils ne peuvent pas obtenir des étudiants qu'ils partent ?

— Je ne sais pas, dit Yoyo en haussant les épaules.

— Où sont-ils ?

— Je ne les ai pas vus ce soir. Vous voulez de l'eau ? Un soda ?

— Non, merci, répondit Clee.

Nicky fit non de la tête tout en souriant à Yoyo. Le jeune Chinois resta songeur un instant.

— Le mouvement a perdu le moral après que la loi martiale a été déclarée. Les étudiants sont déprimés. C'est vrai, ils devraient partir. Mais ils ne partiront pas. Ça va mal tourner.

— Viens avec nous, dit précipitamment Nicky. Viens avec nous au monument des Martyrs. On va trouver un mégaphone et tu vas parler aux étudiants. Ils t'écouteront, tu es un de leurs leaders. Demande-leur de partir, supplie-les, si nécessaire. Et tu dois partir avec eux. Si toi et les autres quittez Tiananmen quand il en est encore temps, vous sauverez vos vies. Je t'en prie, Yoyo, fais-le ! Ce sera un acte de bravoure si tu emmènes les étudiants hors de la place. Ce sera une *bonne* chose ! insista-t-elle en prenant impulsivement le bras de Yoyo. Je t'en prie, Yoyo, ne reste pas ici. Tu pourrais te faire tuer.

Il sembla à Nicky qu'elle l'avait convaincu.

— Je vais venir au monument. Bientôt. Je viendrai avec Maï, mon amie. Vas-y, Nicky. J'arrive tout de suite. Je te le promets.

— On t'attendra, mais ne tarde pas trop, Yoyo. Il ne reste pas beaucoup de temps.

*
* *

Quand Nicky et Clee revinrent au monument des Martyrs, ils trouvèrent Luke qui les attendait, et Nicky lui rapporta les paroles de Yoyo : que les soldats arriveraient dans la nuit ou tôt le lendemain matin.

— Oh, Seigneur ! s'exclama Luke. Si c'est vrai, ces gosses n'ont aucune chance.

— Ils forment une cible de choix, ajouta Nicky, tous concentrés dans un secteur relativement restreint de cette place gigantesque aux trois quarts vide maintenant. Si l'armée arrive par l'autre côté, elle n'aura qu'à traverser la place.

— C'est juste, murmura Luke qui sembla soudain troublé.

— Espérons que Yoyo pourra persuader les autres de quitter les lieux avant l'intervention des soldats, dit Clee.

Nicky était silencieuse et grave mais, d'un seul coup, son visage s'éclaira.

— Le voilà! Dieu merci! Peut-être pourra-t-il monter sur le socle du monument avec un mégaphone. Il peut au moins mettre les autres en garde.

Yoyo et Maï les avaient rejoints. Ils se tenaient la main, et Yoyo dit :

— Voici mon amie, Maï. Elle ne parle pas très bien anglais.

— Inutile de t'excuser, dit Nicky avec chaleur.

Mais en regardant Maï, elle resta stupéfaite. Quand elle avait vu la jeune fille un peu plus tôt, elle ne s'était pas rendu compte à quel point elle était jolie. Ses traits étaient parfaits, et ses yeux noirs en amande paraissaient immenses dans son doux visage juvénile et innocent. Petite et mince, elle avait les cheveux longs et brillants, et tout chez elle était délicat, presque fragile. Nicky la trouva délicieuse, comme une poupée. Lui tendant la main, elle dit avec un grand sourire :

— Je suis très heureuse de vous connaître, Maï.

La jeune fille sourit en retour, un peu timidement, montrant des dents d'un blanc parfait. Nicky fut surprise de la fermeté de sa poignée de main, quand elle lui répondit doucement bonjour.

Maï serra aussi la main de Clee et de Luke, et les deux hommes, à l'évidence, apprécièrent également cette adorable jeune fille.

— As-tu trouvé un mégaphone? demanda Nicky à Yoyo.

— C'est inutile. Je ne vais pas parler. C'est Chai Ling qui va s'en charger. Plus tard.

— Tu l'as vue?

— Oui, près de la déesse. Chai Ling va prendre le mégaphone et conseiller aux étudiants de rentrer chez eux. Elle l'a promis.

— Espérons qu'elle tiendra cette promesse, murmura Clee.

Ils s'assirent tous les cinq sur les marches qui entouraient le monument pour attendre Arch et Jimmy — et, ils l'espéraient, Chai Ling, cette étudiante en psychologie de l'université de Pékin qui avait pris la tête du mouvement étudiant et était le très respecté commandant en chef des manifestants de Tiananmen.

*

* *

Il était presque une heure du matin, ce 3 juin, quand Arch et Jimmy arrivèrent enfin. Ils couraient. Quand ils s'arrêtèrent devant le petit groupe au pied du monument, Nicky remarqua immédiatement qu'ils étaient inquiets.

— Qu'est-ce qu'il y a ? demanda-t-elle en se tournant vers Arch, puis Jimmy, ses sourcils blonds levés.

Arch eut du mal à articuler le moindre mot tant il était essoufflé.

— Les soldats ! Ils descendent l'avenue Changan. On vient de les voir en quittant l'hôtel et...

— Les gens les arrêtent ! intervint Jimmy.

— Qu'est-ce que tu veux dire ? s'écria Nicky.

— Les citoyens de Pékin ont dressé une barricade avec... leurs corps. Une barricade humaine. Pour empêcher l'armée d'arriver jusqu'aux étudiants sur la place. Ils retiennent l'armée loin de la place !

— Bon sang ! s'exclama Luke.

Ni Clee ni Nicky ne perdirent pas une seconde de plus. Simultanément, ils bondirent des marches et coururent vers la porte Tiananmen qui menait à l'avenue Changan. Yoyo, serrant la main de Maï, n'était pas loin derrière eux. Luke s'élança si vite qu'il eut tôt fait de rattraper Clee et Nicky. Arch et Jimmy n'avaient plus la force de courir, mais ils les suivirent à distance.

Nicky et Clee furent les premiers à atteindre Changan et, presque immédiatement, ils furent séparés par la foule en mouvement qui inondait l'avenue.

Nicky n'avait jamais rien vu de tel dans sa vie. Jimmy avait raison : les gens bloquaient effectivement l'armée, empêchant les soldats d'avancer, les retenant littéralement de leurs corps. Un véritable bouclier humain. Soudain, elle se rendit compte qu'ils repoussaient même les soldats. Et quels soldats !

Des gosses, se dit-elle, stupéfaite, en regardant les hommes qui essayaient de passer. Ce n'étaient que des enfants. Ils avaient l'air plus jeunes que les étudiants.

Sans penser à sa propre sécurité, Nicky se rapprocha encore. Il fallait qu'elle soit plus près de l'action. En quelques secondes, elle fut entourée, prise au milieu de la foule et propulsée en avant par la force du mouvement des corps. Tout le monde poussait. A plusieurs reprises, elle perdit l'équilibre, faillit tomber. Une fois, alors qu'on la bousculait, elle s'accrocha désespérément au bras d'un homme qui se retourna avec colère, avant de l'aider rapidement à reprendre pied. Une jeune femme saisit sa veste tandis que la foule poussait encore une fois en avant, emportant tout le monde plus près des soldats. Nicky tomba presque. La femme la tenait toujours aussi fort et elles s'appuyèrent l'une sur l'autre. La masse des gens avançait sans faiblir, et Nicky se dit qu'elle allait être renversée et piétinée. On la pressait de tous côtés. Elle ne tenait debout que parce qu'elle était soutenue par ses voisins.

A l'instant précis où elle allait céder à la panique, se demandant si elle allait mourir écrasée, elle sentit une main la saisir fermement par le coude. Tournant à demi la tête, elle vit Arch juste derrière elle.

— Merci, articula-t-elle, soulagée. Les soldats n'ont pas l'air armés, ajouta-t-elle plus fort.

— En revanche, ils ont l'air morts de peur.

On les poussa encore et des cris de colère jaillirent de la foule jusqu'à ce qu'elle se propulse en avant comme un seul corps, comme d'immenses vagues d'une puissance incommensurable, et Arch et Nicky ne purent que suivre.

Juste devant eux, aucun des jeunes soldats ne semblait avoir plus de dix-huit ans. On les poussait, on les battait, on les griffait. Nicky comprit que les citoyens surexcités sermonnaient les soldats, les grondaient comme s'ils étaient leurs enfants, et beaucoup pleuraient.

— Ces gosses ne comprennent rien à ce qui se passe ! s'exclama Nicky en serrant très fort le bras d'Arch.

— C'est évident.

Il entoura la taille de Nicky de son bras, bien décidé à la protéger dans cette mêlée.

Elle vit avec étonnement que Jimmy arrivait à se frayer un chemin jusqu'à eux. Jamais Nicky ne saurait comment il les avait trouvés dans la foule. Il était apparu d'un seul coup, et lui avait saisi le bras.

— Viens, on sort de là!

Avec une imperturbable agressivité, Arch et Jimmy réussirent à extraire Nicky de la mer de corps et à gagner le trottoir de l'avenue Changan. Ils se réfugièrent sous un arbre, soupirant de soulagement en rajustant leurs vêtements.

— A voir ces gamins, nous ne risquions pas d'être abattus, dit Arch, mais nous risquions d'être piétinés.

— Nous ferions aussi bien de rester ici un peu en marge de l'action et de regarder ce qui va se passer, dit Nicky.

Arch et Jimmy n'en revenaient pas.

— Hé, Nick, c'est tout nouveau, ça ! dit Jimmy. Depuis quand restes-tu « un peu en marge» ? Mais tu as raison, ajouta-t-il sans attendre la réponse. Au milieu, on ne voyait rien. Et regarde ces soldats... Ils sont chargés de leur paquetage, et ils n'ont même pas d'armes !

— Je t'avais bien dit qu'ils n'étaient pas armés, Arch, remarqua Nicky.

Clee les rejoignit, les cheveux en bataille, la veste déchirée, mais indemne. Son Nikon pendait à son cou et une lueur de triomphe brillait dans ses yeux sombres.

— J'ai fait des photos terribles ! lança-t-il.

— Est-ce que ce n'est pas dangereux de montrer ton appareil comme ça ? demanda Jimmy. On pourrait te l'arracher du cou et le casser.

— Pas eux, ils sont de mon côté. De notre côté. Ils veulent qu'on les prenne en photo... ils répètent tous la même chose : dites-le au monde entier, dites-le !

— Mais la police anti-émeutes ! commença Arch... J'ai l'impression qu'elle n'est pas près de se montrer !

— Pas maintenant, en tout cas, confirma Clee.

— Peut-être que je devrais aller chercher la caméra et essayer de prendre Nicky dans la foule, suggéra Jimmy à Arch. Ça peut marcher.

— *Non.*

— On filmera sur le balcon plus tard, Jimmy, comme on l'a prévu. Je vais faire mon reportage par téléphone, dit Nicky.

Elle savait qu'il était inutile de discuter avec Arch quand il était d'humeur prudente. Il l'avait vue en plein champ de bataille sous les feux croisés des belligérants sans sourciller, sans dire un mot du danger qu'elle courait, mais depuis qu'ils étaient à Pékin, il n'avait cessé de la mettre en garde, et elle ne pouvait s'empêcher de se demander pourquoi. Il faudrait qu'elle l'interroge plus tard ; ce n'était pas le moment. Elle regarda autour d'elle, cherchant Luke des yeux, mais elle ne le trouva pas, ni Yoyo, ni Maï. Ils avaient été engloutis par la masse mouvante et hurlante des citoyens de Pékin.

Finalement, au grand soulagement de Nicky, Luke apparut, avec Yoyo et Maï. Maï boitait et Yoyo la soutenait.

— Qu'est-il arrivé ? demanda Nicky en courant à leur rencontre.

— Rien de grave, dit Yoyo. Un homme lui a marché sur le pied. Ça ira.

Nicky entoura de son bras les épaules de la jeune Chinoise et tous quatre rejoignirent les autres sous l'arbre.

— Il est incroyable que personne d'autre n'ait de mal parmi nous, dit Luke à Nicky. Tu vas bien, Nicky, n'est-ce pas ?

— Je vais très bien, merci, Luke.

Ils s'assirent par terre sous leur arbre, en bordure de l'avenue Changan, désireux de se ressaisir et de se calmer. En dépit de la brise, l'air était chaud, presque lourd. Nicky et Clee enlevèrent leur veste. Arch fit circuler un paquet de cigarettes mais personne n'en prit, sauf Yoyo. Maï était assise près de lui et elle examinait son pied. Elle lui murmura quelque chose en chinois et il sourit.

— Le pied de Maï n'est pas cassé, dit-il à Nicky. Juste un peu douloureux.

— Bien, répliqua Nicky. Est-ce que tu as appris quelque chose ? D'où viennent ces soldats ? Qu'est-ce qui arrive ?

Yoyo tira sur sa cigarette avant de répondre :

— Les soldats viennent de loin, d'en dehors de Pékin. Ils ont marché pendant des heures. On leur a dit qu'ils allaient en manœuvres. On leur a dit qu'ils allaient empêcher des gens de créer des troubles. Ils ne comprennent pas. Ils ont peur. Ce sont des enfants. Les gens les sermonnent. Ils leur disent de ne pas faire mal aux étudiants. Ces soldats ne connaissent pas Pékin. Ils ne savent pas où ils sont. Ils ne se battront pas, Nicky. Ils ont trop peur.

— Dieu merci ! Quel soulagement !

— Où sont les hélicoptères ? demanda Clee en regardant d'abord le ciel noir, puis Yoyo.

— Maintenant, ils ne viendront plus, dit Yoyo, sûr de lui. Pas de gaz lacrymogènes.

Nicky rompit le court silence :

— L'Armée populaire de Libération est venue à Pékin pour écraser les étudiants, et elle a été vaincue par les citoyens. Pas un coup de feu n'a été tiré.

Plusieurs heures plus tard, c'est ainsi qu'elle commença son reportage nocturne en direction des États-Unis.

*

* *

Le samedi, l'aube se leva, claire et ensoleillée.

Les jeunes soldats, toujours hébétés et maintenant très découragés, battirent finalement en retraite sur Changan au milieu de la matinée.

Les habitants de Pékin rentrèrent chez eux ou allèrent travailler; quant aux étudiants, ils s'endormirent sous leurs tentes, dans leurs bus. Un souffle de calme descendit sur l'avenue Changan et la place Tiananmen, un semblant d'ordre et de normalité.

Nicky était convaincue que cette tranquillité était illusoire, que cette situation ne durerait qu'un temps — une douzaine d'heures au plus. A son avis, le gouvernement chinois adopterait une ligne dure parce qu'il ressentirait le repli de l'armée comme une humiliation. Il en accuserait automatiquement les étudiants, alors que c'étaient des citoyens ordinaires qui s'étaient opposés aux soldats et les avaient empêchés de pénétrer sur la place. Il réagirait en conséquence, avec une grande force et une grande violence.

Après avoir volé quelques heures de sommeil et terminé sa transmission vers New York, Nicky rôda toute la journée dans les parages de la place. Instinctivement, elle savait que l'atmosphère de calme cachait tension et peur, et elle fit part de cette pensée à Clee tandis qu'ils grignotaient quelque chose dans la salle à manger occidentale de l'hôtel Beijing, le samedi après-midi. Elle se pencha sur la table et ajouta :

— La répression va frapper. J'en suis sûre.

— Moi aussi, répondit Clee.

Il but une gorgée de café, reposa sa tasse et continua d'une voix sourde :

— A présent, le gouvernement veut que ces gosses quittent la place de la pire façon qui soit. Ses membres sont en train de perdre la face devant l'Occident, et ils ne peuvent le supporter. Et je vais te dire autre chose, Nick : quand le mouvement sera lancé, tout ira très vite. D'ici à lundi, tout sera fini, et les suites seront horribles : arrestations, procès, représailles, et Dieu seul sait quoi encore !

— Je me fais du souci pour Yoyo, lui confia Nicky. Il a été au cœur de tout ça, il est un des leaders. J'aimerais qu'on puisse le sortir de Pékin.

— On le peut. En fait, tu m'as ôté les mots de la bouche. J'étais sur le point de te dire que j'avais pensé lui donner l'argent d'un billet d'avion pour Hong Kong. Nous l'emmènerions avec nous quand nous partirons. Il pourrait rester quelques jours à Hong Kong et décider de ce qu'il veut faire. En frappant à la bonne porte, nous lui obtiendrions un visa de sortie.

— Je paierai la moitié du billet.

— Tu n'as pas..., commença Clee avant de s'arrêter devant l'air buté de Nicky. D'accord, on fait comme ça.

— Il y a un autre problème.

— Quoi ?

— *Maï.* Yoyo ne quittera pas Pékin sans Maï.

— Alors nous leur donnerons ce qu'il faut pour deux billets d'avion. Je ne pourrais plus me regarder dans une glace si nous laissions ces deux gosses derrière nous, et je suis sûr que toi non plus, Nicky. Arch et les autres pensent sûrement la même chose. C'est le moins qu'on puisse faire... Bon, alors on marche comme ça, conclut-il avec un sourire. Maï vient aussi. Plus on est de fous, plus on rit.

— Tu es un type bien, Clee Donovan !

— Toi aussi, Nicky Wells... Où iras-tu quand on partira d'ici ?

— Après Hong Kong ? A New York. Et toi ?

— Je rentrerai à Paris. Mais il est possible que je sois à New York à la fin du mois. Quand j'ai eu le bureau au téléphone la nuit dernière, ou plutôt ce matin, Jean-Claude m'a appris que le magazine *Life* me demandait. Si je veux. Et je pense accepter... Je ne serais pas contre le fait de passer quelques semaines dans mon pays.

— Viens, retournons sur la place pour voir ce qui se passe ! Je deviens nerveuse quand j'en suis éloignée trop longtemps.

— Je sais ce que tu ressens, dit Clee en se levant. Quand tu voudras !

CHAPITRE 4

La tuerie commença juste après vingt-deux heures le samedi.

A cette heure, Nicky et Clee se trouvaient au monument des Martyrs avec Yoyo et Maï. Arch, Jimmy et Luke discutaient avec les autres journalistes étrangers qui les entouraient. Tous comparaient leurs notes, tentant de prédire la suite des événements.

Nicky parlait doucement à Yoyo, avec sérieux, usant de tout son pouvoir de persuasion.

— Je t'en prie, Yoyo, prends cet argent. Je sais combien tu es fier, mais l'orgueil n'a pas sa place ici. Il faut avoir le sens pratique. Écoute-moi... Nous tenons absolument à ce que tu prennes ces trois mille dollars, ils te feront sortir de Pékin avec Maï. Clee et moi pensons que vous devriez partir demain, quelle que soit la situation ici. Et l'argent vient de nous cinq. Nous voulons t'aider... Tu sais que tu nous as beaucoup aidés, toi aussi. Nous vous aimons trop tous les deux pour vous abandonner ici.

— C'est trop d'argent, répétait inlassablement Yoyo en hochant la tête. Non, merci ! Vous, Clee et les autres, vous êtes très gentils. Vous êtes des gens très bien. Mais je ne peux prendre de l'argent.

— Allons, Yoyo, ne sois pas têtu ! Je t'en prie, accepte-le, sinon pour toi, du moins pour Maï. Pense à elle. Il faut que tu la protèges.

Le jeune étudiant chinois fit à nouveau non de la tête. Clee voulut lui faciliter les choses, si bien qu'il intervint avec une certaine fermeté :

— Je vais te dire ce que nous allons faire : je vais aller acheter les billets d'avion pour Maï et toi, demain...

— C'est trop d'argent, Clee, interrompit Yoyo.

Il resta un instant silencieux et, quand il reprit la parole, sa voix n'avait plus le même timbre.

— D'accord, dit-il lentement. Je vais y réfléchir.

Il se tut, penchant la tête de côté, écoutant intensément avant de regarder Nicky avec inquiétude.

— Des coups de feu ?

— ... Oui !

Elle échangea un regard de connivence avec Clee. Il hocha la tête et partit sans un mot, Nicky sur ses talons. Le métier avait repris ses droits.

Aux abords du monument, tout le monde entendit les coups de feu, et il y eut soudain un branle-bas de combat parmi les correspondants de presse, les photographes et les équipes de télévision. Tous emboîtèrent le pas à Clee et Nicky pour traverser la place vers l'avenue Changan.

Sur Changan, dans le chaos, Nicky perdit Clee. Elle vit des véhicules et des camions blindés descendre la large artère et remarqua que les soldats, cette fois, étaient armés de fusils d'assaut AK-47. Il était évident qu'ils se dirigeaient vers Tiananmen, et elle comprit qu'ils avaient l'intention d'y entrer par la force. On racontait depuis quelques heures que Deng aurait ordonné aux commandants des forces armées de reprendre la place « à tout prix ». Et il ne faisait aucun doute pour Nick qu'ils allaient exécuter cet ordre à la lettre. L'après-midi même, ils avaient déjà démontré leurs intentions meurtrières : à l'extrémité ouest de la place, près du palais de l'Assemblée du Peuple, des milliers de soldats avaient frappé les manifestants qui tentaient de s'opposer à leur entrée sur Tiananmen.

Pour autant que Clee et Nick aient pu en être sûrs, on n'avait tiré aucun coup de feu, mais l'épisode avait été extrêmement violent, et les soldats avaient utilisé les gaz lacrymogènes. Rendues furieuses, les masses avaient contre-attaqué, jetant des briques et des pierres sur les soldats ; en retour, ces derniers avaient usé de leurs matraques et de leurs ceinturons pour endiguer le flot des opposants.

Cette échauffourée n'avait été qu'un prélude à ce qui arrivait maintenant. Avec leur expérience, conscients des implications politiques, les journalistes savaient que la situation ne pouvait qu'empirer dans les vingt-quatre heures à venir.

Soudain, les soldats qui avaient jusque-là tiré en l'air braquèrent leurs armes sur les citadins et les étudiants qui se pressaient sur les trottoirs. Incapable d'en croire ses yeux, Nicky regarda les gens qui, hurlant comme des animaux blessés, fonçaient en avant, bombardant les soldats de briques, de pierres, de bouts de tuyaux et de cocktails Molotov improvisés. Leur colère devint une véritable rage qu'ils se mirent à crier aux soldats. Ceux-ci répondirent en tirant des coups mortels dans leur direction.

Ceux qui étaient touchés tombaient, et tous criaient maintenant de terreur.

Le carnage avait commencé.

Épouvantée par ce qu'elle voyait, Nicky se trouva incapable de bouger. Elle resta paralysée, regardant la scène en frissonnant d'effroi. Près d'elle, une femme, une Chinoise, la tira de sa transe en lui prenant le bras. Elle la regarda droit dans les yeux et lui dit en anglais :

— L'Armée populaire est en train de nous tuer, nous, le peuple. Ce sont des meurtriers ! Salauds !

— Ne restez pas ici, rentrez chez vous ! lui répondit Nicky. C'est dangereux. Rentrez chez vous !

La femme secoua la tête et resta immobile.

Le ballet des hélicoptères qui commençait à les survoler en cercles attira le regard de Nicky vers le ciel sombre. Elle se souvint de ce que Yoyo avait dit des gaz lacrymogènes qu'ils devaient lancer. Ouvrant son sac, elle en sortit un masque de chirurgien et le fourra dans sa poche pour l'avoir à portée de la main quand elle en aurait besoin. En ressortant la main de sa poche, elle vit qu'elle tremblait.

L'avenue Changan était devenue un champ de bataille. Tanks et camions de transports de troupes bourrés de soldats armés de mitraillettes roulaient inexorablement vers la place, l'un après l'autre.

Nicky se dit qu'il ne lui restait plus qu'à prier pour les étudiants et s'éloigna de la rue.

Des feux éclataient partout : les autobus renversés que les gens avaient utilisés en guise de barricades brûlaient à diverses intersections, ainsi qu'un certain nombre de véhicules militaires incendiés par les habitants de Pékin rendus furieux, et des flammes orange et rouge montaient vers le ciel serein, tandis que l'enfer s'installait dans la ville.

Nicky fut étonnée de voir que les gens continuaient à sortir des immeubles et des maisons qui bordaient Changan. Ils étaient déchaînés, bien décidés à riposter en utilisant toutes les armes de fortune qu'ils pourraient trouver — des balais aux bâtons, en passant par les briques. Certains avaient fabriqué des cocktails Molotov qu'ils lançaient sur les tanks et les véhicules de transport blindés. Les tirs augmentèrent et l'odeur du sang s'imposa de plus en plus, mêlée à celle des incendies, dans l'air chaud de la nuit.

Nicky eut soudain mal au cœur. Une balle siffla au-dessus de sa tête et elle se courba. Il valait mieux rentrer à l'hôtel.

Une charrette cahota à travers la foule, transportant un homme et une femme blessés. A ce spectacle, les gens crièrent et brandirent le poing, ce à quoi les soldats répondirent par d'autres coups de feu. Nicky plongea et s'allongea sur le sol pour se mettre à l'abri : une grenade lacrymogène éclata près d'elle. Elle sortit son masque de gaze et le noua derrière sa tête pour couvrir sa bouche et son nez. Mais il ne suffit pas à l'empêcher de tousser et de pleurer. Se remettant sur ses pieds, elle parvint péniblement de l'autre côté du trottoir, où elle trouva refuge dans un bosquet.

Elle s'appuya à un tronc d'arbre pour reprendre son souffle et s'essuya les yeux avec un mouchoir en papier.

Une soixantaine de soldats avançaient de front sur Changan, baïonnette au canon. Malgré son pessimisme quant à la suite des événements, Nicky ne s'attendait à rien de tel. Quand elle rouvrit les yeux une seconde plus tard, elle vit Arch à quelques mètres d'elle. Il parcourait la foule du regard, et elle comprit qu'il la cherchait. Elle courut vers lui.

— Arch ! Arch ! Je suis là!

Quand elle l'eut rejoint, il se retourna d'un bloc et la prit dans ses bras.

— Nicky ! Tu vas bien !

— Et toi aussi, Arch !

— As-tu jamais rien vu de tel ? C'est un massacre de civils innocents ! Et l'avenue est tellement encombrée de tanks et de camions que les ambulances ne peuvent pas passer !

— C'est inhumain !

Courbés en deux, ils coururent jusqu'aux arbres et revinrent vers Tiananmen.

*

* *

Quand ils arrivèrent sur la place, Nicky fut frappée du curieux calme qui y régnait. L'atmosphère lui sembla étrangement paisible.

Ils ralentirent et gagnèrent le monument des Martyrs. Certains journalistes étaient déjà revenus et s'y étaient regroupés. A l'expression de leurs visages, Nicky vit bien qu'ils étaient aussi bouleversés qu'Arch et elle par ce dont ils avaient été témoins sur Changan.

Yoyo et Maï étaient tout près avec un petit groupe d'étudiants. Nicky se dirigea vers eux et les éloigna de leurs amis.

— Il y a tant de victimes que je ne sais par où commencer, dit Nicky d'une voix tendue.

Elle fouilla dans son sac et en sortit l'enveloppe contenant les dollars. Elle la mit autoritairement dans la main de Yoyo.

— Tu dois prendre ça, Yoyo.

— Mais Clee a dit qu'il achèterait des billets...

— Ne discute pas, Yoyo, prends. Demain, ce sera pire que cette nuit, et je serai plus tranquille si je sais que tu as l'argent sur toi. Si nous sommes séparés, ou si on doit quitter Pékin sans vous, allez à Hong Kong. Nous serons à l'hôtel Mandarin. Tu nous y trouveras.

Yoyo approuva de la tête et glissa l'enveloppe dans sa poche de pantalon.

— Merci. Je comprends. J'ai un passeport, Maï en a un aussi et je sais comment me procurer les visas. Tout ira bien, Nicky.

— Je l'espère, dit Nicky en regardant autour d'elle. Qu'est-ce qui se passe sur la place ?

— Pas grand-chose. C'est très calme. Wuer Kaixi a parlé. Il a dit que ce gouvernement s'oppose au peuple. Il a dit que les Chinois doivent se sacrifier. Pour des lendemains meilleurs.

— Les étudiants ne doivent pas résister aux soldats. Si vous restez, vous devez être pacifiques.

— Je sais. Chai Ling a dit la même chose.

— Elle a parlé aussi ?

— Oui. Elle a dit qu'il fallait se borner à une résistance passive. Elle a dit aux étudiants de rester assis par terre, de ne pas s'opposer à l'armée.

Nicky regarda Yoyo droit dans les yeux.

— Écoute-moi, Yoyo, ces soldats ne sont pas jeunes comme ceux d'hier. Ce sont des vétérans endurcis.

— La 27e armée, peut-être. Ils sont durs. Mauvais. Mais ça ira, Nicky. Ne t'en fais pas.

— Comment ne pas m'inquiéter ? murmura-t-elle.

— Il y a des gens de la Fédération des Travailleurs qui sont arrivés. Ils sont là pour protéger les étudiants.

— Je ne peux m'empêcher de souhaiter que vous vous protégiez en partant.

Mais Nicky avait conscience que Yoyo et Maï resteraient jusqu'à la fin, même si Yoyo — et peut-être aussi Maï — savait parfaitement qu'ils étaient en danger. Ils avaient conservé une part de naïveté que partageaient beaucoup des jeunes sur la place. Clee arriva en courant vers eux, dans un état indescriptible.

— C'est horrible... Il n'y a pas de mot...

Nicky posa la main sur l'appareil photo qui pendait à son cou.

— Toujours intact, à ce que je vois.

— Ils sont trop occupés à tirer sur des gens désarmés pour s'inquiéter d'un appareil photo !

Arch les rejoignit et prit Nicky par les épaules.

— Jimmy et Luke vont rentrer un moment à l'hôtel. Va avec eux, Nick, tu es dehors depuis des heures.

— Oui, je crois que je vais les accompagner. Je voudrais écrire quelques notes en vue de l'émission de ce soir. Je reviens dans une heure.

— Prends ton temps, lui répondit Arch. Je peux te garantir que cette petite fête va durer toute la nuit.

CHAPITRE 5

Comme la plupart des journalistes, Nicky retourna plusieurs fois place Tiananmen pendant les heures qui suivirent.

La zone entourant la place était complètement chaotique. Il y avait des soldats partout, et la foule n'avait pas diminué. En fait, Nicky eut l'impression qu'elle augmentait encore. Véhicules renversés et bicyclettes abandonnées jonchaient l'avenue Changan, et un grand nombre de feux brûlaient, les habitants de la ville continuant à lancer leurs bouteilles incendiaires sur les tanks et les véhicules blindés, leur douleur et leur colère encore inassouvies.

A proximité immédiate de l'hôtel Beijing, le spectacle était indescriptible. Blessés, mourants et morts s'amoncelaient, et des Chinois, bouleversés et en larmes, beaucoup d'entre eux couverts de sang, tentaient désespérément de déplacer les victimes, ne ménageant aucun effort pour les conduire aussi vite que possible dans les hôpitaux ou à la morgue. Ils utilisaient toutes sortes de brancards de fortune, jusqu'aux portes des cabines téléphoniques! Plusieurs bus n° 38 avaient été réquisitionnés comme ambulances, de même que les vélos-taxis et les charrettes. La plupart des blessés étaient conduits à l'hôpital Xiehe, assez proche de Changan puisqu'il se trouvait dans une rue qui longeait directement l'arrière de l'hôtel Beijing.

En comparaison, la place semblait paisible quand Nicky y retourna à quatre heures moins le quart au matin du 4 juin. Pourtant, quelques minutes après, elle sentit une tension prendre possession de l'air de la place, une tension tout à fait palpable, et sous cette tension, l'odeur de la peur.

Les soldats étaient arrivés et prenaient position à l'entrée de la place.

Près de la statue de la déesse de la Démocratie, Nicky vit que les soldats s'étaient formés en ligne. Ils restaient là à regarder la place, le visage froid, cruel, brutal, l'arme à la main, prêts à charger leurs propres frères quand on leur en donnerait l'ordre.

Dès qu'elle eut rejoint Clee en haut des marches du monument, celui-ci lui expliqua que des mitrailleuses avaient été mises en batterie sur le toit du musée d'Histoire chinoise, à l'est de la place.

— Ils ont tout prévu, hein ? dit-elle d'un ton sarcastique.

Elle s'aperçut soudain que quelques-uns des étudiants s'étaient mis à écrire, et elle tira la manche de Clee.

— Que font-ils ?

— Yoyo m'a dit qu'ils écrivent leur testament, répondit Clee avec un soupir.

Nicky se détourna, avalant péniblement sa salive, et elle fut surprise de sentir le picotement des larmes sous ses paupières. Elle se ressaisit immédiatement, comme toujours. Plus la situation était émouvante, plus elle devait garder la tête froide. Mais, bien qu'elle eût tenté de dissimuler ses sentiments, Clee avait remarqué sa réaction. Il lui entoura les épaules de son bras.

— Nous vivons dans un monde pourri, Nick, et tu le sais mieux que quiconque.

— Oh, Clee, certaines choses sont vraiment difficiles à supporter.

— Oui.

— Eh bien, lui dit-elle avec un sourire triste, notre travail est de faire en sorte que le monde sache ce qui se passe ici. Où est Yoyo ?

— Je l'ai vu parler avec Arch il y a quelques minutes. Le chanteur Hou Dejian et deux autres leaders ont pris des mégaphones pour demander aux gosses de partir dans l'ordre...

Clee s'arrêta net : l'éclairage de la place Tiananmen venait de s'éteindre.

— Et maintenant ? demanda Nicky.

— Le pire est sur nous, j'imagine, répondit amèrement Clee. Ce n'est pas une panne. On a éteint volontairement.

Presque immédiatement, un mégaphone crachota en provenance du monument, et une voix désincarnée prononça quelques phrases. On augmenta le volume et on diffusa une musique.

— C'est l'*Internationale*! s'exclama Clee. Je me demande ce que ces gosses vont faire, maintenant !

— Ils vont partir, j'espère, dit Nicky.

Mais, tandis que le célèbre chant révolutionnaire résonnait sur toute la place, Nicky comprit que les étudiants n'en feraient rien. Elle voyait bien, malgré l'obscurité, qu'ils restaient là, assis, écoutant la musique, immobiles, résolus, fiers de leur fermeté. Dès que le disque s'arrêta, on le remit, et cela se répéta plusieurs fois pendant vingt minutes.

Nicky et Clee se consultaient de temps à autre à voix basse, échangeaient quelques mots avec d'autres journalistes. Tout le monde attendait le début de l'attaque d'un instant à l'autre, et les correspondants étrangers se préparaient à être témoins de la confrontation entre les étudiants et les soldats. Une demi-heure passa encore, sans que rien arrive — et soudain, l'éclairage devant le palais de l'Assemblée du Peuple fut brutalement rallumé, inondant ce côté de la place d'une lumière puissante, aveuglante.

Presque simultanément, les haut-parleurs se firent à nouveau entendre. Plusieurs jeunes gens prirent la parole, mais ni Nicky ni Clee ne comprirent ce qu'ils disaient. Alors, un journaliste britannique leur expliqua :

— Les leaders demandent aux étudiants de quitter la place. Ils disent tous la même chose : partez avant de vous faire tuer.

— Nicky, dit Clee, je vais prendre quelques photos des types qui parlent, et de Chai Ling.

*

* *

Nicky passa les dix minutes suivantes à déambuler autour du monument, fouillant la foule des yeux. Elle espérait voir Yoyo, Maï ou quelque autre étudiant de ses amis, mais elle ne vit personne de connaissance. Elle se dit qu'ils avaient peut-être fini par quitter la place.

Il y eut une nouvelle annonce au mégaphone, un autre court silence, puis on entendit une seconde voix dont l'écho emplit de mots l'air nocturne.

Nicky refit une dernière fois le tour du monument. A sa grande surprise, un certain nombre de jeunes commençaient à se lever, à descendre les marches et à s'éloigner. Beaucoup étaient en larmes : ils avaient perdu leur bataille pacifique pour la liberté et la démocratie, la puissance des militaires les avait vaincus, et beaucoup d'innocents avaient été massacrés. Mais au moins *quelques* vies pourraient-elles maintenant être sauvées, se dit Nicky.

Alors que l'aube pointait, striant le ciel d'une lueur inquiétante et incandescente, Nicky regarda sa montre. Il était plus de cinq heures ; elle ne pouvait rester beaucoup plus longtemps sur la place. En soupirant, elle quitta le monument et se dirigea vers Changan. Elle devait rentrer à l'hôtel pour préparer son émission et le film, prendre une douche, se maquiller et se changer. Arch et elle avaient décidé qu'ils commenceraient par tourner le film sur le balcon pour qu'un coursier puisse l'emporter dans la matinée. A huit heures et quart, elle transmettrait son reportage par téléphone pour les nouvelles de sept heures du soir.

Nicky n'avait fait que quelques pas quand elle se souvint d'un petit sac de voyage en toile que Yoyo gardait sous sa tente. Il lui avait dit un jour qu'il contenait ce qu'il possédait de plus important. Était-ce son passeport ? L'avait-il récupéré ?

Elle fit demi-tour, se faufila entre les étudiants qui partaient, et courut vers les tentes. Tout en courant, elle remarqua que de plus en plus de soldats avançaient sur la place. Soudain, il lui sembla qu'ils étaient partout, et au loin elle entendit le grondement des tanks et des véhicules blindés qui traversaient le vaste rectangle dallé de pierre.

On ne demandait pas aux correspondants de guerre d'être héroïques. On leur demandait de se sortir vivants de toutes les situations, ne serait-ce que pour faire leur reportage. Son père le lui répétait sans cesse. Mais, cette fois, il fallait qu'elle retourne chercher Yoyo et Maï, et elle s'enfonça dans le campement déserté en criant :

— Yoyo ! Maï!

Un ou deux visages apparurent entre les pans de toile, et elle cria :

— Partez ! Les tanks arrivent !

A leur regard, elle comprit que ces retardataires ne parlaient pas anglais, et elle fit de grands gestes avec ses bras en criant :

— *Go ! Go !*

Il ne lui restait plus qu'à espérer qu'ils comprennent le message. Elle continua sa course jusqu'au milieu du camp de toile.

Ils se virent au même moment — Yoyo et Maï qui tournaient au coin d'une tente tandis que Nicky arrivait de derrière une autre. Ils avaient tous deux mis des vestes, et Yoyo tenait le petit sac de toile.

— J'avais oublié le sac, expliqua Yoyo en le brandissant à bout de bras. Il contient mon passeport.

— Venez, dit Nicky. Les soldats sont partout, tout le monde s'en va !

Elle se retourna, prête à repartir par où elle était venue.

— Par ici ! s'écria Yoyo. C'est plus court.

Il passa devant et tous trois coururent entre deux rangées de tentes et ressortirent dans une zone dégagée de la place, juste au nord du monument des Martyrs.

Des rangées de soldats avançaient rapidement dans leur direction, et derrière eux arrivaient les tanks, bien décidés à détruire tout ce qui se trouvait sur leur chemin.

— Suivez-moi ! s'écria Nicky en tournant à droite.

Elle courut aussi vite qu'elle le put vers le monument et l'entrée de Changan, juste derrière.

En entendant résonner un coup de feu derrière elle, elle sentit son cœur se briser. Elle regarda par-dessus son épaule et vit que Yoyo et Maï la suivaient toujours; elle continua donc sa course à travers la place, augmentant la distance entre elle et l'armée. Le bruit des blindés et des armes lui brisait les tympans.

En arrivant près du monument, elle vit du coin de l'œil que les quelques derniers étudiants battaient en retraite, tentant de s'échapper, tout comme eux.

— Nicky ! Nicky !

Elle se retourna. Maï gisait sur le sol, Yoyo penché sur elle. En état de choc, elle revint vers eux en courant.

— Que s'est-il passé ?

— Maï a été touchée, dit Yoyo, complètement désemparé.

Nicky tomba à genoux et examina l'épaule ensanglantée de la jeune fille. Elle lui caressa doucement le visage. Maï ouvrit les yeux, les plissa et les referma. Nicky glissa les bras sous Maï et tenta de la soulever, mais quand la jeune fille gémit, Nicky la reposa par terre.

En voyant ses mains trempées de sang, Nicky sentit son cœur se serrer : Maï devait avoir été touchée par plusieurs balles. Elle s'essuya les mains sur son pantalon, se redressa et regarda autour d'elle.

Les tanks avaient accéléré et ils étaient presque sur eux. Il n'y avait pas une seconde à perdre.

— Vite ! dit-elle à Yoyo. Prends ses jambes et je la tiendrai sous les bras. Nous allons la porter derrière le monument.

Elle avait à peine fini sa phrase qu'elle sentit qu'on l'écartait de Maï, qu'on la poussait de côté, presque brutalement. Elle entendit alors Clee qui criait :

— Dépêche-toi, Nick ! Vite, Yoyo ! Les tanks, ils se rapprochent !

Les étudiants fuyaient dans toutes les directions en criant. Se remettant comme elle le put sur ses pieds, elle suivit Clee, qui s'écartait en courant de la ligne de feu, portant Maï dans ses bras, Yoyo derrière eux. Ils arrivèrent à l'abri juste avant que les tanks, tirant toujours, ne roulent sur l'endroit où, une fraction de seconde plus tôt, gisait Maï.

D'autres n'eurent pas autant de chance.

Ils se cachèrent derrière le monument des Martyrs, dans un secteur qui semblait ne pas trop présenter de danger, du moins pour le moment. Clee déposa Maï par terre, et Nicky s'effondra sur les marches près d'elle.

— Merci de m'avoir sauvé la vie, dit-elle quand Clee vint s'asseoir à côté d'elle.

D'une main, il lui releva le menton, et il la regarda sans un mot. Elle vit une expression particulière sur son visage, une expression qu'elle ne lui connaissait pas.

— Il faut qu'on emmène Maï à l'hôpital, dit-il enfin.

Il enleva son appareil photo de son cou et le passa autour de celui de Nicky.

— Prends-en soin pour moi. Je crois que j'ai quelques très bonnes choses.

Il se baissa et souleva Maï dans ses bras.

En arrivant à la porte de Tiananmen, ils s'arrêtèrent et se retournèrent pour regarder la place.

La déesse de la Démocratie n'y était plus. Elle avait été renversée et écrasée par un tank — réduite en miettes. Le campement de tentes avait lui aussi été rasé. Nicky souhaita de toutes ses forces que les quelques étudiants qui y étaient encore à son dernier passage aient réussi à s'échapper avant d'être tués.

Une immense tristesse l'envahit tandis qu'elle se dépêchait de rattraper Yoyo et Clee.

*
* *

L'avenue Changan était engorgée par les tanks et les soldats ; morts et mourants gisaient dans des mares de sang, et des habitants, pleins d'angoisse, tentaient de faire ce qu'ils pouvaient pour se rendre utiles.

Nicky et Yoyo ouvraient la voie pour Clee, qui portait Maï.

Ils avaient presque atteint l'hôtel Beijing quand Yoyo s'écria :

— Regardez ! Un drapeau avec une croix rouge sur ce bus 38. C'est une ambulance. Il va emmener Maï à l'hôpital Xiehe.

Clee opina du chef et avança dans la foule avec la jeune fille blessée, priant Dieu que les médecins la sauvent.

*
* *

Nicky était debout au milieu de la suite d'ATN, à l'hôtel Beijing, se concentrant sur ce qu'elle avait à dire. En Chine, il était huit heures et quart ce samedi matin. A New York, il était treize heures plus tôt, soit dix-neuf heures quinze.

Son téléphone portatif à la main, elle parlait dans le combiné d'une voix claire, régulière, sans interruption, utilisant ce qu'elle appelait sa « vitesse télévision ». Elle arrivait à la fin de son reportage coup de poing sur les événements dont elle avait été témoin sur Tiananmen ; ses derniers mots furent dramatiques :

« Feu Mao Zedong a dit un jour que le pouvoir est au bout du fusil. Aujourd'hui, l'Armée populaire de Libération a tourné ses fusils contre les citoyens de Pékin et les étudiants. Des gens innocents. Des gens désarmés. Ce fut un massacre. Et les soldats ont obéi aux ordres de dirigeants vieillissants qui tentent désespérément de s'accrocher à leur pouvoir. Mao Zedong semble avoir eu raison. Du moins en ce qui concerne la Chine. »

Elle laissa passer le temps d'un battement de cœur et conclut :

« C'était Nicky Wells, qui vous souhaite une bonne nuit depuis Pékin. »

A l'autre bout de la ligne, elle entendit le présentateur d'ATN, Mike Fowler, qui disait : « Merci, Nicky, pour cet extraordinaire reportage. Et maintenant, passons à l'Europe de l'Est... »

Nicky éteignit le téléphone portatif et regarda

Arch, assis au bureau, le téléphone de l'hôtel à l'oreille.

Il sourit, hocha plusieurs fois la tête et leva un poing serré, le pouce dressé vers le plafond, pour indiquer à Nicky qu'elle avait fait du bon boulot.

Il était en ligne avec le producteur Joe Speight, dans la salle de rédaction d'ATN à New York. « Merci, Joe, dit Arch qui rayonnait de fierté. On envoie le film dans une heure. Tu devrais l'avoir demain soir. D'accord. *Ciao !*» Il raccrocha et se leva pour rejoindre Nicky.

— Nick, ils ont adoré ! Tu as été formidable !

— C'est un des meilleurs reportages que tu aies faits d'ici, confirma Jimmy, mais le film qu'on vient de tourner est meilleur encore.

— Je suis d'accord, approuva Luke.

— Merci, les gars, dit-elle en souriant.

Leur approbation comptait beaucoup pour elle, parce qu'elle savait qu'ils disaient toujours la vérité, et que, si elle n'avait pas été à la hauteur de ce qu'on attendait d'elle, ils n'auraient pas hésité à le lui signaler.

On frappa à la porte et, quand Luke ouvrit, Clee entra. Il était dans un état épouvantable, hagard et épuisé. Nicky comprit ce qu'il allait dire avant même qu'il ouvre la bouche, elle l'avait lu dans l'expression vide de ses yeux sombres.

— Maï est morte, fit-il d'une voix sans timbre. Ils n'ont pas pu la sauver. Ils ont essayé, mais elle avait perdu trop de sang.

— Pauvre gosse ! dit Jimmy.

Luke s'assit lourdement ; Arch semblait désemparé et tous restèrent un long moment silencieux.

Nicky s'approcha de Clee, les jambes un peu flageolantes.

— Tu as une mine terrible, Clee. Viens t'asseoir, on va te commander un café.

Clee s'approcha d'elle et essuya les larmes qui lui coulaient sur les joues, ces larmes dont elle n'avait même pas eu conscience.

— Tu as le droit de pleurer, tu sais.

— Oui, dit-elle en prenant une grande inspiration. Et Yoyo ?

— Il est anéanti, mais indemne.

— Où est-il ?

— A l'hôpital Xiehe pour organiser le transfert du corps de Maï chez ses parents, qui vivent en banlieue.

Nicky fut soudain aussi incapable de trouver une réplique que d'articuler un mot.

Clee l'entoura de son bras et la conduisit vers le canapé. Ils s'assirent côte à côte, et il lui parla, tout doucement :

— Nous, les journalistes, sommes quotidiennement confrontés à la mort et à la tragédie. Nous nous endurcissons, et nous nous croyons invincibles. Mais aucun de nous n'est invincible, Nicky, pas vraiment. Pas même toi.

DEUXIÈME PARTIE

Amants

« Viens avec moi, et sois mon
amour,
Et nous éprouverons tous
les plaisirs... »

Christopher Marlowe

CHAPITRE 6

C'était le pays de Cézanne, le pays de Van Gogh. Clee le lui avait dit, et il avait raison.

Les couleurs de la palette de ces artistes étaient bien les couleurs du jour, les couleurs de cette terre et de ce ciel de Provence : brun-rouge profond et terre-de-sienne brûlée, terre cuite saignant dans l'orange et l'abricot, teintes rose et pêche contrebalancées par les jaunes acides et l'or vibrant des soucis, toute une gamme de bleus et de verts lumineux, si francs et luisants qu'ils semblaient être d'émail, et le chaud soleil provençal baignant le tout dans une douce lueur dorée.

Dès qu'elle était arrivée en Provence, Nicky avait été ensorcelée par la beauté du paysage qui entourait le vieux mas appartenant à Clee. Pas un jour ne passait sans qu'une délicieuse surprise lui coupe le souffle. De multiples façons, la nature dans toute sa gloire se révélait constamment à elle au sein de cette fabuleuse région du sud-est de la France.

En cet après-midi ensoleillé, elle s'était installée près de la piscine entourée de pierre blanche, à l'ombre d'un pin parasol, et sirotait un citron pressé en rêvassant. Elle faillit éclater de rire tant elle se trouvait ridicule. Elle avait beaucoup hésité à venir ici, mais maintenant elle se rendait compte qu'aucune catastrophe au monde n'aurait pu lui faire rater ce bref répit.

Elle était reconnaissante à Clee de lui avoir si généreusement prêté sa maison. C'était son refuge privé, et elle savait que très peu de gens y avaient été invités. Mais tel est Clee, se dit-elle, toujours inquiet de mon bien-être. Ce dernier geste n'était qu'une de ses nombreuses gentillesses.

L'idée de venir en Provence avait pris naissance à Hong Kong, trois semaines plus tôt, comme Clee et elle finissaient de dîner à l'hôtel Mandarin. A brûle-pourpoint, sentant que sa fatigue était particulièrement profonde, Clee lui avait dit :

— Va donc dans ma ferme du sud de la France, Nick. Moi, ça me fait du bien rien que d'y être, et je sais que ça te changera les idées, que ça te rendra toutes tes forces.

Au début, elle avait résisté. La France ne la tentait pas particulièrement à cette étape de sa vie, même si dans le passé elle avait beaucoup aimé y séjourner et s'y était sentie chez elle. Mais, depuis trois ans, elle l'associait à la douleur.

Presque trois ans plus tôt, elle était allée au cap d'Antibes avec son fiancé, Charles Devereaux, un homme dont elle était très amoureuse, et qu'elle était sur le point d'épouser. Sans crier gare, sans aucun préambule, sans qu'il y eût la moindre trace de problème entre eux, il avait mis fin à leurs relations de la façon la plus brutale qu'on puisse imaginer, en disparaissant à tout jamais. Il n'avait donné ni explication, ni raison, et cela deux mois seulement après un voyage idyllique sur la Côte d'Azur.

Depuis, elle n'avait pas voulu raviver sa douleur en retournant en des lieux où ils avaient passé leurs derniers jours ensemble. Il y avait des moments où elle se sentait encore brutalisée par lui, et elle fulminait de colère. Elle s'était abrutie de travail, écartant de son esprit tous les souvenirs douloureux.

Bien sûr, Clee n'avait aucun moyen de savoir tout cela, si bien qu'il avait insisté. Juste avant de quitter Hong Kong pour Paris, il avait dit :

— J'ai bien peur de ne pouvoir y être, Nicky, mais ma gouvernante s'occupera très bien de toi. Je t'en prie, vas-y ! Elle va te gâter comme une enfant, avait-il ajouté avec un sourire, et je te garantis que tu vas l'adorer. Amélie est un amour. Écoute, la maison est située dans un pays merveilleux, un pays d'artistes, Cézanne et Van Gogh ont aimé le peindre. Je sais que tu pourras t'y détendre. Vas-y, s'il te plaît. Tu as besoin de faire quelque chose pour toi, de quelques semaines de paix après les horreurs de Pékin. Tu dois t'écouter davantage, Nick.

Touchée, elle avait faibli et lui avait répondu qu'elle y réfléchirait. A New York, elle avait tenu sa promesse. Elle n'en revenait pas, mais l'idée de la ferme de Clee en France et d'un interlude paisible passait et repassait dans son esprit avec une fréquence surprenante.

Pendant les quelques moments de répit entre le tournage et le montage d'une émission spéciale sur la place Tiananmen et ses suites, elle avait sérieusement réfléchi à ce voyage. Mais elle hésitait toujours à acheter le billet d'avion, à faire ses valises et à partir.

Finalement, c'est Arch qui l'avait aidée à prendre sa décision. Une fois l'émission spéciale dans la boîte, il lui avait dit qu'elle avait une mine épouvantable, que jamais il ne l'avait vue aussi épuisée. Il avait même employé le mot « rétamée» !

— Nous n'avons rien de particulier avant quelques mois, et un vrai repos te ferait du bien, avait-il souligné. Fais une pause tant que c'est possible, Nick. Tu en as vraiment besoin.

Quand elle lui avait opposé qu'un événement d'importance mondiale pourrait se produire, Arch avait ri et dit qu'il la ramènerait par le premier avion, où qu'elle soit, si une guerre mondiale éclatait.

Elle avait ri également, avant de protester :

— Mais je ne peux être aussi horrible que tu le dis, Arch. Tu exagères sûrement.

Sa réponse ne laissa aucun doute :

— *Horrible*, c'est le mot, Nicky. Crois-moi sur parole.

Elle s'était regardée dans un miroir et elle avait dû admettre qu'Arch avait raison. Après s'être examinée de plus près, elle avait décidé qu'il avait même usé d'un euphémisme ! Elle avait l'air carrément malade : le visage livide, l'expression hagarde, les yeux cernés de noir et les cheveux ternes. Elle s'alarma encore plus quand elle remarqua que ses yeux, ordinairement si clairs et d'un bleu si vif, semblaient fades, presque délavés, comme s'ils perdaient leur couleur — pour autant que ce soit possible.

Nicky savait bien qu'un bon maquillage pouvait camoufler nombre de défauts pour la caméra, et qu'elle pourrait continuer de dissimuler les signes évidents de fatigue par quelques artifices de professionnelle. Mais elle avait aussi admis, cet après-midi-là, que ce serait de la folie de sa part de ne pas prendre de repos, surtout dans la mesure où la chaîne lui devait des semaines et des semaines de vacances qu'elle ne prenait jamais. C'était vrai, elle s'était sentie affaiblie physiquement et vidée sur le plan émotionnel, et apparemment, les traces de ce choc n'étaient que trop évidentes pour les autres.

Si bien qu'elle avait rangé son miroir, joint Clee au téléphone à son bureau parisien, et lui avait dit qu'elle aimerait accepter son offre de séjourner quelque temps dans son mas de Provence, si c'était toujours possible. Il avait été ravi.

— C'est formidable, Nick ! s'était-il écrié avec une énergie et un enthousiasme qui avaient fait vibrer le combiné. Je pars à Moscou demain photographier Gorbatchev pour *Paris-Match*, mais Jean-Claude organisera tout pour qu'on t'attende à Marseille, et qu'on te conduise à la ferme. Il ne te reste qu'à arriver à Marseille, soit par Paris, soit par Nice. Fais seulement connaître à Jean-Claude le jour et l'heure. Quand tu seras installée, je t'appellerai de Moscou pour savoir comment ça se passe.

Deux jours après, elle traversait l'Atlantique plus vite que le son, à bord d'un Concorde, et atterrissait à Paris trois heures quarante-cinq minutes plus tard. Après une nuit au Plaza-Athénée, son hôtel préféré, elle reprenait un avion d'Orly pour Marseille.

Jean-Claude, le bras droit de Clee à Paris, lui avait expliqué qu'un chauffeur d'une compagnie de location de voitures avec laquelle ils avaient l'habitude de travailler l'attendrait à l'aéroport.

— Vous ne pourrez le manquer. Il brandira une pancarte portant votre nom en grosses lettres, avait expliqué Jean-Claude.

Fidèle à la promesse de Jean-Claude, le chauffeur était là. Elle l'avait vu aussitôt après avoir récupéré ses bagages. Il s'était présenté. Étienne était un Provençal tout à fait charmant, bavard et très bien informé. Pendant la route, il l'avait distraite avec des contes folkloriques plutôt fantastiques sur la région. Il avait aussi donné plus de faits et de chiffres sur Aix et Arles qu'elle ne pouvait en absorber en une seule fois.

Sur la route de Marseille à Aix-en-Provence, Nicky avait bien vite remarqué que le paysage différait totalement de ses souvenirs de la Côte d'Azur, cette région de France qu'elle connaissait si intimement. Elle avait passé une partie de sa jeunesse à Paris avec ses globe-trotters de parents, par ailleurs très francophiles, et quand elle était enfant, ils l'avaient emmenée dans beaucoup de stations balnéaires réputées de la Côte pour les vacances d'été ou des séjours plus courts. Sa mère et son père avaient une préférence marquée pour Beaulieu-sur-Mer, Cannes et Monte-Carlo. Et puis en octobre 1986, elle avait passé ces deux semaines extraordinaires au cap d'Antibes avec Charles Devereaux, avant qu'il ne disparaisse totalement de sa vie. Et pour toujours.

Nicky parlait donc bien français, mais elle eut néanmoins un peu de mal à se réhabituer à l'accent du Midi et ne comprit pas tout du premier coup. Cependant, elle se souvint assez vite qu'on ajoutait un « g » à beaucoup de mots, « bien » devenant « bieng », etc. Quelques autres ajustements encore, et son oreille se fit à cette variante si colorée, riche, rythmée et rapide de la langue française ; elle n'eut plus aucun problème pour comprendre tout ce que disait Étienne.

Oui, la Provence de Clee était tout à fait nouvelle pour elle, et cela évita à Nicky d'y associer aucun souvenir, bon ou mauvais. Elle se sentit soudain très à l'aise et se détendit dans la confortable Mercedes à air conditionné.

Ils avaient traversé un paysage de plaine animé de collines et de montagnes au loin, avaient dépassé de jolis villages anciens dans un cadre bucolique et en avaient aperçu d'autres, très pittoresques, au sommet de collines, qui paraissaient jaillir vers le ciel d'un bleu sans nuage. Beaucoup de champs et de collines étaient richement tapissés de lavande mauve, et les feuilles plus sombres des vignes mettaient en valeur les vergers d'arbres fruitiers divers qui s'étendaient sur des kilomètres. Des rangées d'oliviers aux formes torturées venaient rompre par endroits l'harmonie paisible de cette terre fertile où les cyprès, se détachant sur l'horizon, semblaient monter la garde.

*

*   *

Le mas de Clee se trouvait dans les Bouches-du-Rhône, entre Aix et Saint-Rémy de Provence, tout près d'un petit village au pied des contreforts verdoyants de la chaîne du Lubéron.

La maison était plus grande que Nicky ne se l'était imaginée. Malgré une forme difficile à déterminer, elle possédait une certaine grâce et était à l'évidence assez ancienne. Elle lui était apparue très belle dans les rayons obliques du soleil qui, en cette fin d'après-midi, passaient par-dessus son toit de tuiles rouges et réchauffaient les murs de pierre claire d'une lueur de miel. Elle avait eu le temps de la contempler dès l'entrée de la propriété, d'où une longue allée bordée de cyprès conduisait tout droit à la porte peinte.

Étienne avait enfin arrêté la voiture et s'était exclamé :

— Et voilà!

Après de grands signes en direction de la maison, il s'était tourné vers Nicky avec un sourire triomphant comme si l'avoir conduite jusqu'ici avait été un véritable exploit.

La gouvernante de Clee, Amélie, et son mari Guillaume l'attendaient sur le seuil, et ils l'avaient accueillie avec beaucoup de chaleur dans leurs sourires et des façons très amicales.

Guillaume avait ensuite promptement saisi ses bagages et était entré avec Étienne, qui ne s'était pas fait prier pour aller à la cuisine « boire un pastis ».

Avec un rire joyeux et un sourire permanent, Amélie avait fait entrer Nicky et insisté pour lui faire visiter les lieux avant de monter dans sa chambre.

Elles avaient commencé par la cuisine, à l'évidence l'endroit préféré d'Amélie dans cette grande maison, et dont elle était très fière.

C'était une vaste pièce peinte en blanc avec des poutres sombres au plafond, un sol carrelé de tommettes et une cheminée massive qui occupait tout un côté. Entourant une grosse cuisinière, sous les trois fenêtres, des surfaces de marbre servaient à préparer les repas. Amélie y avait disposé des paniers d'osier pleins de produits magnifiques. Dans l'un un choix de fruits : citrons, oranges, poires, prunes, pêches, abricots, cerises, melons et raisins; dans l'autre une abondance de légumes : carottes, courgettes, aubergines, haricots verts et petits pois. Des tresses d'ail et des grappes d'oignons, ainsi que des bouquets d'herbes aromatiques, pendaient des poutres, et le délicieux arôme de la marjolaine, du thym et du romarin emplissait l'air.

Au centre de la cuisine, une table était recouverte d'une cotonnade rouge à fleurs, assortie aux rideaux joliment attachés de chaque côté des fenêtres. A la place d'honneur, sur le mur du fond, un vieux présentoir à pain en fer forgé et laiton avait été chargé de toute une gamme de casseroles et de poêles en cuivre qui luisaient comme des soleils. Sur le dernier mur, une série d'étagères portait un beau service de faïence décoré, des pots et des bols, des tasses et des saucières de la région.

Après un rafraîchissement, Nicky fut entraînée vers la salle à manger. Les deux pièces coulaient littéralement l'une dans l'autre, liées visiblement par le même carrelage au sol, les mêmes murs blancs et les mêmes poutres sombres au plafond.

Une grosse cheminée ancienne en pierre du pays, de couleur crème, attendait de recevoir les bûches empilées à côté pour l'hiver. A chaque extrémité de la salle à manger s'ouvrait une fenêtre. On avait entretenu l'atmosphère campagnarde en choisissant une lourde table de chêne entourée de chaises à hauts dossiers et assortie à un buffet sculpté. Un lustre en fer forgé flottait au-dessus de la table ornée d'une collection de bougeoirs rustiques en cuivre portant chacun un gros cierge blanc. Au centre de la table et sur le buffet, d'énormes vases de fleurs apportaient la gaieté de leurs couleurs vives à cette pièce plutôt austère.

Courant presque en avant, Amélie avait ensuite montré à Nicky le hall d'entrée qui donnait sur un petit salon. Des dalles de pierre couleur crème, polies jusqu'à en être brillantes, pavaient le sol, et les deux canapés de lin beige se faisaient face devant une petite cheminée. Des tables de bois étaient disposées çà et là, et de grosses lampes au pied de poterie colorée surmonté d'un abat-jour crème trônaient sur de vieux coffres de chaque côté de la cheminée. Sous la fenêtre, une table était visiblement réservée à la presse internationale, et Nicky y vit des exemplaires de *Life* comme de *Paris-Match*, de *Time* et de *Newsweek*.

— Maintenant, nous allons monter, avait dit Amélie.

Elle avait fait demi-tour d'un coup de reins et avait ramené Nicky dans l'entrée. La jeune femme l'avait suivie dans un escalier de pierre blanche, large et incurvé, qui s'arrêtait à un palier carré.

De part et d'autre, s'ouvraient la bibliothèque et la salle de séjour principale. Les deux pièces étaient peintes en blanc et disposaient de grandes cheminées. Leur sol de parquet clair était par endroits recouvert de kilims du Maroc.

Au salon, des meubles campagnards provençaux tenaient compagnie à des canapés et fauteuils recouverts de tissu dans une harmonie de beige, café au lait et caramel. Là aussi, de gros bouquets de fleurs introduisaient de vivantes taches de couleur, et Nicky eut instantanément une impression de lumière et d'espace, et surtout un grand sentiment de tranquillité.

De l'autre côté du palier, dans la bibliothèque tapissée de livres et meublée de deux profonds canapés couleur melon, Clee avait choisi d'installer un équipement audiovisuel de pointe : une télévision grand écran, un magnétoscope, un magnétophone et un lecteur de disques compacts. Il avait perché les haut-parleurs de la stéréo en haut des bibliothèques.

— C'est la pièce préférée de M. Clee, je crois, avait dit Amélie avec un mouvement de tête complice.

Ensuite, elle avait montré le plafond du doigt et annoncé :

— Encore un étage, mademoiselle, du courage !

Toutes deux étaient revenues sur le palier et avaient monté une volée de marches de pierre blanche plus étroite jusqu'à l'étage des chambres.

Nikcy découvrit alors qu'elle disposait d'une véritable suite sous les poutres du toit, avec chambre, salle de bains et petit salon décorés de façon aussi désuète que charmante dans les blanc, crème et caramel, les couleurs de base de la maison. Plusieurs beaux meubles ornaient le salon ; une grosse armoire et une commode assortie réchauffaient les murs de la chambre. Il lui avait suffi d'un coup d'œil hâtif pour constater qu'on avait pris grand soin d'apporter à ces lieux tout le confort nécessaire.

— Je vais monter vos valises, avait déclaré Amélie en ouvrant l'armoire et les tiroirs de la commode aussitôt la visite terminée. Et je vous en prie, mademoiselle Nicky, vous devez me dire si vous avez besoin de quelque chose. M. Clee serait très en colère si je ne prenais pas bien soin de vous.

— Merci beaucoup, Amélie, avait répondu Nicky avec un sourire. Mais je suis sûre que j'ai tout ce qu'il me faut. Et merci aussi pour la visite !

— Ah, c'est un plaisir, mademoiselle ! avait répondu une Amélie souriante avant de disparaître dans l'escalier.

*
* *

Cette conversation n'avait eu lieu que quatre jours plus tôt, et déjà Nicky se sentait tout à fait reposée. Le mas et les terres qui l'entouraient avaient eu sur elle un effet apaisant, et elle était plus tranquille qu'elle ne l'avait été depuis longtemps. Elle dormait aussi beaucoup mieux que d'habitude, et elle s'était totalement détendue dans cet environnement paisible.

Les jours passaient lentement, paresseusement, sans qu'aucune pression s'exerce sur elle, et elle n'avait rien fait de plus compliqué que se promener dans la campagne et les bois environnants ou nager dans la piscine. L'air pur, l'exercice et la délicieuse cuisine d'Amélie l'avaient remise à neuf. Le soir, elle lisait, écoutait de la musique ou regardait la télévision française dans la bibliothèque. Mais, en bonne droguée de l'actualité, il lui arrivait souvent de prendre CNN.

D'après Guillaume, Clee avait récemment fait installer une antenne parabolique pour pouvoir capter la chaîne américaine d'informations.

— Pour son travail, vous savez, mademoiselle, avait-il jugé nécessaire d'ajouter.

Nicky s'était détournée pour cacher le petit sourire amusé qu'ébauchaient ses lèvres.

C'était la dernière semaine de juin, et il faisait déjà chaud, bien que ce fût encore très agréable. Amélie lui avait expliqué le matin même que juillet et août étaient les pires mois de l'année dans cette partie de la Provence. Une chaleur insupportable, avait-elle dit. Et puis elle s'était soudain lancée dans une petite histoire du mistral, ce vent sec venu du nord qui pouvait souffler furieusement, même en été, et tout ravager. Il descendait vers le sud en empruntant la vallée du Rhône, et il annonçait souvent l'arrivée du mauvais temps. Amélie, comme la plupart des Provençaux, attribuait au mistral toute une avalanche de problèmes et de malheurs.

— Les animaux peuvent devenir fous. Et les gens aussi, avait-elle confié d'un air douloureux en versant à Nicky une seconde tasse de café au lait. Il donne la migraine. Et la grippe. Et mal aux dents. Et mal aux oreilles. Et parfois, en hiver, il peut souffler sans arrêt pendant trois semaines. Il détruit tout sur son passage : il déracine les arbres et arrache les tuiles des toits ! Quel vent !

Et, avec un haussement d'épaules typiquement français, elle était partie dans la cuisine pour refaire du café et réchauffer un peu plus de lait pour Nicky.

Comme Clee l'avait prédit, Nicky était tombée amoureuse d'Amélie. Petite et bien plantée sur ses jambes, la gouvernante était à l'évidence une forte femme, indéniablement méditerranéenne, avec ses cheveux de jais coiffés en chignon et ses yeux comme des olives noires dans un visage au teint mat. Toujours souriante, toujours prête à rire et toujours de bonne humeur, elle s'activait dans le mas, s'acquittant de ses nombreuses tâches comme un ouragan — ou comme le mistral peut-être... Elle nettoyait et faisait briller, lavait et repassait, cuisait du pain, des gâteaux, des tartes, préparait les plus délicieux repas et arrangeait les plus merveilleuses décorations florales et les corbeilles de fruits les plus appétissantes qui soient.

Comme Amélie, Guillaume était un Provençal bon teint, brun comme un pruneau, le visage buriné par le travail au-dehors, la chevelure noire maintenant parsemée de quelques cheveux blancs, les yeux gentils et pleins d'humour. De taille moyenne, très musclé, il entreprenait chacun de ses travaux avec la même vigueur et le même enthousiasme que sa femme.

Il balayait la cour et la terrasse où l'on pouvait déjeuner en plein air près du barbecue, nettoyait la piscine, s'occupait du jardin et du verger et même de la petite vigne. Cette fameuse vigne commençait juste derrière le mas et couvrait environ deux hectares. Guillaume la sulfatait, la taillait, l'attachait et, avec l'aide d'Amélie et de quelques voisins, il vendangeait et mettait en tonneaux, puis en bouteilles.

— On en vend un peu. On en garde un peu pour nous, et aussi pour M. Clee, naturellement, avait expliqué Guillaume la veille quand il avait fait faire le tour de la propriété à Nicky.

Amélie et Guillaume avaient un fils, François, qui étudiait à la Sorbonne, à Paris, et dont ils étaient très fiers; Amélie y avait déjà fait plusieurs fois allusion avec une exaltation qui n'avait pu échapper à Nicky. Leurs deux filles, Marie et Paulette, s'étaient mariées et vivaient au village. Leurs parents faisaient fréquemment appel à elles pour les aider à la ferme, ou dans les rares occasions où Clee recevait du monde.

Quand Clee téléphona de Moscou, le soir de l'arrivée de Nicky, il dit qu'Amélie et Guillaume étaient le sel de la terre. Maintenant Nicky savait exactement ce qu'il avait voulu dire. Ils lui étaient dévoués et prenaient soin de la maison et des terres comme s'ils en étaient propriétaires.

Ils vivaient dans une maison adjacente au corps de logis principal et à laquelle on accédait par une porte donnant dans la cuisine. L'ensemble avait sans doute été construit à la même époque, car rien ne distinguait les deux corps de bâtiment : même pierre de pays patinée par les ans, même toit de tuiles, mêmes lourds volets de bois et mêmes portes peintes.

Elle pouvait voir l'ensemble qu'ils formaient depuis la piscine au bord de laquelle elle était assise, et il lui sembla que le mas était comme né de la terre, totalement intégré au paysage. Et, en un sens, c'était vrai. Le mas et ses dépendances avaient cent cinquante ans, d'après Guillaume, et on aurait pu croire qu'ils avaient toujours été là.

Tout ce qui touchait à la ferme fascinait Nicky, et elle commençait à se rendre compte combien elle aimait être à la campagne, proche de la terre. Elle n'avait aucun mal à comprendre pourquoi Clee adorait sa propriété, bien qu'il ne fût pas en mesure d'y venir aussi souvent qu'il l'aurait souhaité. Depuis deux ans qu'elle le connaissait, il avait de temps à autre fait allusion à cet endroit, et elle savait maintenant pourquoi le son de sa voix changeait légèrement chaque fois qu'il parlait de sa maison en

Provence. C'était un coin de paix et de beauté très spécial dans ce monde inquiet et turbulent.

*
*   *

Elle resta dehors presque jusqu'à six heures, appréciant la lumière changeante tandis que le soleil descendait lentement derrière la ligne des collines au loin. Puis elle prit son livre et ses lunettes et suivit doucement le chemin empierré qui menait à la maison à travers le jardin.

En montant les deux volées d'escalier jusqu'à sa chambre sous les toits, elle pensa à Yoyo, comme souvent depuis plusieurs jours. On ne savait pas où il était, et cela l'inquiétait. Clee et elle avaient tout mis en œuvre pour le retrouver à Pékin avant de partir pour Hong Kong, mais il avait disparu. Il faut dire que, de toute façon, presque tous les autres leaders étudiants en avaient fait autant.

— Ils sont entrés dans la clandestinité, lui avait expliqué Clee.

Elle espérait qu'il en était bien ainsi, et que Yoyo n'avait pas été arrêté.

Avec son équipe et Clee, Nicky était restée plusieurs jours à Hong Kong, espérant que Yoyo arriverait, mais ils ne l'avaient pas vu, et finalement ils avaient dû partir.

La seule consolation de Nicky, c'était que Yoyo savait où les joindre. Elle lui avait donné sa carte professionnelle dès qu'ils s'étaient rencontrés. Arch et Clee avaient fait de même. Elle ne pouvait qu'espérer qu'il les avait toujours et qu'il pourrait sortir de Chine, grâce à l'argent qu'ils lui avaient donné.

A un moment, elle avait pensé lui écrire à l'Académie des beaux-arts, mais elle avait résisté à la tentation, sachant qu'une lettre d'un journaliste occidental lui créerait sans doute d'immenses problèmes. A son avis, dans les circonstances actuelles, recevoir une lettre d'elle pouvait tout simplement lui coûter sa liberté. Ou sa vie.

Avec un soupir, Nicky poussa la porte de sa chambre et entra. Elle essaya d'écarter de son esprit les soucis qu'elle se faisait pour Yoyo. Elle n'y pouvait rien, hormis prier pour qu'il soit en sécurité et trouve un moyen de s'échapper en Occident.

sortir de Chine. Grâce à l'argent gagné au premier dépôt.

A un moment, elle avait pensé lui écrire à l'Académie des beaux-arts, mais elle avait résisté à la tentation, sachant qu'une lettre d'un ressortissant occidental lui créerait sans doute d'innombrables problèmes. A son avis, dans les circonstances actuelles, recevoir une lettre d'elle pouvait tout simplement lui coûter sa liberté. Ou sa vie.

Avec un soupir, Nicky poussa la porte de sa chambre et entra. Elle essaya d'écarter de son esprit les soucis qu'elle se faisait pour Zhou. Elle n'y pouvait rien, hormis prier pour qu'il soit en sécurité et trouve un moyen de s'échapper en Occident.

CHAPITRE 7

Un cri fracassa son cauchemar.

Il rebondit tout autour de la chambre et sembla transpercer son cerveau, presque comme si elle avait crié elle-même.

Nicky s'assit d'un bond dans son lit, tout à coup parfaitement éveillée, le visage et les bras couverts de sueur. Elle pencha la tête et écouta de toutes ses forces, les yeux froncés pour essayer de percer la pénombre de sa chambre.

Il n'y avait aucun bruit hormis le léger tic-tac du réveil sur sa table de nuit et de la brise dans l'arbre sous sa fenêtre, qui envoyait les feuilles caresser la façade.

Avait-elle crié pendant ce rêve effrayant ? Quelqu'un d'autre avait-il crié ? Dehors ? Elle n'en savait rien, et afin de s'en assurer elle sortit du lit et s'approcha de la fenêtre pour regarder.

Le ciel était sombre, sans nuage. La lune, pleine, dominait de très haut les anciennes écuries. Elle projetait une lueur argentée sur la cour, accentuait le contraste des cyprès, faisait chanter un parterre de fleurs, révélait les sièges de jardin et les quelques marches menant au verger. Mais il n'y avait personne dehors, si bien que personne n'avait pu crier... A part elle, naturellement.

Nicky frissonna alors même que la nuit était exceptionnellement chaude. Elle se détacha de la fenêtre et retourna au lit, troublée par ce cauchemar qui l'avait effrayée au point de lui arracher un cri et de la réveiller. Elle remonta le drap pour couvrir ses épaules nues et tenta de se rendormir.

Mais elle n'y parvint guère et, comme elle était toujours éveillée une demi-heure plus tard, elle se leva, enfila sa robe de chambre de coton et descendit dans la bibliothèque. Après avoir allumé une lampe et la télévision, elle se recroquevilla sur un des canapés. Puisqu'elle ne pouvait pas dormir, elle pouvait aussi bien regarder CNN.

Une fois terminées les nouvelles internationales, la chaîne diffusa un reportage sur des fermiers du Midwest, et Nicky laissa son esprit s'échapper. Elle ne fut pas vraiment étonnée de se retrouver en train de penser au cauchemar qu'elle venait de faire. C'était horrible et, quoiqu'elle essayât de l'effacer de ses souvenirs, il restait si vivant qu'il prenait possession de son esprit. Il s'agissait de Clee.

Elle est dans un vaste désert. Il fait chaud, agréablement chaud, et quoiqu'elle soit seule, elle n'a pas peur. Elle se sent bien. Elle monte en haut d'une dune et, quand elle arrive au sommet, elle regarde en contrebas et voit une oasis. Comme elle a soif, elle court pour descendre et boit l'eau dans ses mains jointes, jusqu'à ce qu'elle s'aperçoive que la source est marbrée de traînées de sang. Elle recule, saisie d'horreur, et en s'accroupissant, elle remarque un magazine froissé et taché de boue et de sang. C'est un exemplaire de Life. *Elle le ramasse et le feuillette jusqu'à ce qu'elle tombe sur une photo de Clee. La légende dit qu'il est mort, tué en reportage pour le magazine. Mais rien n'indique où il a été tué, ni quand, et aucune date ne figure sur le magazine. Elle a peur, et elle sent son corps se glacer alors même que le soleil brûle le désert. Elle se lève et se met à courir, à la recherche de Clee. Elle est certaine qu'il est quelque part, tout près, et en vie.*

Elle marche pendant des heures et finit par sortir du désert. Elle porte à présent d'épais vêtements d'hiver, et c'est l'aube d'un jour de gelées. Tout autour d'elle gisent des hommes morts et les signes sanglants d'une guerre destructrice. Clee s'approche pourtant d'elle, sortant de la brume et lui prend la main. Il l'aide à marcher parmi les cadavres, jusqu'à ce qu'ils voient une Jeep au loin.

— Regarde, Nick ! s'exclame Clee. On va pouvoir fuir en voiture !

Il court vers la voiture. Elle le suit, mais trébuche et, quand elle se relève, il n'est plus là. Pendant une fraction de seconde, elle a peur, puis elle part à sa recherche parmi les soldats morts, sans pouvoir le trouver.

Il y a des kilomètres et des kilomètres de cadavres, et tout est si silencieux qu'elle se demande si c'est la fin du monde. Elle voit deux corps proches l'un de l'autre, côte à côte. Elle s'approche en courant et tourne leurs froids visages morts pour voir qui ils sont, puis recule sous le choc : un des hommes est Yoyo, l'autre Charles Devereaux.

Elle se détourne et se remet à courir, trébuchant et tombant sur des cadavres de soldats dans sa hâte d'échapper au carnage. Un moment, elle regarde ses mains et ses vêtements, couverts du sang chaud et poisseux des morts. Une vague d'horreur et de nausée l'envahit et, alors qu'elle commence à désespérer de jamais retrouver Clee, de jamais s'échapper, elle arrive au bout du champ de bataille.

Elle marche le long d'une plage de sable blanc. Elle voit soudain la Jeep de tout à l'heure, garée sous un arbre, abandonnée ; en tournant les yeux vers la mer sombre, pas très loin, elle voit un corps qui flotte. Est-ce Clee ? Il lui fait signe. Oui, c'est lui ! Il est vivant ! Elle se jette à l'eau. L'eau est glacée, mais curieusement épaisse, comme du pétrole, si bien qu'il est difficile d'y avancer à la nage. Et c'est alors qu'elle comprend que la mer n'est pas bleue mais rouge. C'est une mer de sang.

Clee lui tend la main et elle fait de même. Leurs doigts ne sont qu'à quelques centimètres. Tandis qu'elle lutte por attraper sa main, le corps de Clee s'enfonce dans les flots et disparaît finalement dans la mer.

Le rêve s'était achevé là, et elle s'était éveillée dans un cri. Maintenant, elle savait que c'était elle qui avait crié.

Elle en eut la chair de poule et frissonna. Sentant soudain un froid terrible, elle serra sa robe de chambre autour d'elle, se leva et gagna le petit bar, près de la bibliothèque. Après avoir examiné toutes les bouteilles, elle choisit un marc de Bourgogne.

Cela lui rappela vaguement quelque chose jusqu'à ce qu'elle reconnaisse la marque : naturellement, Charles en importait de France. Elle posa la bouteille sur un plateau d'argent, la reprit immédiatement et se versa un petit verre qu'elle commença de siroter en regagnant le canapé.

Nicky ne savait pas grand-chose de l'interprétation des rêves, mais assez cependant pour se dire que son récent cauchemar n'était que la manifestation d'impressions engrangées par son subconscient. Une fois, plusieurs années auparavant, sa mère lui avait dit qu'on rêvait ses terreurs, que tout ce qui faisait vraiment peur à quelqu'un ressortait dans son sommeil, quand l'inconscient s'exprimait. Il ne lui fallut donc pas longtemps pour analyser son rêve. Elle savait très bien ce qu'il signifiait : elle avait peur que Yoyo ne soit mort, et elle se faisait du souci pour Clee, photographe de guerre, qui risquait à tout moment de se faire tuer.

Tout cela est très facile à comprendre, se dit-elle en prenant une autre petite gorgée de marc. Les deux hommes avaient beaucoup occupé ses pensées ces derniers temps et, naturellement, devaient aussi occuper ses rêves.

Mais pourquoi donc Charles Devereaux lui était-il apparu ? Peut-être parce qu'elle était en France, où ils avaient séjourné tous deux, où il était si souvent venu acheter du vin pour son entreprise d'import-export — et dans la région où ils avaient passé leurs deux dernières semaines ensemble...

Plus elle y réfléchissait, plus elle devait s'avouer qu'elle avait rêvé de ces trois hommes parce que chacun à sa façon était très important pour elle.

[illegible] un peu vers qu'elle [illegible] [illegible].

Nicki ne savait pas grand-chose de l'immigration des gens, mais assez cependant pour ignorer que son neveu [illegible] que la qualification d'expression [illegible] pas [illegible] conscient. Une fois, plusieurs années auparavant, sa mère lui avait dit qu'on voyait ses tourments. Tout ce qui faisait vraiment peur à [illegible] dans son [illegible] quand [illegible].

Il ne lui fallut donc pas longtemps pour analyser son rêve. Elle savait très bien ce qu'il signifiait : elle avait peur que Lew ne soit mort, et elle se souvenait du souci pour cette photographie de guerre qui [illegible] son moment de se faire tuer.

Tout cela est très facile à comprendre, se dit-elle en prenant une autre petite gorgée de marc. Les deux hommes avaient beaucoup occupé ses pensées ces derniers temps et, naturellement, ils venaient occuper ses rêves.

Mais pourquoi donc Charles Dayer était-il apparu aussi ? Peut-être parce qu'elle était au Bristol, où ils avaient déjeuné tous deux, où il était venu voir [illegible] pour son entreprise d'import-export — et dans la région où ils avaient passé leurs deux dernières semaines ensemble...

Plus elle y réfléchissait, plus elle devait s'avouer qu'elle avait rêvé de ces trois hommes parce que chacun à sa façon était très important pour elle.

CHAPITRE 8

Clee était penché sur une douzaine de diapositives disposées sur une plaque lumineuse, dans son bureau, à Paris. Au bout de quelques minutes de concentration intense, il se tourna vers Jean-Claude Roche, qui dirigeait son agence de photos, *Image*, et hocha la tête.

— Je crois que tu as tiré le bon numéro. Ces photos sont *bonnes*, Jean-Claude. Très bonnes, même. Alors, que ce type vienne me voir, et le plus tôt sera le mieux. Un autre bon photographe ne sera pas de trop ici : nous avons plus de travail que nous ne pouvons en faire en ce moment.

Jean-Claude eut l'air ravi.

— Marc Villier est vraiment formidable, Clee. Très intelligent, agressif mais sensible. Et il possède comme toi cet œil infaillible. Tu vas l'aimer, il est... comment dire ?... Il a très belle allure.

— Parfait. Et si on peut se fier à ces photos, son travail est plus qu'excellent. Allons-y. Devions-nous discuter d'autre chose ?

— Non. Tout est réglé. Ton emploi du temps est sur ton bureau. Tout le monde est pris pour les quelques semaines qui viennent. Sauf toi. Je t'ai gardé du temps libre.

— Formidable ! J'ai bien besoin de quelques jours de répit après Pékin et Moscou, s'exclama Clee.

Son visage s'éclaira à cette perspective de repos. Il se retourna, rassembla les diapositives qu'il avait étudiées et les tendit à Jean-Claude.

— Merci, dit Jean-Claude en les glissant dans une grande enveloppe. Je vais appeler Marc et lui demander de venir demain matin. Ça te va ?

— Bien sûr. Au fait, où en est-on avec mon contrat pour *Life* ?

— Ils ont besoin de toi pour environ trois semaines, fin juillet-début août. Ils veulent que tu passes d'abord à Washington pour photographier le président et Mme Bush. C'est une priorité pour eux.

— Ouais. Je comprends ça. Le Congrès est encore en session en juillet et Bush va probablement partir en août, à Camp David ou Kennebunkport. Et qui dois-je prendre après le Président ?

— Ils n'ont rien précisé. Mais ils te veulent pour quelques clichés importants. Je leur ai dit que je leur donnerais ta date d'arrivée dès que possible. Ils ont besoin d'une confirmation pour la Maison Blanche. Alors, tu pars *quand* ?

— Vers le 14, je crois, dit Clee en allant s'asseoir devant son bureau encombré. Demande à Marc Villier s'il peut venir tôt demain, vers sept heures et demie, huit heures.

— D'accord.

Jean-Claude gagna la porte mais se retourna une dernière fois avant de quitter la pièce.

— Il n'y aura aucun problème; il viendra quand tu voudras. Il n'y a rien qu'il souhaite davantage que travailler avec toi, Clee. Tu es son idole!

Clee se contenta de sourire, sans faire de commentaire. Il savait tout des idoles et de l'importance qu'elles peuvent avoir. Ses yeux se posèrent instinctivement sur la photo de Robert Capa, une parmi d'autres qui ornaient les murs, et ressentit immédiatement le petit pincement de tristesse qu'il éprouvait souvent dans les mêmes circonstances. Son seul et unique regret dans la vie était de n'avoir jamais rencontré Capa. Il était né trop tard et la mort tragique de Capa était survenue si tôt!

Au bout d'un moment, il reporta son regard sur les papiers qui jonchaient son bureau et les déplaça sans y prêter grande attention — ce qui lui était très habituel. La paperasserie n'avait pas ses faveurs; en fait, elle l'ennuyait profondément. Il rassembla les lettres et griffonna sur celle du dessus : *Louise, répondez à tout ça comme vous le jugerez bon, s'il vous plaît!* Et il jeta le paquet dans le casier des documents destinés à sa secrétaire, qui les trouverait le lendemain matin.

Il regarda l'horloge. Il était presque six heures. S'il devait décommander son dîner avec ses amis Henry et Florence Devon, il valait mieux qu'il le fasse immédiatement. Henry, écrivain, travaillait pour le bureau parisien du *Time*, et Clee composa son numéro direct. La sonnerie retentit plusieurs fois avant qu'Henry décroche et dise, avec son fort accent de Boston :

— Allô, oui ?

— Hank, c'est Clee.

— Clee, ne me dis pas que tu te décommandes!

— Il le faut, Hank. Écoute, je suis désolé, mais je n'y peux rien.

— Flo a invité ce mannequin de chez Lacroix, dont j'ai oublié le nom. Une fille époustouflante. Je suis sûr que tu ne veux pas la rater, *elle*, n'est-ce pas ?

— J'aimerais bien que vous arrêtiez tous les deux d'essayer de me caser ! s'exclama Clee avec une note d'impatience dans la voix, avant d'ajouter en riant : Il n'y a vraiment pas moyen pour ce soir. C'est une réunion imprévue et très importante.

— Je n'en doute pas. Te connaissant, j'imagine que tu as décroché un rendez-vous galant.

Clee fit comme s'il n'avait pas entendu.

— Flo multiplie généralement ses chances de réussite et je suis sûr qu'elle a invité un ou deux autres célibataires. Cette dame de chez Lacroix ne manquera pas d'attentions masculines flatteuses ce soir.

— Tu as vu juste. Il n'en reste pas moins que c'est à *toi* que Flo voulait la présenter, Clee.

— Ce n'est que partie remise. Une autre fois. Ce soir, je suis coincé. Et si on déjeunait ensemble demain ?

— Impossible. Je m'envole pour Nice. Je fais un travail sur les Grimaldi, à Monaco et j'ai quelques interviews à Monte-Carlo.

— Alors appelle-moi quand tu rentres et on rattrapera ça.

— Marché conclu. Et, Clee...

— Oui, Hank ?

— Tu nous manqueras, ce soir.

— Je regretterai de ne pas être avec vous. Tu transmettras mes excuses à Flo et tu l'embrasseras pour moi.

En raccrochant, Clee se dit qu'il faudrait qu'il fasse envoyer des fleurs à Florence le lendemain. Il décrocha le téléphone et composa un autre numéro. Une voix de femme répondit immédiatement.

— C'est toi, Mel ?

— Salut, Clee. Qu'est-ce qui ne va pas ?

— Rien... Mel, je...

— Tu te décommandes pour ce soir.

— Écoute, chérie, je suis désolé, mais il y a un producteur américain en ville et il....

— Doit te voir ce soir, parce qu'il repart demain matin de bonne heure et que c'est d'une importance vitale pour ton agence, conclut-elle à sa place d'une voix mécanique de petite fille récitant une leçon.

— C'est ça.

— Pourquoi ne viendrais-tu pas plus tard, Clee ?

— Ce sera trop tard.

— Ça m'est égal.

Il y eut un petit silence, et Clee dit finalement :

— Je préférerais te voir pendant le week-end, Mel. Si tu es libre. Nous pourrions aller dîner à la campagne samedi soir, qu'en dis-tu ?

Il l'entendit soupirer à l'autre bout du fil. Après une hésitation, elle répondit :

— D'accord. Mais je ne sais pas pourquoi je te laisse me faire ça, Cleeland Donovan. Je ne l'accepterais d'aucun autre homme.

— Quoi ?

— La façon dont tu sembles m'éviter.

— Est-ce que nous nous voyons samedi ?

— Bien sûr, Clee.

— Je te rappelle demain. Je suis désolé pour ce soir.

Il lui dit au revoir et raccrocha. Demain, j'enverrai à Mel des fleurs de chez Lachaume, se dit-il en posant les pieds sur son bureau. Il s'appuya au dossier de son fauteuil et ferma les yeux.

Il se sentit envahi par un immense soulagement d'avoir annulé ses rendez-vous avec Flo et Hank et aussi avec Mel en ne racontant que de petits mensonges sans conséquence. En réalité, il n'avait aucune obligation pour ce soir, mais il n'avait pas la tête à un dîner mondain chez les Devon, ni à un dîner aux chandelles avec Melanie Lowe, si intelligente et charmante qu'elle fût. Il l'aimait bien, mais il voulait rester seul. Il avait beaucoup de choses en tête et il fallait qu'il réfléchisse. C'était une des raisons pour lesquelles il avait été si heureux quand Jean-Claude lui avait annoncé qu'il était libre, qu'il n'avait rien de prévu avant son départ pour les États-Unis et son travail pour *Life*. Non seulement il allait se détendre pendant une semaine et prendre le repos dont il avait besoin, mais il pourrait se concentrer sur quelques problèmes personnels qu'il avait besoin de régler. Un en particulier, qui n'avait pas quitté son esprit depuis plusieurs semaines.

Rouvrant les yeux, Clee se leva, enfila sa veste et se dirigea vers la porte.

Il s'arrêta au milieu de la pièce et regarda un moment le portrait de Capa. De toutes les photographies qui avaient été prises de lui, en tenue de camouflage ou en complet-veston, celle-ci était la préférée de Clee. On y voyait Capa et David « Chim » Seymour dans un jardin de Paris au début des années cinquante. Les deux amis étaient assis sur des chaises de jardin en fonte, sur fond d'arbres feuillus, et Capa portait un imperméable sur son costume ; une cigarette pendait à ses lèvres. Ses yeux semblaient vaguement interrogateurs et on devinait presque un sourire sur sa bouche. Clee avait toujours été attiré par la main du photographe posée sur son genou : des doigts longs, sensibles, qui semblaient tellement habiles. Sur cette photo, Capa était beau et sombre, avec ses traits virils, ses sourcils et ses cheveux noirs épais, ses yeux sombres brûlants, sa bouche sensuelle — un vrai séducteur !

Capa possédait un charme légendaire, une personnalité dynamique et une grande beauté, si bien que Clee n'avait aucun mal à imaginer qu'Ingrid Bergman et tant d'autres femmes soient tombées follement amoureuses de lui.

Tout ce que Clee avait lu sur Capa vantait son courage et sa témérité de photographe, sa compassion et sa sensibilité d'homme. Une fois, le magazine britannique *Picture Post*, disparu depuis, avait publié une photo de Capa sous le titre : *Le plus grand photographe de guerre du monde.* Et c'est ce qu'il était. Cela lui avait coûté la vie, au bout du compte.

Capa avait été tué le 25 mai 1954, pendant la guerre d'Indochine, en posant le pied sur une mine antipersonnel vietminh dans une petite prairie en pente, au-dessus d'une digue, à cinq kilomètres de Dongquithon. Il avait quarante et un ans. Deux ans de plus que moi maintenant, se dit Clee. Il pensa qu'il était mortel ; il pensa à la fragilité de la vie.

En 1955, le magazine *Life* et le Club de la presse américaine à l'étranger avaient fondé le Prix Robert Capa « pour le meilleur reportage photographique à l'étranger ayant nécessité un courage et un esprit d'entreprise exceptionnels ».

Clee avait gagné ce prix pour la façon dont il avait couvert la guerre du Liban, et c'était un de ses plus précieux trésors. La boîte qui le renfermait, tapissée de velours bleu, était posée sur une étagère près de la photo de Capa, un peu à l'écart des autres récompenses internationales qu'avait values à Clee l'excellence de son travail.

Il ouvrit la boîte, regarda une seconde son prix et se demanda, comme si souvent dans le passé, pourquoi il se sentait si proche d'un homme qu'il n'avait jamais connu et qui lui manquait pourtant comme l'ami le plus cher. Cela ne cessait de l'étonner, mais il ne pouvait nier que Capa, un mort, était l'homme qui avait exercé la plus grande influence sur sa vie.

La voix de Jean-Claude résonna dans le couloir. Clee écarta de son esprit ses réflexions sur Capa et quitta la pièce pour voir si quelque chose n'allait pas.

— Hé, les gars, qu'est-ce qui se passe ? demanda-t-il en s'approchant de Jean-Claude.

Très excité, celui-ci parlait avec Michel Bellond, autre collaborateur de l'agence et courageux photographe de talent.

— Rien, dit Michel avec un clin d'œil à Clee.

— Il a raison, ce n'est vraiment rien, confirma Jean-Claude avec un sourire. Nous débattions seulement des mérites des divers restaurants pour décider où nous emmènerions Steve dîner.

Steve était un autre collaborateur d'*Image*.

— Que proposez-vous ? demanda Clee. Ma voix pourrait faire pencher définitivement la balance !

CHAPITRE 9

Quand Clee quitta enfin le bureau d'*Image*, rue de Berri, le jour tombait. Il leva la tête en gagnant les Champs-Élysées. Ce soir, le ciel était d'un bleu sombre, d'une intensité rappelant les couleurs d'une plume de paon, avec un frémissement presque incandescent, comme s'il était éclairé par-derrière.

Heure magique, se dit-il, utilisant le terme de cinéma qui décrivait au mieux cette heure du jour. C'était celle que les metteurs en scène et les directeurs de la photographie aimaient avec passion à cause de son rendement si efficace sur la pellicule.

En arrivant aux Champs-Élysées, il s'arrêta et suivit du regard la longue et majestueuse avenue jusqu'à l'Arc de Triomphe, au loin. Un immense drapeau tricolore accroché en dessous, ingénieusement éclairé, ondulait dans le vent de façon très spectaculaire. Clee se dit que cet arc était le spectacle le plus émouvant qu'il ait vu depuis longtemps, mais il fallait avouer que tout Paris était particulièrement somptueux en cette année anniversaire. Un grand nombre de bâtiments anciens avaient été récemment ravalés pour les célébrations du bicentenaire de la Révolution.

Prenant à gauche, Clee descendit l'avenue, heureux de marcher après toute une journée passée enfermé dans son bureau. En général, il se sentait un peu emprisonné quand il n'était pas à l'extérieur en mission. Mais, quelles que soient les circonstances, il aimait se promener dans Paris plus que n'importe où dans le monde.

C'était sa ville. Il y était venu la première fois à dix-huit ans, et il en était tombé amoureux. Au premier regard. Il avait voulu venir à Paris à cause de Capa qui, pendant tant d'années, avait vécu dans la capitale française, où il avait fondé l'agence Magnum en 1947 avec « Chim » Seymour et Henri Cartier-Bresson. Capa était son héros depuis l'âge de quinze ans, alors qu'il était encore lycéen à New York. Cette année-là, en 1965, il avait lu un article sur le photographe dans un magazine spécialisé, et dès cet instant il avait recherché tout ce qu'on avait pu écrire sur lui.

Clee avait commencé à prendre des photos à l'âge de neuf ans, se servant de l'appareil bon marché que ses parents lui avaient offert pour son anniversaire. Dès cette époque, ses photos s'étaient révélées assez extraordinaires pour que tout le monde s'extasie sur son talent. Sa mère, son père et ses sœurs, Joan et Kelly, étaient ses victimes consentantes. Elles se laissaient photographier nuit et jour dans toutes les activités possibles, et lui servaient de modèles lors de célébrations familiales particulières.

Doué, sensible, intelligent, possédant un œil infaillible, il avait tout appris seul. Adolescent, la photo était sa passion, toute sa vie. Rien n'avait changé depuis.

C'est en 1968 que Clee avait découvert Paris et s'était immédiatement laissé prendre à son pouvoir de séduction. Cet été-là, il avait décidé qu'il y vivrait un jour, et il était rentré à New York bien décidé à devenir un grand photographe. Il voulait être un autre Robert Capa, si c'était humainement possible.

A cette époque, il travaillait dans le laboratoire d'un portraitiste de Manhattan. Il n'y était resté qu'une année. Grâce à une relation de son père, il avait obtenu un emploi de photographe au *New York Post*. Très rapidement il s'était fait un nom, et il n'avait jamais regardé en arrière.

Pendant cette période, il avait suivi des cours du soir plusieurs fois par semaine pour étudier le français, car il savait que la connaissance de la langue était une nécessité absolue s'il voulait s'établir à Paris. A vingt et un ans, il parlait français couramment et il était aussi bon photographe que bien des vétérans dans le monde du reportage.

Clee fut engagé par le *New York Times* en 1971 mais, à vingt-trois ans, il quitta le journal. Il avait décidé de devenir photo-journaliste itinérant en Europe, et un certain nombre de magazines américains et anglais lui confièrent effectivement des travaux.

Naturellement, il avait choisi d'établir son camp de base à Paris, et deux ans plus tard, à vingt-cinq ans, il avait fondé *Image*. S'associant à deux autres photographes, Michel Bellond, un Français, et Steve Carvelli, un Américain d'origine italienne, il avait engagé trois assistants de laboratoire, une secrétaire et Jean-Claude, qui gérait l'agence. Enfin, moins d'un an après la fondation d'*Image*, Peter Naylor vint de Londres rejoindre les trois associés.

Dès le départ, *Image* avait bien marché et s'était vu rapidement confier des missions sur le plan international pour lesquelles ses photographes vedettes obtenaient de fortes rémunérations. Les récompenses se mirent aussi à pleuvoir. Quatorze ans plus tard, tout marchait encore très bien pour les quatre associés et plusieurs photographes dont ils louaient les services à l'occasion. Le laboratoire et le secrétariat avaient aussi vu leurs effectifs gonfler. *Image* était devenue une des plus prestigieuses agences de photo du monde.

Clee savait bien qu'il avait désolé sa famille en s'expatriant pour s'installer à Paris. A une époque, il en avait eu des remords, mais jamais il n'avait songé à changer de vie. C'était sa vie, et il la menait comme il voulait. Les premières années, ses parents et ses sœurs étaient venus lui rendre de fréquentes visites, et chaque fois qu'il était retourné à New York, il avait passé autant de temps que possible avec eux. C'était toujours le cas, quand il y allait.

Bien qu'il eût résisté au désir de son père de le voir continuer des études supérieures, choisissant à la place de plonger dans le monde des photographes professionnels, ils étaient restés amis. Irlandais immigré de seconde génération, doué d'un esprit analytique et d'un talent certain pour la parole, son père, Edward Donovan, avait très bien réussi comme avocat à New York, et il était connu et respecté dans le domaine du droit pénal. Il était mort brutalement en 1981 d'une crise cardiaque, et Clee, comme sa mère et ses sœurs, avait été durement touché par cette perte. Ted Donovan était très attaché à sa famille, et il s'était toujours montré un mari dévoué et un père aimant.

Au grand soulagement de Clee, sa mère avait assez bien surmonté sa peine, très courageusement, pensait-il, et ce en grande partie grâce aux petits-enfants que lui avaient donnés ses sœurs. Joan et Kelly, toutes deux mariées, avaient à elles deux trois filles et un fils. Ses petits-enfants étaient devenus la raison de vivre de Martha Donovan, et elle semblait avoir recouvré une vie paisible.

Clee songeait à sa mère quand il fit signe à un taxi, s'y engouffra et donna son adresse au chauffeur. Il allait l'appeler ces jours prochains pour lui dire qu'il serait à New York fin juillet, qu'ils allaient se voir bientôt. Cela lui ferait autant plaisir qu'à elle. Ils étaient restés très proches, toutes ces années, et il savait qu'elle se faisait beaucoup de souci pour lui, surtout quand il était dans des régions en guerre. Ce n'était là qu'une des raisons pour lesquelles il restait constamment en contact avec elle, où qu'il se trouvât.

Il ne fallut que peu de temps au taxi pour arriver rue Jacob, près de Saint-Germain des Prés. Clee habitait un joli appartement au quatrième étage d'un bel immeuble ancien.

*

*   *

Clee s'assit sur le canapé du séjour peu éclairé. Un disque de Mozart égrenait doucement ses notes. Il s'était servi une bière et se perdit dans ses réflexions sur sa vie personnelle.

Nicole Wells. Il se répétait son nom dans le silence de son esprit. Elle devenait un problème. Un problème lancinant, en fait.

Ils étaient copains depuis deux ans, au sens le plus noble du mot. Mais à Pékin, il lui avait sauvé la vie et, en lui, tout avait changé.

Il ne pensait plus simplement à elle comme à son meilleur copain. Nicky était une femme, et il l'aimait en tant que *femme*. Il l'avait compris quand il l'avait entourée de ses bras sur les marches du monument des Martyrs, place Tiananmen, après l'avoir poussée hors du chemin du tank qui approchait. En fait, il avait ressenti un tel soulagement de la savoir saine et sauve que, pour un instant, il avait eu l'impression que toute force le quittait. Stupéfié par ce flux d'émotion sans précédent, il avait été incapable de dire un mot. Nicky l'avait remercié, et il avait tourné vers elle son visage pour regarder dans ses yeux bleus si profonds, où il avait lu toute l'estime qu'elle lui portait. Et soudain, il avait ressenti quelque chose qu'il ne comprenait pas complètement.

Depuis qu'il avait quitté Hong Kong, il avait tenté de toutes ses forces de repousser ces sentiments, mais n'y était guère parvenu. Ils avaient continué à le troubler, à l'étonner, alors même qu'il en comprenait jusqu'à un certain point les raisons. Nicky et lui s'étaient rapprochés de plus en plus ; en fait, ils en étaient venus à s'aimer comme frère et sœur. Maintenant, ses émotions se situaient à un niveau différent, et il ne savait pas bien comment réagir.

Pour commencer, il ne voulait pas s'impliquer sérieusement dans une relation avec une femme, parce qu'il ne voulait pas aimer quelqu'un au point de se sentir lié et de s'engager à long terme, voire se marier, avoir des enfants. Presque toute sa vie d'adulte, il avait considéré que ce ne serait pas juste, étant donné sa vie dangereuse de correspondant de guerre. Et il n'était en tout cas pas prêt à renoncer à sa vie de voyages et d'aventures. De plus, il aimait se sentir libre. Il n'avait aucune envie de se retrouver coincé par des obligations conjugales. Pour être honnête, il se considérait comme un célibataire endurci.

Et il y avait Nick elle-même. C'était l'amie parfaite, mais pas vraiment la meilleure candidate pour une aventure amoureuse. Elle était beaucoup trop compliquée, trop complexe. Sans parler des évidents problèmes logistiques : elle vivait au-delà de l'Océan, et elle faisait une des plus belles carrières possibles à la télévision américaine. Clee ne voyait pas là les ingrédients les plus favorables à une histoire d'amour harmonieuse.

Qui plus est, depuis longtemps, Clee était convaincu que Nicole Wells vivait sa vie sur divers champs de bataille : les champs de bataille des guerres qu'elle couvrait pour son travail, les champs de bataille des chaînes de télévision, le champ de bataille de son cœur blessé.

Et il ne pouvait s'empêcher de penser qu'elle était toujours amoureuse de Charles Devereaux, aussi fou que cela puisse être, même si elle n'avait jamais fait la moindre allusion à cet homme pendant tout le temps où il l'avait connue. Cette omission lui semblait d'ailleurs révélatrice, pour eux qui étaient très proches.

Arch Leverson l'avait pourtant mis au courant, et il s'imaginait assez bien ce qui s'était passé. A son avis, et Arch était d'accord avec lui, Devereaux s'était conduit comme un salaud. Il fallait bien avouer que les femmes les plus brillantes et les plus en vue, comme Nicky, n'étaient pas nécessairement bons juges en matière d'hommes. Il arrivait fréquemment qu'elles choisissent mal et tombent sur des salauds.

L'horloge sur le manteau en marbre de la cheminée sonna neuf heures, et Clee se redressa brutalement, se rendant tout à coup compte qu'il pensait à Nicky depuis qu'il était rentré.

Que vais-je donc bien pouvoir faire à son sujet ?

La question resta suspendue un moment, puis soudain Clee se dit qu'il n'avait rien à *faire*. Elle n'avait pas la moindre idée qu'il nourrissait pour elle ces nouveaux sentiments étranges. S'il était assez malin pour ne pas les laisser transparaître, elle n'en aurait jamais vent. Rien de plus simple : il continuerait à la traiter en copain. C'était la solution idéale, la seule solution en la circonstance. Quand il la reverrait, il devrait se comporter exactement comme par le passé, et tout irait bien.

Immensément soulagé d'avoir enfin résolu le problème qui le hantait depuis Pékin, Clee se leva, gagna la cuisine et sortit une autre bouteille de bière du réfrigérateur.

Il regagnait le salon quand le téléphone sonna, et Clee se précipita pour décrocher.

— Allô!

— Salut, Clee, c'est moi.

— Nicky !

Il était si content d'entendre sa voix qu'il fut envahi par une incontrôlable bouffée de joie. Il en fut surpris et se laissa tomber dans le fauteuil le plus proche.

— Que se passe-t-il en Provence ?

Il se sentit un peu gauche et se réjouit que Nicky, à des centaines de kilomètres de lui, n'ait pu voir sa réaction.

— Tout est calme ici, et j'ai déjà passé quelques jours merveilleux. Le soleil, le silence ; et tu avais raison : j'avais besoin de repos. Clee, j'adore ton mas. Il est tout simplement magnifique, et si confortable. Tu en as fait un endroit superbe.

Comme il ne répondait pas immédiatement, elle ajouta :

— J'espère que je ne te dérange pas ?

— Non, non ! dit-il en retrouvant enfin sa voix. Je suis content que tu l'aimes, Nick. Ma sœur Joan en sera ravie. C'est elle qui l'a restauré et décoré pour moi.

— Et moi qui croyais que tu avais des talents cachés ! dit-elle avec un rire de gorge qui sembla soudain très sensuel à Clee.

— Combien de temps penses-tu encore rester ?

— Je ne sais pas. A l'origine, j'avais prévu une semaine, mais peut-être que je vais prolonger un peu mon séjour. Clee, je me demandais si tu ne pourrais pas venir quelques jours ? Pour me tenir compagnie. Si tu n'as rien de mieux à faire...

— J'adorerais venir, Nick, mais je suis débordé. L'agence croule sous le travail.

— Oh !

— Écoute, je suis au beau milieu de quelque chose. Est-ce que je peux te rappeler plus tard ? Tu ne vas pas te coucher tout de suite ?

— Non, c'est parfait. On se reparle plus tard, alors. Salut !

Elle raccrocha avant qu'il ait pu rien dire d'autre, et il se sentit honteux de s'être montré si brusque. Il avait eu des pensées érotiques au sujet de Nicky et il s'était senti mal à l'aise au téléphone avec elle.

C'était une femme étonnante sur bien des points. Quand il l'avait vue pour la première fois à Beyrouth deux ans plus tôt, il avait pensé qu'elle avait plus de classe que n'importe quelle autre femme : belle, élégante — même en tenue de safari fripée — et très photogénique. A l'époque, il l'avait cataloguée dans sa tête comme la Grace Kelly des années quatre-vingt. Elle possédait en effet cette apparence très posée et froide qui pouvait déconcerter certains hommes, mais il était certain qu'elle dissimulait en elle une grande chaleur. Il avait même fini par penser qu'elle cachait une nature romantique et passionnée, mais qu'elle avait été si cruellement blessée par Devereaux qu'elle ne pouvait qu'arborer une froideur glaciale face aux hommes.

Tout cela n'avait jamais eu d'importance auparavant parce qu'ils étaient amis, et rien de plus. De toute façon, quand ils s'étaient rencontrés, il était lui-même en pleine aventure sentimentale et il n'avait pas posé sur Nicky le regard de l'amant potentiel.

Maintenant, c'était différent. Tout ce qui la concernait avait de l'importance. Mais il ne fallait pas.

Je dois l'aimer comme une amie, c'est tout, s'ordonna-t-il.

Clee se leva et retourna à la cuisine. Il se coupa un tronçon de baguette croustillante et se fit un sandwich qu'il mastiqua en tournant en rond dans la cuisine, prenant à l'occasion une gorgée de bière.

Il faisait tout ce qu'il pouvait pour écarter Nicky Wells de son esprit, mais ses pensées persistaient à toujours revenir vers elle.

*

* *

A dix heures, il la rappela et fit tout ce qu'il put pour se montrer chaleureux et amical. Ils bavardèrent pendant une vingtaine de minutes. Il lui parla de Marc Villier et de la rencontre prévue le lendemain matin ; ils évoquèrent son voyage aux États-Unis pour *Life*; et, comme souvent maintenant, ils abordèrent le sujet de Yoyo, dont ils étaient toujours sans nouvelles.

Juste avant de dire au revoir, Clee murmura :

— Je suis désolé de ne pas pouvoir venir, Nick. Rien ne me ferait plus plaisir que quelques jours au soleil et une occasion de me détendre en ta compagnie. Mais le devoir m'appelle, et j'ai vraiment trop de travail.

— Je t'en prie, ne t'en fais pas pour ça, Clee ! Je comprends tout à fait.

En raccrochant, il n'était pas certain, lui, de comprendre.

Il resta un instant songeur, les mains posées sur le téléphone. Il n'avait rien prévu pour les quelques jours à venir en dehors de sa rencontre avec Villier le lendemain matin et de son rendez-vous avec Mel samedi soir. Il *pouvait* se rendre en Provence pour un week-end prolongé.

Il soupira à la pensée de Mel. Il ne cessait d'annuler leurs rendez-vous pour une raison ou une autre, et c'était très injuste de sa part. Néanmoins, cela lui en disait long sur la nature et l'état de ses relations avec elle. Elle était délicieuse, mais ses sentiments pour elle ne se distinguaient pas par leur intensité. Pour être franc, il devait admettre qu'il n'était pas particulièrement attaché à Melanie Lowe et que cela ne changerait jamais.

Ses pensées retournèrent en Provence. Il n'y avait pas vraiment de raison pour qu'il n'y aille pas. *Faux*. Il y avait une excellente raison : *Nicky Wells*.

Il ne devait pas oublier sa toute récente décision : conserver ses relations avec Nicky exactement au point où elles en étaient depuis leur première rencontre : platoniques. Il n'avait pas la moindre intention de changer cet état de fait. Il n'avait pas non plus la moindre intention d'aller au mas ce week-end. Pourquoi s'exposer à la tentation au moment où il se sentait vulnérable ? Il valait certainement mieux qu'il reprenne le contrôle de ses sentiments, qu'il attende de les voir changer, qu'il se calme avant de la revoir.

Il passerait le week-end avec Mel. Et ce aussi longtemps que tous deux désireraient continuer leur agréable liaison. Mel lui convenait très bien. Elle était douce, aimante, sans exigences. De plus, il aimait sa compagnie, son sens de l'humour, sa conduite sans ambiguïté et son intelligence.

Et Nicky resterait ce compagnon d'armes avec qui il partageait tant sur un tout autre plan. C'était le copain idéal, et il savait qu'il ne devrait jamais rien faire qui risque de mettre en danger leur si précieuse amitié.

CHAPITRE 10

— Guillaume dit vrai, mademoiselle Nicky, affirma Amélie avec force hochements de tête. Bientôt il fera une chaleur impossible, insupportable. Ce n'est pas un jour pour aller en Arles. Insupportable, oui, conclut-elle en regardant le ciel.

Nicky leva la tête et suivit le regard d'Amélie. Le ciel était d'un bleu si intense qu'il faisait presque mal aux yeux. Elle mit ses lunettes de soleil.

— Si vous pensez que je ne doive pas y aller, je n'irai pas !

Elle se dit qu'il valait mieux faire confiance à l'expérience du couple de gardiens. Amélie et Guillaume possédaient la sagesse des gens de la terre et, depuis une semaine qu'elle était là, ils ne s'étaient jamais trompés dans ce qu'ils lui avaient dit du pays.

— Il fait trop chaud pour déambuler dans les rues de la ville, continua Amélie. Vous serez mieux ici, à l'ombre des arbres. Vous pourrez vous rafraîchir dans la piscine. C'est ce qu'il y a de meilleur, un jour comme ça, mademoiselle Nicky.

— Alors c'est exactement ce que je vais faire. Merci pour vos conseils, Amélie, ajouta-t-elle avec un sourire.

Il était huit heures, ce vendredi matin. Les deux femmes étaient au milieu de la pelouse qui s'étendait de la terrasse à la piscine, en bas du jardin. Le soleil brillait déjà fort dans un ciel bleu d'une luminosité éblouissante, et l'air vibrait de chaleur. Rien ne bougeait, pas un brin d'herbe, pas une feuille, et même les oiseaux, réfugiés dans le sombre feuillage des arbres, restaient curieusement silencieux.

Amélie lissa son tablier blanc, regarda Nicky et demanda :

— Qu'aimeriez-vous pour le déjeuner ?

Nicky éclata de rire.

— Amélie ! Je viens juste de terminer mon *petit* déjeuner ! Il faut que vous arrêtiez de me gaver ainsi. Je commence à avoir l'impression d'être une oie dont on espère un beau foie !

— Mais, mademoiselle Nicky, s'exclama Amélie en secouant la tête, vous êtes trop maigre !

Ouvrant grand les bras, Amélie les serra autour de son solide corps provençal, fit un clin d'œil à Nicky et déclara :

— Les hommes aiment avoir quelque chose dans les mains, n'est-ce pas ? C'est ce que je crois !

— Vous avez peut-être raison, dit Nicky en riant. Mais je vous en prie, ne prévoyez rien de lourd pour déjeuner. Il fait bien trop chaud pour manger.

— Je vais préparer un déjeuner parfait pour ce type de temps, la rassura Amélie. Hier Guillaume a rapporté de merveilleux melons de Cavaillon. Ce sont les meilleurs, mademoiselle, sucrés comme du miel. Mmm ! dit Amélie en embrassant le bout de ses doigts joints. Alors vous commencerez avec un melon glacé, et ensuite une simple salade niçoise et de la glace à la vanille comme dessert.

— Merci, ça semble délicieux. Mais pas de glace, Amélie, juste un thé glacé pour finir le repas.

— Comme vous voudrez, mademoiselle Nicky, approuva Amélie avec un chaleureux sourire. Excusez-moi, maintenant, je dois aller à la cuisine. Il y a tant à faire. Et je dois aussi penser au dîner de ce soir. Rien de grossissant, non !

Amélie monta en toute hâte les marches menant à la terrasse et rentra dans le mas.

Nicky la suivit d'un regard amusé et hocha la tête. Amélie semblait bien décidée à ajouter un peu de chair autour de ses os, par tous les moyens. Nicky se retourna et descendit le petit sentier de graviers qui traversait la longue pelouse verte en direction de la piscine. Tout avait été calculé pour se fondre harmonieusement dans le paysage et sembler tout à fait naturel. La piscine occupait un rectangle de pelouse, tout près d'un bosquet d'arbres autour desquels on avait planté des fleurs au hasard pour qu'elles aient l'air de pousser d'elles-mêmes.

Comme chaque matin, Guillaume avait disposé là chaises longues et tables basses. Nicky avait découvert que c'était le lieu le plus frais du jardin : il arrivait fréquemment qu'une petite brise agite les feuilles des arbres. Elle en avait fait son lieu de lecture préféré.

Elle sourit en approchant du bosquet. Amélie l'avait bichonnée et maternée pendant toute la semaine ; aucun effort n'avait été trop grand, ni pour elle ni pour Guillaume. En conséquence, elle se sentait reposée et gâtée, mais elle commençait aussi à s'ennuyer un peu, au bout d'une semaine de solitude.

Nicky l'avait avoué à sa mère la nuit précédente, quand elle l'avait appelée à New York. Sa mère s'était alors récriée :

— Seigneur, ma chérie, comment peut-on s'ennuyer en Provence ! Il y a tant à voir et à faire. Et il est grand temps que tu arrêtes de bouger un moment, ne serait-ce que pour reprendre ton souffle. Jamais tu ne fais de pause ; tu passes ton temps à courir le monde à la recherche de nouveaux reportages !

— Maman ! s'était exclamée Nicky, qui n'en revenait pas. Comment peux-tu, *toi*, me dire une chose pareille ! Tu faisais exactement la même chose à mon âge. Et, en plus, tu me traînais à tes basques.

— Touché ! avait reconnu sa mère en riant. Mais à la vérité, ma chérie, ton père et moi souhaiterions vraiment que tu ralentisses un peu ton rythme. Depuis dix ans, tu couvres toutes les guerres, tous les soulèvements et toutes les révolutions du globe, tu te précipites au milieu de toutes les catastrophes possibles. J'en ai le frisson rien qu'à la pensée de ce que tu as traversé, des risques que tu as pris...

Il y avait eu un petit silence avant que Nicky demande d'une voix douce :

— Maman, est-ce que tu essaies de me dire que papa et toi voudriez que j'arrête d'être correspondante de guerre ?

— Bien sûr que non ! Ton père et moi ne voudrions jamais interférer dans ta vie ni dans ta carrière. Mais je sais que ça doit t'épuiser. Et on ne peut nier que c'est dangereux.

— Mais, maman, tu sais bien que j'ai un ange gardien ! avait répondu Nicky en riant.

Élise Wells avait choisi d'ignorer cette remarque et suggéré que Nicky revienne à New York pour le reste de ses vacances si elle en avait assez de la France.

— Tu peux venir avec nous dans le Connecticut, si tu veux. Ton père et moi y serons pour le reste de l'été, et tu sais combien nous aimons t'avoir à la maison avec nous.

Elles avaient encore parlé quelques minutes de cette idée, et Nicky avait accepté de rester un peu à la campagne avec ses parent à son retour aux États-Unis.

Ils étaient très proches, tous les trois ; ils l'avaient été aussi loin que remontaient les souvenirs de Nicky. Fille unique, elle avait parfois souffert de la responsabilité que cela lui conférait : il lui fallait exceller, puisque ses parents concentraient tous leurs espoirs et tous leurs rêves sur elle seule.

Très raisonnablement, ses parents n'avaient jamais exigé d'elle rien d'impossible. Ils l'aimaient autant qu'elle les aimait, ils étaient ses idoles et aussi ses principaux partisans dans tout ce qu'elle entreprenait, et ils s'étaient montrés tout particulièrement merveilleux pendant la crise due à Charle Devereaux.

Nicky repoussa immédiatement la pensée de Charles. Elle n'avait aucune envie de se souvenir de quelqu'un qui lui avait fait du mal, même s'il y avait longtemps de cela.

En arrivant près de la piscine, Nicky posa son livre sur une des tables, enleva la chemise de coton qu'elle portait sur son bikini noir et s'installa dans une chaise longue.

La lumière du soleil jouait à travers les feuilles vertes au-dessus de sa tête. Nicky allongea ses jambes, ferma les yeux et s'abandonna un moment au fil de ses pensées. Elle savait que sa mère et son père se demandaient pourquoi elle n'avait pas eu d'aventure sérieuse avec un homme depuis Devereaux, et qu'à une époque ils avaient même cru qu'elle l'aimait encore. Mais elle leur avait expliqué que ce n'était pas le cas, et elle n'avait pas menti. La raison pour laquelle il n'y avait pas d'autre homme dans sa vie était très simple : elle n'avait rencontré personne qui l'ait vraiment intéressée depuis deux ans et demi qu'elle était seule, du moins pour une relation durable.

Un jour, se dit-elle, un jour mon prince viendra. Quand je m'y attendrai le moins. Et sans aucun doute ce sera le coup de foudre. C'était ainsi que ça devait se passer, non ? Les genoux tremblants, le cœur qui bat la chamade et tout le saint-frusquin. Elle rit toute seule.

En attendant, elle n'était pas mécontente de sa vie. Elle faisait une carrière splendide, et elle adorait son travail ; chaque fois qu'elle en avait besoin, elle retrouvait une famille auprès de ses parents, et elle avait plusieurs amies avec qui elle partageait bien des choses. Et puis il y avait son ami Cleeland Donovan, si attentionné, si protecteur. Cette amitié lui était très précieuse.

C'est à ce moment de ses réflexions que Nicky se rendit compte combien elle était déçue que Clee n'ait pu venir pour le week-end. Elle aurait bien aimé le voir et profiter de sa compagnie dans cet environnement paisible. D'habitude, ils n'étaient ensemble que dans des zones de combat ou quelque autre lieu troublé de la planète, soumis à d'immenses pressions, profondément impliqués dans leur travail, luttant pour bien le faire, obtenir de bons reportages dans les conditions les plus difficiles ; il leur fallait aussi lutter contre l'horreur que leur inspirait ce dont ils étaient témoins, et contre la peur qui ne manquait jamais de resurgir à un moment ou un autre.

Comme il aurait été agréable de se détendre ensemble et de s'amuser pendant ce week-end. Mais il ne pouvait s'échapper de l'agence, ou il ne le voulait pas, ou il avait d'autres projets, et voilà.

Maintenant qu'elle y repensait, passer quelques jours avec sa mère et son père à New Milford était une idée assez séduisante. Si elle quittait le mas lundi matin, gagnait Marseille et s'envolait directement pour Paris, elle attraperait le Concorde de New York le mardi matin et arriverait dans le Connecticut le mercredi après-midi. Elle en parlerait plus tard à Guillaume pour qu'il demande à Étienne de venir la chercher en voiture.

Ayant pris sa décision, Nicky trouva ses lunettes de lecture dans la poche de sa chemise et ramassa la biographie de Robert Capa par Richard Whelan. Elle l'avait trouvée dans la bibliothèque, à l'étage, et elle avait tout de suite été fascinée, comprenant enfin pourquoi Clee avait toujours été intrigué par Capa.

Nicky se mit à lire et ne tarda pas à être complètement absorbée par le récit de la vie de Capa. Une heure passa, puis une autre.

Au milieu de la matinée, Amélie apparut sur le sentier, un plateau entre les mains.

— Et voilà! s'écria-t-elle en arrivant à la chaise longue de Nicky. Je vous ai pressé des citrons. Je sais que vous les aimez avec de l'eau fraîche, mademoiselle.

— Merci, Amélie, dit Nicky en prenant le verre qu'elle lui tendait. C'est exactement ce dont j'avais envie. La chaleur augmente de minute en minute.

— Oui. Le soleil peut être dangereux, faites attention !

Amélie regagna le mas d'un pas rapide.

*

* *

Nicky leva les yeux de son livre à l'instant exact où Clee atteignait le milieu du sentier menant à la piscine.

Il s'arrêta et lui sourit et, au bout d'une seconde de stupéfaction, le visage de Nicky s'éclaira d'un sourire ravi. Elle posa son livre et se leva d'un bond.

— Clee ! Comment as-tu fait pour venir ?

Elle courut vers lui et se jeta à son cou. Il la serra dans ses bras et ils revinrent lentement vers la piscine.

— Comment as-tu pu te libérer ? lui demanda-t-elle en le regardant avec un visage radieux.

— Jean-Claude a tout réorganisé, et il a confié mon travail aux autres, mentit Clee. Il a trouvé que j'avais l'air fatigué et décidé que j'avais besoin de repos. Alors j'ai pris le dernier avion pour Marseille hier. Je suis arrivé trop tard pour venir ici en voiture, et je ne voulais pas déranger tout le monde à une heure indue, si bien que j'ai dormi à l'hôtel. Étienne m'a conduit ce matin.

— Que je suis contente ! C'est merveilleux de te voir ! Je commençais à me sentir un peu seule.

Il la regarda et approuva du chef, sans un mot.

— J'ai failli aller en Arles aujourd'hui, mais Amélie m'a convaincue de rester ici à cause de la chaleur... Elle savait que tu allais venir ! s'exclama soudain la jeune femme qui venait de tout comprendre. C'est pour ça qu'elle m'a parlé du temps et qu'elle a dit qu'il faisait bien trop chaud pour aller en ville !

— Il se trouve qu'elle avait raison pour le temps : en ville, les gens tombent comme des mouches, par ces chaleurs. Mais c'est vrai, elle savait que je venais. Je lui ai demandé de ne rien te dire quand je l'ai appelée hier. Je voulais te faire la surprise.

— Eh bien, c'est réussi ! dit-elle en se laissant retomber sur sa chaise longue. Pourquoi ne te déshabilles-tu pas ?

Il la regarda bouche bée avant d'éclater de rire :

— *Quoi ?*

— Je veux dire que tu as l'air d'avoir si chaud ! Est-ce que tu ne te sentirais pas mieux en maillot de bain ?

— Oui, oui, bien sûr. Je vais aller me changer. Après cette longue route, un plongeon dans la piscine et une flûte de champagne glacé me feront le plus grand bien. Je reviens dans une minute avec une bouteille de dom-pérignon.

CHAPITRE 11

— Tu te rends compte, Nick, je n'avais que quatre ans quand Capa est mort en Indochine, pendant la guerre, dit Clee en regardant longuement la jeune femme. C'est la seule personne que je regrette vraiment de ne pas avoir connue.

Nicky resta silencieuse. Clee continua de la même voix calme.

— J'aurais tant souhaité le rencontrer, être son ami. Ça me manque vraiment. Est-ce que tu comprends ce que je veux dire ? Tu dois me prendre pour un fou ! conclut-il avec un rire un peu forcé.

— Non, tu l'exprimes très bien. C'est une sorte de tristesse intérieure, un sentiment de regret d'être né trop tard pour rencontrer une personne qui a une grande importance pour toi, même si vos vies ne se sont jamais croisées.

— Oui.

— En plus d'un photographe remarquable, Capa était à l'évidence un homme fascinant, poursuivit Nicky. Dans la biographie que j'ai lue, la photographe Eve Arnold dit que Capa avait un charme, une grâce et une aura tels que, lorsqu'il entrait dans une pièce, c'était comme si on avait allumé une lumière. Elle disait qu'on avait envie d'être près de lui, de participer à l'ébullition et à l'excitation qui l'entouraient. Il avait un immense... charisme. Je crois que c'est le mot qui convient, Clee. Le seul, en fait.

— Je me souviens d'avoir lu ce passage. Irwin Shaw donne aussi une merveilleuse description de Capa dans la biographie de Whelan.

— Oui, je l'ai lue, répondit Nicky en souriant. Capa a dû te paraître tellement fantastique quand tu étais adolescent ! Sa vie devait te sembler si aventureuse et si excitante !

— C'est vrai, admit Clee. Mais, en fait, je voulais connaître les champs de bataille et prendre des photos de guerre bien avant d'avoir entendu parler de Robert Capa. Il n'en demeure pas moins qu'il a été pour moi une source d'inspiration multiple... Et toi, demanda-t-il après avoir croisé les jambes dans son fauteuil, quand as-tu décidé que tu voulais être correspondante de guerre ?

— Quand j'étais petite, comme toi. J'imagine que je voulais imiter mon père.

— Tu crois vraiment que c'est le fond des choses ? Je veux dire maintenant, aujourd'hui, après toutes ces années ?

— Oh, non ! Je fais ce que je fais parce que je veux raconter l'histoire en mouvement. Je veux être témoin des grands événements et les rapporter aussi précisément et aussi sincèrement que je le peux. Je veux informer les gens, avec toute l'intégrité possible.

— Je crois que nos motivations sont les mêmes. J'espère seulement que mes photos ont l'intégrité de tes bulletins.

— Mais oui. Est-ce que tu crois que tu pourrais y renoncer ?

— J'en doute. Enfin, dit Clee en haussant les épaules, peut-être un jour, quand je serai trop vieux pour éviter les balles. Et toi ?

— C'est la même chose. C'est drôle, ce qui se passe avec la peur, non ? La manière dont nous semblons réagir de la même façon face à elle. C'est comme si toi et moi ne ressentions jamais de peur avant que tout soit terminé. Est-ce que tu crois que tous les journalistes sont comme nous ?

— Non, je ne le crois pas. Certains ont peur pendant qu'ils travaillent, et d'autres sont comme nous — la peur les abat quand tout est fini. Joe Glass, du *Sunday Times* de Londres, m'a dit, un jour où nous étions ensemble au Liban, qu'il ressentait une immense fatigue juste après une expérience effrayante dans une zone de guerre. Toi et moi avons de la chance en un sens, Nick, parce que nos émotions ne nous assaillent que beaucoup, beaucoup plus tard.

— Tu prends trop de risques sur les champs de bataille, Clee.

— Des risques calculés. En tout cas, tu fais exactement la même chose.

— Non, pas vraiment. Je suis beaucoup plus prudente que toi, en dépit de ce que vous pensez, Arch et toi.

— Je l'espère.

Le visage de Nicky devint soudain songeur et, au bout d'un moment, elle dit lentement.

— Nous avons violé la règle d'or, à Pékin, n'est-ce pas, Clee ?

— Que veux-tu dire ? demanda-t-il en levant des sourcils étonnés.

— Nous nous sommes *engagés* aux côtés de Yoyo. Nous savons poutant combien il est dangereux de laisser nos émotions nous impliquer d'un côté ou de l'autre quand nous couvrons un conflit. Nous devons rester un peu au-dessus, un peu en dehors, pour faire notre travail. Nous devons garder une vision globale.

— Parfois, le plus difficile, c'est de ne *pas* s'engager. Aucun d'entre nous n'est endurci à ce point ! Tu as bien vu qu'Arch et les autres avaient exactement les mêmes sentiments que nous pour Yoyo. Comment ne pas être aux côtés de ce gosse ? C'était quelqu'un de très spécial, non ?

— Oui, c'est vrai.

Nicky reposa sa tête sur le dossier du canapé et regarda Clee. Il y eut un court silence avant qu'elle ne demande doucement :

— Que crois-tu qu'il lui soit arrivé ? Tu ne penses pas qu'il est... mort, hein, Clee ?

— Non, je ne crois pas. J'ai l'impression que Yoyo se cache, qu'il est entré dans la clandestinité. C'est toujours ce que j'ai pensé, et je ne peux que te le répéter. Tu verras, un jour on entendra de nouveau parler de lui, et probablement plus tôt qu'on ne croit.

— Tu ne dis pas ça seulement pour me rassurer, n'est-ce pas ?

— Non, pas du tout, dit Clee en se penchant pour regarder Nicky avec une grande intensité. Yoyo est intelligent, astucieux et plein de ressources. Il arrivera à sortir de Chine. J'en suis absolument certain. J'ai une grande confiance en lui.

Clee se leva et gagna la porte de la bibliothèque où ils étaient assis.

— Je voudrais te montrer quelque chose. Je reviens dans une minute.

*
* *

Clee parti, Nicky ferma les yeux et pensa à Yoyo. Clee avait l'air si convaincu de ce qu'il affirmait qu'elle ne pouvait s'empêcher de lui donner raison quant à ce qui était arrivé au jeune homme. Elle n'avait pas le choix : il fallait qu'elle continue à espérer qu'un jour il referait surface, à New York, à Paris ou à Hong Kong. La dernière chose qu'elle avait pu lui dire était que, s'il arrivait dans la colonie britannique et avait besoin d'aide, il devait appeler l'un d'eux immédiatement, en personne, en PCV. Elle avait promis à Yoyo que Clee, Arch ou elle arriveraient coûte que coûte à le sortir de Hong Kong.

Nicky ouvrit les yeux, se redressa et prit son verre dont elle but une gorgée. Sachant qu'il ne servait à rien de s'inquiéter, elle écarta Yoyo de son esprit.

Elle regarda autour d'elle, apprécia l'atmosphère paisible de la pièce et comprit pourquoi c'était celle que Clee préférait. C'était aussi sa préférée tant sa tranquillité agissait comme un baume sur son esprit inquiet.

Décorée de couleurs pâles, essentiellement en blanc et crème avec des touches d'ocre et de terre cuite, elle était ornée de nombreux vases de fleurs et pots de plantes grasses. Des centaines de livres s'alignaient jusqu'au plafond sur des étagères. Les magazines et les grands livres d'art reposaient sur diverses tables. Quelques photos de Clee, à l'évidence celles qu'il aimait le plus, avaient été encadrées et accrochées aux murs et une série de gouaches éthérées de la région, dues à un artiste local, animaient une monumentale cheminée de pierre. Tout dans la pièce avait été pensé pour en accentuer le confort, pour qu'on s'y relaxe, qu'on y lise, qu'on y écoute de la musique et qu'on y regarde la télévision.

Aujourd'hui, le temps avait été de nouveau extrêmement chaud, presque oppressant. Heureusement, deux grands ventilateurs — comme dans *Casablanca*, disait Nick — brassaient l'air du plafond et, maintenant que le soleil s'était couché, la température devenait agréable. Dehors, la lumière estivale baissait rapidement et le ciel bleu fonçait avec l'arrivée de la nuit. Il était presque huit heures et demie, ce dimanche soir. Un peu plus tôt, Clee avait suggéré qu'ils pique-niquent dans la bibliothèque et regardent ensuite un vieux film sur vidéocassette, et elle avait accepté.

Il semblait à Nicky que ce week-end avait passé à la vitesse de l'éclair. Le vendredi, après l'arrivée inattendue de Clee, ils étaient restés au mas. Ils avaient bavardé, ri, évoqué des souvenirs et ils s'étaient mis au courant des dernières nouvelles les concernant tous deux. Comme Clee le lui avait fait remarquer le soir, depuis deux ans qu'ils se connaissaient, c'était la première fois qu'ils avaient l'occasion de se détendre ensemble, de parler de choses et d'autres.

Le samedi, comme il faisait beaucoup plus frais, Clee l'avait emmenée en Arles.

— Mais ne t'attends pas à retrouver beaucoup de souvenirs de Van Gogh, l'avait-il prévenue en chemin. Il ne reste pas grand-chose qu'on puisse associer à l'époque où il a vécu en Provence. Même la maison qu'il a partagée avec Gauguin a été abattue. Mais il y a l'allée des Alyscamps, qu'il a si merveilleusement peinte, avec une lumière si vibrante. Nous pourrons y aller. Et puis nous traverserons des champs entiers de tournesols où il allait cueillir ceux qui servaient à ses natures mortes. C'est la pleine époque de leur floraison.

Nicky avait eu la surprise de trouver captivante la ville d'Arles, très ancienne, presque d'un autre monde. Clee lui avait fait visiter la vieille ville. La fascination de Nicky donna raison à son père, qui disait toujours qu'elle était une touriste parfaite grâce à son esprit curieux et à sa nature qui la poussaient à tout comprendre et tout savoir.

La vieille ville regorgeait de ruines romaines entre de solides bâtiments médiévaux en pierre, et il y avait de nombreux monuments, musées et choses curieuses à voir. Nicky s'était sentie dans son élément, et Clee avait semblé heureux qu'elle eût l'air d'y prendre tant de plaisir.

Après plusieurs heures de déambulation dans la vieille ville, avec ses remparts et son atmosphère ancienne, ils avaient été prendre un déjeuner tardif dans un charmant bistrot que Clee connaissait visiblement très bien. Il y avait été accueilli affectueusement par les propriétaires, l'enthousiaste Mme Yvonne et M. Louis, qui leur avaient donné leur meilleure table. Clee avait commandé plusieurs spécialités locales, affirmant à Nicky qu'elle les adorerait et lui expliquant en quoi consistait chacune d'elles. Il avait aussi insisté pour qu'elle prenne un pastis et s'était amusé de son étonnement quand l'alcool anisé transparent était devenu laiteux dès qu'il y avait ajouté un peu d'eau.

Après le déjeuner, ils étaient allés voir les quartiers plus récents de la ville, surtout pour les boutiques, mais Nicky n'avait acheté que quelques cartes postales pour Arch, les autres membres de son équipe et des amis à New York. Pendant qu'elle les choisissait, Clee avait sélectionné une douzaine de magazines et une pile de journaux et ils étaient revenus lentement jusqu'à la voiture.

L'après-midi touchait à sa fin quand ils avaient repris, au rythme paisible de la promenade, la route du mas. Ils avaient siroté une flûte de champagne sur la terrasse, en arrivant, et un peu plus tard dégusté un léger souper qu'Amélie avait amoureusement préparé et servi dans le jardin.

Amélie et Guillaume étaient partis tôt le dimanche matin pour rendre visite à une nièce à Marseille. Nicky adorait Amélie, mais elle n'avait pas été mécontente d'un petit répit dans la succession des repas, pour délicieux et tentants qu'ils fussent. Clee n'avait fait aucun commentaire quand elle avait refusé le poulet froid, le poisson, et les divers autres plats qu'Amélie avait préparés à l'avance pour leur déjeuner. Elle s'était fait une petite salade de tomates qu'elle avait mangée avec un morceau de pain au levain.

Nicky but une gorgée et pensa au dimanche qu'ils venaient de passer. Clee et elle n'avaient absolument rien fait, en grande partie à cause de l'intensité de la chaleur. Le matin, ils s'étaient détendus près de la piscine, sous les arbres, lisant les magazines et les journaux achetés la veille ; l'après-midi, ils étaient montés dans la bibliothèque pour écouter Kiri Te Kanawa dans des airs de *La Tosca* avec le National

Philharmonic Orchestra sous la direction de Sir Georg Solti.

Nicky s'était recroquevillée dans un des grands canapés profonds, elle avait fermé les yeux et s'était laissé emporter dans un autre monde par la musique de Puccini et la voix d'or de Dame Kiri. Oui, se dit-elle, ç'avait été une journée très spéciale.

*

* *

La porte s'ouvrit et Clee entra, deux grands portfolios à la main. Une fois près de la longue table, il dit :

— Je ne t'en ai pas encore parlé, mais j'ai dans l'idée de faire un album sur Pékin, sur Tiananmen. J'aimerais te montrer quelques-unes des photos.

— Oh, Clee, j'adorerais les voir, s'exclama-t-elle.

Elle se leva d'un bond et le rejoignit. Il poussa une pile de magazines, sortit les photos et les étala sur la table. Tirages couleurs et noir et blanc voisinaient.

Les images étaient si puissantes, les instantanés si vivants que Nicky retint son souffle. Elle s'était immédiatement retrouvée place Tiananmen, revivant les jours tendus et turbulents qui avaient conduit au massacre sanglant du début du mois.

Elle avait de nouveau la preuve de la qualité du regard de Clee. Il avait pris des photos très directes et presque candides des gens et des événements, et chaque cliché donnait l'impression d'une connaissance profonde des personnes saisies en pleine action.

— Elles sont extraordinaires, Clee, dit Nicky dont l'admiration était sincère. Elles sont si puissantes, si émouvantes...

Ces mots firent naître un petit sourire ravi sur le visage de Clee, et il sortit une autre série de photos du second portfolio.

— Celles-ci sont plus personnelles, expliqua-t-il en les posant les unes à côté des autres tout en surveillant du coin de l'œil les réactions de Nicky.

Et Nicky découvrit des photos que Clee avait prises d'elle sur la place Tiananmen et ailleurs dans Pékin. Sur certaines, elle était seule ou en compagnie d'Arch et de son équipe, sur d'autres elle était avec Yoyo, ou Yoyo et Maï. Il y avait aussi des photos de Yoyo avec d'autres dirigeants étudiants, et avec Maï, et toutes semblèrent si familières à Nicky qu'elle en eut la gorge serrée — le monument des Martyrs, le village de toile, la déesse de la Démocratie, l'avenue Changan...

— Oh, Clee, elles sont stupéfiantes ! Affirmer qu'une seule photo en dit plus long que mille mots n'est plus une banalité quand on voit ça.

— C'est possible, dit-il en haussant ses larges épaules.

Il sortit la dernière série de photos. En les regardant, Nicky fut submergée par un torrent de souvenirs. A l'autre bout du vaste rectangle de pierre qu'était la place Tiananmen arrivait l'inexorable vague de tanks et de véhicules blindés. Sur Changan marchaient les soldats implacables, au visage impassible, portant les mitraillettes qui signifiaient la mort pour leur propre peuple. Dressés sur les barricades, intraitables, les citoyens de Pékin brandissaient le poing face à l'Armée de Libération populaire, tentant désespérément de sauver la vie des étudiants — des enfants de la Chine. Les bannières blanches géantes portant les slogans des étudiants s'agitaient dans le vent; elle parlaient de démocratie et de liberté en gros caractères rouges, la couleur du sang.

Les yeux de Nicky se posèrent enfin sur les photos des étudiants qui étaient tombés, ceux qui avaient été abattus ou écrasés par les tanks, qui gisaient, morts ou mourants, dans leur propre sang, sur la chaussée. Tout à coup, Nicky sentit l'odeur de la poudre, entendit le claquement sec des fusils, le grondement oppressant des tanks qui avancent sur la pierre, les cris de terreur; elle frissonna.

Elle était tellement bouleversée par les images stupéfiantes que Clee avait réussi à fixer sur la pellicule que des larmes jaillirent de ses yeux. Elle porta la main à sa bouche, se tourna vers Clee et découvrit qu'elle ne pouvait pas parler.

En voyant ses larmes, il tendit les bras vers elle et la serra contre lui!

— Je ne pensais pas te bouleverser à ce point, dit-il d'une voix mal assurée.

Il n'avait pensé qu'à elle ces derniers jours, et encore plus ce dimanche. Il savait que c'était une erreur de la serrer ainsi dans ses bras. Son parfum prit possession de ses narines; son corps chaud et vibrant était trop vivant contre le sien.

C'est à contrecœur qu'il s'écarta d'elle. Nicky lui semblait plus adorable que jamais avec ses yeux si bleus, sa peau dorée et ses cheveux à la blondeur ravivée par une semaine de soleil en Provence. Il eut du mal à résister à l'envie de la garder dans ses bras.

— C'est ce que tu voulais, n'est-ce pas? dit-elle.

— Quoi? demanda-t-il brusquement en se demandant si elle avait lu en lui.

— Que je sois bouleversée... Tu sais maintenant que tous ceux qui regarderont ces photos seront bouleversés — touchés, émus, épouvantés, horrifiés, en colère.

— C'est possible, oui, admit-il.

— Tu as vu juste. Ces photos sont tellement stupéfiantes que j'ai l'impression d'avoir reçu un coup dans l'estomac. Ce livre va être sensationnel.

— Je l'espère, ma chérie.

Il retint sa respiration. Le mot « chérie » était venu accidentellement à ses lèvres, mais Nicky ne parut pas s'en être aperçue. En fait, elle ne réagit pas du tout. Clee entreprit de ranger les photos, et Nicky l'y aida.

— Tu sais, Nick, je peux écrire les légendes des photos, j'y suis habitué. Mais il faudrait une vraie introduction pour ce livre, un très beau texte. Je me disais que... Enfin, tu es la personne que je connais qui écrit le mieux. Est-ce que tu aimerais le faire ? Collaborer à ce livre ?

Elle fut si surprise de cette proposition qu'elle ne sut que répondre.

— Quoi ? Je ne sais pas...

— Qui le ferait mieux que toi, Nick ? Tu étais là, tu as été témoin de tout, et tu as ressenti ces événements aussi profondément que moi. Tu saurais transmettre notre émotion par tes mots. Le texte doit renforcer les images. Je t'en prie, dis oui !

— Eh bien, d'accord. Oui.

— Ouais ! C'est formidable !

Il aurait voulu lui donner une grande accolade mais parvint à se contenir et se contenta d'un :

— Nous allons constituer une équipe formidable !

Nicky gagna la table basse, prit sa flûte de champagne et la leva.

— Je crois que nous devons trinquer.

Clee trouva son verre et le fit tinter contre celui de Nicky.

— Alors, à notre collaboration !

— A notre collaboration ! répéta-t-elle.

— Un peu tiède ! dit Clee après avoir bu une gorgée.

En allant vers le bar où il avait laissé le champagne dans un seau à glace, il proposa :

— Et si on allait piquer une petite tête avant de dîner ?

— Pourquoi pas ?

Nicky souriait.

CHAPITRE 12

Allongée sur le dos, elle flottait vers lui.

— Oh, Clee, comme c'est merveilleux ici ! Je croyais que l'eau serait aussi chaude que dans une baignoire, mais non, elle est parfaitement fraîche.

— La brise rafraîchit tout.

Nicky approchait de l'extrémité de la piscine où Clee reprenait son souffle après plusieurs longueurs. Tout à coup, elle se retourna et nagea vers lui.

S'accrochant au bord de la piscine d'une main, elle écarta ses cheveux mouillés de l'autre et rit doucement en hochant la tête.

— Qu'est-ce qu'il y a ?

— Je me disais seulement combien il est curieux qu'on arrive à oublier que les choses les plus simples peuvent être aussi merveilleuses — peuvent être les meilleures au monde.

— Je vois tout à fait ce que tu veux dire.

Clee parcourut le jardin des yeux. Juste avant de quitter la maison pour aller nager, il avait allumé les petits spots cachés dans la végétation, et les buissons, les arbres et les fleurs étaient maintenant auréolés d'une pâle lumière argentée. Grâce aux remarquables talents de sa sœur, les lampes avaient été placées de telle sorte qu'on ne pensait pas du tout à une lumière artificielle en regardant l'effet qu'elles créaient. Le jardin semblait aussi naturel que pendant le jour et, pour Clee, infiniment plus beau après le coucher du soleil.

Le ciel avait encore changé de couleur : sa teinte mauve et améthyste avait tourné au bleu marine profond, et les étoiles s'allumaient une à une. Un frémissement paisible était tombé sur le jardin, venant des arbres du bosquet et du clapotis de l'eau. L'air était clair, beaucoup plus frais et embaumé par l'odeur des chèvrefeuilles et des frangipaniers qui poussaient le long du muret de pierre bordant un côté du jardin. Clee inspira profondément et regarda Nicky.

— Que pourrait-il nous arriver de mieux que d'être dans cet endroit exceptionnel, tous les deux, profitant d'être en compagnie l'un de l'autre.

— Rien au monde. C'est le paradis. Nous avons passé un si merveilleux week-end, Clee. J'en ai adoré chaque minute. Et c'est la plus parfaite des conclusions pour une journée particulièrement délicieuse.

— Elle n'est pas encore terminée. Il nous reste la soirée. Il n'est que neuf heures et demie. Nous pouvons nous coucher aussi tard que nous voulons, puisque nous n'avons pas à nous lever tôt demain matin. Pour une fois, nous n'avons ni l'un ni l'autre de rendez-vous urgent !

— Dieu merci, dit-elle en riant. Je dois admettre que ces vacances ont été tout ce dont je pouvais rêver. Mes premières vacances depuis deux ans et demi, tu te rends compte ? Merci de m'avoir invitée, et merci d'être venu ce week-end. C'était... Eh bien, tout simplement formidable, Clee. Tu es si gentil avec moi, tu es un ami si merveilleux.

Elle posa la main sur son bras appuyé au bord de la piscine, et il lui prit la main. Avant même d'avoir pu se raisonner, il l'attira à lui et l'embrassa sur la bouche.

Au début, il sentit une résistance, puis, hésitante, elle répondit à son baiser, son corps se détendant et sa bouche se faisant douce sous ses lèvres. Mais, soudain, elle se dégagea de ses bras et le regarda longuement.

Il ne put déchiffrer ses sentiments sur son visage et cela le troubla. Il lui prit la main et bafouilla :

— Ne t'éloigne pas, Nicky. Depuis Pékin, tu as pris une valeur très spéciale pour moi. Écoute, c'est différent, maintenant. Je ne sais pas exactement quoi dire.

Elle ne répondit pas, retira sa main des siennes et nagea à l'autre bout de la piscine.

Il la suivit et, sortant de l'eau, vint la retrouver sous les arbres, près des chaises longues.

Elle avait détourné la tête et tremblait dans la brise du soir. Clee prit une des grandes serviettes de plage et l'en enveloppa.

— Tu as froid, Nicky.

Elle se tourna vers lui et le regarda droit dans les yeux, toujours sans rien dire.

Ils restèrent là, sans bouger, se regardant, leurs yeux liés par une telle intensité que ni l'un ni l'autre ne pouvait la rompre.

Il sembla à Clee que les yeux bleus de Nicky le transperçaient, et il se sentit défaillir, sans pour autant réussir à détourner le regard. Seigneur, comme il la désirait ! Il voulait la prendre dans ses bras, lui faire l'amour. Et il comprit autre chose aussi : il voulait la posséder complètement, et être possédé par elle. Pourtant, il restait incapable du moindre mouvement dans sa direction. Il était paralysé au point que sa respiration restait étranglée dans sa gorge.

Elle fut la première à rompre le silence.

— Clee... oh, *Clee*...

Elle s'interrompit comme si elle avait peur d'exprimer plus avant sa pensée.

Très longtemps après, il se souviendrait encore de l'inflexion de sa voix, avec une remarquable précision ; il se souviendrait de la façon dont elle avait prononcé son nom à ce moment précis, car son intonation lui avait tout dit. Le ton de la jeune femme avait exprimé toute son attirance pour lui.

— Nicky chérie, dit-il d'une voix rauque de désir.

Il s'approcha d'elle au moment où elle se précipitait vers lui, l'entoura de ses bras et la serra fort. Il sentait son cœur battre dans sa poitrine au même rythme que le sien. Ils s'embrassèrent passionnément, presque brutalement, comme il le voulait, et elle répondit avec ardeur et soumission à la fois.

Il sentit les mains de Nicky passer de ses cheveux à sa nuque, pour progresser vers ses épaules et son dos. Il aima le contact de ses doigts si forts et si souples sur sa peau et fit à son tour glisser ses mains sur le dos de Nick, modelant son corps contre le sien.

Ils ressentaient le même désir l'un pour l'autre. Nicky fut saisie d'un vertige, ses jambes faiblirent et tout son corps se mit à trembler. Elle s'accrocha à lui. Clee l'embrassa tendrement dans le cou et fit glisser la serviette de ses épaules, qu'il couvrit de baisers.

Quand il relâcha son étreinte, il lui prit le visage entre ses mains et la regarda dans les yeux. Dans la pénombre, en voyant le désir intense que reflétait son visage, il sut qu'elle ressentait la même chose que lui et il en fut d'autant plus enflammé.

La prenant par la main, il la conduisit jusqu'à une chaise longue et la fit doucement s'y allonger avant de s'asseoir sur le bord. Il se pencha sur elle et couvrit sa bouche de la sienne tout en dégageant le corps de la jeune femme de la serviette et du soutien-gorge du bikini. L'attache céda, et la poitrine de Nicky fut libérée. Il la prit dans ses mains et l'embrassa.

— Clee.

Il arrêta immédiatement son geste et la regarda.

— Nicky ?

— J'ai peur, chuchota-t-elle.

— De moi ?

— Non.

— De toi ? demanda-t-il d'une voix presque inaudible en approchant gentiment ses doigts de sa joue.

— J'ai peur de... de faire l'amour. Ça fait si longtemps...

— Tout ira bien, dit-il en la prenant dans ses bras. Fais-moi confiance. Fais-moi confiance.

Il la lâcha, se dressa et lui tendit les mains. Elle les prit et leva vers lui un regard interrogateur.

— Par là, dit-il en lui montrant le sous-bois de la tête.

*

*   *

Clee étendit les serviettes sur l'herbe et ils retirèrent leurs maillots de bain avant de s'allonger sous les arbres.

Nicky tremblait intérieurement, pleine de désir de Clee, mais d'un désir teinté de peur — la peur de le décevoir, comprit-elle soudain. Elle aurait aimé ne pas être aussi crispée, et elle tenta de détendre son corps. Elle tourna la tête vers lui et posa une main sur son visage en plongeant son regard dans le sien.

Clee sourit, espérant de nouveau la mettre en confiance. C'était le même sourire enfantin et de travers qu'il avait eu la première fois qu'ils s'étaient rencontrés, au bar de l'hôtel Commodore, à Beyrouth-Ouest; et, quoiqu'elle connût très bien ce sourire maintenant, ce soir il lui alla droit au cœur. Une curieuse idée lui vint soudain : et si elle avait été liée émotionnellement à Clee depuis deux ans sans le savoir ? Et si c'était *lui* la raison pour laquelle aucun autre homme ne l'avait intéressée tout ce temps ?

Clee se redressa sur un coude, se pencha sur elle et la caressa doucement. Un gémissement sortit de la gorge de Nicky et elle l'entoura de ses bras.

Clee l'embrassa passionnément tout en parcourant sa peau soyeuse jusqu'à ce que toute tension ait disparu de son corps. Bientôt elle s'abandonna tout entière à ses caresses et à ses baisers comme une fleur s'ouvre au soleil.

Nicky ferma les yeux, tous ses sens en éveil. Ils étaient tombés dans les bras l'un de l'autre de façon si inattendue qu'elle en était encore tremblante. Et pourtant elle savait, tout au fond de son cœur, qu'il était juste qu'ils en arrivent là. Elle était au bord de l'extase, transportée par les caresses passionnées et expertes de Clee.

— Oh, Clee, ne t'arrête pas, je t'en prie, ne t'arrête pas, murmura-t-elle.

Clee retarda autant qu'il le put le moment de conclure leur étreinte. Elle avait dit clairement que son célibat durait depuis longtemps, et il voulait que son plaisir soit total.

Elle cria encore son nom. Leur passion montait. A l'unisson, ils trouvèrent un rythme commun.

— Que tu es belle, Nicky !

— Oh, Clee...

Ils se regardèrent comme pour lire dans le cœur l'un de l'autre.

Clee sentait qu'il ne s'agissait plus pour lui simplement de désir sexuel, bien qu'il l'eût éprouvé comme jamais auparavant. Non, il l'aimait. Il l'aimait depuis Pékin.

Et Nicky, elle aussi, comprit soudain quelque chose : cela faisait des mois qu'elle voulait qu'il soit son amant, même si elle n'en avait pas pris conscience jusqu'à cet instant. Surprise, elle sut qu'elle était enfin libérée de Charles, qu'elle allait pouvoir aimer à nouveau, peut-être même tomber amoureuse de Cleeland Donovan.

Une chaleur intense l'inonda soudain et elle s'accrocha à Clee, ses ongles s'enfonçant dans ses épaules.

— Viens, mon amour, murmura Clee, deviens une partie de moi.

Et ils ne firent plus qu'un.

Ils crièrent chacun le nom de l'autre. Clee la tenait comme s'il ne voulait plus jamais la laisser s'éloigner de lui. Elle était son amour. Son seul amour. Jamais auparavant il n'y avait eu quelqu'un comme elle, et jamais plus il n'y aurait quelqu'un d'autre. Elle était faite pour lui, il était fait pour elle. C'était écrit.

Il ouvrit enfin les yeux et la regarda.

Dans ce coin boisé du jardin, la lumière était très faible, mais les petis spots dans les branches lui permirent de voir son visage. Il nageait dans le bonheur. Elle le regarda de ses yeux bleus et il remarqua qu'ils avaient une expression inconnue. Était-ce de l'adoration ? Ressentait-elle la même chose que lui ? Comment pouvait-il en être autrement ? Leur union ne pouvait être unilatérale.

— Nicky...

Avant qu'il ait eu le temps d'ajouter un autre mot, elle posa ses doigts sur sa bouche.

— Ne dis rien, Clee.

— Mais, Nicky, je...

— Chut !

Elle attira son visage près du sien et l'embrassa doucement. Ses bras l'entourèrent et le serrèrent contre elle. Elle se sentait en paix, pour la première fois depuis que Charles Devereaux avait quitté sa vie.

CHAPITRE 13

— Et voilà, mademoiselle ! Ton pique-nique américain, dit Clee en posant un plateau de bois sur la table basse, au milieu de la bibliothèque. J'ai fait de mon mieux, ajouta-t-il avec un sourire timide.

Nicky se leva du canapé et alla s'asseoir sur un des gros coussins que Clee avait disposés sur le sol autour de la table. Elle regarda ce qu'il avait préparé et éclata de rire.

— Oh, Clee, c'est formidable ! Tu as réussi à trouver tout ce que je préfère. Du beurre de cacahuète bien poisseux, du *Skippy*, rien que ça ! Ma marque préférée. Et de la gelée de raisin pour mettre dessus ! Des sandwiches au thon et d'autres au bacon, laitue et tomate sur du pain de seigle, des cornichons russes au vinaigre, de la mayonnaise Hellmann's ! Où as-tu trouvé tout ça ? Surtout le pain ?

— Je l'ai sorti du congélateur dans la soirée, expliqua Clee en riant. Mes sœurs en apportent toujours quand elles viennent. Elles apportent aussi plein d'autres trucs américains pour moi, tout ce que je ne trouve pas facilement en France. Amélie en stocke une partie au congélateur, comme le pain de seigle et les sacs de beignets, et le reste attend sur les étagères des réserves. Bien, dit-il en prenant une boîte de Coca Light, un peu de bulles pour faire descendre ?

— Génial. Viens t'asseoir ici près de moi !

— Une minute. Attends que je lance une vidéocassette. Quel film as-tu choisi, finalement ?

— *Je te retrouverai*, avec Clark Gable et Lana Turner, où ils sont correspondants de presse à l'étranger et tombent amoureux lors d'un reportage.

— Ah ! Très bon choix. Je n'aurais pu faire mieux.

Clee lança le film et vint s'asseoir sur le coussin. Il se pencha et embrassa le bout du nez de Nicky avant de prendre un sandwich au thon et de s'installer pour regarder l'écran.

Ils rirent beaucoup pendant la projection. Le film datait de 1942 et accusait son âge. Il donnait une impression de gentillesse et d'innocence aux antipodes du monde difficile, souvent cruel, que connaissaient nos deux vétérans du grand reportage.

— Hé, Nick, c'est vraiment niais, murmura Clee en jetant un regard en coin à sa compagne.

— Je sais. C'est souvent le cas des vieux films.

— Pas *Casablanca*. Il tient assez bien le coup.

— Tu as raison, mais par moments, même celui-ci a des accents de vérité, surtout grâce à Clark Gable.

Nicky avait toujours admiré cette star légendaire de l'écran. Quand, quelques secondes plus tard, il dit : « Je n'imprime que ce que j'ai entendu deux fois et vu trois fois », Nicky déclara :

— Dorénavant, ce sera ma devise !

Clee leva les yeux aux ciel, le visage faussement horrifié.

— Attends une minute ! ajouta Nicky. Tu dois admettre que Clark Gable est ici un formidable journaliste, avec juste ce qu'il faut de témérité et de panache. Il est superbe.

— C'est vrai, c'est vrai, dit Clee avant de tourner doucement la tête de Nicky vers lui et de l'embrasser. Et toi aussi.

Quand le film fut terminé, Clee entreprit de rassembler les assiettes et les verres sur le plateau.

— Tu veux regarder un autre film ou descendre prendre un café sur la terrasse ?

— Un café sur la terrasse me semble une idée grandiose, répondit Nicky en le suivant hors de la pièce.

Ils s'assirent à la table de la cuisine pour attendre que le café se fasse, et tout en pelant une pomme dont il offrait des quartiers à Nicky, Clee dit :

— Je vais à Washington vers le mi-juillet photographier le Président et Mme Bush pour *Life*. Après, je resterai à New York jusqu'au début août. Est-ce que tu crois qu'on pourrait travailler au livre ensemble, pendant cette période ?

— Oui, bien sûr. J'en serais ravie. Je sais que je serai à New York, à condition qu'aucune guerre n'éclate ailleurs...

— Auquel cas, interrompit Clee, nous la couvririons ensemble.

— C'est probable. En tout cas, je passerai juillet et août à travailler avec Arch sur une émission spéciale, si bien que j'en serai probablement au scénario et à la préparation pendant ton séjour. Mais ça ne m'empêchera pas de commencer à penser au livre. Est-ce que tu as déjà un titre ?

— Non, et toute suggestion sera la bienvenue. Ce café sent diablement bon. Allons le boire dehors.

*

* *

Ils s'installèrent sur la terrasse et restèrent silencieux un moment pour jouir de la paix et de la beauté de l'environnement. Il était beaucoup plus de minuit. Le grand arc du ciel ressemblait à du velours noir parsemé de perles de cristal que ferait luire la pleine lune. La brise jouait dans les feuilles des arbres et apportait jusqu'à la terrasse le parfum du chèvrefeuille.

Clee et Nicky avaient compris depuis longtemps qu'il n'était pas toujours nécessaire de parler, et le silence entre eux ce soir était aussi convivial que d'habitude. Bien que leurs relations aient changé du tout au tout — et de façon irrévocable — en quelques heures seulement, ils restaient tout à fait à l'aise l'un avec l'autre. Peut-être plus que jamais, en fait.

A un moment, Clee prit la main de Nicky et dit tout doucement :

— Nous sommes bien ensemble, Nicky, et nous nous faisons du bien l'un à l'autre. Est-ce que tu le sais ?

— Oui, répondit-elle.

Elle posa sa tête sur l'épaule de Clee et se sentit bien, protégée par lui.

Clee l'entoura de son bras et la serra contre lui. Il ne put s'empêcher de se demander ce qui allait leur arriver, où la nuit les conduirait. Il n'en avait aucune idée. Il n'était sûr que d'une chose : il avait sauvé la vie de Nicky à Pékin et, ce faisant, il était tombé amoureux d'elle. Peut-être l'aimait-il avant, et ne l'avait-il compris qu'au moment où il avait failli la perdre. Quoi qu'il en soit, ce soir, ils étaient devenus amants, et cela lui suffisait pour le moment.

Nicky, quant à elle, s'émerveillait de la façon si naturelle dont ils s'étaient unis. Elle s'émerveillait aussi de sa réaction. Elle n'avait plus fait l'amour depuis que Charles Devereaux avait mis fin à leur relation. Depuis deux ans, elle avait élevé toutes les barrières possibles entre elle et les hommes, et Clee les avait toutes renversées. Elle était heureuse que ce fût son œuvre à lui. Grâce à lui, tout avait semblé si facile et si simple, et il avait fait naître en elle une telle passion qu'elle en restait stupéfaite. Elle sourit dans le noir. Grâce à Clee, elle se sentait de nouveau une femme.

*

*   *

Beaucoup plus tard, alors qu'ils étaient dans la cuisine pour charger le lave-vaisselle, Clee demanda :

— Combien de temps vas-tu rester ici avec moi, Nicky ?

— Tant que tu le voudras, répondit-elle en haussant légèrement les épaules.

— Alors toute la semaine ! dit-il, ravi.

— Oh, Clee, j'avais oublié : il faut que je sois à Manhattan dans une semaine. Je recommence à travailler le lundi matin.

— Oh ! gémit Clee qui se reprit instantanément. Je vais te dire ce qu'on va faire : on prendra l'avion pour Paris jeudi soir. Tu viendras habiter avec moi dans mon appartement, et je te mettrai dans le Concorde du dimanche matin. Ça te plaît ?

— Beaucoup.

— En tout cas, *toi* tu *me* plais, dit-il en s'approchant d'elle et en la prenant dans ses bras. Je ne sais pas si tu t'en es déjà rendu compte, mais nous avons tous deux perdu beaucoup de temps.

— Deux ans, pour être exact.

— Que j'ai bien l'intention de rattraper.

— Vraiment ?

— Et comment ?

Clee lui donna un long et voluptueux baiser, puis lui prit la main et l'entraîna vers sa chambre à l'étage.

CHAPITRE 14

A Aix-en-Provence, ils descendaient le cours Mirabeau, main dans la main.

Nicky regardait autour d'elle et ne pouvait s'empêcher de penser que c'était une des plus belles avenues qu'elle ait jamais vues, longue et large, avec ses quatre rangées de somptueux platanes dont les branches se mêlaient pour former une immense voûte. Nicky avait l'impression que Clee et elle descendaient un tunnel vert pâle entièrement fait de feuilles, un tunnel interminable puisqu'il se prolongeait sur cinq cents mètres au moins, interrompu seulement par trois fontaines qui projetaient leurs gouttes d'eau claire comme du cristal dans la lumière diffuse du matin. Le côté ensoleillé du cours était bordé de terrasses de cafés; de l'autre, à l'ombre, se dressaient de beaux immeubles anciens dont beaucoup étaient encore habités par des particuliers.

— C'est une ville à la fois extraordinaire et très charmante, Clee, s'exclama Nicky en tournant vers lui un visage ravi.

— Tout à fait. Je savais que ça t'impressionnerait. A mon avis, c'est la plus belle avenue du monde.

Elle possède une certaine élégance, et c'est toujours au printemps et en été qu'on remarque le mieux le jeu de l'architecture, des arbres, des fontaines, la splendide organisation de l'espace. Maintenant, ajouta-t-il avec un sourire, choisissons un café pour faire une pause. Après, on pourra plonger dans la vieille ville et visiter quelques ateliers d'artisanat.

— Tu n'es vraiment pas obligé de m'accompagner dans mes courses, dit Nicky. Peut-être préférerais-tu m'attendre dans une librairie pendant que je choisis quelques cadeaux ?

— Non, je viens avec toi, dit-il en serrant sa main. Je n'ai pas l'intention de te lâcher des yeux pendant les trois jours qui nous restent. Je dois profiter de mon petit rayon de miel.

Clee eut son sourire enfantin et Nicky éclata de rire.

— Je n'ai pas entendu ce mot doux depuis des années. Ma mère m'appelait « rayon de miel », quand j'étais petite.

— Non ! La mienne aussi !

Il la conduisit vers un café proche de l'immense fontaine de la Rotonde, qui dominait l'extrémité ouest du cours.

Bien que la terrasse du café fût pleine de beaux jeunes gens et de jolies filles fréquentant à l'évidence l'université de la ville, il restait plusieurs tables vides. Il y en avait quelques-unes près des fenêtres, à l'ombre d'un auvent et légèrement à l'écart du trottoir encombré. Après un regard panoramique sur la terrasse, c'est une d'elles que Clee choisit.

— Nous pourrons nous rafraîchir ici et regarder le monde défiler sous nos yeux, dit-il alors qu'ils prenaient place. J'adore les cafés français. Ils sont si conviviaux, et ils peuvent être aussi tellement discrets d'une certaine façon, ajouta-t-il en attirant Nicky contre lui pour l'embrasser. Tu vois ce que je veux dire ?

— Oui, répondit-elle avec un sourire.

Elle le regardait dans les yeux quand un garçon s'approcha. Clee commanda deux crèmes. Dès qu'ils furent seuls, il se détendit de nouveau et se tourna vers elle.

— J'aime la plupart des titres que tu as notés pour moi hier soir, mais je préfère *Les Enfants du Printemps de Pékin*. J'aimerais beaucoup que notre livre s'intitule ainsi, Nick.

— Tu m'en vois flattée ! dit-elle avec un plaisir évident. C'est aussi celui que je préfère !

Clee se pencha sur la table et l'embrassa de nouveau.

— Maintenant que nous avons un titre, nous sommes lancés, *baby* !

— Avec des photos aussi superbes, tu étais lancé dès le début, Clee. Ça ne fait aucun doute. Mon texte n'a qu'une importance secondaire. C'est, et ça restera, un album de photos.

— C'est vrai. Il n'en demeure pas moins que l'introduction est très importante — non seulement pour soutenir mes photos, mais pour expliquer la Chine, sa politique, les événements qui ont conduit aux manifestations de Tiananmen... et au massacre. Peu de gens comprennent comment tout cela a pu arriver.

— Oui, j'en suis bien consciente. Dimanche, dans l'avion, je jetterai des notes sur le papier. Je crois qu'il faudra que je lise quelques documents avant de commencer à écrire vraiment. Au fait, je me disais...

Elle s'interrompit en voyant le garçon arriver avec les cafés.

— Merci, dirent-ils tous deux presque en même temps.

— J'avais commencé à te dire que je me demandais si tu n'aimerais pas passer un ou deux weekends à New Milford, chez mes parents, quand tu seras à New York à la fin du mois. Il y a quelques années, mon père a fait construire un studio en face de la maison, de l'autre côté de la pelouse, et je crois que c'est un endroit idéal pour travailler. Nous pourrions vraiment nous mettre à l'aise là-bas — tu sais, étaler les photos, faire la pagination — et tout laisser en l'état entre chaque séance de travail; personne ne viendrait rien déranger.

— Ce serait formidable, mais tes parents ? Est-ce qu'ils n'utilisent pas le studio pour écrire ?

Nicky secoua la tête et se mit à rire.

— Papa a fait construire le studio pour ma mère. C'était un cadeau qu'il voulait lui faire. Il pensait qu'elle aimerait y travailler. C'est aéré, spacieux, silencieux et très paisible.

— Et elle n'a pas aimé ?

— Non. Je crois qu'elle l'a trouvé *trop* paisible, si tu veux savoir. Elle ne l'a aimé que pendant un mois. Après, elle est revenue s'installer dans la maison, dans la petite pièce qui donne sur leur chambre. Elle a expliqué à papa qu'elle se sentait mieux pour écrire dans une pièce qu'elle connaissait depuis des années. Et c'était vrai, j'en suis sûre; mais, connaissant ma mère, je crois qu'elle aimait aussi être dans la maison, au centre de l'action. J'imagine qu'on se sent déjà assez seul quand on écrit des livres longs et compliqués, sans être en plus isolé de l'autre côté du jardin, loin de mon père, de la bonne, du téléphone et de toute la maisonnée.

— Et ton père, est-ce qu'il n'utilise pas le studio ?

— Pas très souvent. Je soupçonne qu'il aime être près de ma mère, et aussi au milieu de tout ce qui bouge, comme elle. Alors il prend la plume, ou plutôt son traitement de texte, dans la bibliothèque, où il a toujours écrit ses articles. Comme ça, il est près de la cuisine et peut y faire irruption pour une tasse de thé ou de café et bavarder avec Annie, la bonne, ou Bert, le jardinier. En conclusion, nous pourrions facilement nous y installer, si tu veux.

— Ça ne gênera pas tes parents ?

— Bien sûr que non ! De toute façon, depuis qu'ils t'ont rencontré à Paris l'an dernier, ils sont entichés de toi.

— Et leur fille ?

Nicky retira ses lunettes de soleil et l'observa d'un regard long et pénétrant. D'un petit air innocent, elle demanda :

— Quoi, leur fille ?

— Est-ce qu'elle est entichée de moi ?

— Oh, oui.

— Ça vaut mieux pour elle.

— Elle est, tout à fait, absolument, entichée de Cleeland Donovan.

Clee se rapprocha encore d'elle par-dessus la table ronde et lui prit la main.

— Ces derniers jours ont été si merveilleux, Nick. Jamais je n'avais vécu ça auparavant. Il y a une chose que je voudrais te dire, sur toi et moi, sur ce que je ressens pour toi, et...

— Je t'en prie, ne dis rien, Clee, l'interrompit-elle d'une voix aussi douce que la sienne. Pas maintenant, pas encore.

Très gentiment, elle lui reprit sa main et s'adossa à sa chaise d'un air solennel.

— Mais pourquoi pas ?

— Je veux que ça..., reprit-elle après un moment de silence. Je veux que nous allions lentement. Je ne veux pas que tu... Non, je ne veux pas que toi ou moi disions quoi que ce soit maintenant que nous pourrions regretter... que nous pourrions renier plus tard. Je veux que tu sois vraiment sûr avant de me dire des mots graves. Et je veux être sûre aussi. Sûre de ce que je ressens vraiment pour toi.

— Mais je suis sûr, commença-t-il.

Il s'arrêta, comprenant soudain qu'elle avait peur de s'engager à cause du fiasco de sa précédente aventure.

— Je comprends ce que tu veux dire, Nicky, et tu as raison, naturellement. Je sais combien Charles Devereaux t'a blessée.

Le nom lui avait échappé avant qu'il ait pu le retenir. Il aurait mieux fait de se mordre la langue. Confus, il regarda Nicky. Il s'en voulait.

Elle resta bouche bée, le visage vidé de toute vivacité, instantanément figé, fermé. Elle ne dit pas un mot, se contentant de détourner les yeux.

Clee lui prit de nouveau la main et lui serra les doigts en se demandant comment se faire pardonner. Quel idiot maladroit il était ! Il l'avait bouleversée ; elle n'avait pas besoin de le lui dire pour qu'il le comprenne. Il l'avait lu sur son visage à la seconde où il avait parlé.

— Regarde-moi, Nick.

Elle tourna peu à peu la tête jusqu'à ce que leurs regards se croisent.

— Je suis désolé, vraiment désolé. Je n'aurais pas dû prononcer son nom.

— Ça ne fait rien, répondit doucement Nicky avec un sourire forcé. Honnêtement, rien. C'est seulement que je n'aime pas parler de lui. Chaque fois, des souvenirs désagréables m'assaillent inévitablement. De toute façon, ça ne sert à rien de parler de lui. Il appartient au passé. Je préfère penser à l'avenir.

— Je suis on ne peut plus d'accord, dit Clee en inspirant profondément.

Il voulait que ce moment gênant se termine aussi vite que possible.

— Clee, tu as l'air ennuyé. Mais il n'y a pas de raison. C'était tout à fait naturel de ta part de faire allusion à Charles. Après tout, nous étions fiancés.

— Je suis vraiment idiot, par moments.

— Je ne le pense pas.

L'expression sombre qui avait voilé ses yeux clairs disparut et elle lui sourit. Elle prit sa tasse et but une gorgée.

— Le café a refroidi, remarqua-t-elle d'une voix égale. Est-ce qu'on peut en commander deux chauds ?

Clee hocha la tête, fit signe au garçon et passa la commande avant de se tourner vers Nicky.

— Tu m'as dit que tu voulais trouver du tissu provençal pour ta mère. Je connais une boutique dans la vieille ville qui se chargera même de l'expédier aux États-Unis.

— Merveilleux.

Nicky entreprit de lui énumérer tous les cadeaux qu'elle voulait acheter, et pour qui. Au grand soulagement de Clee, sa voix avait repris son timbre normal, elle était à nouveau détendue.

Peu après, ils quittèrent le café et pénétrèrent dans la vieille ville. Ils parcoururent les ruelles, s'arrêtant pour admirer les vitrines des nouvelles boutiques élégantes comme des établissements plus anciens vendant des alcools, des fromages, des produits du terroir et de l'artisanat provençal.

Clee l'emmena chez Fouque, un atelier de santons si vivants que Nick en acheta toute une série pour son père. Clee connaissait Paul Fouque, le plus grand des créateurs de santons, et ils le regardèrent un quart d'heure modeler et peindre à la main quelques pièces avant de se rendre non loin de là acheter des calissons. Au dire de Clee, Amélie adorait ces tendres biscuits à la pâte d'amande, et Nicky voulut lui en offrir une boîte. Elle la lui donnerait avec le foulard de soie qu'elle s'était acheté la veille à Saint-Rémy.

Un peu plus tard, ils se retrouvèrent au magasin Souleiado, où Nicky choisit plusieurs coupes de tissu magnifiques aux motifs traditionnels colorés qu'elle fit envoyer à sa mère. Elle choisit ensuite pour ses amies plusieurs répertoires reliés en tissus provençaux, quelques tabliers et autres petites pièces qu'elle prit avec elle.

Ils continuèrent à parcourir les méandres des rues pavées, entrant dans toutes sortes de petites boutiques, parfois simplement pour regarder et savourer l'atmosphère. Dans l'une d'elles, Nicky acheta de l'essence et des sachets de lavande, ainsi que des bocaux d'herbes de Provence.

Alors qu'on empaquetait le tout, elle se tourna vers Clee et sourit :

— Tu sais qu'on peut trouver tout ça à New York, chez Bloomingdale's : exactement la même chose. Mais ce n'est pas pareil de le rapporter d'ici.

— Non, ce n'est pas pareil, admit-il en prenant le sac des mains de la vendeuse avant d'entraîner Nicky hors de la boutique. Viens, je veux te montrer la place d'Albertas. Elle est très curieuse. Ensuite, nous ferions mieux de rentrer au mas pour déjeuner.

— Oh, non ! Encore un repas ? grogna-t-elle en grimaçant à travers un éclat de rire.

— En parlant de repas, j'ai dit à Amélie de préparer un déjeuner très léger, juste de la salade, du poulet froid et des fruits. Je t'emmène dîner dans un endroit très particulier, ce soir.

— Où?

— Dans un restaurant très réputé, où l'on vient du monde entier. C'est assez chic, alors si tu n'as pas apporté de robe, on peut en acheter une maintenant. Il ne manque pas de boutiques de mode par ici.

— C'est inutile, Clee. J'ai pris une ou deux robes de soie et mes perles, pour le cas où. Tu peux m'emmener partout.

*

*   *

La chambre de Clee était sombre et agréable, le lumineux soleil de l'après-midi arrêté par des volets de bois, l'air chaud rafraîchi par le ventilateur au plafond.

Allongés tout près l'un de l'autre sur le lit, ils se reposaient après l'amour. Clee avait entraîné Nicky ici aussitôt le déjeuner terminé, pour une sieste, avait-il dit, mais il n'avait fallu que quelques minutes pour que l'inévitable arrive. Nicky avait immédiatement répondu ardemment aux baisers et aux caresses de Clee. Elle s'enflammait immédiatement dès qu'il la touchait.

Nicky pensa soudain combien il était curieux qu'ils aient passé deux ans ensemble sans jamais songer à faire l'amour et que, ces derniers jours, ils ne puissent pas se rassasier l'un de l'autre ni retenir leurs caresses dès qu'ils étaient seuls.

Nicky tourna la tête sur l'oreiller et le regarda. Il était sur le dos, comme elle, les yeux clos, ses longs cils noirs reposant sur ses joues bronzées. Il réagissait vite au soleil et, en quelques jours au mas, sa peau avait pris une teinte brun doré sur tout le corps, à l'exception, sous l'estomac, du triangle blanc couvert par son maillot de bain.

Au repos, son visage exprimait la douceur et la gentillesse, et sa bouche large et généreuse était adorable. Nicky eut envie de la toucher, mais se retint, pour ne pas le réveiller.

Cleeland Donovan. Elle se dit son nom. C'était un homme respectable ; il n'avait rien de mauvais en lui. Il était honnête, intègre, gentil, juste. Et totalement digne de confiance. Nicky se rappela que sa mère avait une expression pour les gens authentiquement admirables : elle disait qu'ils étaient « tout bleus ». Cleeland Donovan était indéniablement tout bleu.

Il était son plus proche et son plus cher ami, et elle l'avait aimé comme un frère dès le premier jour de leur amitié. Mais, maintenant, il était son amant. Ils avaient une relation sexuelle, et ils s'engageaient dans une aventure fortement émotionnelle. Elle ne savait pas ce qui allait arriver, ce qu'ils allaient faire, combien de temps ils pourraient être ensemble ainsi. Mais elle savait qu'elle pouvait lui faire confiance. Elle pouvait remettre sa vie à cet homme courageux, sûr, fort — il l'avait prouvé à Pékin. Elle se sentait en sécurité avec lui. Elle s'était sentie en sécurité avec lui dès le début. Il lui donnait l'impression de réellement prendre soin d'elle, de la protéger totalement.

Clee ouvrit soudain les yeux et la surprit qui l'observait. Il prit sa main et l'attira dans ses bras, enfouissant son visage dans son cou.

— Tu avais un regard si pensif, quand j'ai ouvert les yeux ! lui murmura-t-il à l'oreille. A quoi songeais-tu donc ?

— A toi.

— Ah ! je vois. Et que pensais-tu de moi ?

— J'ai décidé que tu étais... tout bleu. C'est ce que ma mère dit des gens qu'elle admire.

Elle sentit qu'il souriait dans son cou.

— Est-ce une façon détournée de me dire que tu m'admires ? J'aurais souhaité que tu ressentes autre chose que de l'admiration.

— C'est le cas ! protesta-t-elle. Je ressens beaucoup de choses...

Elle s'écarta de lui et regarda droit dans ses yeux bruns où dansait une petite flamme espiègle.

— Oh, toi ! Toi alors ! s'écria-t-elle en tentant faiblement de le repousser. Tu as essayé de me piéger pour que je dise quelque chose que je regretterais plus tard.

— Qui, moi ? *Jamais !*

Il lui sourit et l'enlaça de nouveau. Il caressa ses cheveux, puis son dos. Sa bouche trouva la sienne. Ils firent l'amour à nouveau, fougueusement, presque violemment, mêlant leurs haleines et leurs corps.

— Je t'aime, Nicky, s'écria Clee. Je t'aime.

Et je suis en train de tomber amoureuse de toi, pensa Nicky. Mais elle ne parvint pas à le dire, se contentant de le serrer contre elle alors qu'il s'effondrait et enfouissait son visage dans ses cheveux.

CHAPITRE 15

Clee s'arrêta à la porte de la bibliothèque et s'appuya au chambranle pour regarder Nicky.

— Salut, dit-elle en souriant.

Elle se leva et s'approcha de lui.

La robe qu'elle portait, d'un bleu lumineux assorti à ses yeux, avec une encolure ras du cou et sans manches, de coupe souple et ample, tombait en ondulant depuis les fronces des épaules. Tandis que la jeune femme s'approchait, la légère étoffe de soie semblait l'entourer comme un nuage nacré. Les perles qu'elle portait au cou et aux oreilles irradiaient une luminosité inhabituelle sur sa peau et ses cheveux dorés. Clee se dit que Nicky rayonnait tout particulièrement ce soir.

Quand elle fut devant lui, à y regarder de plus près, il comprit qu'elle avait le rayonnement intérieur d'une femme qui avait été récemment et sincèrement bien aimée, et qui avait aimé en retour. Il décela une subtile sensualité dans ses joues roses, ses lèvres plus charnues, et dans son regard où se lisaient sagesse et savoir. C'était le genre de regard que les hommes reconnaissent toujours.

— Tu es merveilleuse, Nicky, dit-il en prenant possession de son bras nu.

— Tu n'es pas trop mal non plus, répondit-elle en le toisant.

Elle nota l'excellente coupe de sa veste de sport crème et la finesse de la chemise assortie qui faisait ressortir son bronzage. Il avait mis une cravate de soie bordeaux et un pantalon noir tombant bien droit sur ses chaussures luisantes.

— Tu es beau à croquer, en fait.

— Nous remettrons ça à plus tard, plaisanta-t-il en l'entraînant vers le palier. Nous ferions mieux de partir. J'ai eu bien du mal à obtenir une table, et je ne veux pas risquer de la perdre.

Quelques minutes plus tard, Clee sortait la voiture de la cour et empruntait l'allée pour sortir de la propriété.

— Où allons-nous ? demanda Nicky. Tu fais bien des mystères.

— Vraiment ? Ce n'était pas intentionnel. Nous allons aux Baux, un village non loin d'ici, juste au-delà de Saint-Rémy. Le restaurant s'appelle l'Oustaù de Baumanière. C'est un lieu charmant et la cuisine y est excellente. Et je sais, avant que tu ne le dises pour la centième fois, que, ces derniers jours, tu as mangé assez pour toute ta vie. Mais tu n'auras pas à manger beaucoup, Nick, juste à goûter. En tout cas, je voulais vraiment t'y emmener parce que c'est un lieu unique, et qu'en plus aujourd'hui, nous avons quelque chose à célébrer.

— Et qu'avons-nous à célébrer ?

— Nous célébrons notre livre, pour lequel nous avons un titre. Et quelques autres choses encore.

— Quoi par exemple ?

— Je te le dirai plus tard.

Clee inséra une cassette dans le lecteur et la voiture s'emplit de la *Rhapsody in Blue* de Gershwin. Ils restèrent un long moment silencieux, écoutant la musique, et comme toujours très à l'aise l'un avec l'autre, qu'ils parlent ou non.

Tout à coup, alors qu'ils traversaient Saint-Rémy, Nicky déclara :

— Les Baux... Ça me dit quelque chose. Je crois que ma mère y fait allusion dans un de ses livres. Mais je n'arrive pas à me rappeler exactement pourquoi, ni dans quel livre.

— C'est une cité féodale fondée voici des siècles et des siècles au sommet d'un piton rocheux qui domine les profondes vallées de la région. Elle est presque en ruine maintenant, un peu comme une ville fantôme, mais elle reste imposante sur son aire et a joué un grand rôle au Moyen Age, du XIe au XVe siècle, quand les seigneurs des Baux gouvernaient la région. C'étaient des hommes plutôt durs, sanguinaires, violents et féroces, mais ils accordèrent leur protection aux troubadours...

— Mais oui ! C'est ça. Les troubadours. Maintenant je me souviens. Ma mère a parlé des Baux dans son livre sur Aliénor d'Aquitaine, dans le chapitre sur Aliénor et Bernard de Ventadour, l'un des plus célèbres troubadours, dont elle encouragea le talent. C'est aux Baux que furent établis les rites de l'amour courtois. Les premiers troubadours commencèrent ici à écrire, chanter et jouer du luth.

— Exactement, et la forteresse des Baux, au temps de sa splendeur, était célèbre pour sa cour d'amour et l'esprit chevaleresque qui y régnait vis-à-vis des femmes.

— Je suis bien contente que nous y allions, Clee. Ma mère sera ravie de nous entendre en parler quand nous la verrons.

— Je n'ai pas l'intention de te conduire à la forteresse ni dans les ruines ce soir ; c'est beaucoup trop compliqué et tout à fait épuisant. Tu n'y arriverais jamais avec tes talons hauts.

— C'est parfait ! Je ne suis pas vraiment d'humeur à faire du tourisme ni de l'escalade, ce soir.

*
* *

Clee ne tarda pas à arrêter la voiture devant l'Oustaù de Baumanière, enchâssé dans la falaise blanche en contrebas de l'ancienne ville des Baux.

Nicky à son bras, il pénétra dans le célèbre restaurant où il fut accueilli aimablement par le maître d'hôtel qui, à l'évidence, le reconnut et suggéra qu'ils prennent un apéritif sur la terrasse.

Dix minutes plus tard, Clee leva sa flûte de champagne et la fit tinter contre celle de Nicky.

— A toi, Nicky chérie.

— Et à toi, Clee. Et maintenant, dis-moi ce que nous célébrons, outre le livre.

Après une gorgée de champagne, il lui prit la main.

— Nous célébrons le fait que nous sommes en vie, que nous sommes ensemble, que nous avons la chance de vivre nos vies comme nous voulons les vivre — du moins jusqu'à maintenant. Et surtout, nous célébrons le fait que nous sommes amants en plus d'amis.

— Oh, Clee, ce sont de merveilleuses choses à dire et à célébrer, et nous avons vraiment de la chance, oui. La plupart des gens ont si peu de raisons de se réjouir...

— C'est malheureusement vrai.

— Et merci de m'avoir amenée ici ce soir.

Elle regarda de nouveau autour d'elle la terrasse illuminée de fleurs, le jardin d'un vert luxuriant, ses nombreuses variétés d'arbres se détachant sur la pierre blanche de la falaise.

— C'est un lieu si beau, Clee... Et avec toute cette symbolique ancienne des troubadours et de leurs chants d'amour, je commence à penser que tu es un grand romantique, même si tu veux t'en cacher.

— Je ne veux pas m'en cacher, du moins avec toi, et je crois que tu as raison, je suis un peu romantique, admit-il.

Soudain, son demi-sourire se fit plus sérieux, et il regarda son verre d'un air réfléchi. Son changement d'humeur était presque imperceptible, mais Nicky le remarqua et elle se pencha vers lui.

— Qu'y a-t-il ? Quelque chose ne va pas ?

— Non, bien sûr que non... Cet après-midi, dit-il après un silence et en la regardant dans les yeux, je t'ai dit quelque chose et, comme je l'ai dit au plus fort de la passion, tu crois probablement que je ne le pensais pas vraiment. Mais je le pensais, et je le pense toujours, et je vais te le redire, même si tu ne souhaites pas l'entendre... Je t'aime, Nicky.

Elle le regarda. Ses yeux paraissaient immenses dans son visage et ils brillaient intensément. Elle ne doutait pas un instant que Clee ait dit la vérité, qu'il soit sincère — il ne savait pas être autrement.

— Clee...

— Tu n'es pas obligée de me dire que tu m'aimes, Nicky. Peut-être m'aimes-tu, peut-être non. Nous avons tout le temps, toi et moi, de le découvrir. Un jour tu me diras ce que tu ressens pour moi — quand tu le sauras toi-même. En attendant, je voulais juste te dire, ici et maintenant que nous ne sommes pas au lit, que je t'aime. Je t'aimais depuis longtemps sans m'en rendre compte.

Ses lèvres s'entrouvrirent comme si elle allait parler. Clee secoua la tête.

— Pas un mot, Nicky, pas maintenant. Ce n'est pas nécessaire, lui dit-il avec un sourire chaleureux et aimant.

— Mais je veux dire quelque chose... Je ressens toutes sortes de choses pour toi, Clee, dont ma passion physique n'est pas la moindre.

Elle était sur le point de lui murmurer qu'elle pensait être en train de tomber amoureuse de lui, mais changea d'avis.

— Et je t'aime, comme mon ami le plus cher...

— Je le sais, la rassura-t-il en serrant sa main. N'aie pas l'air si préoccupée.

Nicky rit.

— Je ne croyais pas avoir l'air préoccupée ! Ces derniers jours ont été... fabuleux, Clee, je ne sais pas comment les décrire autrement. Je suis vraiment triste qu'ils touchent à leur fin.

— Mais non. Demain soir, tu seras avec moi à Paris, et vendredi et samedi aussi, avant que tu ne t'envoles pour les États-Unis dimanche. Trois jours et trois nuits, sans compter ce soir, dit-il en lui caressant le bras. Et je vais te faire l'amour tout le temps — quand les circonstances et l'entourage le permettront !

CHAPITRE 16

L'intérieur du restaurant était aussi somptueux que l'extérieur.

Un plafond voûté, des murs en pierre et un sol dallé rappelaient le Moyen Age, impression accentuée par les chaises à hauts dossiers tapissées de velours bleu et or, les antiquités provençales de bois sombre et les lustres rustiques. De jolis tissus couvraient les tables ornées d'un chandelier d'argent à trois branches et d'un vase de fleurs.

Comme Clee avait passé la commande du dîner pendant qu'ils buvaient leur champagne sur la terrasse, on leur servit presque immédiatement les hors-d'œuvre. Nicky avait choisi du melon, et Clee une des spécialités de la maison : des raviolis aux truffes et aux poireaux. Il insista pour qu'elle les goûte.

— Juste un, dit Clee d'une voix enjôleuse. C'est délicieux. Ça fond dans la bouche.

Il piqua un ravioli de sa fourchette et, se penchant sur la table, le lui mit dans la bouche. Il la regarda le manger, ses yeux sombres pleins d'amour pour elle.

— C'est vrai que c'est délicieux ! s'exclama-t-elle.

Elle prit un morceau de son melon de Cavaillon et jugea qu'Amélie avait raison de dire qu'ils étaient les meilleurs de France. Celui-ci était succulent.

Tandis qu'ils attendaient le plat principal, Clee parla du livre et des diverses séquences auxquelles il avait réfléchi depuis son retour de Pékin pour regrouper les photos. Quand il lui eut tout expliqué, il se recula contre son dossier et demanda :

— Alors, qu'est-ce que tu en penses ?

— Ça semble formidable et, de toute façon, c'est toi le mieux placé pour décider, Clee. Tu as déjà fait ce genre de livre, alors que je suis une novice en la matière. Et en plus, je ne ferai qu'écrire l'introduction.

— Ne sous-estime pas ainsi ta contribution, les mots sont aussi importants que les photos.

— Pas vraiment. Mais c'est gentil de ta part de le dire.

— J'avais pensé dédier le livre à Yoyo et à la mémoire de Maï. Qu'en dis-tu ?

— Oh, Clee, c'est une très bonne idée. Au fait, je voulais te dire : J'ai un très bon pressentiment au sujet de Yoyo, depuis quelques jours. Je suis sûre qu'il va s'en sortir.

— Il faut continuer à le croire.

Le sommelier s'approcha de leur table et leur resservit du vin blanc avec lequel ils avaient commencé leur repas.

— C'est un excellent vin, n'est-ce pas, monsieur Donovan ? dit-il.

— Merveilleux. J'avais déjà goûté ce puligny-montrachet. En fait, c'est vous qui me l'aviez recommandé la dernière fois que je suis venu.

— C'est très possible, répondit le sommelier avec un sourire respectueux.

— J'espère que tu aimes ce vin, Nicky. Je l'ai choisi parce qu'il a assez de force pour résister aux mets les plus parfumés, et la daurade que nous avons tous deux commandée est accompagnée d'une riche sauce à l'orange, sans compter que le poisson lui-même est cuit aux herbes. En tout cas, je trouve que ce chardonnay fruité va bien avec. C'est un grand cru, dit Clee après avoir tourné la bouteille vers lui pour étudier l'étiquette. Clos du Vieux Château, Labouré-Roi, et il vient de cette capitale mondiale du chardonnay, un village en Côte-d'Or, où on ne cultive aucun autre cépage.

Surprise par tant de connaissances, Nicky l'avait écouté en silence. Elle retrouva sa voix :

— Je ne te savais pas grand connaisseur en vins.

— Seigneur, je ne suis pas un expert ! Il se trouve seulement que j'aime le bon vin et que, depuis que je vis en France, j'ai mis un point d'honneur à connaître les meilleurs crus. Je ne peux tout de même pas me contenter du petit vin de mon mas !... Qu'y a-t-il, Nick ? demanda-t-il en fronçant les sourcils. Tu fais une drôle de tête.

Nicky frissonna et laissa échapper un drôle de petit rire nerveux.

— C'est que j'ai eu une curieuse impression de déjà vécu, comme si j'avais déjà entendu ces mots précis, mais c'est impossible.

— Nous n'avons jamais parlé de vin avant ce soir.

Non, mais Charles parlait toujours de vin, se dit-elle, et elle leva son verre pour en boire une gorgée.

— Il est très bon, Clee. Délicieux.

A cet instant, leur plat arriva, apporté par plusieurs serveurs. On le leur présenta avec beaucoup de cérémonie et Nicky, croisant le regard de Clee, lui fit un clin d'œil. Clee eut du mal à se retenir de rire. Quand ils furent enfin seuls devant leur poisson, Clee sourit.

— Ce clin d'œil et l'expression de ton visage m'en ont dit plus que mille mots auraient jamais pu le faire.

— N'est-ce pas ce que je ne cesse de te répéter ?

— Je ne me souviens pas d'avoir dit le contraire. Comment est ta daurade ?

— Parfaite, merci. C'est un de mes plats préférés. J'en prenais souvent quand j'étais petite et que mes parents m'emmenaient dans le sud de la France. Et le poisson ne fait pas grossir.

— Est-ce que tu resteras avec moi si je promets de ne te donner que du pain et de l'eau ? demanda-t-il d'un ton plaisant tout en gardant un air sérieux.

— Je resterai avec toi, Clee...

— Que fais-tu en septembre ?

— Pourquoi ?

— Tu m'as dit que ta chaîne te doit quantité de jours de vacances, et je pensais que nous pourrions revenir ici en septembre, au mas — pour être ensemble. J'ai l'intention de faire une pause à cette époque, et c'est une période délicieuse, par ici, après l'invasion des touristes en juillet et en août.

— J'adorerais venir, si j'ai fini le scénario de mon émission spéciale de l'automne.

— Essaie.

— Oui. Je travaillerai comme une folle pendant l'été.

— Tu me le promets ?

— Je te le promets.

— Ne crois pas que j'oublierai cette promesse, dit Clee avant de baisser la voix. Ne te retourne pas, mais il y a une femme là-bas qui ne t'a pas quittée des yeux depuis son arrivée. J'ai l'impression qu'elle te connaît.

— Et qu'est-ce qui te fait croire ça ?

— Elle t'a regardée plusieurs fois, a parlé à l'homme qui l'accompagne, qui a fini par se retourner et par te regarder, très discrètement, et entre deux phrases ou deux bouchées, elle ne cesse de t'observer.

— Elle m'a peut-être vue à la télévision — une de mes fans ! Est-elle américaine ?

— Je ne le crois pas. Elle m'a l'air anglaise. Très anglaise, et l'homme aussi. Tiens, elle parle au serveur, tu peux jeter un coup d'œil.

Nicky se tordit sur sa chaise et tourna légèrement la tête. Elle vit immédiatement la femme dont il était question, et sa respiration resta bloquée dans sa gorge, sa poitrine se serra. Elle allait se retourner vers Clee quand la femme posa les yeux sur elle.

Deux paires d'yeux bleus se rencontrèrent.

La femme sourit alors, son visage s'illuminant d'un plaisir évident.

Nicky sourit à son tour et leva la main en un petit geste de reconnaissance.

La femme dit quelques mots à son compagnon, qui tourna la tête, puis tout le buste sur sa chaise et fit un grand sourire à Nicky.

— Ce sont de vieux amis, expliqua Nick à Clee. Je dois aller leur dire deux mots. Tu veux bien m'excuser ?

Elle se leva et traversa la salle, et Clee ne put s'empêcher de se demander qui ils étaient. La voix de Nicky avait sonné bizarrement, presque rauque, comme si elle était hors d'haleine. Elle est tendue tout à coup, se dit-il, et il la regarda de sa place, plein de curiosité.

— Anne, comme c'est bon de vous revoir, dit Nicky en arrivant à l'autre table.

— Et toi, ma chérie, répondit Anne en se levant et la serrant sur son cœur.

L'homme se leva aussi et prit à son tour Nicky dans ses bras.

— Tu as l'air en pleine forme, ma chère, plus belle que jamais, si je puis me permettre.

— Oh Philip, merci, vous êtes tout à fait formidable aussi, et vous, Anne... Je vous en prie, rasseyez-vous, s'il vous plaît.

Ils s'assirent et Nicky s'appuya sur le dossier de la chaise d'Anne, légèrement penchée en avant pour leur parler.

— Vous devez penser que je suis très grossière, Anne, pour ne pas vous avoir donné signe de vie depuis si longtemps. Je n'ai aucune excuse, hormis le fait que je cours le monde pour mon travail.

— Ma chérie, ne t'excuse pas, je comprends parfaitement. Tu mènes une vie tellement active ! Mais je dois reconnaître que tes coups de téléphone me manquent, ils me manquent même beaucoup, Nicky. En revanche, je sais très bien que tu as une autre vie, maintenant..., dit Anne en la regardant avec un petit sourire dont Nicky comprit toute la signification. Et qui est ce si bel homme qui vous accompagne ?

— Un vieil ami — un collègue. Cleeland Donovan.

— Le célèbre photographe ? demanda Philip.

— Oui.

— Un garçon tout à fait extraordinaire. J'ai plusieurs de ses livres, et j'ai vu récemment de remarquables photos qu'il a prises à Pékin.

— Dans *Paris-Match*, peut-être ? Nous étions ensemble en Chine pour couvrir les événements.

— Une bien sale affaire. Et une conclusion tragique, dit Philip.

— Un véritable carnage..., répondit Nicky. Êtes-vous ici en vacances ?

— Oui. Nous sommes chez des amis de Philip à Tarascon, pas très loin de Saint-Rémy. Et toi ?

— Aussi. Clee a un charmant vieux mas entre Saint-Rémy et Aix, et je viens de m'y reposer une semaine. Clee est venu ce week-end. Nous étions épuisés, après la Chine.

— Je l'imagine sans peine, dit Anne. J'aimerais beaucoup que tu viennes à Tarascon avec ton ami, pour déjeuner ou dîner, un de ces jours. Qu'en dis-tu ?

— C'est très gentil de votre part de nous inviter, mais je dois malheureusement être au travail à New York lundi et je repars pour Paris demain matin.

— Comme c'est dommage, j'aurais bien aimé que nous bavardions un peu, dit Anne en posant sa main sur le bras de Nicky. Tu m'as manqué.

— Oh, Anne, je sais, vous m'avez manqué aussi, et c'est ma faute. J'ai été si... négligente.

Anne sourit, sans rien dire.

— Peut-être pourrions-nous prendre le café ensemble plus tard ? proposa Philip.

— Nous avons presque fini de dîner, Philip, et Anne et vous commencez à peine. Je dois me lever à l'aube demain pour attraper mon avion à Marseille.

— C'est dommage, dit-il d'un air aussi déçu qu'Anne quelques minutes plus tôt.

Nicky prit congé gracieusement et regagna sa table.

— Je suis désolée. Ça a pris plus longtemps que je ne l'aurais cru.

— Qui sont-ils ?

— Des amis anglais.

— Est-ce que cette femme est de ta famille ?

— Non. Pourquoi me demandes-tu ça ?

— Vous vous ressemblez. Les mêmes cheveux blonds, les mêmes yeux bleus, presque les mêmes traits.

— Vraiment ?

— Ils sont en vacances ?

— Oui, ils sont chez des amis à Tarascon.

— Beaucoup d'Anglais ont des maisons par ici, maintenant, et beaucoup de Parisiens futés aussi. L'arrière-pays provençal est très populaire. J'espère qu'il ne sera pas trop vite envahi par les riches et les snobs.

— Je l'espère aussi. Ça gâcherait tout.

Clee s'attendait à ce que Nicky en dise davantage sur ses amis, mais elle ne fit pas d'autre commentaire et se contenta de siroter son vin en silence.

— Aimerais-tu un dessert ? demanda finalement Clee. C'est la seule chose que je n'aie pas commandée sur la terrasse. Les crêpes sont leur spécialité.

— Non, merci. Juste du café, Clee, s'il te plaît.

— Je crois que je prendrai la même chose.

Clee passa la commande et resta quelques minutes à observer Nicky. Sans comprendre exactement ce que c'était, il savait que quelque chose avait changé en elle. En surface, son attitude était la même qu'au début de la soirée, mais il remarquait des modifications subtiles et indéfinissables. Convaincu que c'était en relation avec ce couple d'Anglais, il dit :

— Le femme s'est montrée très affectueuse avec toi, Nicky. Il est évident qu'elle t'aime beaucoup.

— Oui, c'est vrai.

— Qui sont-ils ? Je veux dire, quel est leur nom ?

— Philip et Anne.

— Et que fait-il ?

— Il est à Whitehall. Tu sais, au ministère britannique des Affaires étrangères. Il y occupe un poste important, mais je ne sais pas exactement de quoi il s'agit.

— Et comment les as-tu connus ?

— Par mes parents, ce sont mes parents qui me les ont présentés. Mon père connaît Philip depuis des années. Mais pourquoi donc t'intéresses-tu tant à eux, Clee ?

— Je ne sais pas vraiment, sauf qu'elle et toi vous ressemblez et qu'elle s'est montrée très tendre avec toi. Et, quand tu lui parlais, j'ai remarqué que tu avais l'air d'être très profondément liée à elle.

— C'est vrai, d'une certaine façon.

On leur servit le café, et le sommelier revint et demanda s'ils souhaitaient un cognac ou tout autre digestif. Nicky secoua la tête.

— Non, merci, dit Clee.

Dès qu'ils furent seuls, Nicky se pencha vers Clee.

— Je ne t'ai pas parlé de mon émission spéciale de l'automne, dit-elle. J'ai décidé de l'appeler « Décennie de destruction », titre qu'Arch n'approuve pas totalement, pour tout te dire. Mais j'ai l'intention de me battre pour le garder. Il reflète parfaitement mon propos.

— Et quel sera ton propos ? J'imagine que ça parlera des guerres, des soulèvements et des révolutions de ces dernières années, c'est ça ?

— Plus ou moins. C'est comme ça que je commence, mais je m'engage dans les années 90. D'une certaine façon, je parle de l'avenir. La décennie du titre couvre les années 1990 à 2000. La décennie de destruction.

— Pourquoi Arch n'aime-t-il pas le titre ?

— Il l'aime bien, en fait, mais il est convaincu que la chaîne va renâcler, qu'on va le trouver trop déprimant.

— Ce n'est pas faux. Mais tu es la vedette, et ton opinon pèsera certainement son poids.

— Un tout petit poids, dit-elle en laissant l'espace d'un cheveu entre son pouce et son index. Tu ne connais pas le monde de la télévision.

— Je pensais que tu allais faire une émission sur les enfants soldats, les gosses qu'on a vus combattre au Cambodge, en Iran et dans le monde entier. Les petits mômes qui prennent le fusil pour leur gouvernement.

— Je vais le faire, mais au printemps.

Ils parlèrent un moment des deux émissions qu'elle préparait, et Clee se dit qu'il avait peut-être imaginé ce changement qu'il avait cru percevoir en elle quelques minutes plus tôt. Elle semblait parfaitement normale, maintenant.

Peu après, alors qu'ils partaient, Nicky ne put éviter de s'arrêter à la table des deux Anglais, et elle leur présenta Clee.

— Anne, je voudrais vous présenter Clee. Clee, voici Anne.

Ils se serrèrent la main et Clee sourit à cette femme qu'il trouvait adorable — tout en admettant maintenant qu'elle ne ressemblait pas à Nicky au-delà de leur blondeur commune.

— Et Philip, voici Clee, poursuivit Nicky.

Clee lâcha la main d'Anne pour saluer son mari.

— Nous sommes désolés que vous ne puissiez venir nous voir à Tarascon, dit Anne. Mais peut-être nous rencontrerons-nous à nouveau bientôt.

— Je l'espère, répondit Clee.

— Continuez votre travail, ajouta Philip. Je suis un de vos grands admirateurs. Vous êtes un photographe extraordinaire.

— Merci.

Il allait suggérer qu'ils se retrouvent sur la terrasse pour un digestif quand Nicky lui saisit le bras qu'elle serra très fort et tira discrètement pour donner le signal des adieux.

— J'ai été ravie de vous revoir, mais nous devons vraiment partir, dit-elle à Anne et à Philip. J'ai encore mes bagages à faire.

— Naturellement, dit Anne. Et bon voyage, ma chérie.

*

* *

— C'est vraiment une très belle femme, dit Clee alors qu'ils gagnaient la voiture, mais sa ressemblance avec toi est en fin de compte négligeable. Au fait, tu ne m'as pas dit leur nom, je veux dire leur nom de famille.

Il y eut un silence.

— Ils ne sont pas mariés, dit finalement Nicky. Il s'appelle Philip Rawlings.

— Et Anne ?

— Elle s'appelle Anne Devereaux, dit Nicky après s'être éclairci la gorge. Lady Anne Devereaux.

Clee s'immobilisa et se tourna vers elle, stupéfait.

— A-t-elle un lien avec Charles ?

— Oui.

— Sa sœur ?

— Non, sa mère.

— Mais elle semble si jeune !

— Elle a cinquante-huit ans. Elle a eu Charles alors qu'elle n'avait que dix-huit ans.

— Et son mari ?

— Il est mort. Depuis des années.

— Alors, Philip est son petit ami ?

— Oui.

— Elle t'aime beaucoup, Nick... Mais je sais que je l'ai déjà dit.

— Oui, répondit doucement Nicky. Elle me considérait comme la fille qu'elle n'a jamais eue.

Clee ne dit rien. Il ouvrit la porte de la voiture et aida Nicky à s'installer. Alors qu'ils prenaient la direction de Saint-Rémy, il décida de ne plus poser de questions sur Anne Devereaux. Il savait que Nicky était très sensible à toute allusion à Charles, et il ne voulait pas la mettre mal à l'aise.

Nicky ne dit presque rien pendant tout le trajet. Elle semblait très loin.

Clee lui jeta de temps à autre un coup d'œil de côté, et il remarqua la rigidité de son visage. Il finit par enclencher une cassette dans le lecteur, sous le tableau de bord, et se concentra sur la route. Se forçant à se détendre, il se perdit bien vite dans ses pensées.

Au bout d'un moment, Nicky pencha la tête contre la vitre de la portière et ferma les yeux.

Clee ne savait pas si elle somnolait ou si elle feignait seulement de dormir. Son cœur se serra. La soirée avait si merveilleusement commencé, sous de si favorables auspices, et soudain tout lui avait échappé. Il se rendit compte qu'il était non seulement triste mais aussi un peu en colère du changement intervenu en Nicky, ou plutôt de ce qui l'avait entraîné. On lui avait rappelé le passé, ce soir, et de la manière la plus forte possible. Il maudit en silence Charles Devereaux. Cet homme semblait avoir une façon bien à lui de revenir hanter Nick — et maintenant lui, indirectement.

CHAPITRE 17

— C'est un des meilleurs scénarios que tu aies jamais écrits, Nick, dit Arch en le lui tendant pardessus son bureau.

— Je suis contente qu'il te plaise, répondit Nicky d'un air ravi. Mais n'oublions pas que Sam, Ellen et Wilma m'ont aidée, sans parler de toi. C'est un travail d'équipe.

— Non, pas du tout. Le mérite t'en revient totalement. Il porte ta marque inimitable, et tu étais en grande forme quand tu l'as écrit.

— Merci.

— Au fait, nous avons trouvé des documents formidables pour l'illustrer. Des documents d'archives, comme tu le souhaitais. Cette émission te vaudra un prix, Nick, c'est génial. Écoute, j'ai fait quelques changements, rien que des choses mineures, et j'aimerais que tu les regardes maintenant. C'est aux pages six, vingt et quarante et un.

Nicky regarda les pages en question et lut les remarques explicatives en marge. Puis elle leva les yeux et hocha la tête.

— Tu as trouvé juste ce qu'il fallait pour renforcer mes idées. Merci, Arch. Ces changements sont les bienvenus. Je crois que c'est tout. On peut y aller. Il n'y a rien à ajouter.

— Tu as raison et, puisque tu es d'accord, je vais le donner à retaper immédiatement.

Nicky lui rendit le scénario.

— J'imagine, dit-elle, que tu as parlé à nouveau avec notre vénérable président... à propos du titre ?

— Oui, et Larry est de notre côté. Il trouve aussi que « Décennie de destruction » est un titre formidable, tout à fait justifié, et il va le soutenir, ne t'en fais pas. En tout cas, tu sais que Larry a toujours été un grand pessimiste. En fait, il pense que les téléspectateurs sont fascinés par les catastrophes, et j'ai tendance à être d'accord avec lui.

— Alors c'est lancé ? demanda Nicky. C'est bien ce que tu veux dire ?

— Absolument ! Et j'ai aussi le feu vert de Larry pour ton autre émission spéciale, celle sur les enfants soldats. Est-ce que tu as déjà réfléchi à un titre ?

— Pour l'instant, je m'oriente vers « Les Innocents qui tuent ». Qu'en penses-tu ?

— Pas mal, Nicky, pas mal du tout.

Arch s'adossa à son fauteuil et prit une expression songeuse. Au bout d'un moment, il leva les yeux vers Nicky et l'observa longuement.

— Qu'est-ce qu'il y a ? Quelque chose ne va pas ?

— Non, rien, au contraire, tout va bien. Larry voudrait te faire travailler dans une autre direction l'an prochain, et il aimerait t'en parler.

— Quelle direction ? demanda-t-elle, soudain inquiète.

— Il voudrait que tu fasses autre chose, peut-être un tout petit peu moins lourd que...

— Hé, attends une minute ! J'ai toujours couvert l'actualité la plus dure, la politique, les guerres ! Est-ce que tu essaies de me dire qu'on veut me retirer ma place de grand reporter ?

— Non, non, je ne dis pas ça du tout. Ne monte pas sur tes grands chevaux et écoute. Ne t'énerve pas, d'accord ?

— D'accord. Feu ! Je suis tout ouïe.

— Larry parlait de tes émissions spéciales, c'est tout. Il s'est dit qu'après « Décennie », qu'il envisage de diffuser en novembre, et l'émission spéciale sur les enfants soldats, qu'il a programmée pour le début de l'année prochaine, toi-même pourrais avoir envie d'un petit changement. Il pensait à une série d'interviews des grands dirigeants politiques présents et passés — au Président, à Mme Thatcher, Gorbatchev, etc. Alors, est-ce que ça te dit ?

— Je ne sais pas vraiment, et c'est ce que je dirai à Larry quand je le rencontrerai. Mais ça pourrait être intéressant, j'imagine.

— Tu n'as pas l'air très enthousiaste.

— Ne te méprends pas sur le ton de ma voix, Arch, ça m'intéresse. Ça m'intéresse même beaucoup. Mais tu me connais assez pour comprendre que je dois avoir une perspective, trouver un point de vue fort, pour mes émissions spéciales. Elles ne peuvent être mi-chèvre mi-chou. Je ne suis pas opposée au changement. Au contraire. En fait, j'adore innover.

— Je le sais, et Larry aussi. En tout cas, il attend de toi, et de moi, qu'on lui apporte quelques suggestions. Tu peux même interviewer des vedettes de cinéma, si tu veux.

Nicky sourit.

— Non, merci. Je n'ai pas l'intention de marcher sur les plates-bandes de Barbara Walters. C'est elle la meilleure à ce petit jeu-là, nous le savons tous.

— Barbara interviewe aussi des hommes politiques, Nick, et il lui arrive de très bien réussir ses mélanges de célébrités. C'est une idée qu'il faut peut-être creuser. N'oublions pas que les émissions spéciales attirent une forte audience. Très forte.

— Je t'ai dit que c'est elle, la meilleure. Je ne veux pas arriver en second. Je m'en tiendrai à ma formule. En tout cas, je préfère trouver mes propres idées... A la vérité, Arch, j'ai peut-être justement besoin d'un changement. Je me sens épuisée, depuis Pékin. Comme si j'avais brûlé toute mon énergie.

— Je sais. Et ça se voyait, Nicky. Mais je crois que nous avons tous épuisé nos réserves en juin... En tout cas, maintenant, tu as l'air en pleine forme. J'imagine que la Provence t'a fait un bien fou — et la présence de Clee aussi, naturellement.

— C'était formidable, répondit Nicky d'une voix plus légère et plus joyeuse. Et *il* est formidable.

— Est-ce que je n'entendrais pas, au loin, les cloches annonçant un mariage ?

— Oh, Arch !

— Hé, Nick, c'est à *moi* que tu parles. Arch Leverson. Je connais Cleeland Donovan depuis longtemps, et je peux t'assurer qu'il est fou de toi. C'est écrit sur son visage, ma chérie. Quand nous avons dîné ensemble la semaine dernière, j'ai compris qu'il était mordu... Et j'ai du mal à croire que tu n'éprouves pas les mêmes sentiments pour lui.

— C'est vrai, je l'aime beaucoup. Mais ça ne signifie pas nécessairement que nous allons nous marier.

Comme par timidité, elle se leva soudain et s'approcha de la fenêtre, le regard perdu au loin.

C'était un merveilleux mercredi matin de la mi-août. Nicky regarda le ciel d'un bleu intense, sans le moindre nuage. Les gratte-ciel de Manhattan luisaient au soleil, et elle ne put s'empêcher de remarquer combien la ville semblait extraordinaire depuis le quarante-neuvième étage de l'immeuble de l'American Television Network. Il n'y a pas d'autre ville au monde comme celle-ci, se dit Nicky, et elle savait qu'elle serait toujours une New-Yorkaise de cœur, où qu'elle vive. Elle était née ici, elle y avait vécu une grande partie de sa vie. C'était sa ville. Tout comme Paris était sa ville à sa façon, grâce aux si heureux souvenirs des années qu'elle y avait passées enfant. Ce ne serait pas difficile pour elle d'y vivre à nouveau...

Elle se retourna et regarda Arch. Elle inspira profondément.

— Est-ce que tu t'inquiètes du fait que je pourrais épouser Clee et m'installer à Paris, Arch ? demanda-t-elle d'une voix mesurée.

— Mais pas du tout, Nicky, comment peux-tu avoir une idée pareille ? s'offusqua-t-il d'une voix une octave plus haute qu'à l'ordinaire.

— Parce que, dans ce cas, n'oublie pas qu'un contrat me lie à cette chaîne, et que jamais je ne tenterai de le dénoncer. *Jamais.* Mon agent ne me le permettrait d'ailleurs pas. En tout cas, quoi qu'il arrive dans ma vie privée, j'ai l'intention de continuer ma carrière. J'adore mon travail. Il représente une grande part de ma vie, et ce depuis toujours. Je suis journaliste depuis que j'ai quitté l'université, tu le sais. J'ai ce métier dans le sang. Je ne serais pas moi-même sans lui.

Arch repoussa son fauteuil et se leva. Il arborait une expression sérieuse. Lentement il s'approcha d'elle et la saisit par les épaules.

— Je me moque de la chaîne, comme de ton contrat, d'ailleurs. La seule chose qui m'importe, c'est *toi*. Je veux que tu sois heureuse, Nicky, et si Clee est l'homme qu'il te faut, si tu penses que tu peux vivre heureuse avec lui, alors je te le dis : vas-y, fonce. Écoute, chérie, la vie est bien trop courte, difficile et douloureuse ; alors, si tu as une chance de faire que ça marche avec un type bien, pour l'amour de Dieu, fais-le. Ne pense à rien, à personne, rien qu'à toi.

Nicky serra Arch contre son cœur, touchée par l'intérêt qu'il lui portait. Puis, s'écartant de lui, elle sourit.

— Merci, Arch. Ton affection est si importante pour moi, et j'apprécie le soutien moral que tu m'as toujours prodigué, que tu me prodigues encore à cet instant... Et, ajouta-t-elle après s'être raclé la gorge, c'est un type bien, n'est-ce pas ?

— Plus encore, Nicky. Aucun homme n'est meilleur que Cleeland Donovan. Comme dit ma mère, c'est un vrai *mensch*.

Nicky prit le bras d'Arch et l'entraîna vers le canapé, où ils s'assirent côte à côte. Au bout d'un moment, elle dit :

— Je dois avouer que je me fais un peu de souci. Je me demande comment ça pourrait marcher — ma carrière et Clee qui vit à Paris, si nous décidons de nous marier. Sauf que, ne négligeons pas ce détail, il ne m'a pas demandée en mariage !

— Donne-lui-en l'occasion et il le fera.

— Je n'en suis pas certaine, Arch. Clee a toujours eu des réticences à l'idée de se fixer, et pour de nombreuses bonnes raisons. Il...

— Je connais ses raisons. Il m'en a assez souvent parlé. Il ne veut pas exposer une femme et des enfants à la douleur et au malheur s'il venait à être tué en faisant son travail, et il ne veut pas abandonner les défis, l'excitation ni le danger que représente sa profession de photographe de guerre. N'est-ce pas ce que tu allais me dire ?

— Si.

— C'était très facile pour lui de raconter tout ça avant de te rencontrer, continua Arch dans un éclat de rire — du moins avant que vous ne deveniez amants. Parce que, à mon avis, il n'avait jamais été fou amoureux avant. Il t'aime très profondément, Nick. Je le sais parce que je le connais très bien. Et je vais te dire autre chose : Clee bouleverserait sa vie de fond en comble pour toi.

Nicky avait écouté attentivement. Elle se mordit la lèvre.

— Oh, je ne sais pas... En tout cas, Clee se considère comme un célibataire endurci, tu sais, comme l'était Robert Capa.

— Je me suis souvent fait la réflexion dans le passé que Clee modelait sa vie sur celle de Capa, mais je n'en suis plus certain. Bien sûr, Capa est son idole depuis qu'il est gosse, et il a toujours aspiré à être un aussi grand photographe que lui, surtout sur les champs de bataille. Mais je crois que tout au fond de lui l'identification s'arrête là.

— Peut-être.

— Écoute, Nicky, Clee ne vient pas du même milieu que Capa, il ne vit pas à la même époque, ni dans le même monde, et nous parlons d'un autre homme. Je crois sincèrement que Clee va se marier, mais seulement avec quelqu'un qu'il considère comme la femme qu'il lui faut, la *seule* femme, et à mon avis, c'est toi.

Nicky garda le silence.

— Dis-moi, chérie, que dirais-tu, que ferais-tu, s'il te demandait de l'épouser ?

— Je ne sais pas bien, pour être tout à fait honnête avec toi, Arch. Je ne sais pas très bien.

— Si tu t'en fais pour la chaîne, oublie ça. Nous pourrons toujours trouver une solution. Ton contrat stipule que tu dois de deux à quatre émissions spéciales par an, et tu pourrais très bien les préparer à Paris, ou n'importe où dans le monde. A y réfléchir, c'est ce que tu as toujours fait : tu as eu tes idées d'émissions spéciales en couvrant l'actualité. Alors, tout ce que tu auras à faire, après l'étape de la préparation, ce sera de prendre l'avion et de venir deux ou trois semaines ici, un mois tout au plus, pour l'enregistrement, ou le direct, selon le type d'émission.

— Je sais, Arch. Je le sais bien. Mais je suis aussi la correspondante de guerre de cette chaîne. Comment pourrais-je vivre à Paris ?

— Je ne sais pas, il faudra que j'y réfléchisse et qu'on trouve une solution ensemble, avec ton agent, Larry Anderson et Joe Speight. La chaîne ne veut pas te perdre, Nicky, je peux te l'assurer, alors ils se montreront, disons, accommodants, pour le moins. N'oublie pas non plus qu'ATN a une antenne importante à Paris, et je ne vois pas pourquoi tu ne pourrais pas travailler depuis ses bureaux, s'il le fallait.

— J'imagine que ça devrait être viable, admit-elle.

— Clee et toi couvririez les guerres ensemble, tu sais. Tu présentes à l'évidence un avantage certain sur la plupart des femmes en ce qui concerne le travail : Clee n'aurait pas à abandonner sa carrière pour toi, ni toi pour lui.

— C'est vrai, oui. Mais tu sais quoi, Arch ? Il y a des jours où je me demande si je veux continuer à être correspondante de guerre pour le reste de ma vie.

Si Arch Leverson fut étonné de cette déclaration, il n'en laissa rien voir. Il se contenta de hocher la tête et dit :

— On finit toujours par se poser la question. Tu as en tout cas fait le plein de guerres et de révolutions, ces huit dernières années. Je sais aussi qu'un jour Clee voudra changer, même s'il ne le pense pas en ce moment. Il arrive souvent qu'on s'étiole après avoir vu tant de tueries et de morts. Mais... Ne fais pas de choix définitif trop vite, ne prends aucune décision hâtive concernant ta carrière.

— Non, je n'ai pas l'intention de prendre de décisions hâtives, ni pour ma carrière... ni pour rien d'autre.

— Je voudrais te demander quelque chose.

— Vas-y.

— Je sais que tu n'aimes pas parler de Charles Devereaux mais, si je me souviens bien, tu n'avais pas prévu de renoncer à ta carrière après ton mariage avec lui. Tu n'avais pas non plus l'intention d'aller t'installer à Londres. Alors, comment pensais-tu faire ?

— Charles voulait ouvrir une succursale de son entreprise d'importation de vins à New York, et il aurait vécu ici presque toute l'année, en dehors des périodes où il serait parti en Europe faire ses commandes. Et, naturellement, il aurait gardé son bureau et son appartement à Londres. Nous aurions été à cheval sur l'Atlantique.

— Je vois. J'imagine que c'est un peu différent avec Clee, à cause de son agence de photos d'actualité. Mais, à y regarder de plus près, il pourrait ouvrir un bureau d'*Image* à New York, non ? Et travailler à partir d'ici ?

— Tout est possible. Mais peut-être que Clee ne veut pas le faire.

Arch hocha la tête. Il avait plusieurs autres questions au bout de la langue, mais il décida de ne pas les poser cette fois-ci. Elles pourraient attendre. Ils s'installa plus confortablement dans un coin du canapé.

— Clee m'a dit avant de partir pour Paris que vous alliez passer le mois de septembre ensemble dans son mas. Je suis ravi de ce projet, chérie. Tu n'as pas pris assez de vacances ces dernières années.

Nicky saisit sa main et la serra dans les siennes.

— Merci pour tout le soin que tu prends de moi.

— Je me fais du souci pour toi, avoua-t-il, beaucoup de souci... C'est l'heure de déjeuner ! s'exclama-t-il soudain après avoir regardé sa montre. J'ai réservé une table dans ton restaurant préféré, aux Four Seasons. Alors viens, on y va. Je donnerai ton scénario à Hildy en passant pour qu'elle le fasse retaper.

Ils se levèrent.

— Je le lui donnerai moi-même, Arch. Il faut que je retourne dans mon bureau récupérer mon sac et quelques petites choses. Si tu n'as pas besoin de moi cet après-midi pour d'autres mises au point sur l'émission, je voudrais prendre le reste de ma journée.

— Je suis content d'entendre ça. Tu travailles bien trop.

— C'est ce que mes parents me disent toujours, répondit-elle avec un sourire. Ils ont vite fait d'oublier qu'ils m'ont donné le mauvais exemple il y a des années, et qu'ils continuent !

— En parlant de tes parents, le tam-tam dit qu'ils sont aussi fous de Clee qu'il est fou de toi.

— Le tam-tam ! Quel tam-tam ? Je parie que c'est Clee qui t'en a parlé.

Arch rit.

— Mais, oui, c'est vrai, admit Nicky, ils se sont très bien entendus quand nous sommes allés dans le Connecticut pour travailler à notre album. Ils le trouvent... merveilleux.

— Je te l'ai déjà dit, exulta Arch, et je te le répète : tout le monde aime Clee.

— Ce n'est pas la peine de me le dire à moi. Mes parents n'ont pas cessé de lui tresser des couronnes. Je vais chercher mes affaires et prévenir Annette que je ne reviens pas après déjeuner ; je te retrouve à l'ascenseur, d'accord ?

— Parfait, à dans cinq minutes.

CHAPITRE 18

Après le déjeuner aux Four Seasons, Nicky alla faire des achats chez Bergdorf Goodman. Elle y trouva plusieurs pantalons, des T-shirts et chemisiers de coton et trois robes d'été dont elle aurait besoin pour ses vacances en Provence en septembre.

Elle rentra ensuite lentement à pied à son appartement sur Sutton Place, près du siège des Nations Unies.

C'était un après-midi étouffant, avec plus de 35 °C et un taux d'humidité record ; bien qu'elle portât un léger tailleur de coton, elle se sentait poisseuse. Elle fut heureuse d'arriver au pied de son immeuble et d'entrer dans le hall frais aux lumières tamisées.

Après avoir retiré son courrier, elle prit l'ascenseur jusqu'au dernier étage, où elle occupait seule le grand *penthouse* aéré. Gertrude, sa femme de ménage, qui venait chaque jour, que Nicky soit en ville ou non, avait fermé les stores vénitiens et monté l'air conditionné avant de quitter les lieux. L'appartement était donc merveilleusement frais et plongé dans une pénombre apaisante. Quel soulagement pour Nicky après une journée dans les rues brûlantes du centre ville !

Nicky laissa tomber son sac de chez Bergdorf par terre dans sa chambre aux murs vert clair assortis à la moquette, meublée dans le style campagnard français, et repartit dans le couloir vers la cuisine. Elle se versa un verre d'eau gazeuse sortie du réfrigérateur et en but quelques gorgées avant de l'emporter dans sa chambre. Retirant ses sandales d'été, elle accrocha son tailleur noir et blanc dans la vaste penderie et enfila une ample djellaba de coton qu'elle avait achetée lors d'un voyage au Maroc quelques années plus tôt.

Nicky alla s'installer derrière son bureau dans son antre tapissé de livres. La fenêtre donnait sur l'East River, l'Empire State Building et le Chrysler building, et tous les autres gratte-ciel entre elle et les tours jumelles, presque à la pointe de l'île de Manhattan.

En prenant une longue gorgée d'eau, elle regarda l'heure à l'horloge posée sur son bureau de style victorien et fut surprise de constater qu'il était presque six heures. Devant elle, un dossier était étiqueté *Les Enfants du Printemps de Pékin* ; elle l'ouvrit et regarda les premières pages de son introduction au livre de Clee. Annette, sa secrétaire, l'avait envoyée à Paris plusieurs jours auparavant, et Clee avait appelé très tôt ce matin pour dire à Nicky que c'était parfait, qu'il adorait son texte. Elle était ravie que l'introduction lui ait tant plu et que sa brièveté ne l'ait pas gêné. Elle tenait sur cinquante pages dactylographiées, et Clee avait trouvé que Nicky avait tout dit de façon succincte et émouvante. « Je préfère que ce soit court et brillant plutôt que long et ennuyeux », avait-il conclu avant de raccrocher.

Nicky classa donc le dossier dans l'un des profonds tiroirs du bureau et entreprit de trier son courrier. Rien d'important : quelques factures, des cartes postales d'amis en vacances dans des pays lointains, et une lettre de son avocat au sujet de Nickwell, sa propre maison de production. Mais même cela n'avait guère d'importance, si bien qu'elle reposa le tout sur un plateau de laque japonaise noire; elle s'en occuperait plus tard.

En retournant à la cuisine pour y poser son verre vide, elle s'arrêta à la porte du salon et le regarda d'un œil critique. Il ne faisait aucun doute qu'il était très beau, personne n'aurait pu le nier. Vaste, doté d'une immense fenêtre donnant elle aussi sur les gratte-ciel du quartier des affaires, il était meublé d'antiquités anglaises et décoré de couleurs claires. Elle avait surtout joué sur des nuances de pêche et d'abricot, de vert pâle et de bleu, et la pièce était particulièrement belle la nuit, chaleureuse, confortable, accueillante.

Nicky adorait son appartement qui semblait flotter dans le ciel. Lumineux, aéré et gai, c'était une joie d'y être, quelle que soit l'heure, quel que soit le temps au-dehors. Ensoleillé et insouciant par beau temps, il devenait tout à fait dramatique par temps d'orage ou de grand vent. La nuit, il constituait un élément de la féerie de Manhattan, ses lumières se mêlant aux milliers d'autres de la ville.

Ses parents l'avaient convaincue de l'acheter quatre ans plut tôt, et elle ne l'avait jamais regretté. C'était bien chez elle, un endroit où elle aimait se réfugier entre deux voyages ou deux missions.

Dans la cuisine, bleu et blanc, luisante, moderne et pratique, Nicky se versa un autre verre d'eau. Puis elle retourna dans la bibliothèque.

Elle se laissa tomber sur le canapé et posa les pieds sur la table basse pour penser à Clee, ruminant tout ce qu'Arch lui avait dit dans son bureau et plus tard au déjeuner.

Bien sûr, à l'entendre, tout était simple. Mais, à son avis à elle, il avait sous-estimé la complexité de sa situation. Elle n'était toujours pas certaine de pouvoir faire cohabiter Clee, un mariage, la vie à Paris *et* sa carrière sur une chaîne de télévision américaine qui exigeait qu'elle soit à New York au moins une partie du temps.

Mais si, tu le peux, lui cria une petite voix dans sa tête.

Peut-être, répondit-elle en éclatant de rire. Comme la plupart des femmes modernes, elle voulait tout avoir, et plus encore. Était-ce possible ?

Et si Clee et elle se mariaient, il pourrait vouloir un enfant. Le voulait-elle ? Certains jours, elle répondait oui. D'autres jours, non, surtout quand elle réfléchissait aux horreurs de l'actualité dont elle devait rendre compte quotidiennement. Qui pourrait avoir envie de mettre un enfant au monde dans des conditions pareilles ? Il fallait être fou.

Sa mère, l'historienne, ne cessait de lui répéter que le monde avait toujours été un endroit assez abominable où vivre, et ce depuis des temps immémoriaux.

« Tu ne dois pas, tu ne *peux* pas avoir une attitude pareille, lui avait dit récemment sa mère. Si tout le monde s'était dit ça au fil des siècles et avait décidé de ne pas procréer à cause des horreurs et de la méchanceté du monde, la race humaine serait éteinte depuis longtemps. »

Elle ne pouvait nier que les paroles de sa mère recelaient une certaine sagesse, mais enfin...

Nicky ne retint pas davantage ce sujet de réflexion et soupira. Posant la tête sur les coussins de chintz du canapé, elle ferma les yeux et résuma ses réflexions complexes sur sa vie.

En un sens, tout revenait à ce qu'elle éprouvait pour Clee. Ils avaient un lien émotionnel profond, et sa passion physique pour lui n'avait pas de limites. Mais était-elle vraiment amoureuse de lui ? Suffisamment pour faire sa vie avec lui ? Pour toujours ? Est-ce qu'elle n'était pas seulement entichée de lui ? Elle n'en savait rien. En tout cas, bien qu'il lui eût dit deux fois qu'il l'aimait, une fois au lit et une fois au restaurant des Baux, il ne le lui avait plus répété ensuite. De plus, il n'avait jamais parlé de mariage. Et voulait-*elle* l'épouser ? Je ne sais pas, se répondit-elle.

Nicky se redressa et rouvrit les yeux, soudain irritée. Pourquoi ses sentiments étaient-ils si ambivalents ? Elle ne pouvait répondre, du moins pas précisément. En revanche, elle était totalement consciente de l'importance de sa carrière. C'était le sang de sa vie, à dire vrai. Était-ce la racine de tout ? Était-ce la pierre d'achoppement ? En résumé, Clee vivait à Paris, aimait y vivre, et à l'évidence n'avait pas l'intention de retourner vivre aux États-Unis. Elle vivait à New York, il le fallait, parce que son emploi était là et qu'elle y tenait. Peut-être était-ce la raison de ses incertitudes, se dit-elle finalement en se faisant une horrible grimace : elle n'était pas du tout prête à saborder sa brillante carrière.

Quelques minutes plus tard, Nicky regarda sa montre. Il était sept heures moins dix, l'heure d'allumer la télévision pour voir les nouvelles du soir sur sa propre chaîne, ATN, avec Mike Fowler, qu'elle aimait bien.

Elle s'approcha de la bibliothèque où était logé le grand poste de télévision, qu'elle alluma avant de revenir s'asseoir dans le canapé.

Elle ne prêta qu'une attention distraite aux nouvelles locales de New York, et feuilleta en même temps les pages du magazine *Time* jusqu'à la section sur la presse où elle se plongea dans la lecture d'un article.

Peu après, une musique bien connue annonça les nouvelles nationales et internationales du soir d'ATN. Nicky leva la tête.

Mike était aussi en forme et rassurant que d'habitude. Comme Peter Jennings, sur ABC, Mike était très beau et très élégant, mais aussi excellent journaliste. Peter et Mike étaient à son avis deux des meilleurs, des reporters de première classe qui savaient aller droit au but, donner des informations et les expliquer. Pour ces raisons, ils attiraient une grande audience.

N'écoutant que d'une oreille les grands titres des nouvelles internationales, elle continua de lire le *Time*. Mais quand elle entendit la voix du correspondant permanent de la chaîne à Rome, Tony Johnson, elle leva les yeux, soudain plus attentive.

Elle écouta le récit d'une fusillade lors d'une réunion politique près de Rome. Plusieurs personnes avaient été touchées quand un homme avait tiré à la mitraillette dans la foule. D'après Tony, on pensait que l'incident était en réalité une tentative d'assassinat fomentée par un parti adverse.

Alors que la caméra s'écartait de Tony et montrait lentement la scène, elle passa un instant sur un groupe, à gauche de la tribune des orateurs, et s'arrêta brièvement sur un visage dans la foule.

Nicky bondit sur son siège et regarda fixement le visage à l'écran.

— Charles ! s'écria-t-elle.

Mais comment cet homme pouvait-il être Charles ? Charles Devereaux était mort.

Charles Devereaux s'était tué deux ans et demi plus tôt, à quelques semaines de leur mariage. Comment pouvait-il être à Rome, en chair et en os ? Non, ce ne pouvait être Charles, se dit Nicky. Charles s'était noyé au large des côtes anglaises.

Cependant, on ne pouvait ignorer le fait que son corps n'avait jamais été retrouvé.

Soudain, Nicky en fut certaine : oui, c'était bien lui. Charles Devereaux était vivant. Mais comment était-ce possible ? Pourquoi avait-il disparu de sa vie ? Et qu'allait-elle faire ?

TROISIÈME PARTIE

Conspirateurs

Un visage faux doit cacher ce que
sait un cœur faux

William Shakespeare

CHAPITRE 19

La demeure où vivait Anne Devereaux était ancienne, très ancienne, lieu vénérable d'importance historique et d'une singulière beauté.

La propriété portait le nom de Pullenbrook et se dressait sur un plateau couvert de verdure dans un vallon entre les douces collines des South Downs. Nichée au cœur de la campagne du Sussex, cachée parmi les replis de ce paysage pastoral, dans un isolement inhabituel pour une grande demeure de ce type, elle ne laissait apparaître le sommet de ses cheminées qu'au tout dernier moment quand on s'approchait. Sans qu'on s'y attende, le manoir sortait du feuillage des hauts arbres qui entouraient le parc et, à cet instant, on ne pouvait s'empêcher de retenir son souffle.

Construite en 1565 par un ancêtre d'Anne, cette maison, d'une qualité tout à fait exceptionnelle, était typique de la période élisabéthaine : murs de pierre grise, pignons à colombages, fenêtres jaillissant du toit, baies rectangulaires, nombreuses et hautes cheminées. Autour de la maison de maître s'éparpillaient les dépendances, les écuries, une chapelle et deux jardins entourés de murs ; de chaque côté et le long de la façade, dans un joli parc, des biches paissaient.

La propriété n'avait guère changé depuis qu'elle avait été construite par un certain Sir Edmund Clifford, seigneur et soldat au service d'Élisabeth Tudor, reine d'Angleterre. La reine avait donné les terres de Pullen à Sir Edmund pour services rendus à la Couronne; plus tard, elle le gratifia de bien d'autres faveurs quand elle l'éleva au rang de pair du royaume en le faisant comte Clifford d'Allendale, honneur accompagné du château d'Allendale et de ses terres dans le Sussex.

Edmund, son fils aîné Thomas — qui hérita du titre —, et ses enfants partagèrent leur temps entre la manoir et le château. Mais, à la fin du XVIIe siècle, les Clifford résidaient en permanence au château qui avait grandi en taille et en magnificence au fil des années et, en conséquence, le manoir ne fut plus utilisé qu'une partie de l'année. Il fut cependant toujours bien entretenu et traversa donc les siècles sans dommages.

Comme la famille Clifford vécut essentiellement au château d'Allendale, Pullenbrook se vit fort heureusement épargner des modernisations qui auraient pu être excessives, si bien qu'il avait conservé la pureté architecturale de son style Tudor.

C'est le grand-père d'Anne, neuvième comte du nom, qui choisit de vivre au manoir plutôt que dans le grand château, si bien qu'en 1910 Pullenbrook redevint la résidence principale des Clifford. Son fils, Julian, dixième comte, père d'Anne, suivit son exemple et résida au manoir jusqu'à sa mort.

Anne Clifford Devereaux avait passé toute sa vie à Pullenbrook, où elle était née le 26 avril 1931. En tant que fille de comte, elle portait le titre honorifique de « lady », qu'elle avait pu conserver même après son mariage. Elle avait été élevée dans l'ancienne demeure, en était partie à son mariage en 1948, et y était revenue trois ans plus tard, jeune veuve accompagnée de son fils. A cette époque de sa vie, elle avait eu besoin de se retrouver au sein de sa famille, plutôt que seule à Londres, dans la somptueuse maison que lui avait léguée feu son mari, Henry Devereaux.

Quand son frère, Geoffrey, après la mort de leur père, en 1955, avait hérité du titre des Clifford, des domaines et des terres, il avait choisi de vivre au château d'Allendale. Sachant combien sa sœur aimait le manoir, il lui avait proposé d'y vivre aussi longtemps qu'elle le souhaiterait, qu'elle se remarie ou non.

Trente-quatre ans plus tard, elle y vivait toujours, châtelaine de la maison de son frère. Dire qu'Anne aimait Pullenbrook était un euphémisme. D'une certaine façon, elle révérait l'endroit, et presque toute sa vie tournait autour de la propriété qui lui prodiguait secours et réconfort. Elle s'y sentait en sécurité et protégée entre ses murs familiers, et tirait autant de plaisir de sa beauté noble et ancienne que de l'immuabilité du temps, de la continuité de la lignée familiale et du poids d'histoire qu'elle représentait. Il lui était arrivé de se demander ce qu'elle ferait sans cette demeure, qui l'avait aidée à traverser la tristesse et la solitude, conséquences des malheurs, des déchirements, des douleurs, des peines et des maladies qui avaient marqué sa vie. Le fait même que le manoir ait traversé indemne tant de siècles semblait rassurer Anne sur le fait qu'elle aussi pourrait survivre, qu'elle survivrait.

Ce samedi matin d'août, Anne pénétra dans la grande salle, le pas léger, ses hauts talons claquant fermement sur le sol de pierre. Un vase de roses dans les bras, elle s'arrêta à la porte, admirant la beauté paisible de la pièce, comme elle le faisait fréquemment. Le lieu ne manquait jamais de la séduire.

Des milliers de grains de poussière dansaient dans les rayons tremblants de la lumière qui traversait les vitres serties de plomb, seules particules en mouvement dans la pièce. Tout était silence. Le soleil caressait le bois patiné des meubles anciens, leur donnant une chaleur qui rayonnait jusqu'aux portraits des ancêtres de la famille peints par Lely, Gainsborough ou Romney.

Un sourire passa sur les lèvres d'Anne. Chaque regard posé sur sa maison lui procurait un immense plaisir, mais cette pièce était sa préférée. Anne s'approcha de la longue table et plaça les roses en son centre. Elle recula et jugea de l'effet produit. Le chef jardinier avait cueilli les fleurs plus tôt dans la matinée, elles étaient belles, et leurs différentes valeurs de rose s'harmonisaient parfaitement avec le vase d'argent aux armes de la famille et avec le bois ancien de la table. Plusieurs pétales s'échappèrent des roses ouvertes ; Anne allait les ramasser quand elle changea d'avis et les laissa où ils étaient tombés, près du vase.

Anne sortit et referma la lourde porte de bois sculpté qui menait à ses appartements privés.

La serre, où elle travaillait, donnait sur un petit vestibule dallé de pierre. Anne y entra, prit le dernier vase de fleurs sur la table de travail et l'emporta, au bout d'un corridor, dans le salon. C'était une pièce spacieuse dont les hautes fenêtres éclairaient le plafond à caissons et l'immense cheminée de pierre. La pièce avait été essentiellement décorée de diverses valeurs de vert, comme le céladon, qu'on retrouvait dans les tissus d'ameublement et dans la tapisserie d'Aubusson au mur. Certains verts étaient si pâles qu'ils paraissaient argentés. De belles antiquités géorgiennes et des tableaux ornaient la pièce qui, comme la grande salle, diffusait un parfum de tranquillité intemporel.

Après avoir placé le haut vase de cristal et ses roses blanches sur une table en merisier, au centre de la pièce, Anne gagna rapidement le petit salon qu'elle utilisait comme bureau. Intime et confortable, il semblait inondé de soleil grâce à ses murs jaunes ; un tapis couvrait le sol et une bergère tapissée d'un tissu à rayures blanches et framboise faisait face à la cheminée. Le meuble le plus imposant était un bureau géorgien en noyer où Anne s'assit pour trier le courrier du matin. Quand elle eut terminé, elle vérifia les menus qu'elle avait établis pour Pilar, la cuisinière. Elle passa ensuite à la liste de ses tâches du jour gribouillée la veille au soir, et barra systématiquement tout ce qu'elle avait déjà fait.

A cet instant, une ombre s'arrêta à la porte. Levant la tête, Anne sourit chaleureusement à Philip Rawlings.

— Est-ce que je te dérange, Anne ?

— Non, mon chéri, pas du tout. Je viens de pointer ma liste, et j'ai la joie de t'annoncer que j'ai fait tout ce que je devais faire. Je suis maintenant aussi libre qu'un oiseau — et toute à toi.

— Eh bien, je suis très heureux de l'entendre !

Il pénétra dans la pièce. Mince, de taille moyenne, les yeux gris intelligents dans un visage avenant et quelque peu enfantin, Philip faisait beaucoup moins que ses cinquante-six ans, en dépit des mèches blanches dans sa chevelure noire. Ce matin-là, il portait un foulard bordeaux à motifs cachemire dans le col ouvert d'une chemise bleu pâle, un pantalon anthracite et une veste de sport en tweed gris ; son allure évoquait davantage celle d'un propriétaire terrien que d'un haut fonctionnaire distingué du ministère britannique des Affaires étrangères.

— Je me demandais si nous pourrions nous promener un peu avant le déjeuner, demanda-t-il en souriant.

— Et pourquoi pas ? En fait, j'aime beaucoup cette idée. J'avais justement l'intention de partir à ta recherche pour te suggérer la même chose. Alors, allons-y, passons au vestiaire pour que j'enfile des chaussures plates, et nous grimperons la colline des Amoureux. Ce sera une promenade délicieuse, et pas trop longue.

— Splendide.

Anne regarda sa montre en se levant.

— Nous avons environ une heure, bien assez pour une promenade *et* un apéritif avant le déjeuner. Inez va servir le soufflé au fromage de Pilar à treize heures pile. Elle le fait spécialement pour toi, tu sais.

Philip entoura de son bras les épaules d'Anne et ils sortirent dans le couloir.

— Le problème dans cette maison, c'est que tout le monde me gâte beaucoup trop, murmura-t-il en lui déposant un baiser sur la joue.

— Mais tu vaux la peine qu'on te gâte, mon chéri ! s'exclama Anne en riant.

Elle le regarda, et tout leur amour se refléta dans leurs yeux.

*
* *

La colline des Amoureux, qui s'élevait derrière la maison, offrait un point de vue spectaculaire sur toute la campagne environnante.

Voilà plusieurs centaines d'années, en 1644, pendant le triste règne de Charles Ier, une des ancêtres d'Anne était montée au sommet de cette colline chaque jour pendant des mois. Lady Rosemary Clifford avait prié et espéré voir son amoureux revenir de la bataille de Marston Moor, haut fait de la sanglante guerre civile qui ravageait alors l'Angleterre. On avait installé un banc de pierre au sommet de la colline pour que Lady Rosemary puisse s'asseoir et attendre plus confortablement. Elle avait attendu en vain. Son amoureux royaliste, Lord Colin Greville, avait été tué par les Têtes rondes — les hommes de Cromwell — et n'était jamais revenu chercher sa fiancée. Elle avait fini par se consoler et par épouser un autre noble, mais l'endroit où elle avait fidèlement attendu son bien-aimé avait gardé son nom de colline des Amoureux.

Anne et Philip étaient maintenant assis sur ce banc et se repaissaient de la douceur de l'air et de la vue splendide sur la grande demeure Tudor et sur la campagne qui scintillait dans le soleil d'été.

— Tu es contente que Nicky vienne pour le week-end, n'est-ce pas ? demanda Philip, brisant le silence qui s'était installé entre eux après leur ascension.

Anne le regarda et hocha la tête, ses yeux bleus s'éclairant soudain.

— Oh, oui, très contente, Philip. Elle m'a terriblement manqué — mais tu le sais. Je suis vraiment impatiente de passer ces quelques jours avec elle. Nicky a toujours occupé une place tout à fait à part pour moi.

— Je sais, et je suis ravi qu'elle ait appelé de Londres pour plus ou moins s'inviter ici. En fait, ajouta-t-il avec un sourire, je dois admettre que je suis moi aussi impatient de la voir. Personne ne ressemble à Nicky Wells.

— N'est-ce pas une chance que nous soyons allés à Tarascon ? Et dire que nous avons failli refuser l'invitation des Norell !

— Pis encore : si nous les avions écoutés, nous ne serions pas allés dîner aux Baux ce soir-là. Te souviens-tu du nombre de fois où ils nous ont dit que c'était bondé de touristes pendant les mois d'été ?

— Oui. Mais ça devait arriver — il était écrit que nous devions tomber sur Nicky.

Philip ne répondit rien. Il entoura Anne de son bras et se rapprocha d'elle. Au bout d'un moment, il lui murmura doucement :

— Il y a autre chose qui doit arriver, Anne.

Elle tourna la tête et le regarda, les yeux interrogateurs.

— Épouse-moi, Anne, *je t'en prie*.

— Oh, Philip...

Elle était sur le point de le repousser, mais sa voix se brisa à la vue de son visage. Ses yeux la suppliaient si gravement, ils renfermaient tant d'amour pour elle qu'Anne sentit son souffle s'arrêter dans sa gorge. En ce qui la concernait, personne n'arrivait à la cheville de Philip Rawlings. C'était le plus gentil et le plus généreux des hommes, et il s'était montré incomparablement loyal envers elle pendant toutes ces années, lui prodiguant sa force sans compter. Ces six ou sept dernières années, il lui avait plusieurs fois demandé de l'épouser, et elle avait toujours refusé. Maintenant, elle se rendait compte de la cruauté de son attitude envers cet homme profondément bon et qui s'inquiétait tant de son bonheur.

Elle prit une profonde inspiration.

— Tu veux faire de moi une femme honnête, c'est tout, n'est-ce pas ? dit-elle d'un ton badin.

Elle rit. Il secoua lentement la tête.

— Non, ce n'est pas tout, Anne. Je me moque de ce que les autres pensent de moi, de toi, de nous, ou du fait que nous vivons ensemble depuis des années. Je veux t'épouser parce que je t'aime — et que je pensais que tu m'aimais aussi.

— Mais je t'aime ! Oh, mon chéri, tu sais que je t'aime. Mais le mariage me semble... eh bien, pour être honnête, *incongru* à nos âges. En ce qui me concerne, nous *sommes* mariés. Quelle différence fait un petit bout de papier ?

— Cela fait une très grande différence pour moi. Tu vois, je veux que tu sois ma femme, et il est très important pour moi que tu portes mon nom, que nous soyons... mariés, conclut-il en riant comme elle quelques instants plus tôt. Je sais que je viens de dire que je me moque de ce que pensent les autres, mais c'est peut-être faux, après tout. Je veux peut-être que tout le monde sache que je t'appartiens et que tu m'appartiens. Je crois que j'ai *besoin* que nous soyons mariés, Anne. Nous sommes ensemble depuis si longtemps, ma chérie, que le mariage me semble l'aboutissement naturel, logique et merveilleux de notre relation.

Anne approuva du chef mais fut incapable de parler pendant un moment. Elle tourna la tête et regarda le paysage, les yeux songeurs. Tout ce que Philip avait dit était vrai, bien sûr. Ils se connaissaient depuis quinze ans, et leur liaison datait de quatorze ans. Ils s'étaient rencontrés en 1974, juste après que Philip eut quitté sa femme, et ce qui avait commencé comme une amitié avait fini par devenir une grande histoire d'amour. Elle avait laissé tomber l'homme qu'elle fréquentait à l'époque, et Philip était devenu son amant. Pour eux deux, cette relation était idéale : ils étaient faits l'un pour l'autre, sur le plan de leurs caractères comme sur le plan sexuel, et ils étaient vite devenus inséparables. Le divorce de Philip avait pris quatre ans, et, à sa conclusion, ils étaient déjà installés dans une routine parfaitement heureuse, harmonieuse et paisible, se voyant chaque week-end quand Philip venait à Pullenbrook et pendant la semaine chaque fois qu'Anne allait à Londres.

Les enfants de Philip, Vanessa et Timothy, étaient encore jeunes dans les années soixante-dix, et il n'avait pas voulu se remarier avant qu'ils ne soient grands. Anne ne s'en était pas offusquée — le mariage lui avait toujours semblé superflu, en ce sens que son amour pour Philip existait sans mariage, et qu'il existerait toujours, quelle que soit leur situation officielle. L'amour profond et exclusif qu'elle avait pour lui ne nécessitait pas de certificat de mariage pour prouver sa validité, la renforcer ou la rendre plus réelle. De plus, son premier mariage avait été une telle farce qu'Anne n'avait plus jamais montré beaucoup d'enthousiasme pour cette institution.

A l'évidence, cependant, Philip avait besoin qu'ils se marient à cette étape de leur vie. Ne venait-il pas de le dire ? Si elle l'aimait sincèrement, et c'était bien le cas, alors son bonheur devait lui importer. Et il lui importait. A y réfléchir, elle se rendit compte qu'elle n'avait aucune bonne raison de refuser de l'épouser. Elle fut même surprise de s'apercevoir qu'elle aimait assez l'idée d'être sa femme, surtout dans la mesure où cela procurerait à Philip un si immense plaisir. Elle le regarda dans les yeux et dit :

— Oui.

— Oui, quoi ?

— Oui, je vais t'épouser, Philip. Je vais t'épouser, et j'en suis très fière. Comme tu l'as dit il y a un instant : il est tout à fait juste et convenable que nous nous mariions maintenant.

— Oh, ma chérie, tu me rends si heureux, si heureux !

Il l'embrassa doucement sur les lèvres, la prit dans ses bras et la serra très fort. Jamais il n'avait aimé aucune femme comme il aimait Anne — et il y avait eu pourtant bien des femmes dans sa vie avant de la rencontrer. Anne avait connu la douleur et le malheur, et tout ce qu'il voulait, c'était l'aimer et la chérir, la protéger et la garder pour tout le temps de leur vie commune. Il finit par relâcher son étreinte, et dit :

— Fixons une date pour notre mariage, ici, maintenant, avant que tu ne changes d'avis. Comme ça, je confierai à ma secrétaire la tâche de passer l'annonce dans le *Times* lundi matin.

— N'aie crainte, je ne changerai pas d'avis, répondit-elle en le regardant, le visage radieux. Je serai ravie de penser à cette annonce avec toi pendant le week-end, mais laisse-moi réfléchir un moment à la date... Je crois que nous devrions nous marier en décembre, Philip.

— Mais c'est dans des mois.

— Après toutes ces *années* de vie dans le péché, quelques *mois* de plus ne pèseront pas bien lourd ! s'exclama-t-elle en riant. Et je propose décembre pour une très bonne raison : *Geoffrey*. J'aimerais que ce soit mon frère qui me conduise à l'autel, et je sais qu'il va beaucoup voyager d'ici à la fin de novembre.

— Très bien, ma chérie. Alors ce sera en décembre.

— Un mariage de Noël dans la petite chapelle de Pullenbrook sera très joli... très pittoresque, même, ne trouves-tu pas ?

— En effet ! Anne ?

— Oui, mon chéri ?

— J'espère que tu vas m'autoriser à t'offrir une bague de fiançailles.

— Quelle idée délicieuse ! Bien sûr que je t'y autorise. Quelle fille refuserait une bague, Philip ?

Un large sourire éclaira le visage de Philip et, plongeant la main dans sa poche, il en sortit une petite boîte de cuir.

— Je suis allé chez Asprey au début de la semaine pour la choisir. Tu vois, j'étais bien décidé à te demander en mariage ce week-end, et tout aussi résolu à te voir accepter, cette fois. Quoi qu'il en soit, j'ai trouvé ça, et j'espère qu'elle te plaira.

Il lui tendit la boîte. Anne l'ouvrit et retint son souffle en découvrant, niché dans le velours, le saphir d'un bleu profond entouré de diamants.

— Oh, Philip, c'est incroyablement beau !

— J'ai choisi cette bague parce que je connais ton goût pour les bijoux anciens, et parce que la couleur de la pierre est assortie à tes beaux yeux, ma chérie.

— Merci, Philip, pour la bague, pour tout...

— Attends, je vais t'aider, dit-il en la voyant tenter de prendre la bague d'une main tremblante. Voilà, maintenant nous sommes officiellement fiancés, conclut-il après lui avoir passé la bague au doigt, et quel lieu serait plus approprié pour l'échange de nos serments mutuels que la colline des Amoureux ?

[illegible] A te voir accepter cette [illegible]. [illegible] qu'il a
[illegible] quand ça, [illegible] qu'elle [illegible]
[illegible] rendit la boîte. Anne l'ouvrit [illegible]
[illegible] en découvrant, niché dans le [illegible], le
saphir d'un bleu profond entouré de diamants.

— Oh, Philip, c'est incroyablement beau!

— J'ai choisi cette bague parce que je connais ton goût pour les bijoux anciens, et parce que la couleur de la pierre est assortie à tes beaux yeux, ma chérie.

— Merci, Philip, pour la bague et pour tout...

— Attends, je vais t'aider. [illegible] la voir [illegible] tenter de prendre la bague d'une main tremblante. Voilà, maintenant nous sommes officiellement fiancés, conclut-il après lui avoir passé la bague au doigt. Et quel lieu serait plus approprié pour l'échange de nos serments mutuels que la colline des Amoureux?

CHAPITRE 20

Cela faisait près de trois ans que Nicky n'était pas revenue dans cette maison, et deux jours plus tôt, à New York, quand elle avait pris la décision de venir voir Anne Devereaux, elle avait redouté de se retrouver entre ces murs.

Mais maintenant qu'elle était à Pullenbrook, ses peurs s'évaporaient, en grande partie grâce à l'accueil chaleureux d'Anne, à sa tendresse, et à la gentillesse de Philip, toujours aussi cordial.

Quand elle était arrivée de Londres une heure plus tôt, ils l'avaient tous deux accueillie avec beaucoup d'affection. Elle savait qu'ils étaient sincères, et c'était un sentiment réciproque. Elle avait aussitôt commencé à se détendre, tant elle se sentait bienvenue et tout à fait mise à son aise.

Et puis il y avait la maison elle-même. A la minute où elle avait passé le seuil de la grande salle, elle avait été gagnée par sa sérénité. C'était une impression qu'elle n'avait jamais oubliée, mais qu'elle avait résolument repoussée au fond de sa mémoire ces dernières années, pour des raisons évidentes. On ne pouvait nier qu'une tranquillité toute particulière émanât de Pullenbrook, comme un voile presque palpable qui l'aurait entourée, enveloppée. Elle se souvint de l'effet apaisant que le vieux manoir avait déjà eu sur elle dans le passé, et elle comprit pourquoi Anne y cherchait refuge, s'y sentait tellement en sécurité qu'elle n'aurait jamais voulu le quitter — du moins pas pour longtemps.

Soudain, Nicky se dit que cette ancienne demeure Tudor avait vu tant de choses, avait été témoin de tant d'événements au fil des siècles, que si ses murs pouvaient parler, ils révéleraient d'incroyables secrets.

Elle frissonna involontairement. Quels sombres secrets concernant Charles Devereaux recelait cette maison ? Était-il vivant, comme elle le croyait ? Et dans ce cas, pourquoi avait-il feint la mort ?

Elle frissonna de nouveau et écarta de son esprit, du moins pour le moment, ces pensées troublantes. Elle était venue ici dire à Anne qu'elle avait vu Charles à la télévision américaine quatre jours plus tôt, et qu'elle avait de bonnes raisons de penser qu'il vivait à Rome. Mais maintenant, elle se rendait compte qu'il n'était pas temps d'aborder ce sujet. Elle devrait attendre un moment plus propice dans la soirée.

Nicky et Anne avaient pris place dans le salon, et Anne servait le thé. Nicky ne put s'empêcher de remarquer combien cette pièce était exquise, toute en vert pâle. Cette couleur formait un cadre parfait pour les antiquités et les tableaux représentant la campagne anglaise, dont plusieurs chefs-d'œuvre inestimables de Constable et Turner. Nicky avait toujours admiré le goût extraordinaire d'Anne, son talent de décoratrice et la façon dont elle tenait cette maison.

Nicky porta subrepticement son regard vers la table de merisier au milieu de la pièce. Un vase de roses blanches en ornait le centre, entouré d'une collection de photos de famille dans des cadres d'argent. Il y en avait plusieurs d'elle — seule, avec ses parents, avec Anne et Philip dans les jardins de Pullenbrook et, naturellement, avec Charles. Son regard se porta ensuite sur une table basse à l'extrémité du canapé, près de la cheminée. Anne y avait posé leur photo de fiançailles, prise par Patrick Lichfield, dans un cadre en or. Elle ne put en détacher les yeux pendant plusieurs secondes, mais recouvra rapidement son calme et le contrôle de son attitude.

— Que tu es silencieuse, Nicky chérie, remarqua Anne en lui apportant sa tasse de thé.

— Merci, dit Nicky. Je ne voulais pas être grossière, assise ici comme une idiote à tout regarder avidement comme si je n'étais jamais venue auparavant. Je savoure cette pièce, je l'admire. J'avais oublié combien elle est belle, combien tout Pullenbrook est magnifique.

— Tu as toujours aimé cette maison, murmura Anne avec un petit sourire. Et je l'aime de la même façon. Du moins, c'est ce que je crois depuis des années. Tu as une véritable tendresse pour Pullenbrook, je l'ai compris la première fois que tu es venue. Je n'ai pu m'empêcher de remarquer que tu étais... attirée par cette propriété. Je ne sais pas comment exprimer autrement ce que j'ai décelé de tes sentiments pour cette maison. Et la maison t'a acceptée, t'a souhaité la bienvenue, Nicky. Elle ne le fait pas toujours, tu sais. Il lui arrive de rejeter les gens ! dit-elle en éclatant soudain de rire. Seigneur, je dois te paraître bizarre ! Tu dois croire que je deviens gâteuse, à parler ainsi de ma maison.

— Non, pas du tout. Je comprends parfaitement bien. Et vous, gâteuse ! Jamais. Anne, vous êtes fantastique.

— Merci de ces gentilles paroles... J'ai eu cinquante-huit ans en avril, mais je dois admettre que les années ne me pèsent pas, pas du tout. Enfin, revenons à ce que je disais : je sais que tu comprends ce que je veux dire quand je parle de la maison, de la façon dont elle fait qu'on se sent chez soi dès les premières minutes.

— Cette impression m'a enveloppée à nouveau aujourd'hui, répondit doucement Nicky. Vous savez, il se trouve que je pense toujours aux maisons comme à des êtres vivants. Elles ont une atmosphère, des vibrations — bonnes ou mauvaises. Cet endroit n'a pour moi que de bonnes vibrations.

— Nous formons un curieux couple, toi et moi, dit Anne. Il faut dire que nous nous sommes toujours bien comprises... Oh, mon Dieu, j'étais si occupée à bavarder avec toi de la maison que j'ai oublié de t'offrir un sandwich ! A moins que tu ne préfères du quatre-quarts ?

— Rien, merci, Anne. J'essaie de surveiller ma ligne, surtout depuis mon très grossissant voyage en France !

— Oh, Seigneur, oui ! Je vois très bien ce que tu veux dire.

A cet instant, Philip entra dans la pièce. Quelques minutes plus tôt, un coup de téléphone l'avait éloigné.

— Désolé que cela ait pris si longtemps. C'était Timothy, chérie. Il vient d'arriver à Londres. Il t'embrasse.

— Je suis contente qu'il soit rentré sain et sauf, dit Anne en souriant.

Philip prit la tasse de thé qu'Anne venait de lui servir et alla s'asseoir dans un fauteuil près de Nicky. Se tournant vers elle, il expliqua :

— Mon fils vient de commencer une carrière de journaliste au *Sunday Times*, et il était à Leipzig. Il s'y passe beaucoup de choses, la situation politique est en pleine ébullition. Mais je suis sûr que tu es au courant.

— Oui, mon ami Cleeland Donovan, que vous avez rencontré aux Baux, part demain pour l'Allemagne. Il veut photographier le mur de Berlin — tant qu'il est encore debout, dit-il.

— Est-ce qu'il le croit sur le point de tomber ? demanda Philip, très intéressé.

— Il le dit depuis deux ans, mais, naturellement, il n'a jamais donné de date. Qui le pourrait ? A une époque, il pensait que ça prendrait vingt ou trente ans encore, peut-être davantage. Mais, ces derniers temps, il pense que son démantèlement est imminent.

— Vraiment ? demanda Philip en posant sa tasse sur une table pour mieux se concentrer sur Nicky. C'est très intéressant, tu sais, surtout que je suis d'accord avec lui — comme bon nombre de mes collègues en fait. Il ne faut pourtant pas oublier qu'il y a moins de six mois, le président de l'Allemagne de l'Est, Erich Honecker, a juré que le mur de Berlin resterait debout pour un siècle encore. Mais j'ai tendance à croire que ce n'est que de la vantardise.

— Ou un vœu pieux, suggéra Nicky. En tout cas, espérons que Honecker a tort et que Clee a raison.

— Espérons, murmura Philip. Et Cleeland va-t-il aller ailleurs dans le bloc de l'Est ?

— Oui, après Berlin il a l'intention de circuler pendant quelques jours, et il veut aussi aller à Leipzig. Il a l'intention de photographier les manifestations qui se succèdent sans cesse, là-bas.

— Ces manifestations seront de plus en plus nombreuses, je crois. Et j'ai la très nette impression que nous allons assister à la chute de bon nombre de régimes communistes dès cette année.

Nicky resta songeuse quelques secondes, puis elle dit lentement, distinctement :

— Il y a quelques jours, je disais à Arch Leverson que nous allons voir les plaques tectoniques de l'Histoire se déplacer sous nos pieds dans un avenir très proche. Il va y avoir beaucoup de mouvements, beaucoup de changements, surtout de l'autre côté du rideau de fer.

— Très bien vu, Nicky. Tu as mis le doigt juste sur le bon bouton, s'exclama Philip.

Nicky lui sourit. Elle était heureuse qu'il confirme ses propres opinions sur les affaires du monde. Après tout, Philip Rawlings était un homme important au ministère des Affaires étrangères.

Dans le passé, chaque fois qu'ils se rencontraient, Philip et Nicky entraient inévitablement dans de grandes discussions politiques, et cet après-midi-là ne fit donc pas exception. Ils continuèrent à bavarder de l'état du monde pendant dix minutes encore, jusqu'à ce que Philip mette fin à la conversation. Secouant la tête, il dit :

— Nous voilà repartis, Nicky. Nous ennuyons à nouveau notre pauvre Anne avec toutes ces considérations sur la politique et les politiciens dont elle se moque éperdument. Désolé, chérie ! s'excusa-t-il en posant sur Anne un regard affectueux.

— Mais ce n'est pas vrai ! protesta Anne. Cela ne m'ennuie pas. Vous semblez oublier que j'ai grandi dans la politique et que mon père y a joué un rôle important, en son temps.

— Je ne l'ai pas oublié, mais je sais que cela ne te passionne pas vraiment, dit Philip.

Il se leva de son fauteuil pour aller s'asseoir près d'Anne sur le canapé et lui prit la main.

— Et maintenant, passons à des choses plus importantes, dit-il. As-tu appris la bonne nouvelle à Nicky ?

— Je n'en ai pas encore eu l'occasion. De toute façon, j'ai pensé qu'il serait beaucoup plus gentil que nous la lui apprenions ensemble.

— M'apprendre quoi ? demanda Nicky, le regard plein de curiosité.

— Philip m'a demandé de l'épouser, aujourd'hui...

— Pour la vingtième fois au moins, précisa Philip.

— Et j'ai accepté, dit Anne, plus radieuse que jamais.

— Enfin ! dit Philip. Anne a finalement accepté de devenir ma femme, et elle a même fixé la date du mariage. Ce sera pour Noël, dans la chapelle de Pullenbrook.

— Oh, Anne, Philip, quelle merveilleuse nouvelle ! s'exclama Nicky en bondissant sur ses pieds pour les féliciter.

CHAPITRE 21

Nicky s'assit sur la banquette devant la fenêtre de sa chambre, et regarda les jardins soigneusement agencés de Pullenbrook. Mais elle ne les voyait pas vraiment. Ses yeux étaient tournés vers l'intérieur d'elle-même.

Comme elle aurait voulu ne pas être venue ici aujourd'hui, avoir attendu lundi, ainsi qu'elle en avait eu l'intention la veille, en quittant New York !

A son arrivée à Londres, le soir, la première chose qu'elle avait faite, dès son installation à l'hôtel, avait été de téléphoner à Pullenbrook. Anne avait été ravie qu'elle reprenne contact si vite après leur rencontre en France. Elles avaient bavardé quelques minutes, et puis Nick s'était plus ou moins invitée pour le week-end, disant à Anne qu'elle n'était en Angleterre que pour quelques jours et qu'elle aimerait la voir.

C'était l'anxiété qui l'avait fait agir avec une telle précipitation. Elle avait désespérément besoin de parler à Anne. A qui d'autre pouvait-elle confier ses terribles soupçons concernant Charles ?

Mais, pour son malheur, elle était arrivée dans cette maison un jour très particulier dans la vie d'Anne Devereaux. Comment pourrait-elle le gâcher en lui révélant que son fils unique adoré pourrait finalement ne pas s'être noyé, comme on le croyait, mais avoir mis en scène sa fausse mort ? Ce faisant, elle ne pouvait qu'accuser Charles de manque d'honneur, de duplicité, de mensonge et d'hypocrisie. Elle en faisait un homme d'une incroyable cruauté pour avoir infligé à sa mère une souffrance infinie, et aussi à elle, à Philip, à son oncle Geoffrey et à tous ceux qui l'aimaient. Naturellement, ces accusations étaient fondées s'il était en vie sous une nouvelle identité. Mais Nicky ne pouvait lancer une telle bombe ce soir, comme elle l'avait prévu.

Nicky appuya la tête contre la vitre pour tourner et retourner ces pensées dans son esprit. Il se pouvait qu'elle ne puisse même pas le dire à Anne demain ; il lui faudrait peut-être rester jusqu'à lundi. Non qu'elle eût peur de parler. Elle ne voulait tout simplement pas lui gâcher son week-end. Ce serait très difficile de garder une attitude calme, de faire bonne figure tout ce temps. Pourtant, elle devait dissimuler sa nervosité et son anxiété — pour Anne. C'était une femme si merveilleuse, si droite et si honnête qu'elle méritait un peu de bonheur à ce stade de sa vie. Non, elle ne pouvait lui infliger cela pour le moment. Elle devait lui laisser le bonheur de cette célébration avec Philip.

Nicky resta assise encore un quart d'heure à réfléchir, puis elle laissa ses yeux vagabonder dans sa vaste chambre. Toute en teintes lavande, rose et gris clair, c'était une pièce très féminine, avec de jolies aquarelles au mur et d'élégants et gracieux meubles peints.

Avec son tact et sa grande considération pour les sentiments des autres, Anne avait choisi pour elle une chambre qu'elle n'avait encore jamais occupée, sans doute pour l'aider à supporter le poids de souvenirs malheureux. Mais chaque recoin de Pullenbrook cachait un souvenir pour elle — un souvenir qui n'était pas toujours mauvais. En fait, beaucoup se révélaient positifs et heureux.

Le lit à baldaquin, avec ses rideaux lavande et son édredon de duvet assorti, lui sembla soudain très attirant, si bien qu'elle retira ses chaussures et s'allongea. Elle rabattit l'édredon sur elle, espérant faire une petite sieste avant de se préparer pour le dîner, mais son esprit continua de courir.

On ne s'étonnera pas que les pensées de Nicky l'aient ramenée à la dernière fois où elle était venue dans cette maison, une visite douloureuse à l'époque la plus triste de sa vie, et les souvenirs en étaient effectivement très mauvais.

Octobre 1986. Un samedi, au milieu du mois. Elle était arrivée à Pullenbrook le matin. Anne et elle avaient parlé pendant des heures, remarquant à peine Inez qui avait servi le thé à seize heures dans le salon, observant par automatisme ce rituel britannique traditionnel. Elles étaient bien trop éprouvées pour s'occuper du thé, et il était resté intact.

Sa propre douleur avait commencé la veille, quand Philip était arrivé à New York à l'improviste et avait sonné à sa porte juste après dix heures. Il avait pris le Concorde du matin, sauté dans une limousine et était arrivé à Manhattan pour lui apprendre la mauvaise nouvelle en personne, à la demande d'Anne, plutôt que de lui téléphoner.

Philip n'avait pas perdu de temps. Il lui avait dit aussi gentiment qu'il l'avait pu qu'on croyait Charles mort, qu'il se serait noyé au large de Beachy Head, sur la côte du Sussex, plusieurs jours auparavant. On avait retrouvé sa Jaguar bleue garée dans les parages mercredi en fin d'après-midi. A l'intérieur, son imperméable et une valise fermée à clé avec un porte-étiquette en cuir attaché à la poignée. Sur l'étiquette, la police locale avait lu le nom de Charles A.C. Devereaux et, naturellement, elle avait tout de suite su avec qui prendre contact : sa mère, Lady Anne Devereaux, au manoir de Pullenbrook.

Quand la police avait forcé la serrure de la valise, en présence d'Anne, elle n'avait trouvé à l'intérieur qu'une lettre, adressée à sa mère. Et cette lettre leur avait dit tout ce qu'ils avaient besoin de savoir : Charles Devereaux avait attenté à sa vie. Tout était dit précisément, explicitement, et les intentions étaient claires. Mais il devrait y avoir une enquête de police, telle était la loi. La police, cependant, avait accepté de garder l'information secrète jusqu'à ce que la fiancée de Charles, à New York, ait été informée, et ce à nouveau à la demande d'Anne. Le lieutenant de police local, le superintendant Willis, avait accepté, par déférence pour le rang de la dame et sa position sociale dans le comté.

Philip lui avait tout raconté ce vendredi horrible, quand son monde s'était écroulé si brutalement et si définitivement. Elle était brisée, en état de choc, quand elle avait appelé Arch pour lui dire d'une voix tremblante qu'elle devait s'envoler immédiatement pour l'Angleterre parce que Charles s'était suicidé. Elle tremblait tant, alors que ses propres paroles lui faisaient soudain apparaître la réalité des faits, qu'elle avait été incapable de continuer et avait tendu le combiné à Philip. Avec toutes les précautions nécessaires, celui-ci avait donné à Arch les détails utiles et promis de prendre contact avec lui dès qu'il y aurait d'autres nouvelles.

Peu après, elle avait fourré quelques vêtements dans un sac et préparé ses articles de toilette et de maquillage avec l'aide de Gertrude, arrivée en pleine tragédie pour faire le ménage. Juste avant leur départ pour l'aéroport, Philip avait tenté de joindre ses parents, au Cipriani, à Venise, mais ils étaient sortis. Philip avait laissé son nom et le numéro de Pullenbrook, avec un message urgent leur demandant d'appeler Anne dès qu'ils le pourraient.

A une heure et demie, Philip et Nicky étaient à bord du Concorde pour Paris. Philip n'avait rien trouvé de plus rapide pour gagner Londres. Ils feraient la traversée en moins de quatre heures, passeraient la nuit à Paris et prendraient le premier avion pour Londres le samedi.

Nicky avait pleuré pendant presque tout le voyage, bien que Philip ait fait ce qu'il pouvait pour la consoler. Pourtant, de temps à autre, elle avait eu des moments de calme pendant lesquels ils s'étaient chaque fois posé la même question : *Pourquoi ?* Pourquoi Charles avait-il fait une chose aussi terrible ? Ils ne trouvaient ni l'un ni l'autre de raison valable, et donc aucune explication.

En arrivant à l'aéroport Charles-de-Gaulle, ils avaient pris des chambres à l'un des hôtels et, le samedi, ils étaient sur le vol de sept heures pour Heathrow. De là, ils s'étaient rendus directement à Pullenbrook, où Anne, au désespoir, encore en état de choc, les attendait.

Plus tard dans la journée, Nicky avait demandé à Anne si Charles faisait allusion à elle dans sa lettre, mais Anne avait tristement fait non de la tête. Nicky n'en était pas revenue. *Charles s'était tué sans même un dernier mot pour elle.* Elle ne s'en remettait pas.

Ses parents étaient arrivés de Venise le dimanche. Pleins de compassion et d'inquiétude pour elle, ils avaient fait tout ce qu'ils avaient pu pour l'aider. Mais finalement, c'étaient surtout Anne et elle qui s'étaient entraidées, qui s'étaient prodigué le plus grand soutien mutuel.

Nicky était restée plusieurs semaines avec Anne, toutes deux inséparables, que ce soit à Pullenbrook ou à l'appartement d'Anne sur Eaton Square. Et, pendant cette période difficile et pénible pour elles deux, les choses étaient devenues très claires. Charles avait parfaitement préparé sa mort. Il avait méticuleusement mis ses affaires en ordre : son appartement de Knightsbridge avait été vendu, les parts de son entreprise d'importation de Londres cédées à son associé, celles de sa filiale européenne rachetées par son associé espagnol, et finalement il avait rédigé un nouveau testament, quelques semaines avant sa mort, par lequel il léguait tout à sa mère.

Dès cette époque, depuis presque trois ans maintenant, Nicky s'était demandé pourquoi il s'était tué, et elle n'avait jamais pu trouver de réponse. Du moins pas de réponse acceptable.

Pendant une période, la colère avait remplacé la douleur initiale, et cela l'avait beaucoup troublée. Plusieurs fois, quand elle était à New York et non en mission à l'étranger, elle était allée voir un psychiatre qu'Arch lui avait recommandé. Elle voulait, grâce à lui, comprendre sa colère et la contrôler. Le

Dr Alvin Foxgrove lui avait patiemment expliqué que la plupart des proches d'un suicidé faisaient inévitablement l'expérience d'une grande colère, que c'était une réaction parfaitement normale. Cela l'avait un peu aidée, surtout que le Dr Foxgrove lui avait dit que cette colère finirait par disparaître. Mais, dans son cas, elle ne s'était jamais totalement évaporée. L'horrible vérité était qu'à certains moments cette colère la brûlait encore intérieurement.

Au bout d'un moment, Nicky réussit à repousser ces souvenirs du passé et à se concentrer sur le présent. Elle avait toujours été troublée par le fait qu'on n'avait pas retrouvé de corps ; mais Charles s'était noyé dans la Manche et on disait qu'il avait été entraîné dans l'océan. A moins que...

Maintenant, elle voulait découvrir exactement ce qui était arrivé. Après avoir parlé à Anne, elle retournerait à Londres, et de là elle gagnerait le continent. La jeune journaliste avait l'intention d'utiliser ses talents d'enquêtrice pour résoudre le mystère de la mort de Charles Devereaux, pour découvrir la vérité.

CHAPITRE 22

Une heure plus tard, vers sept heures, ayant changé son costume safari pour une robe de soie bleu marine et ses perles, Nicky descendit prendre l'apéritif avant le dîner. Elle ne trouva ni Anne ni Philip dans le salon, mais en regardant par la fenêtre, elle vit Anne dehors. Traversant le petit vestibule, elle sortit sur la terrasse qui longeait l'arrière de la maison, face à la colline des Amoureux et aux South Downs.

Au bruit des pas de Nicky, Anne se tourna à moitié pour regarder par-dessus son épaule, et son visage s'éclaira de plaisir.

— Ah ! te voilà, ma chérie. Je pensais justement à toi, et je me disais que j'étais vraiment contente que tu sois venue nous voir ce week-end.

— C'est merveilleux de vous voir, Anne, ici, chez vous, répondit sincèrement Nicky.

Depuis qu'ils s'étaient rencontrés par hasard en France, elle s'était sentie coupable de la façon dont elle avait négligé Anne, et elle avait prévu de s'arrêter pour la voir sur le chemin de la Provence en septembre. Et puis, quand Charles Devereaux lui était soudain apparu à la télévision l'autre soir, elle avait trouvé une raison de plus de venir à Pullenbrook. Si bien qu'elle avait bouleversé son programme pour l'avancer de deux semaines. Elle s'éclaircit la voix.

— Je sais très bien que je n'ai pas été gentille avec vous depuis un an et demi que je ne vous ai pas donné de nouvelles, et j'en suis désolée, Anne. Je n'ai pas d'excuse. Naturellement, il est vrai que j'ai constamment travaillé à l'étranger, confrontée aux guerres les plus atroces et aux plus épouvantables désastres, mais je ne vais pas me cacher derrière mon travail. Je le fais souvent, mais je ne le ferai pas avec vous. A la vérité..., c'était plus facile de ne plus vous voir. Plus facile pour moi.

— Je le sais, répondit Anne doucement. Et je comprends parfaitement. Me voir, ici ou à Londres, ou même à New York, n'aurait fait que prolonger ton désespoir. Dans ces circonstances, je crois qu'il était sage en effet pour toi de continuer à vivre comme tu l'as fait. Cela t'a permis de prendre un nouveau départ après Charles.

— Oui, c'est vrai. Mais il n'en reste pas moins que c'était une réaction égoïste de ma part... Comment... Comment avez-vous réussi à supporter le passé, ces dernières années ?

— Philip m'a beaucoup soutenue ; mon frère et sa famille aussi. Et la maison m'a aidée à... Oh, Seigneur ! Voilà que je recommence à parler bizarrement de cette maison ! Je veux dire, en fait, que je me suis engagée dans un projet concernant la maison qui m'a beaucoup occupée. C'était très absorbant, et j'y travaille encore.

— Quelle sorte de projet ? demanda Nicky avec curiosité.

— La bibliothèque. J'ai décidé d'imposer un ordre au chaos, et de cataloguer les milliers de livres que nous possédons ici. Certains sont très rares, dont quelques éditions princeps, et naturellement j'ai dû m'adjoindre un professionnel. Au cours des premiers mois, je suis tombée sur les journaux intimes des Clifford, ceux tenus par les femmes de la famille au fil des siècles. Mon grand-père m'en avait vaguement parlé, mais je ne les avais jamais lus. Il va sans dire qu'ils m'ont immédiatement fascinée. Aux pires moments, je me ressaisissais et rappelais à ma mémoire ces générations de femmes Clifford qui avaient vécu avant moi, qui avaient traversé tant d'épreuves, perdu tant d'êtres aimés — maris, fils, pères, frères... filles et mère, sœurs. Rends-toi compte : mes ancêtres ont vécu la lutte contre l'invincible Armada, la Guerre Civile, la Grande Peste, et tant d'autres choses — d'autres guerres, les bouleversements intervenus en Angleterre et aussi des tragédies familiales. Et pourtant elles ont continué, stoïques, et elles ont survécu à tout. J'imagine que j'ai tout simplement refusé de céder à la douleur, de m'apitoyer sur moi-même, par fierté. Tu vois, les femmes Clifford du passé m'ont servi d'exemples, et quels exemples !

Nicky hocha la tête. Elle allait l'interroger sur ces journaux intimes quand Anne soupira et regarda au loin; une expression de douleur passa sur son visage, si intense que Nicky eut l'impulsion de l'entourer de ses bras, mais elle se retint. Au bout d'un moment, Anne dit :

— Perdre un enfant est une chose terrible. On ne s'y prépare jamais, tu sais, Nicky. On pense toujours que l'on mourra en premier, car c'est l'ordre normal des choses...

Sa voix flottait dans l'air lourd du soir. A nouveau, elle regarda au loin puis, presque pour elle-même, elle murmura :

— J'ai toujours cru qu'un enfant, que les enfants sont la justification de la vie, qu'ils lui donnent sa valeur, qu'ils font qu'elle vaut la peine d'être vécue.

Nicky se trouva incapable de parler. Elle avait si profondément ressenti l'immense tristesse d'Anne que ses yeux s'emplirent de larmes. Elle avala péniblement sa salive, prit dans un élan d'affection la main de cette femme admirable et la serra dans les siennes. Quand Anne tourna enfin la tête pour regarder le visage de Nicky, un léger sourire tremblait sur ses lèvres. De la même voix douce qu'auparavant, elle lui dit :

— J'ai été si contente de te voir avec un autre homme aux Baux, Nicky. Ça m'a fait battre le cœur, pour te dire la vérité. Cela signifiait que tu avais surmonté la mort de Charles. J'espère que tu ne penseras pas que je suis indiscrète si je te demande si c'est sérieux entre vous ?

— Je ne sais pas bien. Je crois que ça pourrait l'être. Clee, pour sa part, m'a dit qu'il m'aimait.

— Et toi ? Que ressens-tu pour lui ?

— Je connais Clee depuis deux ans, et il est mon meilleur ami. Il m'est très cher. Mais il y a seulement quelques semaines que nous avons une aventure, et personne n'en a été plus surpris que moi quand c'est arrivé. Pour répondre à votre question, oui, je crois que je suis en train de tomber amoureuse de lui.

— Que je suis heureuse de l'entendre ! Je n'ai jamais douté des sentiments de Clee envers toi.

C'était évident rien qu'à sa façon de te regarder. Nicky, il t'adore, conclut Anne en serrant la main de Nicky.

— Mais l'amour ne suffit pas toujours pour qu'une liaison devienne un mariage. D'autres choses sont extrêmement importantes, si l'on doit passer le reste de ses jours côte à côte.

— C'est très vrai. Mais vous paraissez bien ensemble, vous êtes visiblement bien assortis et vous partagez le même genre de travail, ce qui ne peut qu'être un point en faveur de votre union, non ?

— C'est vrai. En revanche, ma carrière pourrait poser quelques problèmes à long terme, et je...

— Rien au monde ne peut prendre la place de l'homme qui te convient, interrompit Anne avant de rire doucement. Et c'est moi qui te dis ça ! J'ai laissé l'homme de ma vie en équilibre sur un fil pendant des années. Suis mon conseil, et fais ce que je te dis. Plonge. Je n'ai compris qu'aujourd'hui que j'aurais dû épouser Philip depuis longtemps. Tu dois saisir la vie à deux mains, Nicky, ajouta-t-elle en la regardant droit dans les yeux et en raffermissant sa voix. Vis pleinement, parce que, avant que tu ne t'en rendes compte, les années auront passé, et il se pourrait que tu te sentes moins jeune, puis franchement âgée, et il sera trop tard. Beaucoup trop tard.

— Après l'âge de trente ans, le temps semble effectivement passer très vite. Je l'ai compris il y a peu.

— Autre chose : ne sacrifie pas une bonne relation à ta carrière. Si tu le fais, tu pourrais bien te retrouver seule finalement. Et crois-moi, Nicky, la solitude est la chose la plus terrifiante qui soit. C'est une forme de mort, en fait.

Anne s'accouda à la balustrade et fixa les South Downs. En la regardant, Nicky se dit qu'elle ne l'avait jamais vue plus adorable que ce soir. Elle portait une robe de soie rose foncé qui faisait ressortir son si joli teint anglais, son double rang de perles et ses boucles d'oreilles. De l'avis de Nicky, Anne Devereaux pouvait facilement passer pour n'avoir que la quarantaine. Outre ses beaux cheveux blonds et son teint incomparable, elle avait une silhouette mince et de très belles jambes, aux chevilles fines. Soudain, Anne se redressa et regarda Nicky ; avec un petit sourire triste, elle lui dit encore :

— Oh, Nicky, j'ai été tellement idiote, il y a des années. Assez vite après mon veuvage, j'ai aimé un homme, et j'aurais dû l'épouser. Il le voulait, mais il y avait des obstacles, si bien que je l'ai repoussé — et je l'ai toujours regretté. Il y a une vingtaine d'années, quand j'avais trente-huit ans, un autre homme a croisé ma vie. Je l'aimais profondément, et il m'aimait également, mais je l'ai rejeté, lui aussi, parce que... Enfin, qu'importe. Ce n'est pas l'essentiel. Dans les deux cas, j'ai choisi de rester seule, ce qui m'a fait passer quelques années de solitude épouvantable avant de rencontrer Philip.

— Est-ce que j'ai entendu prononcer mon nom ? demanda Philip d'un ton badin en arrivant sur la terrasse.

Les deux femmes se retournèrent vers lui.

— Oh, bonsoir, mon chéri. Je disais seulement à Nicky que j'avais passé bien des années solitaires et malheureuses avant que tu n'entres dans ma vie.

Philip sembla touché par ces mots, même s'il ne fit aucun commentaire. Il se contenta d'acquiescer et, quand il arriva près d'elle, il entoura la taille d'Anne de son bras et se pressa contre elle. Anne le regarda avec tendresse.

— Je parlais à Nicky de Cleeland Donovan, et je lui disais combien j'étais heureuse qu'ils soient ensemble. Et je sais que tu en es heureux aussi.

— Et soulagé, dit Philip en offrant à Nicky son plus chaleureux sourire. Nous nous sommes fait beaucoup de souci pour toi, chère Nicky. J'ai mis le champagne à rafraîchir au salon, ajouta-t-il en se tournant vers Anne. Si nous rentrions ?

Anne approuva et sourit en prenant son bras.

— Oui, rentrons.

*

*   *

Beaucoup plus tard, quand ils eurent bu leur champagne, ils prirent place autour de la table ronde de la petite salle à manger familiale qu'Anne utilisait pour les dîners intimes. Inez servit le repas léger préparé par Pilar, et entre le consommé, la sole grillée et la crème renversée aux fruits rouges frais, Philip et Anne bombardèrent Nicky de questions sur son travail.

Nicky parla de son séjour à Pékin et de certains des événements qui s'y étaient déroulés. Ils semblèrent particulièrement émus quand elle leur raconta l'histoire de Yoyo et de Maï, la mort de Maï et la disparition de Yoyo.

— Il ne nous reste plus, à Clee et à moi, et aussi à Arch et à l'équipe, qu'à prier et à espérer qu'il va reparaître un jour, qu'il aura pu utiliser l'argent que nous lui avons laissé à cette fin, leur confia Nicky. Clee pense qu'il arrivera à gagner Hong Kong. C'est aussi mon avis.

— C'est le plus probable, approuva Philip d'un air songeur. Je sais qu'il existe une organisation clandestine qui assure des liaisons entre Pékin et Hong Kong. Si Yoyo a des *guanxi*, c'est-à-dire les relations qu'il faut, il peut y arriver.

— Comme dirait mon père, de votre bouche à l'oreille de Dieu, Philip ! Yoyo est très intelligent ; si quelqu'un peut y arriver, c'est lui.

— Comme c'est terrible que cette jeune femme soit morte, murmura Anne. D'après ce que tu dis, Nicky, l'armée chinoise semble très dure.

— Les soldats sont brutaux, de vrais tueurs, et d'une cruauté incroyable. Clee a des preuves sur pellicule. Il a réussi à prendre des centaines de photos parce qu'ils étaient tous tellement occupés à tuer leur propre peuple, des gens innocents, qu'ils n'avaient pas le temps de lui confisquer son appareil. Il faut dire que les soldats avaient brisé trois autres de ses appareils dans les jours qui ont précédé la répression. Malgré tout, il est parvenu à constituer un livre stupéfiant sur Tiananmen avec ces photos, et j'en ai écrit l'introduction. Il doit s'intituler *Les Enfants du Printemps de Pékin*, et il vous fera dresser les cheveux sur la tête quand vous le verrez. Je vous en enverrai un exemplaire à sa sortie l'an prochain.

— Merci, dit Anne.

— Nous avons souvent regardé les reportages de Kate Adie sur la BBC, pendant les manifestations des étudiants, observa Philip. A l'époque, Anne et moi avons été totalement atterrés par la brutalité de ces événements, et par le bain de sang. La Chine a très largement entaché sa crédibilité politique et la communauté internationale a bien fait connaître sa désapprobation et son rejet de ces méthodes inadmissibles. Le gouvernement chinois s'est montré totalement myope.

— Oui, il a violé et viole encore les droits de l'homme de façon scandaleuse, confirma Nicky.

Philip acquiesça en buvant une gorgée de pouilly-fumé. Après un regard inquisiteur à Nicky, il changea de sujet et demanda :

— Et pourquoi es-tu en Angleterre, Nicky ? En vacances ou pour ton travail ?

— Un peu les deux, répondit précipitamment Nicky. J'espère pouvoir obtenir une interview du Premier ministre, improvisa-t-elle, pour ne rien laisser échapper au sujet de Charles. L'an prochain, pas maintenant. Arch voulait que je prenne des contacts, pour jalonner le terrain, en quelque sorte, avant cet entretien de fond.

— En quoi puis-je t'aider ? demanda Philip.

— Je n'en sais rien encore. On en reparlera plus tard. Pour le moment, je voudrais arriver à formuler mes idées à propos de cette émission spéciale, y penser en termes visuels autant qu'en termes de contenu.

Nicky se détendit, soulagée de ne rien avoir dit de compromettant.

— Appelle-moi si tu as besoin de mon aide, insista Philip. Tu sais que je ferai tout ce que je pourrai.

— Merci, Philip. J'apprécie beaucoup votre proposition. C'est très gentil.

— Si nous prenions le café au salon ? demanda Anne en se levant.

Tandis qu'ils quittaient la salle à manger et traversaient l'entrée, elle glissa son bras sous celui de Nicky.

— Tu fais un travail très dangereux, Nicky, et tu es très intrépide — du moins à ce qu'il me semble. N'as-tu jamais peur, ma chérie ?

— Pas sur le coup. Parfois après, admit Nicky. C'est pareil pour Clee et pour beaucoup d'autres journalistes. Je crois que, pendant l'action, nous sommes si concentrés sur ce qui se passe, si occupés à faire notre travail, que nous n'avons pas le temps d'avoir peur.

CHAPITRE 23

— Anne, j'aimerais vous parler de quelque chose, dit Nicky en apparaissant à la porte de la bibliothèque le dimanche matin.

Elle avait changé d'avis après une nuit sans sommeil et voulait parler à Anne dès maintenant. Elle ne pouvait attendre lundi.

Anne se tenait près de la longue table d'acajou et ramassait des pétales de rose qui y étaient tombés. Elle regarda Nicky en fronçant les sourcils.

— Tu sembles bien grave. Quelque chose ne va pas ?

— Je le crois, murmura Nicky en entrant dans la pièce. Où est Philip ? J'aimerais qu'il entende ce que j'ai à dire.

— Je suis ici, dit Philip dont la voix sortit des profondeurs d'un fauteuil de cuir à l'autre bout de la pièce.

Nicky entendit qu'il pliait un journal avant de pointer sa tête d'un côté du dossier. Il se leva et plaça le journal par terre, sur une pile d'autres, près de l'écran pare-feu.

Anne posa la poignée de pétales de rose dans un cendrier et rejoignit Philip devant la cheminée. Ils échangèrent un regard intrigué et s'assirent côte à côte sur le canapé Chesterfield. Nicky s'installa en face d'eux, sur l'autre canapé. Anne et Philip la regardaient.

— Tu as l'air bizarre, Nicky, remarqua Anne. Qu'y a-t-il ?

— Avant de vous le dire, j'aimerais vous expliquer quelque chose. Après notre rencontre en Provence, j'avais décidé de venir vous voir — pour m'excuser, vraiment, de vous avoir ainsi négligés — et j'avais l'intention de le faire fin août, en allant rejoindre Clee pour nos vacances. Et puis, l'autre soir, à New York, il est arrivé quelque chose qui m'a amenée à changer mes plans. J'ai décidé de venir deux semaines plus tôt, parce que j'avais absolument besoin de vous parler de façon urgente, Anne. Et à vous aussi, Philip.

— Je t'en prie, dis-nous de quoi il s'agit, l'encouragea Anne.

Nicky inspira profondément avant de plonger.

— Il y a quatre jours, mercredi soir, j'étais chez moi et je regardais les nouvelles à la télévision. Notre correspondant à Rome faisait un reportage sur une fusillade qui a eu lieu à l'occasion d'une réunion politique dans la banlieue.

— J'ai lu quelque chose là-dessus jeudi dans le *Daily Telegraph*, intervint Philip. On supposait que ce pouvait être une tentative d'assassinat de la part de membres d'un parti adverse, n'est-ce pas ?

— Oui, tout à fait. Mais, à la fin du reportage de Tony Johnson, notre correspondant permanent à Rome, la caméra a fait un panoramique sur la tribune et ce qui l'entourait, et elle s'est arrêtée sur un visage dans la foule.

Nicky se pencha en avant, les mains serrées, et termina doucement mais avec une grande intensité dans la voix :

— *C'était Charles. Le visage dans la foule était celui de Charles.*

Anne se crispa et regarda fixement Nicky. Elle était si stupéfaite qu'elle ne pouvait parler.

— Comment cet homme pouvait-il être Charles, Nicky ? s'exclama Philip. Charles sera mort depuis trois ans en octobre prochain. Nous savons qu'il s'est noyé au large de Beachy Head.

— L'a-t-il fait ? demanda Nicky en regardant Philip, les yeux durs. Jamais on n'a retrouvé son corps et, pour être franche, cela m'a toujours intriguée.

A sa grande surprise, sa voix ne tremblait pas. Elle continua calmement :

— Je ne vous en veux pas d'être incrédules. Je n'en croyais pas mes propres yeux quand j'ai vu son visage me regarder sur l'écran. Mais je sais...

— Si tu penses que Charles est vivant, alors tu dois croire qu'il a feint sa propre mort, interrompit Anne d'une voix trop haute et agitée. Pourquoi mon fils aurait-il fait une chose pareille ?

— Je ne sais pas, Anne.

— Et comment l'aurait-il fait ? insista Anne.

— J'y ai pensé. Cela n'aurait pas été très difficile pour lui.

— Vraiment ? intervint Philip. Dis-nous comment.

— Charles pouvait avoir un complice. Quelqu'un qui l'aura aidé à mettre sa mort en scène, puis à disparaître. Cette personne, homme ou femme, a pu s'y prendre de deux façons différentes. Elle a pu suivre Charles jusqu'à Beachy Head, où il aura garé sa Jaguar à un endroit où on la remarquerait aisément, et elle l'aura reconduit à Londres. De là, Charles n'aurait eu aucune difficulté à partir immédiatement pour l'Europe, par avion ou par train, en utilisant un faux passeport. Ou bien son complice pouvait l'attendre sur un bateau au large de la côte, près de Beachy Head. Charles a pu facilement nager jusqu'au bateau qui l'aura emmené, en traversant la Manche, jusqu'à un port français.

— Ça me semble un peu rocambolesque ! s'exclama Philip. Comme Anne vient de le dire, pourquoi donc Charles aurait-il fait une chose pareille ?

— Je me suis creusé la tête, dit Nicky en haussant les épaules d'un air las, et je n'ai pu trouver aucune bonne raison... Enfin, ce n'est pas tout à fait exact. J'en ai trouvé une.

— Qui est ? demanda Anne d'une voix altérée.

— Il voulait recommencer sa vie de zéro.

— Mais c'est ridicule ! s'écria Anne. Il était amoureux de toi, près de t'épouser, et quel que soit le point de vue adopté, Charles était un homme heureux, avec l'avenir devant lui.

— Ce que vous dites est vrai, mais seulement en surface... Parce que... Que Charles se soit tué *ou* qu'il ait volontairement disparu, il n'était pas heureux de sa vie. S'il l'avait été, il n'aurait fait ni l'un ni l'autre. En conséquence, nous devons supposer qu'il n'était heureux de rien dans sa vie, pas plus de moi que du reste.

Anne avait eu du mal à soutenir le regard perçant de Nicky. Elle fut sur le point de dire quelque chose, mais se ravisa. Elle resta là, les lèvres serrées, regardant Nicky en silence, tordant ses mains sur ses genoux.

— Nicky marque un point, chérie, dit Philip en lui prenant la main. En fait, nous étions tous d'accord il y a trois ans pour penser que Charles devait avoir été excessivement perturbé et malheureux, peut-être même temporairement aliéné, pour avoir ainsi attenté à sa vie. *Et c'est ce que je crois qu'il a fait*, articula Philip en regardant Nicky. Tu sais, mon petit, on dit souvent que chacun de nous a un double, quelqu'un qui nous ressemble exactement, et qui vit quelque part dans le monde. N'est-il pas possible que tu aies vu à la télévision un homme qui ressemblait énormément à Charles, sans plus ?

— Philip a raison, s'exclama Anne. Oui, Nicky chérie. Mon fils s'est suicidé dans une crise d'égarement.

— J'aimerais le croire sincèrement.

— Mais tu le dois, insista Anne, pour ton propre bien. Il est courant que les jeunes veuves se sentent coupables quand elles entretiennent à nouveau une relation amoureuse avec un autre homme. Tu étais presque mariée à Charles. Peut-être te sens-tu coupable à cause de Clee. Et en croyant que Charles est en vie, tu te donnes une raison de rompre avec Clee. Ne serait-ce pas...

— Non, Anne ! Ce n'est rien de tel ! D'abord, je ne me sens pas coupable de mes relations avec Clee. Pas du tout. Ensuite, je n'ai pas eu une hallucination en voyant Charles vivant à la télévision. Je sais ce que j'ai vu. Ou plutôt qui j'ai vu.

— Les gens qui disparaissent volontairement et prennent une nouvelle identité sont extrêmement pervers, rétorqua Anne. Mon fils n'était pas comme ça. Charles ne m'aurait jamais fait volontairement souffrir, ni toi — il nous aimait !

Nicky fouilla dans son sac et en sortit une enveloppe.

— Mercredi soir j'étais abasourdie, sous le choc et aussi incrédule que Philip et vous maintenant, Anne. Mais quand je me suis ressaisie, je me suis précipitée au bureau, et j'ai demandé à un technicien de me repasser le fragment de reportage de Rome qui m'intéressait. Il a fait un arrêt sur image au moment où Charles apparaît, pour que je puisse étudier le visage de cet homme. Ce que j'ai fait, et très méticuleusement. J'en ai pris une photo avec mon Polaroïd. Et puis le technicien a aussi pris une photo pour moi avec un appareil plus sophistiqué. Il l'a développée pendant la nuit et me l'a donnée le lendemain matin. Entre-temps j'étais rentrée chez moi et j'avais comparé mon cliché Polaroïd de l'homme de la télévision avec des photos de Charles.

Nicky ouvrit l'enveloppe et en sortit plusieurs photos. Elle les tendit à Anne et lui expliqua :

— Voici mon cliché Polaroïd de l'homme de la télévision. Comme vous pouvez le voir, ses cheveux sont plus sombres que ceux de Charles, et il porte la moustache. Et voici Charles, dit-elle en tendant une seconde photo à Anne, dans le sud de la France, l'année de sa... mort, ou de sa disparition. J'ai foncé ses cheveux et je lui ai mis une moustache comme celle de l'homme de la télévision. Regardez attentivement ces deux photos, Anne. Je suis certaine que c'est le même homme.

— Oh, je ne sais pas, dit Philip après avoir regardé les photos qu'Anne tenait entre ses mains. C'est une preuve bien fragile...

Anne ne dit rien. Elle scrutait les photos, le visage songeur.

— Voici l'autre photo, dit Nicky, celle que le technicien du studio a prise pour moi. Elle est beaucoup plus grande que la mienne, et un peu plus nette. Il ne fait aucun doute que l'homme de Rome est Charles — Charles avec un physique un peu modifié. Regardez-la attentivement. On ne peut le nier, Anne.

— Il y a une ressemblance, admit Anne, mais je ne suis toujours pas convaincue que c'est Charles. Comment serait-ce possible ?

— Pourquoi nous as-tu dit tout cela, Nicky ? Que veux-tu que nous y fassions ? demanda Philip, soudain un peu sec, presque irrité.

— Je ne sais pas bien, confessa Nicky. Mais je n'avais personne à qui en parler, hormis Anne et vous. Et puis qui connaissait Charles mieux que vous ?

— Je me fais beaucoup de souci pour toi, mon petit, murmura Philip. Et je suis certain qu'Anne aussi.

— C'est vrai, approuva Anne.

— Il est évident pour moi, continua Philip, que toute cette aventure t'a bouleversée. Il est certain que tu sembles toujours penser que Charles est vivant. Je voudrais que tu ne persistes pas dans cette conviction, Nicky, parce que ça ne pourra que te faire du mal. Une fois pour toutes, laisse-moi te dire que moi, je ne crois pas que Charles Devereaux soit en vie. Et toi non plus, n'est-ce pas, Anne chérie ?

— Absolument pas. Écoute, Nicky, dit Anne d'une voix tendre, Charles ne peut être que mort. Je t'en prie, crois-moi. Je suis sa mère — je le saurais instinctivement, tout au fond de moi, s'il était encore en vie. Tu ne dois pas laisser Charles te hanter de cette façon, ma chérie. Je t'en prie, laisse-le reposer, pour ton propre bien. Et pour le bien de Clee. Une nouvelle vie commence pour toi avec lui. Charles appartient au passé. Laisse-le dans le passé.

Le regard de Nicky passa d'Anne à Philip, et elle ne lut sur leur visage que de la compassion pour elle et de l'angoisse. Elle comprit soudain qu'ils la croyaient dérangée. Elle ne pouvait donc plus rien leur dire au sujet de Charles. Elle soupira.

— Je vous ai apporté ces photos parce que j'ai cru que vous verriez ce que je vois. J'imagine que j'attendais que vous corroboriez mon impression, et ni l'un ni l'autre vous ne l'avez fait. Je crois que je comprends... en quelque sorte...

Anne se leva et vint s'asseoir près de Nicky sur le canapé. Elle lui prit la main avec un mélange d'amour et de préoccupation. Au bout d'un moment, elle dit d'une voix douce :

— Rappelons-nous son caractère. Charles était la personne la plus gentille, la plus attentionnée, la plus aimante. Tu en as fait directement l'expérience, et je n'ai pas besoin de te le dire. Il possédait une immense intégrité. Seigneur, il ne vivait que pour l'honneur ! Tous ceux qui ont connu Charles disent qu'il n'avait qu'une parole. C'était un véritable gentleman au sens le meilleur et le plus noble du mot, et de sa vie il n'a jamais rien fait de bas. Ce que tu crois aurait été tout à fait étranger à sa nature.

Anne s'interrompit, ses yeux bleu clair pleins de larmes au souvenir de son fils, de ses qualités et de tout ce qu'il représentait.

— Charles était un homme bon, Nicky, un homme honnête ; il n'y avait pas une once de mauvais en lui. En tout cas, il n'était pas hypocrite, il n'aurait pu jouer un double jeu, même si sa vie en avait dépendu. Je l'ai porté, je l'ai vu grandir et je connaissais extrêmement bien ce fils que j'ai élevé seule, continua Anne d'une voix tremblante d'émotion. *Rien ni personne* n'arrivera jamais à me convaincre que Charles a feint sa disparition. C'est très simple, *je sais* qu'il ne l'a pas fait. Il n'aurait pas pu, pas le Charles Devereaux qui était mon fils.

— Oh, Anne, vous causer de la peine était la dernière chose que j'aurais voulue ; je vous en prie, croyez-moi ! dit Nicky, affolée par la détresse croissante d'Anne. Mais il *fallait* que je vienne vous parler. J'imagine que vous me prenez pour une folle...

— Non, pas du tout, interrompit Anne. Et je sais que Philip non plus.

— Bien sûr que non ! s'exclama Philip avec un sourire à l'adresse de Nicky. Mais je ne crois pas non plus que Charles soit en vie. Tout cela est trop rocambolesque, Nicky, je te l'ai déjà dit. Invraisemblable, même.

— Mais des gens ont disparu, et le plus souvent avec succès, insista Nicky qui ne pouvait se résoudre à renoncer. Il y a eu Lord Lucan, par exemple, dont le corps n'a jamais été retrouvé. Vous vous souvenez certainement de son cas ? Pour ce que nous savons, Lucan peut très bien être en vie quelque part dans le monde — en Amérique du Sud, à Bora Bora, au plus profond de l'Afrique. Sous une nouvelle identité, naturellement.

— J'en doute, dit Philip en secouant la tête avec véhémence. Je suis persuadé que Lucan est mort —

qu'il s'est noyé, comme on l'a dit à l'époque de sa disparition.

— Et ce membre du Parlement britannique, John Stonehouse ? *Lui* a très bien mis en scène sa disparition dans les années soixante-dix, ajouta Nicky.

— Mais on a fini par le retrouver, contra Philip.

— Nicky, dit Anne d'une voix vibrante de tristesse, ce n'est *pas* Charles sur ces photos. Vraiment pas. Mon fils est mort.

CHAPITRE 24

Le dimanche après-midi, Nicky alla se promener dans le domaine de Pullenbrook.

Anne, Philip et elle avaient eu bien du mal à alimenter la conversation au déjeuner, chacun évitant soigneusement de parler de Charles. Seul Philip s'était un peu intéressé au menu. Anne et elle n'avaient pratiquement rien mangé, et Nicky avait été heureuse de s'échapper après le dessert, refusant poliment le café et s'excusant de quitter la table.

Elle avait besoin d'être seule. Maintenant qu'elle était dehors au soleil, elle respirait un peu mieux, et elle tenta de se débarrasser de la tension qui l'étouffait depuis quelques heures.

Mais le passé la guidait, et elle se sentit attirée par la roseraie, si bien qu'elle fit demi-tour et prit cette direction. En arrivant à la vieille porte de bois entre les murs de pierre claire, elle tourna la poignée de fer forgé, descendit les six marches de pierre qui menaient au jardin et s'arrêta pour admirer le spectacle délicieux qui s'offrait à elle.

Il y avait de nombreux jardins à Pullenbrook, mais pour Nicky, c'était le plus beau. Entre ses murs, la roseraie était vaste, et la savante disposition des sections regroupant les différentes sortes de fleurs produisait le plus bel effet.

Anne avait jadis expliqué à Nicky que l'agencement complexe de la roseraie, y compris les parterres aux élégants dessins colorés, remontait au XVIIIe siècle. Au centre du jardin, une petite pelouse vert tendre était entourée de buissons de roses d'où partaient les volutes des massifs sillonnés d'allées.

Des rosiers grimpants couvraient les vieux murs d'un mélange de couleurs allant du blanc à peine teinté au cramoisi. A leurs pieds, Anne avait entouré de lavande des roses thé hybrides et diverses espèces florifères, dont des roses Iceberg d'un blanc immaculé. Des touffes d'autres plantes désuètes ornaient les parterres où l'hysope, la sarriette, le thym et le romarin, se mêlaient aux œillets du poète, aux pensées ou aux violettes. L'idée de faire se côtoyer les plantes aromatiques, les roses et les autres fleurs descendait en droite ligne des habitudes des jardiniers de l'époque des Tudor et des Stuart — du moins au dire d'Anne.

Mais, outre sa beauté et l'odeur délicieuse qui s'en dégageait, la roseraie recelait une signification très particulière pour Nicky : c'était ici qu'elle avait rencontré Charles pour la première fois et, plus tard, c'était dans ce jardin qu'elle avait compris qu'elle l'aimait. Il avait aussi choisi de la demander en mariage alors qu'ils se promenaient dans ces allées, un soir.

Nicky avança, respirant les lourdes senteurs des roses, et en fut étourdie. Elle se dirigea vers le vieux banc de bois dans un coin ombragé par un sycomore, au pied du mur. Une fois assise, elle ferma les paupières et laissa ses souvenirs l'envahir. Mais, peu de temps après, elle rouvrit les yeux et regarda le ciel.

Pas un nuage dans le bleu parfait que Charles appelait « bleu véronique », et qu'il disait exactement assorti aux yeux de Nicky. L'odeur des roses était plus entêtante que jamais et, tout près d'elle, une abeille zonzonnait en dansant dans l'air tiède. C'était par une journée comme celle-là qu'elle avait rencontré Charles Devereaux.

D'innombrables souvenirs l'assaillirent. Quatre années s'évanouirent. Elle se retrouva ce vendredi après-midi de juin 1985, quand Charles était entré dans sa vie. Elle ferma de nouveau les yeux, revivant cette journée, se souvenant...

Une rose parfaite, se dit Nicky. La plus parfaite qu'on puisse imaginer : grande, d'un jaune nacré très pâle, et bien ouverte, sans toutefois avoir totalement écarté ses pétales, au point de se retrouver trop vulnérable et fragile, prête à tomber. Nicky se pencha vers la rose, toucha un pétale velouté du bout du doigt et huma son doux parfum.

C'est à ce moment qu'elle entendit le crissement des pas sur l'allée et qu'elle se retourna. Un homme venait vers elle, un homme jeune, âgé d'un peu plus de trente ans. Alors qu'il s'approchait, elle se dit qu'il n'était pas beaucoup plus grand qu'elle, un mètre soixante-quinze environ, mince et musclé. Il avait les cheveux blonds, mais elle remarqua qu'il était très bronzé et que ses sourcils et ses cheveux avaient été dorés par le soleil. D'une beauté élégante et agressive, il avait les pommettes hautes, bien dessinées, les traits un peu creusés et un nez fin très aristocratique.

— Vous êtes la fille d'Andrew, dit-il en la regardant intensément sans même tenter de dissimuler ni sa curiosité ni l'intérêt qu'il lui portait.

Nicky lui tendit la main et acquiesça.

— Nicky Wells.

— Charles Devereaux, répondit-il en lui prenant fermement la main.

Nicky se retrouva en train de regarder des yeux verts, du vert le plus clair qu'elle ait jamais vu. Ils continuèrent à se regarder, sans se lâcher la main. Nicky éprouva instantanément une immense attirance pour lui.

Il la scrutait intensément du regard, et elle comprit qu'il était aussi attiré par elle qu'elle par lui. Elle sentit qu'elle rougissait.

— Vous rougissez, mademoiselle Wells. N'êtes-vous pas habituée à ce que les hommes vous regardent sans déguiser leur admiration ?

Nicky resta sans voix, se sentant soudain muette et perdue. On ne pouvait être plus direct et moins entravé par les conventions sociales ! Il allait droit au but. Très cavalier, surtout pour un Anglais, un aristocrate en plus ! songea-t-elle en souriant intérieurement. Elle aimait assez ses manières directes ; c'était rafraîchissant, bien qu'un peu énervant. Et elle adorait écouter sa voix d'Anglais cultivé, si belle, comme celle d'un acteur shakespearien, pleine de couleurs et de rythme. Richard Burton, se dit-elle. Il a la voix de Richard Burton.

— Vous êtes bien silencieuse... Oh, mon Dieu, je crains de vous avoir embarrassée, mademoiselle Wells.

— Non, pas du tout. Je vous en prie, appelez-moi Nicky.

— D'accord. Et, s'il vous plaît, veuillez excuser mes mauvaises manières. Mais vous êtes très belle, vous savez. Vous êtes indubitablement la plus belle femme que j'aie jamais rencontrée.

— Attention aux charmants Anglais qui font trop de compliments...

Elle recula un peu et le regarda attentivement, plutôt amusée.

— Je pense ce que je dis. Écoutez, pourrions-nous dîner ensemble lundi soir ? A Londres. Juste nous deux. J'aimerais mieux vous connaître.

— Oui, je veux bien, j'en serais ravie, dit Nicky sans avoir pris le temps de réfléchir.

— Parfait. Nous ferons un dîner intime dans un petit restaurant très tranquille. Faites-moi confiance, je connais l'endroit idéal. Êtes-vous descendue au Claridge avec vos parents ?

— Oui.

— Je viendrai vous prendre à sept heures. Soyez prête : je déteste que les femmes me fassent attendre. Et habillez-vous simplement, même de façon décontractée. L'endroit où nous irons dîner n'a rien d'élégant.

— Êtes-vous toujours aussi dictatorial, monsieur Devereaux ?

— Appelez-moi Charles ; eh non, je ne le suis pas. Je vous prie de m'excuser. Je ne voulais pas vous paraître aussi insupportable.

— Ce n'est pas ce que je voulais dire... Pas vraiment.

— Je dois vous avouer quelque chose.

— Oh ! Alors que nous nous connaissons à peine ?

— Vous avez de l'humour, à ce que je vois, en plus d'un visage parfait. C'est presque trop beau

pour être vrai, dit-il en riant. Il y a une semaine, je suis allé chercher vos parents à leur hôtel afin de les conduire ici pour le week-end. Dans leur suite, j'ai vu une photo de vous... J'ai eu le coup de foudre !

Nicky ne trouva rien à répondre.

— Votre mère m'a surpris en train d'admirer votre photo, et elle m'a tout dit sur vous... Je crains bien de ne pas avoir réussi à vous chasser de mon esprit depuis.

— Jamais je n'avais entendu une aussi jolie histoire ! dit Nicky d'un ton moqueur.

Charles rit, mais ajouta :

— Mais je pense vraiment ce que je vous dis. Quand je suis arrivé à la maison il y a un quart d'heure, la première chose que j'ai faite a été de demander à ma mère où vous étiez. Et je suis venu directement ici.

— Charles..., commença Nicky.

Elle s'interrompit soudain en comprenant qu'il était sérieux, qu'il n'avait rien inventé.

— Honnêtement, murmura-t-elle, je ne sais pas quoi dire, comment vous répondre. Vous êtes si direct, un peu brutal même. Vous m'avez coupé le souffle.

— Et vous me coupez le souffle.

Tout doucement, Nicky retira sa main de la sienne et l'examina : il l'avait tenue si serrée qu'elle portait des marques rouges et lui faisait mal. Charles suivit son regard.

— Oh, je suis désolé ! Il arrive que je ne contrôle pas ma force. J'ai beaucoup trop serré votre main.

Il la lui reprit gentiment et la porta à sa bouche. Nicky pensa qu'elle allait s'évanouir. Le contact avec Charles fut comme un choc électrique. Elle lui reprit sa main et regarda au loin, sentant sur elle les yeux verts qui l'observaient. Il y eut un silence, puis Charles demanda :

— Dites-moi, que faisiez-vous donc ici, toute seule ?

— Je regardais les roses, répondit Nicky d'une voix qu'elle espérait normale. Celle-ci en particulier, la plus parfaite de toutes, n'est-ce pas ?

Charles regarda la rose, puis Nicky et s'exclama :

— Vos yeux ont la couleur exacte des véroniques !

— Qu'est-ce que c'est ?

— De petites fleurs du plus beau bleu.

Saisissant fermement le coude de Nicky, Charles l'entraîna soudain vers la porte de bois à l'autre bout du jardin.

— Je crois que nous devrions rentrer prendre le thé. C'est ce qu'il y a de plus sage pour le moment.

Charles resta près d'elle toute l'heure qui suivit, ne disparaissant qu'une dizaine de minutes vers la fin du thé, servi dans le salon. Nicky sentit qu'il la regardait presque tout le temps, et cela n'échappa pas non plus à sa mère, ni à Anne, qui ne cessèrent d'échanger des coups d'œil complices et ravis. Son père était trop occupé à parler avec Philip de Margaret Thatcher et du monde politique britannique pour remarquer quoi que ce soit. Les deux hommes étaient assis ensemble à un bout de la pièce et leur conversation leur faisait oublier tout le reste.

Plus tard, quand elle monta dans sa chambre s'habiller pour le dîner, Nicky remarqua immédiatement en entrant, fichée dans un vase de cristal sur sa table de nuit, la rose jaune qu'elle avait admirée dans le jardin. Une enveloppe portant son nom l'accompagnait. La carte, à l'intérieur, rédigée d'une main soigneuse et précise, disait simplement : « Je ne voulais pas vous embarrasser ni vous offenser. Ne m'en veuillez pas. C.D. »

Elle posa la carte sur le lit, prit le vase et enfouit son visage au cœur de la rose, s'imprégnant de son odeur. Elle se sentait sous le charme de Charles Devereaux. Il sera ma perte, se dit-elle dans un soupir, sachant qu'elle était incapable de rien y faire maintenant. Il était déjà trop tard. Elle était tombée amoureuse de lui en quelques heures, captivée par son allure, sa voix, son charisme et même ses manières quelque peu dominatrices. Il avait du charme et du panache et le culot le plus extraordinaire. Il est unique, décida Nicky en s'habillant pour le dîner. Je n'ai jamais rencontré quelqu'un comme lui.

Un peu plus tard, quand elle le croisa dans l'entrée devant le salon, elle le remercia pour la rose.

— La perfection mérite la perfection, dit-il en souriant.

Et, pendant toute la soirée, il se montra plein de sollicitude et tellement attentionné que le père de Nicky finit par repérer les attentions dont il entourait sa fille. Il lui en fit même discrètement la remarque quand ils montèrent se coucher. Tandis que sa mère gagnait rapidement leur chambre, son père ralentit devant la sienne et finit par la suivre à l'intérieur.

— Je ne voudrais pas que tu croies que je souhaite me mêler de tes affaires, Nick, dit-il doucement en posant affectueusement sa main sur l'épaule de sa fille. Mais je connais Charles depuis des années, et c'est un charmeur. Aucune femme ne lui résiste.

— Je l'imagine sans peine, papa, répondit Nicky en regardant les yeux de son père aussi bleus que les

siens, et elle y lut une certaine inquiétude. Allons, pas de panique ! Je peux très bien contrôler la situation, papa, dit-elle en lui posant un petit baiser sur la joue. Je suis une dure à cuire de journaliste, ne l'oublie pas, et la femme indépendante, lucide et sérieuse que tu as voulu que je sois.

— Je sais que ta mère et moi avons instillé en toi le plus fort des instincts de conservation, mon ange, et je sais que tu peux prendre soin de toi. Tu as affronté le danger pendant des années dans ton travail. Mais Charles Devereaux est un homme très particulier. Il est tout à la fois Eton, Oxford et la classe dirigeante anglaise, très aristocratique, descendant d'une auguste lignée au passé irréprochable. N'oublie pas que son aïeul était pair du royaume, que son oncle est comte et sa mère une Lady.

— Je ne suis pas bien sûre de comprendre où tu veux en venir, papa.

— L'aristocratie britannique est un monde à part, très snob et refermé sur lui-même. Il ne s'ouvre pas facilement à ceux qui n'y sont pas nés.

— Je n'arrive pas à croire que c'est toi qui me tiens ce langage, dit Nicky dans un éclat de rire, toi Andrew Wells ! Suggérerais-tu que je ne serais pas — ouvrez les guillemets — « convenable » — fermez les guillemets — pour Charles Devereaux, parce que je suis américaine ?

Andrew s'associa à son rire.

— Pas vraiment. En ce qui me concerne, tu es ce qu'il y a de mieux pour n'importe qui, ma fille chérie, et probablement beaucoup trop bien pour la plupart des hommes.

— C'est parler comme un véritable père dévoué qui adore sa petite fille.

— J'essaie simplement de te dire qu'il vient d'un monde différent du tien. Et je veux juste te mettre en garde et t'expliquer que Philip m'a dit un jour que Charles était un peu « playboy », c'est tout.

— Je peux faire face, papa, je t'assure.

— Je le sais. Fais seulement attention à l'endroit où tu mets les pieds...

— ...Et garde tes yeux ouverts ! C'est ce que tu me disais quand j'étais petite. Et c'est ce que j'ai toujours fait ; je n'ai jamais oublié aucun de tes conseils, papa.

Nicky sourit et Andrew la prit dans ses bras.

— Tu es la meilleure, Nick. La meilleure qui soit, et la prunelle de mes yeux. Je veux seulement éviter que tu sois blessée inutilement. Maintenant, bonne nuit, ma chérie.

Nicky et Charles passèrent toute la journée du samedi ensemble. Ils apprirent à mieux se connaître en visitant le domaine de Pullenbrook dans la Land-Rover de Charles. Nicky ne tarda pas à se persuader que le jeune homme était bien éduqué, instruit, voire érudit, bien informé de la politique mondiale et extrêmement intelligent. Et elle aimait ce genre de personnes, outre le fait qu'elle était attirée par lui en tant qu'homme.

Anne avait invité plusieurs couples des environs à dîner le samedi soir. Charles fut à nouveau si empressé auprès de Nick qu'il sembla à peine remarquer la présence des autres invités de sa mère. Quant à Nick, elle ne s'intéressa au fond qu'à lui, mais se contrôla davantage, consciente de la surveillance discrète exercée par son père une grande partie de la soirée.

Au moment de se retirer pour la nuit, elle était euphorique, elle flottait au-dessus du sol et, après s'être dévêtue, elle s'assit à la fenêtre, rêvant en regardant le parc éclairé par la lune. Elle ne pensait qu'à Charles. Soudain, elle entendit qu'on frappait discrètement à sa porte. Elle alla ouvrir et, à sa grande surprise, trouva Charles dans le couloir. Sans un mot, il entra dans la chambre et referma prestement la porte derrière lui.

— Excusez mon intrusion à cette heure tardive, dit-il, mais je n'arrivais pas à dormir. Il fallait que je vienne vous voir, ne serait-ce que pour un instant.

Il avança d'un pas et lui prit la main pour l'attirer vers lui.

— J'ai eu le besoin le plus vif et le plus désespéré de... vous dire bonne nuit.

Il la regarda, un doux sourire flottant sur ses lèvres. Se penchant, il lui déposa un baiser sur la bouche. Elle entoura son cou de ses mains et immédiatement il la serra contre lui. Au bout d'un moment, il lui dit à l'oreille, le visage enfoui dans ses cheveux :

— Je veux te faire l'amour, Nicky. Laisse-moi rester avec toi cette nuit — ne me repousse pas.

Elle ne répondit pas.

Il l'embrassa de nouveau, plus passionnément encore, et elle ne put s'empêcher de lui rendre son baiser.

— Oh, ma chérie, laisse-moi rester.

— Mais on se connaît à peine...

Elle eut soudain peur de la puissante influence qu'il exerçait sur elle, comprenant qu'il pourrait facilement la détruire, qu'elle serait incapable de lui résister. Charles prit son visage dans ses mains et la regarda dans les yeux. D'une voix tendre, il murmura :

— Oh, Nicky, Nicky, ne jouons pas l'un avec l'autre ! Nous sommes des personnes adultes, mûres et intelligentes. Et crois-tu vraiment que tu me connaîtras beaucoup mieux lundi ? Quelle différence cela fait-il que nous fassions l'amour ce soir ou que nous attendions deux jours ?

Il l'embrassa longuement et s'écarta d'elle. La laissant au milieu de la pièce, il gagna la porte et la ferma à clé. Alors qu'il revenait vers elle, il retira sa robe de chambre de soie, la jeta sur un fauteuil et entreprit de déboutonner le haut de son pyjama. Il s'approcha d'elle et lui dit d'une voix grave et séduisante :

— Tu sais que tu as autant envie de moi que moi de toi, Nicky. C'est écrit sur ton visage.

Sans se troubler de son silence, sûr de lui, dominant totalement la situation, il lui prit la main et la conduisit vers le lit à baldaquin.

Nicky se redressa sur le banc de la roseraie et fouilla dans sa poche pour en sortir ses lunettes. Alors qu'elle les mettait, elle sentit que ses joues étaient humides et comprit soudain qu'elle avait pleuré. Mais elle n'avait pas l'intention de verser une larme de plus pour Charles Devereaux. Elle les avait toutes épuisées des années auparavant.

Elle se leva et fit quelques pas sur l'allée entre les parterres, désireuse d'écarter le passé de son esprit, d'effacer les souvenirs. Elle remonta les quelques marches, tourna la poignée de la vieille porte et quitta la roseraie.

Elle ne tarda pas à voir le manoir et ne put s'empêcher de le trouver extraordinaire, baigné comme il l'était dans la clarté de la fin d'après-midi. Le soleil réchauffait la vieille pierre grise et les nombreuses fenêtres luisaient et scintillaient comme si quelque chose de vivant les animait. Anne avait dit vrai quand elles parlaient de la maison, l'autre jour : Nicky avait effectivement aimé Pullenbrook dès qu'elle l'avait vu.

Ce vendredi décisif dont je viens de me souvenir, se dit-elle en regardant le grand édifice tellement imprégné de l'histoire de l'Angleterre et de l'histoire des Clifford, j'ai été piégée par l'homme, la femme et la maison de famille. Oui, elle était tombée amoureuse de l'ensemble, instantanément. Elle aimait toujours Anne et la maison. Quant à Charles, son amour pour lui était mort trois ans plus tôt.

Dans la maison, quand elle y pénétra quelques minutes après, le grand hall, d'un calme irréel, était baigné de la pâle lueur du soleil. Les portraits de famille accrochés au mur de la cheminée attirèrent son regard, et elle les considéra d'un air songeur. Puis elle alla examiner les autres, traversant ainsi l'immense pièce sur toute sa longueur.

Soudain, elle se dit : Charles Adrian Clifford Devereaux était le descendant d'une grande lignée de nobles, de magnats, de chevaliers et de soldats au service de la Couronne d'Angleterre. C'était un véritable aristocrate, au meilleur sens du terme. L'honneur et la noblesse coulaient dans ses veines ; on lui avait inculqué dès la naissance les valeurs de justice et d'honnêteté. C'était un homme bon, respectable. Je n'aurais pas pu l'aimer comme je l'ai aimé s'il en avait été autrement. Je n'aurais certainement pas pu aimer un homme capable de bassesse, un homme qui aurait été capable, de sang-froid, de feindre la mort pour des raisons égoïstes, un homme qui aurait pu sans remords me causer un tel déchirement, à moi, la femme qu'il aimait... ni à sa mère. Jamais je n'aurais voulu épouser un homme pareil. Jamais, jamais.

*
* *

Nicky se retourna en entendant un bruit de pas. Anne approchait d'elle, le visage inquiet. Elle prit le bras de Nicky.

— Est-ce que ça va, ma chérie ?

Nicky fit oui de la tête et lui sourit.

— Quand tu nous as quittés, j'ai senti que tu avais une telle hâte de t'échapper que je me suis fait du souci. J'espère que tu n'es pas en colère contre moi, ni contre Philip ?

— Bien sûr que non, au contraire ! dit Nicky avant de s'éclaircir la voix. J'ai pensé à Charles, et ce dont je me suis souvenue cet après-midi m'a amenée à une conclusion : vous avez raison, Anne, je ne crois pas qu'il ait pu feindre de mourir. Tout simplement parce qu'il ne connaissait pas la duplicité. Je m'en rends compte, maintenant. Je suis d'accord avec vous et Philip : l'homme que ma chaîne a filmé à Rome ressemble étonnamment à Charles, mais ce n'est qu'une simple ressemblance.

Anne parut stupéfaite, mais elle se reprit très vite.

— Quel retournement ! Tu ne t'es pas ralliée à notre opinion juste pour me faire plaisir, n'est-ce pas ?

— Non, pas du tout. Vous me connaissez. Je suis la fille de mes parents, je ne dis que la vérité, telle que je la sens, non seulement dans mon travail, mais aussi dans ma vie privée... Dans toutes les circonstances, en fait.

Anne s'éloigna sans un mot vers la porte menant à ses appartements privés. Nicky la rattrapa et glissa son bras sous le sien.

— Je suis désolée de vous avoir ainsi bouleversée. Vraiment, vraiment désolée. Je n'ai jamais eu l'intention de vous faire de la peine en venant ici... avec mon histoire de photos.

— Je le sais, et tu as fait la seule chose possible pour toi dans ces circonstances.

— Et je ne voulais pas vous annoncer ça aussi brutalement. Vraiment pas. Je voulais attendre demain, parce que je ne voulais pas gâcher vos fiançailles. Mais j'étais si nerveuse, ce matin, après une nuit agitée où je n'ai pu trouver le sommeil, que les mots sont malheureusement sortis de ma bouche avant que j'aie pu les retenir.

— Ce n'est pas grave, et je suis heureuse que tu aies eu assez confiance en moi pour venir me parler, dit Anne avec un sourire plein d'amour. Au moins, cela t'a ramenée dans ma vie, Nicky.

— Oui, c'est vrai.

— Je suis absolument certaine que Charles s'est suicidé, dit Anne doucement. *Pourquoi* il l'a fait, nous ne le saurons jamais. Il avait tout pour lui. Au fil des années, j'en suis venue à me dire qu'il devait être malade. Physiquement malade, je veux dire. Qu'il avait une sorte de maladie incurable — un cancer, une tumeur au cerveau, une leucémie, ou quelque chose d'aussi horrible, dont il ne nous aurait naturellement jamais parlé. Je crois qu'il a mis fin à sa vie pour nous éviter la peine d'assister impuissants à ses souffrances et à sa mort lente. C'est la seule explication que je vois.

— La mort de Charles restera toujours un mystère, murmura Nicky presque pour elle-même.

*

* *

Quand Nicky fut remontée se reposer avant le dîner, Anne retourna vers la grande salle, dont elle verrouilla la porte. Faisant demi-tour dans l'entrée, elle se précipita vers ses appartements.

Plus tôt, Philip et elle avaient pris le thé au salon, et elle l'y avait laissé en entendant Nicky. Mais il n'y était plus.

Peut-être avait-il aussi gagné sa chambre. Anne se dirigea donc vers la bibliothèque dans le dessein de récupérer les pages de magazine des journaux du dimanche avant qu'Inez s'en empare et les jette.

La porte était entrouverte et elle entendit la voix de Philip. Il était au téléphone, mais Anne hâta pourtant le pas, impatiente de lui annoncer la volte-face de Nicky. Quand elle poussa la porte, elle vit Philip, à demi assis sur le bureau, qui lui tournait le dos. Avant qu'elle ait eu le temps de s'annoncer, elle l'entendit déclarer :

— ...Et je ne laisserai pas tomber. Je m'accrocherai comme un chien à son os... Non, non ! *Rome !*

Anne entra et s'exclama :

— Philip, j'ai quelque chose à te dire !

Il se retourna brutalement, et Anne lut sur son visage qu'elle l'avait surpris. Il lui fit un petit signe de tête et dit dans l'appareil :

— Écoute, je dois te quitter. On en reparlera demain... Mieux encore, on se verra demain.

Il raccrocha précipitamment.

Anne s'approcha du bureau, les sourcils légèrement froncés.

— Tu parlais de Nicky, Philip. A qui donc ?

— A mon fils. Je parlais à Timothy, ma chère, dit Philip en souriant d'un air décontracté.

— De Nicky ? demanda Anne d'une voix qui trahissait son incrédulité.

— Oui. Quand j'ai parlé à Tim l'autre soir, juste après son retour de Leipzig, je lui ai à moitié promis de rentrer en ville ce soir pour dîner avec lui. Je viens de me décommander. Il a voulu savoir pourquoi je ne venais pas, et je lui ai parlé de Nicky et de sa curieuse histoire de l'homme à Rome.

— Pourquoi t'es-tu décommandé ? Ce n'était pas nécessaire, tu sais. Tu aurais pu partir, je me sens bien.

— Ma chérie, voyons, je ne pouvais te laisser seule ce soir. Tu as été tellement bouleversée par tout..., toute cette histoire, que je n'ai pas pu me résoudre à te laisser. Je verrai Tim demain.

— Encore [illegible] quatre [illegible] en [illegible] de main. Mieux [illegible] sera [illegible].

Il [illegible] précipitamment.

Anne s'approcha du bureau, les sourcils légèrement froncés.

— La [illegible] de Nicky, Philip. À qui [illegible] ?

— À mon fils. Je parlais à Timothy, [illegible] Philip en souriant d'un air décontracté.

— De Nicky ? demanda Anne d'une voix [illegible] trahissait son incrédulité.

— Oui. Quand j'ai parlé à ta femme tout juste après son retour de [illegible], je lui ai [illegible] promis de [illegible] en ville ce soir pour dîner avec [illegible] [illegible] [illegible]. [illegible] [illegible] pourquoi je [illegible] et je lui ai parlé de [illegible] de sa [illegible] de [illegible] à Rome.

— Pourquoi [illegible] [illegible] ? [illegible] pas nécessaire, [illegible] [illegible] pu partir, je me sens bien.

— Ma chérie, voyons, je ne pouvais te laisser seule ce soir. Tu as été [illegible] bouleversée par tout [illegible] que je n'ai pas pu me résoudre à te laisser. Je verrai Tim demain.

CHAPITRE 25

La lundi soir, Nicky prit le dernier vol pour Rome.

Quand l'avion eut décollé, Nicky, confortablement installée à sa place, sortit son calepin et relut les notes qu'elle avait prises dans sa suite du Claridge au début de l'après-midi. Au bout de quelques minutes, elle rangea le calepin dans son sac à main et prit le verre de vin blanc que le steward venait de lui apporter. Elle en but quelques gorgées, essayant de se détendre, mais son esprit continuait à s'agiter furieusement, comme il n'avait cessé de le faire depuis quelques jours.

En dépit de ses discussions avec Anne et Philip à Pullenbrook pendant le week-end, en dépit de leur opinion, son instinct lui disait que l'homme filmé accidentellement par l'équipe de reportage d'ATN n'était autre que Charles Devereaux. Comme son père lui avait toujours dit qu'elle devait se fier à son instinct, c'était exactement ce qu'elle était en train de faire.

Posant son verre sur l'accoudoir de son fauteuil de première classe, elle plongea de nouveau la main dans son sac. Cette fois, elle en sortit la photo prise par Dave, le technicien du studio. Elle fronça les sourcils et la fixa intensément, comme elle l'avait souvent fait depuis le mercredi précédent. Chaque fois, elle avait essayé de se convaincre qu'elle avait tort, mais elle en revenait toujours à sa première conclusion : cet homme était bien Charles Devereaux.

La veille, à Pullenbrook, sa conviction avait vacillé, sans nul doute influencée par la demeure et le poids d'histoire qu'elle portait, par le prestige de la famille et, bien sûr, par Anne Devereaux elle-même. Si Anne affirmait que l'homme de la photo n'était pas son fils, qui pouvait lui soutenir le contraire ? C'était pourquoi, le dimanche soir, elle avait soudain opéré cette volte-face inattendue et était tombée d'accord avec Anne — à sa propre surprise.

Mais ce matin, en arrivant au Claridge, elle s'était reprise et était revenue à son opinion première.

J'imagine que rien ne vaut la lumière froide d'un lundi matin brumeux à Londres pour retrouver son bon sens, se disait Nicky en rangeant la photo. Anne et Philip avaient jugé que l'homme de Rome ressemblait simplement à Charles. Elle ne pouvait être d'accord. La ressemblance était beaucoup trop grande pour ça. Si l'homme de la photo n'était pas Charles, il était vraiment son sosie parfait.

La matin, à l'hôtel, elle avait ruminé tout ce qui s'était passé et s'était demandé comment l'associé de Charles réagirait, lui, si elle lui montrait la photo. Christopher Neald et Charles avaient été amis pendant des années, outre qu'ils avaient des intérêts dans la même entreprise, et ils avaient toujours été exceptionnellement proches. Depuis l'âge de vingt ans en fait.

Cédant à l'impulsion du moment, elle avait décroché le combiné de son téléphone et appelé Chris chez Vintage Wines, pour s'entendre dire par son nouveau secrétaire, Michael Cronin, que Chris était parti en vacances. Elle l'avait pressé de questions et avait fini par apprendre que M. Neald « allait d'île en île en Polynésie », et qu'on ne pouvait donc le joindre avant son retour à Londres vers la mi-septembre. Déçue, elle avait dit qu'elle rappellerait à son retour.

C'est alors qu'elle avait décidé d'aller à la source du reportage : le bureau d'ATN à Rome. Peut-être que Tony Johnson, qui le dirigeait, pourrait l'aider ; peut-être même aurait-il d'autres prises de vue qui n'auraient pas été transmises par satellite à New York, des images coupées au montage qui pourraient lui donner des indications.

En tout cas, elle avait pris l'avion pour Rome, et elle ne pouvait s'empêcher de se demander si elle partait pour une chasse au canard sauvage. Comment s'y prenait-on pour débusquer un homme qui avait été assez malin pour disparaître pendant trois ans ? Un homme qui, à l'évidence, ne voulait pas qu'on le retrouve, et dont la présence à Rome n'avait été découverte que par accident, par hasard, par chance, comme on voudra. Si le cameraman d'ATN en reportage avec Tony n'avait pas filmé ce visage dans la foule, si Nicky n'avait pas regardé attentivement la télévision à ce moment précis, elle n'aurait rien soupçonné. Une chance sur un million, se dit-elle en se souvenant de la façon dont le visage de l'homme était apparu, puis avait disparu de l'écran en quelques secondes. Elle aurait pu le manquer si elle était allée à la cuisine chercher à boire, ou si le téléphone avait sonné, ou si tout simplement elle avait continué la lecture de son magazine. Mais la vie était ainsi faite, pleine d'événements inattendus et de coïncidences. Cela devait se passer de cette façon, se dit-elle en frissonnant. Il n'en demeurait pas moins que partir à la recherche de Charles Devereaux revenait à chercher une aiguille dans une meule de foin.

Nicky se tourna sur son siège et regarda par le hublot le ciel sombre de la nuit en se demandant soudain pourquoi elle continuait cette recherche, pourquoi elle persistait dans son désir de savoir. Elle trouva naturellement la réponse tout de suite : étant donné qui elle était et ce qu'elle était, il fallait qu'elle découvre la vérité, elle en avait besoin. Ce trait de caractère lui avait été inculqué depuis l'enfance. Il y avait autre chose encore : elle voulait enfin clore ce chapitre de sa vie qui avait à une époque tourné autour de Charles Devereaux. Non qu'elle se sentît encore émotionnellement attachée à lui; sincèrement tout sentiment pour lui avait été étouffé en elle depuis longtemps. Mais elle ne voulait pas en tout cas continuer à être hantée par son fantôme.

Après tout, elle avait Cleeland Donovan, maintenant, un homme exceptionnel, qui avait pris de plus en plus d'importance pour elle ces deux derniers mois. Clee représentait un nouveau départ. Il était l'occasion la plus merveilleuse de refaire sa vie, si c'était possible étant donné tous les obstacles matériels qu'elle connaissait. Ces derniers temps, elle en était venue à penser qu'ils pourraient y arriver, en y mettant chacun du sien.

Clee était l'avenir. Son avenir. Elle ne devait donc permettre à aucune ombre du passé de la hanter, de les hanter. En fait, elle voulait être totalement libre dans son cœur, dans son esprit, dans son âme, elle en avait besoin, il fallait qu'elle soit libre pour Clee, sans traîner le fardeau du passé.

Comme il arrivait souvent ces derniers temps, elle se mit à penser à lui et, comme toujours, elle ressentit une douce chaleur l'envahir. Elle se sentait bien rien qu'à l'idée que Clee faisait partie de sa vie, qu'il l'aimait, même quand il n'était pas avec elle. Par chance, elle avait réussi à le joindre au Kempinsky, à Berlin Ouest, en fin d'après-midi, avant de partir pour l'aéroport. Elle voulait lui dire qu'elle partait pour quelques jours à Rome.

Connaissant la nature de son travail, il n'en avait pas été autrement surpris.

— Qu'est-ce qui se prépare ? lui avait-il demandé en riant. J'imagine que tu as eu une idée de génie, Nick, et que tu as concocté je ne sais quelle émission spéciale exotique !

Rapidement, de manière concise, elle lui avait expliqué que cela n'avait rien d'exotique, qu'elle voulait faire quelque chose sur le Marché commun européen et les changements qui interviendraient une fois les frontières effacées.

— Dans quelque temps, je devrai interviewer les hommes politiques de chaque pays, mais pour l'instant je pose des jalons, et je veux flairer l'atmosphère à Rome, comme je l'ai fait à Londres, conclut-elle sans hésiter à proférer ces quelques pieux mensonges sans conséquence.

Il avait compris. Ils avaient parlé ensuite de son départ imminent pour Leipzig et prévu de pouvoir s'appeler ou prendre contact par l'intermédiaire du bureau d'*Image* à Paris si nécessaire. Leur rendez-vous à Paris dans une semaine tenait toujours.

— *Ciao*, Nick, j'aurai du mal à attendre le 28 pour te revoir.

— Moi aussi, mon chéri.

Ils avaient raccroché.

Nicky ferma les yeux, sentant s'emparer d'elle une langueur inattendue qu'elle mit sur le compte du vin. Clee lui manquait beaucoup, plus que personne ne lui avait jamais manqué. Elle se dit soudain qu'il pourrait peut-être lui en vouloir s'il connaissait la raison réelle de son voyage à Rome. Elle s'arracha à sa langueur et se demanda si elle devrait tout lui dire quand ils se reverraient. Elle n'en était pas sûre. Mais d'ici à lundi prochain, elle saurait sûrement à quoi s'en tenir sur Charles Devereaux. Elle prendrait alors la décision d'en parler ou non à Clee, pas avant. De toute façon, elle ne voulait l'informer que de vive voix, pas au téléphone. Si elle lui en parlait plus tôt, il laisserait tout tomber et s'envolerait pour la rejoindre à Rome. Elle n'avait pas besoin qu'il lui tienne la main pendant qu'elle cherchait Charles. Elle ne voulait pas non plus que son passé se heurte à son présent.

*

* *

Deux heures et demie après avoir quitté Heathrow, l'avion se posait sur l'aéroport Leonardo da Vinci à Rome, juste à l'heure. Après avoir passé la douane, Nicky traversa le hall, et il ne lui fallut que quelques secondes pour repérer le chauffeur de la limousine qui brandissait une carte à son nom.

Quarante-cinq minutes plus tard, la voiture s'arrêtait devant l'hôtel Hassler, près de l'église de la Trinità dei Monti, au sommet des célèbres et splendides Escaliers espagnols. Ses parents l'avaient emmenée là dès son enfance et, chaque fois qu'elle venait à Rome, elle descendait invariablement au Hassler. Le portier de nuit reconnut aussi bien son nom que son visage et, après avoir rempli le registre de police, il la conduisit à sa suite en bavardant aimablement.

Dès qu'elle fut seule, Nicky s'approcha de la fenêtre, écarta les rideaux et regarda dehors. Mer de lumières clignotantes sous un ciel d'encre parsemé d'étoiles, la vue de Rome était spectaculaire. Charles Devereaux vivait-il quelque part dans la Ville éternelle ? Si oui, quelle était ses chances de le trouver ? Avec un pincement au cœur, elle dut admettre que leur nombre était bien faible.

*

* *

Le matin suivant, dès qu'elle eut pris son thé et un toast, Nicky appela le bureau d'ATN. Elle demanda Tony et attendit. La femme qui avait répondu ne s'était pas enquise de son nom, et elle ne le lui avait pas donné. Bientôt, elle entendit :

— Ici Tony Johnson. Qui est à l'appareil ?

— C'est Nick, Tony. Comment ça va ?

Un silence stupéfait précéda un cri de joie :

— Nicky Wells ! Est-ce bien cette Nick-là?

— Bien sûr ! Quelle autre femme connais-tu qu'on appelle Nick ?

— Salut, Nicky, répondit Tony en riant. Comment vas-tu ? Et plus important encore, *où* es-tu ?

— A deux pas.

— Tu veux dire que tu es ici, à Rome ?

— Tout à fait.

— Seigneur, on dirait que toute la chaîne me tombe dessus aujourd'hui !

— Qu'est-ce que tu veux dire ?

— Un ami à toi vient d'arriver, Nicky. En ce moment, il essaie de m'arracher le combiné des mains tant il a hâte de te parler. Mais, avant que je te le passe, prenons rendez-vous. On déjeune ensemble aujourd'hui, d'accord ?

— Plus que d'accord, c'est formidable, Tony. Mais qui veut me parler ?

Tony gloussa joyeusement avant de conclure :

— *Ciao*, Nick.

— Salut, Nicky, que fais-tu à Rome ? demanda Arch Leverson d'un ton badin mais curieux.

— Je pourrais te poser la même question, Arch, répondit-elle dans sa surprise.

— Ta mémoire te trahit, chérie. Je t'ai dit la semaine dernière que j'allais en vacances à Capri. Je me suis juste arrêté ici deux jours, pour couper le voyage et voir mon vieux pote Tony.

C'est vrai, Arch le lui avait dit, mais elle n'avait pas associé Capri à Rome dans sa tête. De toute façon, elle avait été tellement préoccupée la semaine précédente... Elle retrouva son sang-froid.

— C'est vrai, j'avais oublié.

— La dernière fois que j'ai entendu parler de toi, Nicky, tu partais pour Londres poser les jalons d'une émission spéciale sur Margaret Thatcher. Alors pourquoi es-tu à Rome ?

— Pour m'acheter des chaussures, improvisa Nicky sans bien savoir que répondre sur le coup.

— Allons, Nicky, rugit Arch, c'est à moi que tu parles ! Tu ne vas pas plus faire d'emplettes que moi de prises à la pêche au lancer. Dis-moi ce qui se passe !

— Je ne peux pas t'expliquer ça maintenant, répondit-elle pour gagner du temps.

— Bon, bon. Clee est avec toi ?

— Non, il est à Berlin, aujourd'hui; il sera à Leipzig demain et à Paris dimanche soir. Je l'y rejoins lundi et nous descendons en Provence dans la semaine.

— Formidable, Nick. Je viendrai déjeuner avec toi et Tony, d'accord ?

— C'est la meilleure nouvelle de la journée. Où est-ce qu'on se retrouve ? Au bureau ?

— Bonne idée. Où es-tu descendue au fait ?

— Au Hassler, comme d'habitude. Et toi ?

— A l'Eden. Écoute, Nicky, j'ai une autre proposition. On dîne ensemble ce soir. Je pars pour Capri très tôt demain matin rejoindre Patricia et les Grant dans la villa qu'ils ont louée pour l'été. Hé ! Attends une minute, j'ai une idée : viens avec moi. Tu n'as rien de vraiment mieux à faire, n'est-ce pas ? Et ils seront ravis de t'avoir quelques jours.

— Merci, mais je ne peux vraiment pas. En revanche, c'est d'accord pour le dîner de ce soir.

— Cochon qui s'en dédit. Maintenant, pourquoi ne viendrais-tu pas nous prendre au bureau vers une heure et demie ?

— C'est ce que je ferai.

CHAPITRE 26

Après avoir raccroché, Nicky resta assise à regarder quelques minutes le téléphone, les sourcils froncés.

Arch Leverson était la dernière personne qu'elle s'attendait à trouver au bureau de Rome, et elle avait été pour le moins prise au dépourvu. Même si elle s'était vite ressaisie, elle n'avait pas la moindre idée de ce qu'elle lui raconterait quand elle le verrait. Il faudrait qu'elle trouve quelque chose, puisqu'elle ne voulait pas lui dire la vérité. Il se faisait déjà bien trop de souci pour elle et, instinctivement, elle savait qu'il tenterait de la dissuader de poursuivre son enquête. En partant pour Londres, elle avait réussi à le leurrer par quelques mots sur une émission spéciale consacrée à Margaret Thatcher; mais elle doutait qu'il crût un mot du prétexte qu'elle avait imaginé pour expliquer sa présence à Rome : une émission sur le Marché commun.

Elle soupira. Malheureusement, dans la mesure où Arch se trouvait au bureau d'ATN avec Tony, elle ne pourrait s'y rendre ce matin et commencer à poser des questions sur les métrages coupés de l'émission retransmise le mercredi précédent. Elle devrait attendre qu'Arch soit parti pour Capri. Elle ne pourrait parler à Tony avant le lendemain.

En attendant, elle savait qu'elle n'avait rien à faire avant de retrouver Arch et Tony pour le déjeuner, et elle sentit soudain une bouffée de frustration — elle détestait l'idée d'avoir à tuer le temps jusque-là.

Elle connaissait bien Rome, où elle était déjà venue souvent, et de toute façon elle n'était guère d'humeur à jouer les touristes, surtout qu'elle l'avait fait des années auparavant, et avec le meilleur guide possible : son père, Andrew Wells.

Son père adorait Rome un peu comme elle adorait Paris : il se trouvait des affinités spirituelles avec la ville. Si bien qu'enfant, Nicky avait vu la Ville éternelle par ses yeux. « Rome est le creuset de la civilisation », lui avait-il dit quand, à douze ans, elle était juste en âge de comprendre ses leçons d'histoire, et ils avaient parcouru la ville de long en large. Il lui avait fait descendre les Escaliers espagnols, en contrebas de leur hôtel, jusqu'à la fontaine de Trévi, puis il l'avait entraînée vers les catacombes, les jardins de la villa Borghese, l'église Saint-Pierre, la cité du Vatican et la chapelle Sixtine. Au fil des années et des voyages successifs, son père ne lui avait rien épargné.

Parfois, quand elle retournait sur ces lieux qu'elle connaissait bien, elle aimait visiter des sites anciens qui avaient une signification particulière pour elle, mais pas aujourd'hui, pas au cours de ce voyage. Le mystère entourant Charles Devereaux occupait constamment son esprit, depuis cinq jours, et elle devait reconnaître qu'il en serait ainsi jusqu'à ce qu'elle découvre la vérité.

Laissant une fois encore échapper un soupir de frustration, Nicky gagna la salle de bains pour prendre une douche. Elle se disait que la meilleure chose à faire serait effectivement de s'acheter des chaussures. Sa mère affectionnait une boutique de la Via Veneto, et elle s'y arrêterait avant d'aller au bureau d'ATN.

*

* *

Finalement, Arch ne lui posa aucune question quand elle arriva au bureau avec son sac de chaussures. Il se contenta de lui adresser un clin d'œil complice.

Tony était aussi bronzé, beau garçon, exubérant et affectueux que de coutume. Après l'avoir embrassée, il présenta Nicky à sa nouvelle secrétaire, Jennifer Allen, et à d'autres membres de l'équipe qu'elle n'avait encore jamais rencontrés. Puis Arch, Tony et elle se retirèrent dans le petit bureau de la direction pour échanger des nouvelles et bavarder.

Nicky et Tony étaient amis depuis qu'elle avait débuté à la chaîne, à une époque où Tony était encore à New York. Les hommes remontèrent plus loin encore en arrière, lorsqu'ils avaient tous deux commencé leur vie professionnelle, sur une autre chaîne.

— Une vraie réunion d'anciens combattants ! dit Tony alors qu'ils sortaient du bureau et se dirigeaient vers la *trattoria* préférée de Tony, à deux pas de là — la meilleure de Rome, expliqua-t-il en les faisant entrer.

En buvant leur apéritif, ils continuèrent leur bavardage et le déjeuner fut merveilleux, décontracté, chaleureux, plein de rires, de plaisanteries et de ragots comme seuls peuvent en échanger de vieux camarades.

A son grand soulagement, Nicky découvrit qu'elle arrivait à se détendre totalement avec ses deux amis. Elle se sentait comme en famille, ils étaient sur la même longueur d'onde et elle profita de chaque seconde en leur compagnie, à tel point qu'elle en oublia un temps le problème Devereaux. Pour la première fois depuis plusieurs jours, elle se sentit redevenir elle-même.

Mais son esprit retourna bien assez tôt vers Charles : dès qu'elle fut à nouveau seule dans sa suite du Hassler. Le soir, alors que, tourmentée, elle se préparait pour le dîner, elle prit une décision. Elle allait se confier à Arch après tout. Elle avait besoin d'une caisse de résonance, de quelqu'un avec qui partager son fardeau, de quelqu'un qui pourrait porter sur ce problème un regard à la fois ouvert et analytique.

*

* *

— Bonsoir, ma beauté !

Arch entra dans sa suite du Hassler quelques minutes après huit heures.

— Merci, Arch, répondit-elle en souriant.

Il lui déposa un petit baiser sur la joue et admira un instant l'ensemble de soie crème qu'elle portait.

— Oh, oui ! C'est le sommet de l'élégance !

— Pauline Trigère l'a fait pour moi.

Arch regarda les pieds de Nicky et sembla s'absorber dans la contemplation de ses escarpins assortis.

— Et dis-moi, Nicky, est-ce que Mlle Trigère a aussi fait les chaussures ?

— Non ! répondit Nicky en riant. Je les ai achetées ce matin sur la Via Veneto.

— Hors de prix, j'imagine, si on ajoute le coût du billet Londres-Rome.

— Tu sais très bien que je ne suis pas venue acheter des chaussures. Bien que j'en aie acheté... Je vais te dire dans une minute pourquoi je suis venue. En attendant, veux-tu un verre de vin blanc ? J'en ai fait monter une bouteille en pensant à toi. Mais sinon, je peux facilement commander autre chose.

— Merci, le vin sera parfait.

— Va donc t'asseoir là-bas. Je t'apporte un verre.

Nicky s'approcha de la console, près de la fenêtre. Elle versa le vin dans deux verres de cristal, qu'elle rapporta vers le coin salon. Arch, qui était resté debout, fit tinter son verre contre le sien sans un mot, but une gorgée et s'assit sur le canapé.

Nicky s'installa dans le fauteuil qui lui faisait face, but à son tour une brève gorgée de vin, posa son verre sur la table et s'installa confortablement contre le dossier de brocart blanc cassé.

— Alors, pourquoi es-tu à Rome, Nick ?

Elle ne répondit pas tout de suite. Finalement, elle prit une profonde inspiration et se lança :

— Je crois que Charles Devereaux est vivant et qu'il est ici, à Rome. Je dois savoir si j'ai raison.

Arch se redressa si brutalement qu'il renversa presque son vin. Il était tellement stupéfait qu'il resta bouche bée. Finalement, il dit :

— Je sais que tu ne dirais pas une chose pareille sans preuve. Quelle est-elle ? Qu'est-ce qui t'a amenée à cette conclusion ? Vas-y !

— Mercredi dernier, j'ai vu à la télévision quelqu'un qui lui ressemblait trait pour trait, commença Nicky.

Posément, précisément, n'omettant aucun détail, elle raconta à son ami tout ce qui s'était passé depuis. Quand elle eut terminé, Arch murmura :

— Je suis enclin à approuver Philip Rawlings. Ce n'est pas suffisant, Nick, je...

— Je vais te montrer les photos.

Nicky partit, revint de la chambre, s'installa sur le canapé à côté d'Arch et étala les photos sur la table basse. Elle en montra une.

— C'est mon Polaroïd. Et celle-ci est la meilleure de Dave. La troisième est une photo de Charles que j'ai coloriée : j'ai foncé les cheveux et ajouté une moustache.

Arch étudia attentivement les trois photos.

— La ressemblance est frappante, très frappante, oui. Je crois que tu as raison sur ce point, Nicky. Ces photos pourraient montrer le même homme. Oui, l'homme du reportage pourrait très bien être Charles Devereaux.

— Oh, mon Dieu, tu es d'accord avec moi ! Tu ne me prends pas pour une folle !

— Jamais, ma chérie. Tu es l'être le plus sain que je connaisse.

— Merci, Arch. J'apprécie beaucoup que tu me dises ça. Je commençais à me sentir un peu bizarre, à Pullenbrook, ce week-end.

Nicky avait posé la main sur le bras d'Arch, qui lui caressa le menton d'un air songeur.

— Réponds-moi, Nicky. Pourquoi Charles aurait-il bien pu feindre sa mort et disparaître ?

— Je n'en ai aucune idée.

— D'habitude, les gens ne font ça que s'ils ont des ennuis. Tu sais, des problèmes d'ordre financier, par exemple.

— Charles n'avait aucun problème d'argent. Je le sais grâce à son testament. De toute façon, les gens disparaissent pour d'autres raisons.

— Telles que ?

— S'ils sont déprimés — ce qu'il n'était pas. Ou s'ils ont commis un acte criminel.

— Seigneur ! Insinuerais-tu que Charles aurait pu en commettre un ?

— Je ne sais pas si je le crois ou non. Je te donne seulement les raisons pour lesquelles les gens s'évaporent et recommencent une nouvelle vie... Les meurtriers, les trafiquants de drogue ou d'armes, les escrocs de grande envergure, dit Nicky en se levant pour s'approcher de la fenêtre... Quand peut-on dire que l'on connaît bien quelqu'un, Arch ? Qu'on le connaît vraiment ? Il y a des facettes secrètes en chacun de nous, des facettes que nous ne connaissons pas toutes nous-mêmes.

— Oui, murmura Arch en approchant son verre de ses lèvres.

— Peut-être était-il homosexuel et voulait-il échapper au mariage.

— Tu es la seule à pouvoir répondre à ça ! Le crois-tu ?

— Non. Pas du tout.

— Aucune indication ?

— Non.

— C'était un tout petit non, ma chérie.

Elle resta un instant silencieuse, puis vint se rasseoir dans son fauteuil.

— C'était un tout petit non, c'est vrai, mais cela ne voulait rien dire. Je ne sous-entendais rien. Tu sais aussi bien que moi que des hommes cachent leur homosexualité, même à eux-mêmes, pendant des années, et que soudain elle apparaît au grand jour... C'est tout ce que je voulais dire quand j'en ai parlé. Et si tu me demandes si Charles a jamais montré la moindre tendance homosexuelle dans notre vie intime, la réponse est un *non* tout à fait catégorique.

— Mais il aurait pu...

— N'importe qui peut être n'importe quoi, j'imagine, mais je crois que le problème n'avait jamais effleuré Charles.

— Je suis d'accord. Je ne le connaissais pas bien, mais il m'a toujours semblé être un dur, je dirais même assez impitoyable. Il n'était pas du genre à disparaître sans laisser de trace simplement parce qu'il avait peur de rompre ses fiançailles. S'il l'avait voulu, il l'aurait fait, Nicky, quelle qu'en soit la raison. Il ne peut y avoir aucune relation entre sa disparition et toi.

— C'est la conclusion à laquelle j'étais arrivée, moi aussi.

— *Pourquoi ?* Pourquoi un type comme Charles voudrait-il disparaître de la surface de la terre ?

— Tu penses bien que je me le suis demandé des milliers de fois depuis mercredi. Je n'en sais rien.

— Peut-être n'était-ce pas lui, à la télévision. Il me semble que Charles Devereaux n'avait aucune raison valable de changer de vie. Il a dû se suicider.

— Je ne crois pas qu'il soit mort, dit Nicky d'une voix douce mais véhémente. Je n'y crois pas ici, tout au fond de moi. Mon instinct me dit qu'il est vivant et qu'il a disparu pour une raison très, très grave. Une raison si bizarre que nous ne pouvons l'imaginer ni l'un ni l'autre, et c'est pour ça que je n'ai pas trouvé de réponse. Que personne n'en a trouvé.

Arch la regarda attentivement, mais sans parler. Nicky reprit la parole, lentement, insistant sur chaque mot.

— Il nous manque un élément, Arch, quelque chose que nous ne savons pas sur Charles. Et c'est pour ça que nous ne trouvons pas comment nous y prendre. Il est parti pour une raison qui n'est pas apparente, qui n'est pas évidente du tout. Pas pour nous, en tout cas. Et, crois-moi, ce n'est pas une raison ordinaire ou banale.

— Veux-tu dire qu'il avait, qu'il a, un secret ?

— Oui, peut-être. Mais quel qu'il soit, ni sa mère ni Philip n'ont la moindre idée de ce dont il peut s'agir, et moi non plus.

— Bon sang, Nicky, je ne sais que te répondre.

Il secoua la tête et haussa les épaules en un geste d'impuissance. Nicky se pencha vers lui et le regarda droit dans les yeux.

— Écoute, Arch, Charles est venu à Rome, en Europe continentale. Il n'est pas allé en Australie, en Afrique ni en Polynésie. C'est donc qu'il voulait être en Europe, ou qu'il fallait qu'il y soit.

— Autre chose. S'il est vivant, comment gagne-t-il sa vie ? De quoi vit-il ?

— Il a pu amasser de l'argent en Europe pendant des années. Il faisait beaucoup d'affaires en France et en Espagne, pour acheter du vin, et même ici, en Italie, de temps à autre. Il avait probablement un compte en Suisse. En fait, c'est plus que probable. Oui, je suis certaine que c'est ce qu'il a fait.

— Je vois ce que tu veux dire.

— On n'en a jamais parlé, mais Charles était une sorte de génie de la finance, même quand il était très jeune. Bien sûr, il est né riche, mais il a constitué sa propre fortune, et de diverses manières : à la bourse, dans l'immobilier, dans les affaires, et je ne sais quoi encore. Son entreprise d'importation de vins était une véritable mine d'or. L'argent, son placement et sa gestion ne lui ont jamais posé de problème.

— Il a tout laissé à sa mère, n'est-ce pas ?

— Tout ce qui était visible, et en Angleterre. Que sait-on de ce qu'il a gagné toutes ces années, des affaires qu'il avait en Europe ? Charles n'a certainement aucun problème d'argent; je suis même sûre qu'il vit sur un grand pied.

— Tu as sûrement raison. Crois-tu que Charles avait, et a encore, une vie secrète ?

— Je ne le sais pas, mais il semble que ce soit le cas, non ? Personne ne ferait ce qu'il a fait sans un mobile impérieux.

— Qu'avais-tu en tête en venant à Rome, Nicky ? Comment penses-tu t'y prendre pour le retrouver ?

— Je n'ai rien prévu, Arch. J'ai seulement décidé de venir à la source du film. Je voulais parler du reportage à Tony, lui montrer ces photos. Je voulais lui demander s'il avait vu cet homme à Rome et s'il connaissait ses habitudes. Si Charles vit effectivement ici, c'est à l'évidence ouvertement, librement. Il n'a été surpris par la caméra que parce qu'il était dehors, sur la place, dans la foule, ce soir-là, et non caché.

— Oui, c'est vrai. En revanche, c'est un point de départ bien ténu, Nicky. Clee sait-il que tu es ici ?

— Oui, bien sûr.

— Lui as-tu dit pourquoi ?

— Non. Quand je l'ai eu au téléphone, je lui ai dit que c'était pour le travail.

— Je ne crois pas que Clee serait très content s'il savait que tu cherches Charles Devereaux. Je crois même qu'il serait furieux. Vous en êtes assez loin, tous les deux, non ?

— Oui. Mais cela ne signifie pas qu'il dirige ma vie, ni que je dois lui demander son autorisation avant d'agir. Je suis une femme très indépendante, et personne ne me dit ce que je dois faire, ni quand ni comment. Je suis comme ça. C'est ainsi que j'ai été élevée, comme tu le sais. Ce que je fais à Rome est mon affaire, Arch, et ne concerne que moi.

— Je voulais seulement dire que je doute que Clee aimerait te savoir en train d'enquêter sur la disparition de Charles. Est-ce qu'il ne t'est jamais venu à l'idée que cela pourrait être dangereux ? Charles Devereaux ne veut pas qu'on le retrouve, ma chérie, je parierais jusqu'à ma chemise.

— Peut-être.

— Dis-moi un peu : que feras-tu si tu le retrouves, Nick ? Tu le prendras à partie pour t'avoir abandonnée ? Tu le puniras et tu t'en iras ? Tu le dénonceras aux autorités ?

Nicky serra les lèvres et ne dit rien.

— Es-tu encore amoureuse de Charles Devereaux ? Est-ce pour ça que tu es prête à tout pour le retrouver ?

— Non. Je ne l'aime plus, et depuis longtemps.

— Alors pourquoi donc fais-tu ça ?

— Parce que je dois connaître la vérité, Arch, savoir ce qui s'est réellement passé. Et pourquoi. Je suis reporter, ne l'oublie pas, et j'aime aller au fond des choses. En outre, je veux clore le chapitre Charles Devereaux et continuer ma vie — avec Clee.

— Clos ce chapitre tout de suite, Nick. Arrête. C'est une perte de temps, à mon avis.

Une profonde anxiété perçait dans la voix d'Arch, et Nicky comprit qu'il parlait très sérieusement. Il se faisait à nouveau du souci pour elle, comme elle l'avait pressenti.

— Peut-être devrais-je faire comme tu le dis. J'imagine qu'il serait sage de laisser tomber. Je n'ai qu'une chance infime de retrouver Charles. Et comme tu l'as dit, même si je le retrouve... après, quoi ? Tu as raison, Arch, comme souvent.

Il lui sourit et un immense soulagement détendit ses traits.

— Rentre à Paris, Nick. Promets-moi que tu prendras le premier vol pour Paris demain matin !

— Oui, c'est ce que je vais faire.

Nicky prit son verre de vin. Elle n'en était plus à un pieux mensonge près.

*

* *

— Allons nous asseoir dans le bureau de Tony, c'est plus confortable qu'ici, dit Jennifer Allen en faisant entrer Nicky dans le sanctuaire du patron. Est-ce que vous voulez que je vous fasse apporter quelque chose, mademoiselle Wells ? Une tasse de café, peut-être ?

— Rien, merci, Jennifer. Et je vous en prie, appelez-moi Nicky.

— D'accord, dit la jeune femme en souriant.

— Donc, Tony ne sera pas rentré avant ce soir ? dit Nicky en s'asseyant sur un des canapés de cuir.

— On l'attend vers cinq ou six heures, répondit Jennifer en s'asseyant sur un fauteuil près de Nicky. Il est allé au Vatican. Après, il a un rendez-vous pour le déjeuner, et il doit passer chez le dentiste.

Nicky fit la moue et hocha la tête, regrettant de ne pas avoir téléphoné plus tôt à Tony.

— Est-ce que je peux vous aider ? demanda Jennifer, désireuse de plaire à une des superstars de la chaîne.

— Non, pas vraiment. J'aurais voulu parler à Tony d'un reportage qu'il a transmis d'ici mercredi dernier, il y une semaine, en fait.

— Oh, à propos de la fusillade de la réunion politique ?

— C'est ça. Je me demandais s'il avait tout transmis ou s'il avait fait un montage.

— On n'a rien coupé, Nicky. Tout a été transmis à New York.

— Oh, je vois.

— Êtes-vous certaine que je ne peux pas vous aider ? Vous semblez préoccupée.

— Pas du tout, répliqua Nick en se forçant à rire. Simple curiosité, en fait... Mais peut-être pouvez-vous m'aider, finalement.

Nicky ouvrit son sac et en sortit les trois photos. Elle n'en tendit que deux à Jennifer.

— L'homme que vous voyez a été photographié pendant ce reportage, juste un visage dans la foule. J'ai figé l'image et on a pris ces photos, parce que...

— Pourquoi ? Est-ce quelqu'un d'important ?

— D'une certaine façon, mais seulement pour moi. Il y a un an environ, à New York, je travaillais sur une émission et cet homme était un des pivots de mon histoire, raconta Nicky d'une voix neutre. Et puis il a disparu, et je n'ai jamais pu terminer l'émission ! Je cherche à le retrouver depuis lors, pour l'interviewer. Il semblerait qu'il vive à Rome. Je me disais que Tony pourrait le connaître, qu'il était peut-être un habitué des milieux internationaux de la ville. J'espérais que Tony m'indiquerait quelques lieux où le chercher, des bars, des restaurants.

Jennifer l'avait écoutée attentivement et, maintenant, elle étudiait à nouveau les photos. Elle secoua la tête et les rendit à Nicky.

— Non, je ne crois pas l'avoir jamais vu. Mais... Non, je ne le connais pas.

— Mais quoi ? Vous alliez dire quelque chose.

— J'ai pensé un instant qu'il me rappelait quelqu'un, mais non... non, je ne vois pas.

Rangeant les photos dans son sac, Nicky lui sourit.

— Dommage. Mais tant pis.

Elles sortirent du bureau et Nicky se dirigea vers la porte, bien consciente qu'elle n'avait pas de raison de traîner là plus longtemps.

— Dites à Tony que je l'appellerai plus tard, et merci, Jennifer.

— Désolée de n'avoir pas pu vous aider davantage.

Nicky s'engagea dans le couloir, vers l'ascenseur. Elle l'appela et attendit. L'ascenseur arriva, et elle était sur le point d'entrer quand elle entendit qu'on criait son nom. Pivotant sur ses talons, elle vit Jennifer qui courait vers elle.

— Je suis contente de vous avoir rattrapée, Nicky ! Je viens juste de comprendre pourquoi le visage de cet homme me disait quelque chose. Est-ce que je pourrais revoir ces photos ?

— Mais oui, bien sûr, dit Nicky dont le cœur sembla s'arrêter de battre tandis qu'elle ouvrait son sac et en sortait les photos.

Jennifer regarda longuement celle que Dave avait prise et hocha la tête.

— Je suis sûre que ce type était sur le même avion que moi jeudi dernier.

— Un avion ? Pour où?

— Athènes. J'y suis allée pour un week-end prolongé. Ce type attendait ses bagages à côté de moi, près du tapis roulant. Il m'a aidée à les récupérer.

Elle rendit les photos à Nicky.

— Êtes-vous certaine que c'est le même homme ? demanda Nicky d'une voix soudain très grave mais toujours aussi calme.

— Oui. Il était très poli. Un vrai gentleman. Et il avait une très belle voix.

— De quelle nationalité pensez-vous qu'il était, Jennifer ? demanda Nicky dont la respiration se faisait courte.

— Anglaise. C'était un Anglais.

Nicky [illegible] dans le salon [illegible] l'ascenseur. [illegible] elle [illegible] arriva, et elle [illegible] sur le point [illegible] quand elle entendit [illegible] son nom. Pivotant sur ses talons, elle [illegible] qu'[illegible] elle.

— Je suis contente de vous avoir rencontrée, Nicky. Je viens juste de comprendre pourquoi le visage de cette femme me disait quelque chose. Est-ce [illegible] parmi ces photos ?

— Mais oui, bien sûr, dit Nicky, dont le cœur [illegible] de battre tandis qu'elle ouvrait son sac et en sortait les photos.

Jennifer regarda longuement celle que [illegible] avait [illegible] la tête.

— Je [illegible] que [illegible] type était sur le [illegible] [illegible] jeudi dernier.

— [illegible] vous ? Pourquoi ?

— Alberto [illegible] pour un week-end prolongé. [illegible] [illegible] bagages à côté du mot [illegible] [illegible] les récupérer.

Elle rendit les photos à Nicky.

— Êtes-vous certaine que c'est le même homme ? demanda Nicky. [illegible] vous souvenir très exactement [illegible] [illegible]

— Oui, c'était très joli. On voit généralement [illegible] [illegible] [illegible]

— Dans [illegible] nécessaire pour vous qu'il était [illegible] demanda Nicky dont la respiration se [illegible]

— [illegible]. C'était un Anglais.

CHAPITRE 27

L'après-midi même, Nicky quitta Rome pour Athènes.

Après une heure et demie de vol, vers cinq heures, l'avion se posa à l'aéroport d'Ellinikón. Une fois passée la douane, Nicky trouva un porteur pour ses bagages et alla se placer, malgré la chaleur suffocante, dans la file d'attente des taxis.

Il ne fallut pas longtemps au chauffeur pour conduire Nicky à l'hôtel Grande-Bretagne, sur la place Syntagma, en plein centre ville, mais elle arriva épuisée : le système de conditionnement d'air du taxi n'était pas très au point, et la chaleur l'avait incommodée.

Sa suite, vaste et aérée, donnait sur l'Acropole. A son grand soulagement, l'air conditionné marchait à fond quand elle arriva, et elle ne tarda pas à se sentir mieux. Elle sortit quelques affaires de son sac de voyage, prit une douche, se remaquilla, se brossa les cheveux et enfila un pantalon de coton blanc, un chemisier bleu pâle et des sandales plates. Elle voulait souffrir le moins possible de la chaleur et se sentir à l'aise. Elle mit son sac de cuir blanc en bandoulière et quitta sa suite.

Elle s'arrêta à la réception et s'accouda au comptoir, souriant aux deux hommes en costume sombre qui se tenaient derrière. Ils lui rendirent son sourire, découvrant des dents très blanches dans leur visage bronzé.

— Je suis Nicky Wells, de la chaîne de télévision ATN, à New York.

— Oui, mademoiselle, je sais, répondit le plus petit des deux hommes. Je suis Costa Theotokopoulos, et voici mon collègue, Aristote Gavras. Pouvons-nous vous aider ?

— Oui. Je cherche quelqu'un, un ami, et je ne suis pas certaine qu'il soit ici, dit-elle en sortant la photo de Charles prise par le technicien du studio — la meilleure à son avis.

Après l'avoir regardée quelques secondes, Costa leva les yeux et secoua la tête.

— Je n'ai jamais vu ce monsieur. Et toi, Aristote ? Quel est son nom, mademoiselle ? demanda-t-il tandis que l'autre employé regardait la photo.

— Charles Devereaux, répondit Nicky qui savait très bien que Charles ne pouvait utiliser son nom. Mais M. Devereaux voyage souvent incognito, et il peut parfaitement avoir donné un autre nom ; c'est pourquoi je vous ai montré sa photo.

— Oh, s'exclama Costa en la regardant avec des yeux ronds. Et pourquoi ferait-il une chose pareille ?

— M. Devereaux est un écrivain célèbre. Très, très célèbre, et il recherche l'anonymat, d'où les différents pseudonymes qu'il affectionne.

— Tels que ?

— Smith est l'un d'eux. Charles Smith, improvisa Nicky. Ou bien Charles Dixon.

Costa inscrivait les noms tandis qu'elle parlait.

— Je vais vérifier les registres, dit-il en s'éloignant.

L'autre employé, Aristote, prit sa place en face de Nicky et lui rendit la photo.

— J'ai vu cet homme, ou quelqu'un qui lui ressemblait beaucoup.

— Vraiment ? J'étais sûre que mon ami descendrait ici !

— J'ai croisé un homme qui lui ressemblait en allant au G. B. Corner samedi dernier. Je ne crois cependant pas que c'était un client de l'hôtel.

— Qu'est-ce que le G. B. Corner ?

— Un restaurant où l'on sert des encas et des repas légers à droite du hall.

— Aucun des noms que vous m'avez donnés ne figure sur les registres de l'hôtel, mademoiselle, dit Costa en revenant vers eux. Je suis désolé.

— Merci tout de même. Aristote dit qu'il a vu mon ami entrer au G. B. Corner samedi dernier. Vous ne l'auriez pas remarqué, vous aussi, par hasard ?

— Je n'étais pas là, samedi. C'est mon jour de repos.

— Ah, bien. J'ai encore une question à vous poser. En dehors du Grande-Bretagne et du Hilton, y a-t-il d'autres hôtels de luxe à Athènes ?

— Aucun, répondit Aristote. Il y a beaucoup d'hôtels, naturellement, mais... Je doute que ce monsieur ait pu y descendre. En revanche, il y en a quelques-uns qui pourraient lui convenir à Vouliagmeni. Vous pourriez aller voir.

— Où est Vouliagmeni ?

— Oh, pas très loin. C'est à moins d'une heure d'Athènes en voiture, au bord de la mer.

— Peut-être pourriez-vous me trouver une voiture et un chauffeur pour demain. Je crois que j'y ferai un tour.

— A quelle heure voudriez-vous partir ?

— Au milieu de la matinée, je pense.

— C'est très sage, mademoiselle. Il ne fera pas encore trop chaud, dit Aristote en notant l'ordre.

Nicky l'inonda de questions sur Vouliagmeni. Elle était tellement prise par sa conversation avec Aristote qu'elle ne remarqua pas Costa qui s'était retiré dans le petit bureau derrière le comptoir et composait un numéro de téléphone, presque furtivement. Il murmura quelques mots hâtifs dans le combiné, le visage anxieux, les yeux rivés sur Nicky.

— Voici le nom de mon beau-frère, mademoiselle, dit Aristote en tendant un papier à Nicky. C'est un très bon chauffeur. Et il parle anglais. Je lui demanderai de passer à dix heures demain matin.

— Merci beaucoup, vous êtes très aimable.

— Ses prix sont honnêtes, ajouta-t-il à voix basse, et beaucoup plus bas que ceux des autres.

Elle sourit à Aristote et chercha Costa des yeux. Le voyant au téléphone dans le bureau, elle le salua de la main.

— Remerciez Costa pour moi, dit-elle à Aristote.

— Je le ferai, mademoiselle.

Nicky passa au G. B. Corner et montra la photo à un serveur qui leva les sourcils pour dire que non, il ne connaissait pas cet homme, mais partit montrer la photo à d'autres. Elle passa de serveur en serveur et, quand il la rendit à Nicky, il lui exprima ses regrets :

— Je ne peux vous aider, mademoiselle. Nous n'avons pas vu cet homme. S'il est venu samedi, personne ne l'a remarqué. Personne. Je suis désolé.

*

* *

Elle prit un taxi jusqu'au Hilton et recommença ses questions aux trois employés de la réception, à qui elle montra la photo de Charles.

Mais personne n'avait vu cet homme, et aucun des noms qu'elle mentionna ne figurait dans le registre de l'hôtel. Bien sûr que non. Elle ne s'attendait pas à ce qu'ils y figurent. Demander aux employés de vérifier faisait seulement partie de sa mise en scène, lui donnait un petit accent de vérité. Il aurait semblé pour le moins bizarre de rechercher un ami dont on ne connaissait pas le nom. Et les employés demandaient toujours le nom.

En quittant le Hilton, Nicky était si frustrée qu'elle faillit presque, par dégoût, rentrer à son hôtel. Mais, soudain, elle changea d'avis, héla un taxi, et se fit conduire à Plaka, le plus ancien quartier d'Athènes, sillonné de ruelles pittoresques, avec une multitude de boutiques, de bars, de restaurants et de cafés. Elle parcourut les rues pendant une heure environ, regardant chaque visage, comme son père le lui avait appris quand elle était enfant. Elle savait trop bien que la vie était pleine d'étranges coïncidences : il se pouvait parfaitement qu'elle repère justement Charles à la terrasse d'un café ou d'un restaurant.

Envahi par les touristes, comme toujours en août, Plaka grouillait de monde, et Nicky se fatigua vite d'être poussée et bousculée sans arrêt. Et il faisait si chaud ! Elle abandonna ses recherches. Tout au fond d'elle-même, elle commençait à se dire que c'était sans espoir, une pure perte de temps, de chercher Charles comme cela dans les rues. Finalement, elle se fit reconduire au Grande-Bretagne en taxi : elle pouvait tout aussi bien ruminer ses frustrations dans l'atmosphère confortable de sa suite.

*

* *

Une fois rafraîchie par l'air conditionné, Nicky composa le numéro de la restauration en chambre et commanda du poisson grillé, des fruits frais et une bouteille d'eau gazeuse pour le dîner. Puis elle alla s'installer devant la fenêtre et regarda l'Acropole, au loin.

Elle connaissait le Parthénon. Son père l'y avait conduite quand ils étaient venus ici pour des vacances en famille. Ce soir, il était illuminé comme un décor de théâtre, et les si belles ruines devenaient impressionnantes tant leur relief se détachait sur le ciel sombre du soir.

La lumière changea. Nicky comprit qu'un spectacle son et lumière variait ses éclairages au fil de l'histoire racontée au public assis sur la colline de Philopappou. Pendant un moment, Nicky se laissa transporter dans le passé : un jour, elle avait assisté à ce spectacle avec ses parents, des années auparavant, et l'émotion qu'elle avait ressentie alors en entendant le texte d'André Malraux l'étreignit de nouveau. Jamais elle n'avait oublié la beauté de la langue rythmée par la musique et l'éclairage du site antique.

Sa connaissance de la Grèce se limitait à ce que son père, ce voyageur impénitent, lui avait raconté, c'est-à-dire surtout aux épisodes de la mythologie. Elle l'avait cependant enrichie de quelques lectures. Pressentant que se profilait une autre nuit sans sommeil, elle regretta de ne rien avoir emporté à lire.

*

*   *

Panayotis, le chauffeur, jeune homme bien élevé au large sourire, parlait plutôt bien l'anglais.

Nicky le trouva dans le hall de l'hôtel à dix heures précises le lendemain matin, et elle fut ravie de découvrir qu'il la faisait monter dans une Mercedes assez récente dont le conditionnement d'air fonctionnait bien. Les rues étaient déjà surchauffées, et la fraîcheur de la voiture fut bienvenue.

— Aristote m'a informé que vous vouliez aller à l'Astir Palace Hôtel de Vouliagmeni, dit Panayotis en quittant la place Syntagma.

— Oui, c'est ça. Il m'a précisé qu'il comportait trois bâtiments.

— Oui, enfin, c'est, comment dire, un complexe. Oui, il y a des hôtels et des bungalows. C'est très joli, très agréable. Dans trois quarts d'heure on y sera. D'accord ? Vous êtes bien installée, mademoiselle ?

— Très bien, répondit Nicky en reposant sa tête sur le cuir frais.

— Vous aimez la musique, mademoiselle ? Est-ce que vous voulez que je mette la radio ?

— Pourquoi pas !

Ça lui était égal. Elle regarda par la fenêtre et se demanda si elle avait fait une folie en venant à Athènes. La veille, elle avait totalement perdu sa journée, et bien qu'Aristote eût dit avoir reconnu Charles, l'avoir vu entrer au restaurant, était-ce une preuve ? Athènes était une grande ville, comme Rome, et si elle regardait les choses en face, elle devait reconnaître qu'elle avait maintenant très peu de chances de trouver Charles, même s'il était là.

Peut-être aurait-elle dû suivre les conseils d'Arch et rentrer à Paris. Mais non, elle s'était butée, et elle avait continué à suivre son instinct. Elle s'était précipitée ici sur le simple récit de Jennifer Allen. Mais pourquoi ? Et que ferait-elle si elle trouvait Charles ? Elle n'était plus sûre de rien. Elle soupira. Quoi qu'elle y fasse, elle n'arrivait pas à renoncer à l'idée que Charles Devereaux était vivant, elle n'y était pas prête.

Tandis qu'ils approchaient de Vouliagmeni, Nicky se rendit compte que c'était un lieu de villégiature, avec une marina et des yachts. La route traçait une courbe pour suivre le sommet de falaises d'où l'on pouvait rejoindre les hôtels. L'ensemble de loisirs était vaste et agréablement paysagé, les bâtiments s'étageant à différentes hauteurs au flanc des falaises. Les bungalows s'éparpillaient presque en bas, à quelque distance des restaurants, des courts de tennis, des piscines et de la plage. L'ensemble formait un bien beau spectacle entre le ciel d'un bleu presque laiteux et la mer d'un bleu intense et lumineux — et non pas sombre, couleur de vin, comme la décrivait Homère. La réverbération du soleil força Nicky à mettre ses lunettes de soleil.

Panayotis arrêta la Mercedes devant l'hôtel situé au plus haut de la falaise.

— Je vais vous attendre ici, dit-il en sortant un papier de sa poche. Mon beau-frère Aristote dit que vous devriez demander à parler à cet homme.

— Merci.

Nicky regarda le papier. Aristote avait écrit : *Démosthène Zoulakis est le sous-directeur. C'est un ami de mon père. Il vous aidera s'il le peut. A. G.*

Elle avait à peine prononcé son nom à la réception de l'hôtel que M. Zoulakis lui serrait la main, lui souriait et lui disait dans un anglais impeccable qu'Aristote lui avait téléphoné et lui avait tout expliqué.

— Pourriez-vous, s'il vous plaît, me montrer la photo de cet ami que vous cherchez, mademoiselle Wells ? demanda-t-il en sortant ses lunettes.

— Oui, bien sûr, tout de suite.

Nicky sortit la fameuse photo de son sac. M. Zoulakis la prit et l'étudia avec application, fronça les sourcils, la regarda encore, puis secoua la tête.

— Cet homme n'est jamais descendu dans nos hôtels. Je reconnais toujours tout le monde. J'ai une très bonne mémoire des visages.

— Mais vous avez froncé les sourcils, comme si vous le reconnaissiez, fit remarquer Nicky.

— Oui, c'est vrai, mademoiselle Wells. Pendant une fraction de seconde, il m'a semblé le connaître, mais c'est tout. Il est possible que je l'aie vu brièvement au restaurant ou dans un autre hôtel. Peut-être l'aurai-je aperçu à la piscine, ou sur la plage. En tout cas, si je l'ai vu, ce ne fut qu'en passant. Mais venez avec moi, mademoiselle Wells, nous allons interroger le personnel dans les hôtels du bas. Peut-être en obtiendrons-nous davantage d'informations.

— Merci, monsieur Zoulakis, vous êtes très gentil. J'apprécie beaucoup.

— Ce n'est rien, mademoiselle Wells, vraiment rien, dit Démosthène Zoulakis qui souhaitait de toute évidence aider cette belle Américaine apparemment si importante.

Deux heures plus tard, l'affable sous-directeur reconduisait Nicky à sa Mercedes. Il s'était mis en quatre pour elle, mais sans résultat.

— Je suis désolé que nous n'ayons pu vous aider, mademoiselle Wells. Peut-être votre ami n'a-t-il fait que passer par Athènes, en route pour une autre destination.

— C'est très possible, admit Nicky en le remerciant de nouveau.

*

* *

Nicky était au milieu du hall de l'hôtel Grande-Bretagne quand elle s'arrêta net. Une seconde plus tôt elle était passée devant le kiosque à journaux, et elle se rendit soudain compte qu'une photo de Clee occupait la couverture d'un des magazines.

Clee était le plus célèbre photographe de guerre du moment, mais son propre visage ne pouvait faire la une d'un magazine que s'il lui était arrivé quelque chose. Il était à Leipzig, où on ne se battait pas; mais beaucoup de manifestations se déroulaient en Allemagne de l'Est, et on pouvait mourir ailleurs que sur un champ de bataille. Elle savait pourtant qu'il allait bien. Elle lui avait parlé la veille au soir. Peut-être avait-il gagné un prix pour ses photos des événements de Beijing ? C'était possible. Mais pourquoi ne lui en aurait-il rien dit ? Par modestie ? Clee était l'une des personnes les plus modestes qu'elle ait jamais rencontrées.

Nicky fit demi-tour et retourna au kiosque. Elle sortit quelques pièces de son sac et les tendit au vendeur, à qui elle montra le magazine quand elle l'eut pris sur le présentoir. L'homme hocha la tête, compta la monnaie et la lui rendit.

Nicky regarda le magazine en s'éloignant du kiosque. C'était le *Tachydromos*, sorte de *Paris-Match* local, et sur la couverture, Clee, vêtu d'une chemise au col ouvert et de son vieux blouson de pilote en cuir brun, arborait son petit sourire en coin. Sauf que ce n'était *pas* Clee. C'était Kevin Costner ! Oui, ils se ressemblaient de façon frappante, au point qu'on pouvait les confondre.

Une fois dans sa suite, Nicky posa le journal sur la table basse et alla sortir une bouteille de Coke du réfrigérateur. Elle l'ouvrit, s'en servit un verre et but une longue gorgée avant d'aller s'installer sur le canapé.

Mon dieu, Kevin Costner ressemble vraiment à Clee sur cette photo, se dit Nicky en regardant la couverture du magazine devant elle. C'est son portrait tout craché. Ils pourraient être jumeaux. Soudain, au fond de sa mémoire, remonta la voix de Philip lui expliquant que nous avons tous un sosie quelque part dans le monde.

Nicky se redressa brutalement : elle venait de s'apercevoir que, si elle avait pu prendre Kevin

Costner pour Clee Donovan, elle avait peut-être pris un inconnu pour Charles Devereaux.

— Nom de nom, murmura-t-elle, il se pourrait bien que je pourchasse un fantôme.

Elle se leva, soudain impatiente, irritée, et gagna la fenêtre, le cerveau en ébullition.

Il était tout à fait possible que l'homme filmé par les reporters de la chaîne à Rome ait été un parfait étranger. C'était sans aucun doute ce que croyaient Anne et Philip. Qui pouvait leur prouver le contraire ? Elle n'avait trouvé personne qui confirme son intuition concernant cet homme. Quel dommage que Christopher Neald ait été en vacances. L'associé anglais de Charles aurait su, lui, elle en était certaine. Elle soupira et posa son front contre la vitre. Admets-le, se dit-elle, il est inutile de continuer tes recherches... Mais elle se redressa quand une idée lui vint tout à coup. Il y avait quelqu'un qu'elle pourrait consulter : Don Pedro Alejandro Pérez, l'associé espagnol de Charles.

Un dernier essai. Je vais aller frapper à cette dernière porte, se dit Nick en traversant la pièce pour trouver son répertoire d'adresses sur le bureau. En moins de dix minutes, elle trouva le numéro, appela Madrid et joignit la réceptionniste de l'entreprise d'exportation de vins de Don Pedro, qui lui répondit que Don Pedro était parti jusqu'à lundi, qu'elle ferait mieux de rappeler après déjeuner, à cinq heures, pour parler à sa secrétaire, Mlle Lopez.

Nicky resta un moment assise au bureau, hésitante, ne sachant que faire. Elle pouvait demeurer à Athènes jusqu'à dimanche et s'envoler pour Madrid ce matin-là. Mais il faisait une chaleur insupportable à Athènes, et elle n'y connaissait personne. En revanche, ATN avait un bureau à Madrid et, bien que Peter Collis, son directeur, ne fût pas un ami très proche, c'était au moins une vieille relation. Va pour Madrid ! décida-t-elle. Elle partirait dès que possible, aujourd'hui même s'il y avait un avion.

Des années de voyages avec ses parents dans son enfance lui avaient appris la marche à suivre : si tu veux que quelque chose soit fait, et surtout vite, demande à l'homme aux clés d'or de t'aider. Ils savent tout, et ils ont aussi tout un réseau de connaissances qui s'étend d'hôtel en hôtel dans toute l'Europe. Elle appela donc la réception pour s'assurer l'aide du clés d'or. La ligne étant occupée, elle quitta sa suite et descendit dans le hall, plus impatiente que jamais de bouger.

Yannis, le clés d'or, l'accueillit aimablement et lui demanda ce qu'il pouvait faire pour elle.

— Il faut que je parte pour Madrid aujourd'hui. N'importe quelle compagnie. Je voudrais aussi une suite au Ritz. Pouvez-vous vous charger des réservations, Yannis ?

— Mais certainement, mademoiselle Wells. Je vous appellerai dans votre suite dès que j'aurai la confirmation. Avez-vous déjà fait vos bagages ?

— Plus ou moins.

— Il est presque trois heures. Je crois que vous devriez vous préparer à partir très bientôt pour l'aéroport. Je sais qu'il y a un vol pour Madrid en fin d'après-midi. Je vais essayer de vous avoir une place.

— Merci, Yannis.

Elle lui sourit et s'éloigna en pensant qu'il faudrait qu'elle appelle Jean-Claude au bureau d'*Image* pour lui donner son numéro à Madrid. Elle ne vit Aristote nulle part, mais Costa était de service. Elle avait senti son regard sur elle pendant tout le temps où elle avait parlé au clés d'or.

— Bonjour, Costa. Merci d'avoir essayé de m'aider, hier.

Il inclina la tête avec sa politesse habituelle.

— Est-ce que vous avez eu plus de chance à Vouliagmeni ?

— Non, malheureusement. Pouvez-vous faire préparer ma note ?

— Vous partez, mademoiselle ?

Nicky acquiesça.

— En Amérique ?

— Non, je vais à Madrid.

— *Madrid!* répéta-t-il d'un ton stupéfait.

Nicky ne comprit pas pourquoi il avait l'air si consterné.

— Pourquoi pas Madrid ? lui demanda-t-elle.

Le jeune homme sembla désarçonné un instant, puis se reprit.

— Excusez-moi, je ne comprends pas.

— Vous avez eu l'air surpris que j'aille à Madrid.

— Non, pas du tout. Je fais préparer votre note, mademoiselle. Immédiatement.

Elle plongea la main dans son sac, en ressortit quelques billets et les glissa dans la main de Costa.

— Merci, dit-elle.

— Merci à vous, mademoiselle, répondit-il en empochant l'argent.

Il la regarda jusqu'à ce qu'elle soit entrée dans l'ascenseur et ait disparu à sa vue, puis quitta son poste pour aller parler au clés d'or.

— Est-ce que vous croyez que vous pourrez obtenir une place pour Mlle Wells sur l'avion de Madrid ?

— Certainement, répliqua Yannis un peu sèchement.

Il fronça les sourcils, à l'évidence étonné de l'intérêt montré par Costa.

— Et l'hôtel ? Vous lui avez trouvé une chambre ?

— Le clés d'or du Ritz est un vieil ami, fanfaronna Yannis. Je n'aurai aucun problème pour le joindre et obtenir ce que je veux de lui. Et en quoi est-ce que ça vous concerne ?

— Elle est gentille, dit Costa avec un clin d'œil. Elle donne de gros pourboires. Je voulais m'assurer que tout irait bien pour elle.

Yannis approuva du chef et se détourna pour répondre au téléphone qui sonnait.

Costa revint à son poste, où l'un de ses collègues parlait avec un client, puis se précipita dans le bureau, heureusement vide, et composa rapidement un numéro de téléphone.

— Elle part, murmura-t-il dans le combiné. Elle va à Madrid. Qu'est-ce qu'elle a bien pu trouver à Vouliagmeni ? Elle doit savoir quelque chose. Elle descend au Ritz. Dites-le-lui.

— Certainement, répliqua Costa un peu sèchement.

Il fronça les sourcils à l'évidence étonné de l'intérêt montré par Costa.

— Et Linda ? Vous lui avez trouvé une chambre ?

— Le clefs d'or du Ritz est un vrai ami, rétorqua Yannis, je n'aurai aucun problème pour la garder et obtenir ce que je veux de lui. Et en quoi est-ce que ça vous concerne ?

— Elle est gentille, dit Costa avec un air distrait. Elle a l'air de trop souffrir. Je voudrais m'assurer que tout irait bien pour elle.

Yannis approuva du chef et se détourna pour répondre au téléphone qui sonnait.

Costa rentra à son poste, où l'un de ses collègues parlait avec un client, puis se précipita dans le bureau, heureusement vide, et composa rapidement un numéro de téléphone.

— Elle part, murmura-t-il dans le combiné. Elle va à Madrid. Qu'est-ce qu'elle a bien pu aller faire à Vouliagmeni ? Elle doit savoir quelque chose. Elle descend au Ritz. Dites-le-lui.

CHAPITRE 28

Nicky ne s'aperçut qu'on la suivait qu'en sortant du musée du Prado, en fin d'après-midi, le vendredi. Elle s'était arrêtée un instant sous le portique ombragé pour décider si elle rentrait à l'hôtel directement, quand elle vit à nouveau l'homme au cigarillo noir.

Il était apparu une première fois le matin même, quand elle parlait au clés d'or. Il avait tiré sur son cigare avec une telle application que les volutes de fumée avaient atteint Nicky, et elle s'était mise à tousser. Poliment mais fermement, le clés d'or avait dit quelque chose en espagnol, et l'homme s'était immédiatement écarté d'elle. Ses affaires réglées, elle avait aussitôt quitté le hall, trop contente de s'éloigner de l'homme au cigare, maintenant en grande conversation avec le clés d'or. Dans l'ascenseur, elle le maudissait encore, car elle ne parvenait toujours pas à calmer sa toux.

Plus tard, en allant déjeuner avec Peter Collis, du bureau d'ATN à Madrid, elle s'était attardée dans la Galeria del Prado, une galerie marchande passant sous le Palace Hotel. En quittant une boutique, elle avait vu l'homme au cigare qui contemplait la vitrine. Il avait immédiatement détourné le regard, un peu mal à l'aise, avant de faire volte-face et d'entrer dans une boutique de l'autre côté de la galerie.

Et maintenant, il était de nouveau là, à quelques mètres d'elle. Il se tenait près de la statue située entre les marches et le petit parc, et il parlait avec un autre homme. Et toujours le cigarillo noir à la bouche — son signe distinctif.

L'homme ne l'avait pas vue. Pas encore, en tout cas. Nicky ne l'avait repéré si rapidement qu'à cause d'enfants qui hurlaient, des petits gamins accrochés aux mains d'une jeune femme et qui criaient de toute la force de leurs poumons. La mère épuisée s'était arrêtée pour parler aux deux hommes près de la statue, et l'homme au cigare lui avait répondu, gesticulant et montrant une direction du doigt, à l'évidence pour la mettre sur le bon chemin.

Soudain, un groupe sortit du musée et Nicky se retrouva noyée au milieu de jeunes étudiants allemands qui bavardaient et riaient. Cela l'arrangeait et elle resta avec eux pour traverser le parc vers le Paseo del Prado.

Quelques minutes plus tard, Nicky pénétrait sur la Plaza de la Lealtad, sur laquelle donnaient le Ritz et ses jolis jardins. L'homme au cigare avait disparu. Aucune importance, puisqu'il savait où elle était descendue.

Nicky demanda sa clé et on la lui remit avec plusieurs messages. Elle monta dans sa suite, préoccupée par la présence étrange de cet homme et par l'idée que quelqu'un la surveillait. *Quelqu'un?* Ce quelqu'un ne pouvait être que Charles Devereaux.

A la seconde où elle entra dans sa suite, Nicky sentit l'odeur d'un parfum inhabituel. Elle se figea dans la petite entrée, les sourcils froncés, les narines frémissantes, les yeux scrutateurs. Indéniablement, une forte odeur imprégnait l'air — l'odeur d'une eau de toilette pour homme plutôt qu'un parfum de femme, si bien qu'elle élimina la femme de chambre de la liste des personnes susceptibles de l'avoir laissée derrière elles. Le valet de chambre ? Pourquoi serait-il venu ? Elle n'avait rien donné à nettoyer. L'homme au cigare avait-il réussi à pénétrer dans sa suite ? Comment ? Idiot, murmura-t-elle. Il pouvait facilement avoir acheté un membre du personnel. Comme le disait toujours son père, l'argent ouvre toutes les portes. Les occasions ne lui auraient pas manqué. Elle l'avait vu dans la galerie marchande vers onze heures, avant d'aller chercher Peter au bureau d'ATN. Ils étaient allés déjeuner au Grand Café de Gijon vers une heure trente, et aussitôt le déjeuner terminé, elle était partie visiter le Prado, où elle avait passé plusieurs heures à admirer les Goya et les Vélasquez. Elle n'était pas retournée dans sa suite de toute la journée.

Inquiète, elle entra dans le salon et posa sa clé, les messages et son sac à main sur la table basse. Après un regard circulaire, elle passa dans la chambre à coucher et ouvrit le placard. Le gros sac de voyage dont elle ne se séparait jamais était curieusement posé de travers, alors qu'elle l'avait consciencieusement placé dans le coin, au fond, avant de partir retrouver Peter.

Elle sortit le sac et le posa sur le lit. Inspectant la serrure, elle remarqua immédiatement qu'on l'avait forcée. En y posant le doigt, elle la trouva très mobile. La personne qui l'avait ouverte n'avait pas pu la refermer correctement tant elle était endommagée. Cela ne faisait plus de doute : quelqu'un était venu fouiller sa suite en son absence.

Nicky inspecta le contenu de son sac. Il ne manquait rien. Son calepin, son magnétophone, tout était intact. Elle avait emporté dans son sac à main blanc son passeport, sa carte de presse, ses cartes de crédit et son argent espagnol, mais elle avait laissé dans le gros sac un portefeuille avec des devises étrangères. Elle le sortit et l'examina : on n'y avait rien pris. Mais elle était certaine que le sac avait été fouillé, et très consciencieusement. En plus de la serrure cassée, elle voyait bien que ses affaires n'étaient pas aussi soigneusement rangées que d'habitude, et son magnétophone n'était pas dans le coin où elle le plaçait toujours pour le trouver facilement.

Nicky referma son sac et le rapporta dans le placard avant de se précipiter sur la commode, de l'autre côté de la chambre. Elle ouvrit chaque tiroir, et vit de nouveau que quelqu'un avait fouillé dans ses affaires, pour l'excellente raison qu'elle empilait toujours très méticuleusement son linge alors que maintenant tout était dérangé.

Inquiète, elle secoua la tête, referma les tiroirs et alla s'effondrer dans un des fauteuils du salon. Elle ferma les yeux et tenta de se concentrer. Était-ce juste une coïncidence si l'homme au cigarillo noir s'était trouvé plusieurs fois sur sa route aujourd'hui, ou bien la suivait-il ? Dans ce cas, cela prouvait quelque chose : *Charles Devereaux était en vie.* Comme elle ne pouvait plus douter qu'on ait fouillé sa suite, elle était confortée dans sa théorie que son ancien fiancé vivait en Europe continentale.

Soudain, Nicky ouvrit les yeux et se redressa. Si Charles la faisait suivre pour savoir ce qu'elle faisait, qui elle voyait, et s'il avait fait fouiller sa chambre, il savait donc qu'elle était à Madrid. Mais comment était-il au courant ? Avait-il un contact ici, au Ritz ? Ou bien au Grande-Bretagne, à Athènes ? Et pourquoi faisait-il cela ?

Il n'y avait qu'une réponse à cette question : il voulait absolument connaître ses intentions.

Elle se demanda soudain s'il ne croyait pas qu'elle faisait des recherches sur lui dans la perspective d'une émission spéciale. Après tout, il savait très bien qu'elle avait fait du journalisme d'investigation avant de devenir grand reporter. Mais, dans ce cas, il devait être impliqué dans quelque chose qui méritait une enquête. Quelque chose d'illégal. Peut-être même quelque chose d'immense. Qu'est-ce qui était illégal, immense et rapportait gros ? Le trafic d'armes. Le trafic de drogue. Mais pourquoi Charles aurait-il voulu gagner encore plus d'argent ? Il était déjà si riche ! Pourtant, elle revenait toujours à l'idée que, quoi qu'il fasse, il devait brasser beaucoup d'argent.

A moins que ce ne soit autre chose, quelque chose de bizarre, comme elle l'avait pensé avec Arch, à Rome. Mais qu'est-ce que cela pouvait bien être ?...

La sonnerie du téléphone interrompit le cours de ses pensées. Elle décrocha.

— Allô !

— Nicky, c'est Peter. J'ai appelé plus tôt et je t'ai laissé un message. Est-ce que tu l'as eu ?

— Oh, Peter, je suis désolée. Je viens d'arriver et je n'ai pas encore lu les messages.

— Aucune importance. Amy et moi voudrions que tu dînes avec nous ce soir. Tu es libre ?

— Oui, et je serai ravie de rencontrer ta femme. Mais écoute, Peter, je ne veux pas que tu te sentes obligé de t'occuper de moi, vraiment...

— Nous avons envie de te voir. Juste une petite soirée au Jockey Club avec quelques amis.

— D'accord.

— Je passerai te chercher vers huit heures et demie et nous irons d'abord chez moi prendre l'apéritif. Le dîner ne commencera pas avant dix heures, dix heures et demie même, je le crains. « A Madrid, fais comme les Madrilènes ! » A plus tard, Nicky.

— Ça me fait très plaisir, Peter. A bientôt.

Elle avait à peine raccroché que le téléphone sonna de nouveau.

— Allô?

— Salut, Nick, c'est moi, dit Clee. Jean-Claude m'a dit que tu avais appelé.

— Clee ! Oh, mon chéri ! Bonjour. Oui, j'ai appelé, juste pour que tu saches où me joindre. Comment vas-tu ? D'où m'appelles-tu ?

— Je vais très bien et je suis à Berlin — à L'Intercontinental. Tu n'as pas eu mon message ?

— Si, mais je viens de rentrer et je n'ai pas encore eu le temps de le regarder.

— Nicky, j'ai une grande nouvelle ! La plus grande des nouvelles !

— Quoi ? Dis-moi !

— Yoyo ! J'ai eu un message de Yoyo, Nick !

— Oh, Clee, Dieu merci ! Il va bien, hein ? Et où est-il ? A Paris ?

— Hou ! s'exclama Clee en riant, je ne peux répondre qu'à une question à la fois. Il va bien, il est à Hong Kong, mais il sera bientôt à Paris. Dans quelques jours, je l'espère, une semaine au plus.

— C'est merveilleux.

Nicky sentit ses yeux s'emplir de larmes de gratitude et de soulagement que le jeune homme soit en bonne santé et hors de Chine populaire. Elle resta incapable de parler pendant plusieurs secondes.

— Tu es toujours là?

— Oui... Je me suis seulement laissé emporter par mon émotion, c'est tout.

— Je sais ce que tu veux dire. J'ai réagi comme toi quand Jean-Claude m'a appris la nouvelle.

— Alors, tu n'as pas parlé à Yoyo en personne ?

— Non, il a appelé le bureau de Hong Kong et il a dit qu'il reprendrait contact dès son arrivée à Paris.

— Clee, c'est formidable. Peut-être pourrons-nous le voir lundi.

— Peut-être. Oui... C'est la meilleure nouvelle que nous puissions recevoir. A quelle heure arrives-tu à Paris, Nick ?

— En fin d'après-midi, je crois.

— Alors on dîne ensemble. Toi et moi. Ou toi, moi et Yoyo, si tu veux, à condition que Yoyo soit arrivé et qu'il en ait la force.

— Je suis tellement impatiente de le voir ! Et toi aussi !

— Je suis très impatient de te voir, ma chérie.

Ils parlèrent encore quelques minutes puis se dirent au revoir et raccrochèrent. Nicky resta un moment la main sur le combiné. Clee était si content pour Yoyo qu'il ne lui avait pas demandé pourquoi elle avait continué sur Madrid. Il avait tout simplement pensé que c'était pour son travail. Quel soulagement !

*

* *

Plus tard dans la soirée, alors qu'elle mettait la touche finale à son maquillage, le téléphone sonna. Elle alla décrocher dans la chambre.

— Allô?

Silence.

— Allô! dit Nick une seconde fois d'un ton plus sec. Elle entendit un clic, puis la tonalité. Elle appela immédiatement la standardiste.

— C'est Nicky Wells, suite 705. Mon téléphone vient de sonner. J'ai décroché, mais personne n'a rien dit. Est-ce que vous m'avez bien transmis un appel ?

— Oui, mademoiselle Wells. A l'instant.

— Qui m'a demandée, le savez-vous ?

— Non, je suis désolée. Mais c'était un homme.

— Merci.

Nicky raccrocha et revint dans la salle de bains pour se coiffer. Soudain elle arrêta le mouvement de la brosse et se regarda longuement dans le miroir sans se voir. Son esprit était ailleurs. Elle ne pouvait s'empêcher de se demander si quelqu'un n'avait pas voulu à nouveau vérifier sa présence. Et elle se souvint d'une chose qu'Arch avait dite à Rome : il avait expliqué qu'un homme qui disparaît ne voulait pas qu'on le retrouve. Jamais. Il avait dit aussi qu'elle risquait de se mettre en danger. Était-ce le cas ?

Elle pensa à Charles Devereaux. Arch lui avait rappelé que Charles était dur, presque impitoyable. Et c'était vrai. Elle l'avait remarqué elle-même.

Elle en était soudain certaine : oui, elle pouvait être en danger.

CHAPITRE 29

Les nouvelles de Yoyo avaient rendu à Nicky tout son optimisme, elles avaient complètement relégué au second plan le problème posé par Charles Devereaux.

Pendant la soirée Nicky s'était sentie en pleine forme et toute légère avec Peter et Amy Collis et leurs amis. Même l'idée qu'Arch pouvait avoir raison, qu'elle était peut-être en danger, s'était considérablement atténuée. Et le samedi matin, tous les démons avaient été chassés par le soleil, l'incroyable ciel turquoise et l'air pur et sec de la Castille. De surcroît, l'agitation régnant dans l'élégant et imposant hôtel était rassurante, comme l'atmosphère de normalité qui l'entourait.

Depuis l'appel de Clee, Yoyo n'avait pas quitté l'esprit de Nicky. Le fait qu'il ait réussi à passer de Chine populaire à Hong Kong et qu'il soit en sécurité dans la colonie de la Couronne britannique avait beaucoup fait pour dissiper l'anxiété dans laquelle elle avait vécu ces derniers mois. Elle avait l'impression qu'on l'avait déchargée d'un lourd fardeau, et elle était très impatiente de voir Yoyo, de savoir ce qui lui était arrivé depuis leur dernière rencontre, trois mois plus tôt.

Tout aussi important était son besoin de voir Clee, d'être avec lui. Cela faisait plusieurs semaines qu'ils ne s'étaient pas retrouvés, et cette séparation l'amenait à l'apprécier d'autant plus. Elle avait envie de retrouver sa chaleur et son intelligence, son amour, son affection et sa compréhension.

Nicky prit sa tasse et termina son café, puis s'appuya au dossier de sa chaise et regarda autour d'elle, s'imprégnant de ce qui l'entourait. Elle prenait un petit déjeuner tardif au restaurant perdu entre les arbres du jardin de l'hôtel. Sans doute ce jardin contribuait-il à faire du Ritz un endroit aussi particulier. L'hôtel était situé au cœur même de Madrid, et le jardin l'entourait, paisible et délicieux, oasis de calme dans cette métropole agitée, bruyante, affolante.

Elle leva les yeux vers le ciel d'un bleu incroyable et n'y vit aucun nuage. Le soleil était déjà haut et, à midi, il ferait une chaleur insupportable, aussi torride que la veille. Même si les arbres dispensaient leur agréable fraîcheur, elle était contente de porter une légère robe de coton et des sandales plates. Ne pas avoir trop chaud restait une des principales préoccupations dans cette ville.

— Mademoiselle Wells !

Nicky se retourna et vit le visage enfantin du groom.

— Oui ?

— Pour vous.

Il lui tendit en souriant un petit plateau d'argent sur lequel était posée une enveloppe. Nicky sortit quelques pesetas de son sac, les posa sur le plateau et prit l'enveloppe.

— Merci, dit-elle.

Le groom regarda les pièces, sourit et les empocha.

— Merci, mademoiselle.

Nicky examina la lettre avec curiosité, se demandant de qui elle pouvait bien provenir. Peter ? Les Madrilènes qu'elle avait connus la veille, un jeune couple charmant qui voulait l'emmener en week-end ? Son nom était écrit en caractères d'imprimerie, de même que celui de l'hôtel et son adresse, mais l'enveloppe ne portait pas de nom d'expéditeur.

Elle la déchira et sortit la carte qu'elle contenait. A la seconde où elle vit l'écriture, elle fut comme paralysée. Elle aurait reconnu entre toutes cette calligraphie élégante : celle de Charles Devereaux. Elle lut :

Chère Nicky,

Puisque tu te donnes tant de peine pour me retrouver, je crois qu'il est maintenant impératif que nous nous rencontrions. L'homme qui a apporté cette lettre t'attend dans le hall. Je l'ai envoyé pour qu'il te conduise à moi.

Nicky laissa son regard se perdre dans le jardin, le visage figé. Elle serra la carte dans sa main et avala péniblement sa salive. Elle avait soudain la gorge très sèche. Puis elle relut la carte. Il ne faisait aucun doute qu'elle émanait de Charles. Outre l'écriture parfaitement reconnaissable, seul Charles aurait utilisé le mot *impératif* — il affectionnait particulièrement ce terme si conforme à sa personnalité.

Ainsi, j'avais raison depuis le début, se dit-elle en se redressant sur sa chaise. *Je n'en ai jamais douté*, dès que j'ai vu le reportage de Tony à Rome. Pourtant, elle se rendit compte qu'elle n'en tirait aucune satisfaction, seulement un immense sentiment de déception et une terrible tristesse. Mais elle était plus triste pour Anne Devereaux que pour elle-même.

Alors qu'elle tenait la carte à la main, pensant à l'homme qui attendait pour la conduire à Charles, elle eut une idée. La veille, en se souvenant des paroles d'Arch, elle s'était demandé si elle était en danger. Si elle l'était, comment pouvait-elle suivre le messager de Charles ? Tout au long de sa vie de correspondante de guerre, elle avait été en danger et n'avait jamais flanché. Et elle avait fini par admettre qu'elle n'était pas de nature craintive. En revanche, elle n'avait pas l'intention de laisser son insatiable curiosité, ni son besoin de vérité être maintenant la cause de sa perte. Elle n'avait pas la moindre intention de faire une folie.

Mais je ne serai pas en danger. Quoi que soit Charles Devereaux, il n'est pas un tueur. Tout au fond de son cœur, elle savait que Charles ne pourrait jamais lui faire de mal, qu'il ne toucherait pas un cheveu de sa tête — elle en était absolument convaincue. Pourtant, il serait prudent de montrer un tant soit peu de circonspection.

Elle aurait bien aimé que Peter Collis puisse l'accompagner. Ils auraient pris sa voiture, et il aurait pu l'attendre dehors pendant qu'elle rencontrait Charles. Malheureusement, Peter et Amy étaient en week-end chez des amis en dehors de Madrid.

Elle était livrée à elle-même. Qu'il en soit ainsi.

*

* *

Nicky traversa le hall pour parler à Enrique, le clés d'or.

— Bonjour, mademoiselle Wells. En quoi puis-je vous aider ? demanda-t-il de son ton affable habituel.

— J'ai besoin d'une voiture et d'un chauffeur, immédiatement. Et je voudrais que le chauffeur parle anglais, s'il vous plaît.

— Aucun problème, mademoiselle. Je m'en occupe tout de suite. Combien de temps garderez-vous la voiture ?

— Je ne sais pas exactement. Plusieurs heures au moins, peut-être toute la journée. Dans combien de temps sera-t-elle là?

— Elle est déjà là, mademoiselle Wells. Nous avons des voitures et des chauffeurs qui attendent dehors, prêts pour les clients de l'hôtel.

— Comme c'est pratique ! Il y a quelques minutes, quelqu'un est venu apporter une lettre pour moi. Je crois qu'il attend.

— Oui, il est là-bas.

Nicky suivit le regard d'Enrique et vit un homme jeune, bien habillé, à l'autre bout du hall.

— Merci, murmura-t-elle au clés d'or en s'éloignant du comptoir.

Elle traversa le hall et s'approcha du jeune homme.

— Je suis Nicky Wells. Parlez-vous anglais ?

— Oui.

— Quel est votre nom ?

— ... Javier, dit-il après une hésitation.

— Très bien, Javier, dit Nicky en lui montrant l'enveloppe. Vous avez apporté cette lettre pour moi, n'est-ce pas ?

— Oui.

— Et vous êtes censé me conduire à l'homme qui l'a envoyée, c'est ça ?

— Oui. Il vous attend.

— Très bien. Je viens tout de suite. Mais avec ma propre voiture et mon chauffeur.

— Je ne comprends pas. J'ai une voiture. Je vais vous emmener, mademoiselle Wells.

— Non, il n'en est pas question. Je viens dans ma propre voiture, ou je ne viens pas du tout.

Javier vit à son expression et au ton ferme de sa voix qu'elle ne plaisantait pas. Il hésita de nouveau, le regard presque affolé.

— D'accord. Attendez, s'il vous plaît. Je dois téléphoner.

— Oh, j'attends, répondit froidement Nicky.

Elle savait qu'il allait appeler Charles. Elle le suivit des yeux jusqu'au téléphone. Quelques minutes plus tard, il revint.

— D'accord. On y va. Vous suivrez ma voiture.

*

* *

Son chauffeur s'appelait José et, dès qu'elle se fut installée dans la voiture, il alla parler à Javier.

Nicky les regarda par la fenêtre ouverte. Elle pouvait entendre leurs voix mais, comme elle ne comprenait pas l'espagnol, elle ne put saisir le sens de leur conversation.

José ne tarda pas à revenir et à mettre le moteur en marche. Tandis qu'ils s'écartaient doucement du trottoir de l'hôtel et s'engageaient dans la circulation, Nicky demanda :

— Est-ce que Javier vous a expliqué où nous allons ?

— Oui, mademoiselle. Nous allons dans le quartier des arènes.

— Les arènes ?

— Oui, la Plaza de Toros de las Ventas, où ont lieu les plus grandes courses de taureaux de Madrid. Ce n'est pas très loin. Nous y serons en vingt minutes, une demi-heure tout au plus, selon le trafic.

— Très bien.

— Est-ce que vous connaissez les arènes, mademoiselle ? Avez-vous déjà assisté à une corrida ?

— Oui, il y a quelques années.

Nicky se rappela en effet être venue à Madrid avec Charles, quelques semaines avant leurs fiançailles. Don Pedro les avait emmenés à une corrida un dimanche après-midi.

— Vous aimez ça ?

— Oui, beaucoup.

Nicky laissa son esprit la ramener à ce long week-end où Charles et elle étaient venus quatre jours à Madrid. Charles avait été fasciné par le spectacle. Oui, la foule, le décorum, l'enthousiasme... Ici, on vivait sa vie en la risquant, et Charles semblait y prendre un grand plaisir. Nicky s'était dit qu'il aimait tout en Espagne, y compris la vie nocturne. Elle se demanda s'il vivait ici en permanence. Peut-être bien, peut-être ne s'était-il trouvé à Rome que pour quelques jours. *La drogue*, se dit-elle, en pensant à la filière sud-américaine, au lien de la langue et de l'héritage culturel commun qui unissait l'Amérique latine à l'Espagne. Car, en dépit de sa façade rutilante, Madrid avait ses problèmes, comme n'importe quelle capitale, elle le savait.

Récemment elle avait lu que l'héroïne y faisait un mort tous les deux jours.

Charles était-il mêlé au trafic de drogue ? Était-ce donc cela ? Était-ce la raison pour laquelle il avait feint de mourir et s'était enfui à l'étranger afin de recommencer une nouvelle vie ? Bientôt, elle aurait des réponses à toutes ses questions — sans doute.

Une demi-heure plus tard, José s'engagea derrière Javier dans une ruelle et s'arrêta devant un immeuble de brique brune. Il aida Nicky à descendre.

— S'il vous plaît, José, attendez-moi ici, même si je ne ressors pas avant très longtemps.

— Oui, oui, je comprends. Je ne partirai pas. Je resterai ici toute la journée si nécessaire.

— Je ne crois pourtant pas en avoir pour plus de deux heures.

Elle fit un signe de tête à son chauffeur et rejoignit Javier qui l'attendait déjà près de la porte.

— Est-ce ici ?

— Il vous attend.

Javier ouvrit la porte et s'effaça pour la faire entrer la première.

En traversant le petit hall jusqu'à l'ascenseur, Nicky se forgea une résistance d'acier. Il fallait qu'elle se contrôle totalement. Elle n'avait aucune idée de ce qui l'attendait, et sa bouche était de nouveau sèche.

CHAPITRE 30

Javier ouvrit la porte de l'appartement avec sa propre clé et fit entrer Nicky.

Elle se retrouva dans une petite entrée sombre de style indéfini : tapis orientalisant, console avec vase de fleurs artificielles, affiches de corridas encadrées au mur. Elle regarda autour d'elle et vit plusieurs portes fermées et un long couloir. Le salon, où l'on pénétrait par une porte cintrée, était droit en face d'elle.

Tout était silencieux. Nicky ne put s'empêcher de se demander où était Charles. Curieuse, tous les sens en éveil, elle tenta de percevoir un signe de vie.

— Entrez ici, s'il vous plaît, dit Javier en montrant le salon.

Il la laissa et s'engagea dans le couloir.

Elle fit rapidement l'inventaire de la pièce où elle se retrouva, qui se révélait aussi ordinaire et peu attrayante que l'entrée, avec d'autres faux tapis d'Orient sur le parquet, des affiches sur les murs blancs et plusieurs meubles de bois sombre. Un canapé et deux fauteuils au vilain velours vert olive entouraient une table basse en métal sans style dont le plateau était fait de carreaux de faïence franchement laids.

Nicky s'attendait à trouver Charles dans la pièce et fut déçue en découvrant que celle-ci était vide. Elle s'approcha de la fenêtre et regarda au-dehors. Les arènes, la fameuse Plaza de Toros de las Ventas, n'étaient qu'à deux pas. Celui qui vivait ici, et elle savait que ce n'était pas Charles, était indubitablement un *aficionado*. Charles avait dû emprunter cet appartement pour leur rencontre, se dit-elle. Jamais il ne vivrait dans un lieu pareil. Cela offenserait non seulement sa sensibilité, mais aussi son goût.

— Bonjour, Nicky.

Elle sursauta en entendant sa voix et se retourna pour regarder l'homme qui était entré par une autre porte. C'était bien Charles Devereaux qui se tenait devant elle, même s'il était très différent. Ses cheveux et la moustache qu'il avait fait pousser étaient teints en noir, et son bronzage accentuait son aspect ténébreux, si inattendu pour Nicky. De naissance, il avait le teint et les cheveux clairs de sa mère, et l'apparence très anglo-saxonne. Il était vêtu d'un pantalon de coton marine et d'une chemise blanche dont il avait ouvert le col. Jamais elle ne l'avait vu porter une tenue aussi commune.

Nicky se trouva incapable de parler. Elle ne s'était pas préparée au choc de se retrouver en face de lui, et ce choc était énorme, comme si on lui avait donné un coup de poing en pleine poitrine. Le voir vivant, et à l'évidence en pleine santé, après l'avoir cru mort pendant si longtemps, la fit trembler intérieurement tandis que son cœur battait à un rythme alarmant.

— Tu as l'air très en forme, Nicky, dit Charles pour rompre le silence. Merci d'être venue.

Il s'approcha d'elle et s'arrêta à une trentaine de centimètres, lui adressant un faible sourire. Elle ne le lui rendit pas. Son visage était froid, ses yeux bleus de glace.

— Trêve de bavardage, dit-elle enfin d'une voix cassante. Ce n'est pas pour ça que je suis venue.

— Je voulais seulement te mettre à l'aise, ma chère, répondit-il avec un autre sourire.

En entendant ces mots et en voyant de nouveau ce petit sourire supérieur, Nicky sentit quelque chose se briser en elle. La peine, l'angoisse et la douleur s'étaient depuis longtemps confondues dans une colère latente. Et, soudain, cette colère se changea en rage, et elle explosa.

— Espèce de salaud ! Pourquoi as-tu fait ça ? Pourquoi as-tu fait une chose aussi terrible ? A moi, à Anne ! Comment as-tu pu être assez pourri pour nous blesser ainsi ta mère et moi, et te montrer aussi horriblement cruel ? Tu nous as brisé le cœur, tu nous as fait souffrir. Nous t'avons pleuré, espèce d'ordure ! Jamais je ne comprendrai comment j'ai pu t'aimer ! Je te hais pour ce que tu as fait.

Charles accusa visiblement le coup de ce torrent de colère porteur de mots si blessants, et il serra les mâchoires. Mais il ne dit rien pour sa défense, se contentant de considérer Nicky d'un regard parfaitement impassible.

Des larmes de rage inondèrent le visage de Nicky et, sans prévenir, elle se jeta en avant, sa colère la poussant vers lui, puis commença à lui frapper la poitrine et le visage de ses poings, développant une force surprenante.

Son comportement inattendu et violent prit Charles au dépourvu, et il tituba sous ses coups incessants. Mais il ne tarda pas à recouvrer son équilibre et se mit à lutter contre elle. Il parvint à lui saisir les poignets.

— Arrête, Nicky ! Tu m'entends ? Arrête immédiatement ! Cette violence ridicule ne nous mènera nulle part. Je t'ai fait venir ici pour te dire quelque chose, pour t'expliquer...

— Tu m'as fait suivre !

— Certainement pas !

— Et tu as fait fouiller ma suite, salaud !

Il hésita une fraction de seconde et finit par admettre :

— Oui, c'est vrai, je l'ai fait. Mais suivre ? Non, non. Absolument pas. Je ne t'ai pas fait suivre.

— Tu as mis en scène ton suicide et tu t'es enfui pour commencer une nouvelle vie. C'était un acte méprisable et lâche. Inadmissible. Je ne sais pas quelles étaient tes raisons, mais rien de ce que tu pourras jamais dire ne sera en mesure de justifier...

— Je n'ai pas eu le choix, l'interrompit-il d'un ton péremptoire et glacial. Je l'ai fait parce que je n'avais pas le choix.

— On a toujours le choix !

— Dans ce cas précis, je ne l'avais pas. C'était une question de devoir.

— De *devoir*! J'ai du mal à le croire ! Devoir envers quoi ?

— Je veux t'expliquer pourquoi j'ai fait ce que j'ai fait, et peut-être comprendras-tu et me laisseras-tu tranquille... Tu me mets en danger, Nicky.

— Que veux-tu dire ?

— Tu me mets en danger, en danger de mort, à courir le monde en posant des questions sur moi, à montrer ma photo aux gens... Personne ne doit savoir que je suis en vie. Pas même ma mère.

Il avait dit cette dernière phrase à voix basse, d'un air de conspirateur, le regard rivé à celui de Nicky.

Bien que cette déclaration ait décontenancé Nicky, elle ne dit rien et se contenta d'un regard curieux, sceptique, comme si elle pesait la valeur de ses mots.

— Viens t'asseoir et essaie d'oublier ta colère.

— Il me faudra longtemps pour oublier ma colère !

— Je comprends. Mais j'aimerais que tu te calmes suffisamment pour m'écouter posément, raisonnablement. Ta colère est un obstacle.

— Seigneur, Charles ! Tu en demandes trop.

Il lui lâcha les bras d'un coup, et elle les sentit retomber, comme morts. Elle les leva immédiatement et regarda ses poignets qu'elle se mit à frotter. Ils étaient rouges et endoloris.

— Regarde ce que tu as fait.

— Je suis désolé, Nicky. Je n'ai jamais su contrôler ma force, n'est-ce pas ? Veux-tu m'excuser un moment ? Je reviens.

Il sortit par la porte latérale. Sentant une faiblesse dans ses jambes, Nicky s'appuya au mur. Elle tremblait toujours, la colère rivée en elle. Mais elle n'éprouvait aucune autre émotion, il ne lui restait que de la colère, peut-être même de la haine contre Charles Devereaux. Mais rien d'autre, elle ne ressentait absolument rien pour lui. Elle était comme engourdie.

Quand Charles revint quelques secondes plus tard, il était suivi d'un autre homme. Ce n'était pas Javier. Plus jeune, l'homme portait un plateau avec une bouteille d'eau et deux verres, et quand il passa devant Nicky et posa le plateau sur la table basse, elle sentit une forte odeur d'eau de toilette qu'elle reconnut immédiatement. Elle se raidit. Charles le remarqua et, dès qu'ils furent seuls, il lui demanda :

— Pourquoi as-tu réagi ainsi à Pierre ?

— Parce que c'est lui qui a fouillé ma suite.

— Comment sais-tu ça ? L'as-tu vu partir ?

— Non, mais je l'ai senti.

— Que veux-tu dire ?

— Son eau de toilette. Ma suite en était imprégnée !

— Il est trop jeune... Pas assez d'expérience... Il n'a pas pris assez de précautions, marmonna Charles. Pierre n'a rien trouvé, dit-il plus haut.

— Parce qu'il n'y avait rien à trouver. A l'exception des photos, et je les avais sur moi.

— Viens t'asseoir, maintenant, Nicky. Tes réactions ne nous ont pas aidés jusqu'ici. Je t'en prie, essaie d'être calme pour que nous puissions parler de façon raisonnable et civilisée.

Nicky resta debout, les yeux fixés sur Charles. Elle savait sa colère justifiée. C'était une colère accumulée depuis trois ans, et elle ne regrettait ni la façon dont elle avait explosé ni rien de ce qu'elle avait dit. Mais il avait raison. Elle ne tirerait aucune information de lui si elle ne se contrôlait pas et ne le laissait pas parler, raconter son histoire.

— Viens, Nicky, dit-il de nouveau en lui montrant un fauteuil. S'il te plaît, assieds-toi, tu veux bien ? insista-t-il en prenant lui-même place dans l'autre fauteuil. Veux-tu un verre d'eau ?

Il prit la bouteille et remplit un des verres.

— Oui, merci. Il fait très chaud.

Il se leva d'un bond, et alla allumer le ventilateur au coin de la table avant de se rasseoir. Quand il eut tendu l'un des verres à Nicky, il prit le sien et but.

Nicky ne le quittait pas des yeux. C'était l'homme qu'elle avait aimé, adoré, qu'elle avait eu l'intention d'épouser, et envers qui elle s'était totalement engagée. Elle avait couché avec lui, ils avaient été aussi intimes qu'on pouvait l'être... Ils avaient tant partagé ! Mais à ce moment précis il lui sembla complètement étranger. Elle s'assit, prit le verre et dit :

— Je suis plus calme maintenant, Charles. Parle.

— Ce que je vais te dire est extrêmement confidentiel. Tu devras ne le répéter à personne. Jamais. Pas même à ma mère... Promets-moi que tu ne révéleras à personne que je suis en vie, et que tu ne raconteras à personne ce que je vais t'expliquer, à ma mère moins qu'à quiconque.

— Je ne suis pas sûre d'en être capable.

— Alors je crains bien de ne rien pouvoir te dire.

— Pourquoi Anne doit-elle tout ignorer ?

— Parce qu'elle voudrait me voir si elle me savait en vie ; et c'est impossible. Ce serait dangereux — pour elle.

— *Pourquoi?*

— Si tu me donnes ta parole, si tu jures sur ton honneur que ce que je vais te dire restera absolument confidentiel, alors je t'expliquerai tout. Enfin, je te dirai au moins pourquoi j'ai mis en scène mon suicide et disparu.

— D'accord, je le promets. Je ne révélerai ni à Anne ni à quiconque que tu es en vie. Et je ne répéterai pas non plus ce que tu vas me confier maintenant.

— A personne, Nicky. Dis-le.

— A personne. Je le promets.

— J'espère de toute mon âme que tu es sincère... Je te crois. Violer une promesse n'est pas dans ta nature. Mais permets-moi d'ajouter ceci : je suis impliqué dans des affaires qui touchent la sécurité nationale. La sécurité nationale britannique.

— Je t'ai dit que je ne répéterai pas un mot, et c'est vrai.

— D'accord... Je suis un agent britannique.

C'était la dernière chose qu'elle s'attendait à entendre mais, bien qu'elle en fût abasourdie, elle resta impassible. Pourquoi n'ai-je jamais pensé à l'espionnage ? se demanda-t-elle.

— Tu travailles pour le MI6, c'est ça ?

— Pour une branche spéciale du SIS, en fait.

— Qu'est-ce que le SIS?

— Le « Secret Intelligence Service », c'est-à-dire plus ou moins la même chose que le MI6. J'ai feint de me suicider et j'ai disparu parce qu'il était devenu indispensable que je change d'identité.

— Pourquoi ?

— J'avais besoin d'une nouvelle identité pour infiltrer un service d'espionnage étranger.

— Est-ce que tu veux me dire que tu es une taupe ?

— C'est ça.

— Quel service d'espionnage étranger as-tu infiltré ?

— Voyons, Nicky, tu sais très bien que je ne peux pas te le révéler. Utilise un peu ta brillante cervelle !

— Je comprends. Depuis combien de temps es-tu un espion ?

— Des années. Quinze ans, pour être plus précis. Depuis que j'avais vingt-cinq ans.

— Alors tu travaillais pour le renseignement britannique quand nous nous sommes rencontrés...

— C'est exact.

— Mais nous allions nous marier. Comment as-tu pu espérer me le cacher à long terme ?

— C'était facile. Pour commencer, tu avais une grande carrière à mener, qui prenait tout ton temps, en dehors de moi, naturellement. Tu voyageais beaucoup en tant que correspondante de guerre. Très franchement, je ne croyais pas que tu te montrerais très curieuse, que tu essaierais de mettre ton nez sans arrêt dans mes affaires. Ce n'était pas dans ta nature. De toute façon, j'avais réussi à garder mon secret vis-à-vis de tout le monde depuis des années. Je disposais d'une couverture parfaite, tu comprends : mon entreprise d'importation de vins.

— Mais elle marchait très bien ! La plupart des couvertures ne sont que ça, des *couvertures*, elles ne rapportent pas nécessairement de l'argent.

— Cela a toujours été un de mes problèmes, Nicky. Quoi que j'entreprenne, ça réussit. Mon patron direct, en espionnage, dit que je transforme en or tout ce que je touche. C'est pourquoi j'ai très vite laissé tomber mes autres affaires. J'ai mis sur pied l'entreprise d'importation parce que, facile à faire prospérer, elle fournissait en plus cette couverture idéale.

— Je vois qu'elle a très bien marché pour toi.

— Oui, je pouvais voyager où je voulais, n'importe quand. Mais tu le sais. Dès que j'ai pris Christopher Neald comme partenaire, je n'ai plus été lié du tout au bureau. Chris faisait marcher l'affaire, et je parcourais le monde pour mon autre travail, tout en achetant du vin pour l'entreprise.

— Tout m'a toujours semblé parfaitement régulier...

— Oh, mais ça l'était. A la fin, naturellement, c'était surtout l'entreprise de Chris, puisqu'il faisait presque tout le vrai travail. Et cela me convenait parfaitement. J'avais de plus en plus de liberté.

— Est-ce que Chris savait que tu étais un agent du gouvernement ?

— Oh, Seigneur, non !

— Mais tu as eu un complice, n'est-ce pas ? Quelqu'un qui t'a aidé à feindre la mort et à sortir d'Angleterre.

— Oui, bien sûr.

— Qui était-ce ?

— Tu sais très bien que je ne peux pas te le dire.

— Un autre agent ?

Il hocha la tête.

— Pourquoi a-t-il fallu que tu disparaisses ? Tu viens de dire que tu avais une couverture parfaite, que je ne risquais pas de la percer à jour. Alors pourquoi n'aurais-tu pas pu m'épouser et continuer comme avant, Charles ?

— C'est ce que j'avais l'intention de faire. Mais, quelques mois avant notre mariage, j'ai découvert qu'il faudrait que je parte longtemps. Tu comprends, il était devenu impératif qu'un agent du SIS infiltre un service d'espionnage étranger bien particulier et qu'il entre dans la clandestinité pour y parvenir. Et nous avons tous compris que cette clandestinité durerait des années, de nombreuses années même, pour être efficace. Il m'a semblé moins cruel de disparaître avant qu'on se marie plutôt qu'après.

— Je vois. Mais pourquoi toi, Charles ? Pourquoi pas un autre agent britannique ?

— A cause de mes talents particuliers : mes connaissances dans certains domaines, les langues étrangères que je parle parfaitement... J'étais le plus qualifié pour ce travail. Et il était vital pour la sécurité nationale britannique que j'infiltre ce réseau dès que possible. On ne fait pas ce genre de choses du jour au lendemain, tu sais. Cela prend du temps de conquérir la confiance des gens, de se faire accepter par eux. Comme je te l'ai expliqué, dit-il avant de boire une gorgée d'eau, nous savions que je devrais travailler dans la clandestinité pendant de nombreuses années. Tout est là, en fait.

— Et tu as sacrifié notre vie commune.

— Il le fallait — pour mon pays, pour rester fidèle à ce que je crois.

Nicky sentit du regret dans son regard soudain adouci. Elle resta silencieuse, toute droite sur son siège.

— Si ça peut te consoler, je t'ai vraiment beaucoup aimée, dit-il.

Il aurait voulu ajouter qu'il l'aimait encore, mais n'osa pas. De toute façon, ce n'était pas de mise.

— Tu m'as énormément fait souffrir, Charles.

— Je le sais. Peux-tu me pardonner ?

— Étant donné les circonstances, je suppose que oui. Je te pardonne. Ta mère a été aussi éprouvée que moi.

— Oui...

— Elle va mieux, maintenant. Elle s'est fiancée à Philip Rawlings.

— Je sais. J'ai vu l'annonce dans le carnet du *Times*. Il voulait l'épouser depuis des années. Il doit être très heureux.

— Ils le sont tous les deux.

— Je voudrais te demander quelque chose, Nicky : comment as-tu découvert que j'étais en vie ? Et comment as-tu bien pu te procurer cette photo de moi, je veux dire la photo récente ?

— Par hasard, dit-elle.

Et elle lui raconta tout. Quand elle eut terminé, il secoua la tête.

— Et je ne me suis même pas aperçu que cette fichue caméra était braquée sur moi ! Je dînais avec un ami dans un restaurant proche de la place où se tenait la réunion politique, quand nous avons entendu du bruit, des coups de feu... Mon ami et moi sommes sortis voir ce qui se passait. J'ai bien vu la caméra, naturellement, et j'aurais dû céder à mon instinct et partir sur-le-champ. D'ordinaire, je suis beaucoup plus prudent.

— Tu as changé d'aspect en laissant pousser ta moustache et en te teignant les cheveux, mais tu n'as pas pu changer tes yeux, ils sont toujours verts.

— J'ai des lentilles de contact marron que je porte habituellement, mais je n'ai pas cru nécessaire de les mettre pour toi. Enfin, ne nous égarons pas. Dis-moi ce qui t'a conduite à Athènes, Nicky.

— Après avoir passé le week-end à Pullenbrook il y a deux semaines, j'ai décidé d'aller à Rome, à la source du film. J'espérais tomber sur quelque chose qui me conduirait à toi. Par une curieuse coïncidence, la secrétaire du directeur de notre bureau sur place t'a reconnu sur la photo. Elle t'avait vu à l'aéroport d'Athènes.

— Ah, oui, la charmante Américaine que j'ai aidée à récupérer ses bagages, sans doute.

— C'est ça.

— Alors de Rome, tu es allée à Athènes. Et tu as commencé à poser des questions dans les grands hôtels.

— Tu y étais venu, n'est-ce pas ? Je veux dire, tu n'as pas fait que passer ?

— J'y suis resté deux jours.

— A Vouliagmeni ?

— Non. Mais j'y suis passé avec un de mes contacts. J'y ai pris plusieurs repas. Je résidais dans un appartement sûr en ville.

— Comme celui-ci ?

— Oui.

— Mais tu ne vis pas ici ?

— Non.

— Est-ce que tu as découvert que j'étais à Madrid quand j'y suis arrivée, ou savais-tu que je venais ?

— J'ai su que tu venais. J'ai su que tu étais arrivée à Athènes à la minute où tu as commencé à te renseigner sur moi, et j'ai su que tu partais pour Madrid. Je t'ai toujours devancée !

— Quelqu'un au Grande-Bretagne t'a renseigné, c'est ça ? Costa ? Aristote ? Ou M. Zoulakis à Vouliagmeni ?

— Je ne peux te le dire. Au fait, pourquoi as-tu soudain décidé de venir ici ? Qu'est-ce qui t'a conduite à moi ?

— Rien, Charles. Je ne savais même pas que tu étais ici. Je voulais voir ton ancien associé espagnol. J'espérais que Don Pedro serait d'accord avec moi, qu'il te reconnaîtrait sur la photo. Ou qu'il me dirait que j'avais tort.

— Mais tu m'as dit que ma propre mère ne m'a pas reconnu ! Est-ce que ça ne t'a pas suffi ?

— Pas vraiment. Tout au fond de moi, je sentais que tu étais toujours vivant. Appelle ça de l'intuition !

— Oui, tu en as toujours eu beaucoup. Je me pose une autre question : quand tu t'es persuadée que j'étais en vie, quels motifs as-tu trouvés qui auraient pu m'inciter à disparaître de la surface de la terre ?

— Honnêtement, je n'avais aucune certitude. Après ton prétendu suicide, aucune « affaire » n'avait fait la une des journaux en Angleterre, si bien que je me suis dit que tu n'avais pu tremper dans un grand scandale financier. Alors j'ai cru que tu t'étais lancé dans quelque opération illégale, et que tu avais choisi de disparaître pour commencer une nouvelle vie.

— Quel type d'opération illégale ?

— Trafic d'armes, ou de drogue.

— Seigneur, Nicky ! Tu n'avais pas une bien haute opinion de moi, vraiment !

— Comment aurait-il pu en être autrement ?

Il se leva et gagna la fenêtre, puis marcha de long en large quelques secondes avant de se rasseoir.

— Cela m'inquiète beaucoup que tu aies eu l'impression qu'on te suivait à Madrid. En es-tu certaine ?

— Pas absolument certaine, non.

— Dis-moi ce qui t'amène à le penser.

— Un homme tournait autour de moi quand je parlais au clés d'or, hier matin. Je suis de nouveau tombée sur lui plus tard dans la galerie marchande sous le Palace Hotel. Et je l'ai revu en sortant du Prado, en fin d'après-midi, mais il était occupé, et il ne m'a pas vue m'éclipser.

— Je vois. Peux-tu me le décrire ?

— Naturellement. Il est espagnol, j'en suis certaine. De taille moyenne. Bien habillé, les cheveux noirs gominés, la quarantaine, il fume constamment un cigarillo noir.

— Qu'est-ce qui te fait penser qu'il est espagnol ?

— Son allure. Et il a parlé en espagnol avec le clés d'or, je l'ai entendu en m'éloignant.

— Crois-tu qu'il est descendu dans ton hôtel ?

— Je ne sais pas.

— Peut-être ne te suivait-il pas. Un bourreau des cœurs local qui aime les jolies blondes. Il aura voulu te draguer. Ce ne serait pas étonnant.

— Tu crains que je ne l'aie conduit à toi ?

— Je suis sûr que non.

— Autre chose. Mon téléphone a sonné hier soir, mais quand j'ai décroché, personne n'a rien dit. Pourtant, j'ai vérifié auprès de la standardiste, et un homme avait bien demandé ma chambre.

— C'était moi.

— Pourquoi n'as-tu rien dit ?

— Je voulais te demander de me retrouver hier soir, mais j'ai changé d'avis. J'ai eu peur de t'effrayer, et j'ai décidé d'attendre ce matin.

— Est-ce que tu vis à Madrid ?

— Non.

— Où vis-tu ?

— Partout et nulle part. Disons que je papillonne de-ci, de-là. Je ne reste jamais très longtemps où que ce soit.

— Pour des raisons de sécurité ?

— En quelque sorte.

— Je suis désolée d'avoir risqué de te mettre en danger, Charles, en montrant ta photo et en posant des questions sur toi. Les membres de ce réseau étranger te feraient tuer s'ils savaient que tu es une taupe, n'est-ce pas ?

— Oh, oui ! dit Charles avec un petit rire. Ils n'auraient aucun remords. Mais ce sont les risques du métier. Personne n'a jamais prétendu que c'est une sinécure.

Nicky ouvrit son sac et en sortit les photos qu'elle avait de lui.

— Je voudrais que tu prennes ces photos.

— Merci, Nicky, dit-il en les déchirant.

— Tu sais que je ne dirai à personne que tu es en vie, que je ne révélerai rien de notre conversation, n'est-ce pas ?

— Oui. Je sais que tu sauras garder mon secret. Nous sommes tous deux des conspirateurs, maintenant.

— J'aurais pu saboter toute ton opération...

— Tu l'aurais pu, c'est vrai, et ç'aurait été tout à fait horrible, parce qu'il a fallu des années pour la mettre sur pied. Mais ne t'en fais pas, je suis certain que ce n'est pas le cas. Je le saurais déjà. Il est même probable que je ne serais plus là pour avoir cette conversation avec toi. J'aurais été éliminé.

A cette pensée, Nicky frissonna et resta un moment silencieuse, puis elle demanda :

— A propos de l'homme qui m'a peut-être suivie... Est-ce que je dois demander s'il est descendu à l'hôtel ? Veux-tu me rappeler plus tard pour savoir ce qu'aura dit le clés d'or ?

— Oh, non, Nicky. Je ne veux pas que tu sois mêlée en rien à mes activités. C'est beaucoup trop dangereux. Je t'en prie, ne t'en fais pas, je me renseignerai sur lui. J'ai les moyens de savoir. Laisse-moi faire. Je t'en prie, ne te mêle de rien. *Est-ce que tu me comprends?*

— Oui.

— Rien n'est jamais ce qu'on croit dans le monde de l'espionnage et du contre-espionnage. Plus rien n'a le même sens dans le monde clandestin où je vis. On ne sait jamais vraiment de quel bord sont les gens, dit-il en soupirant imperceptiblement. Je veux que tu quittes Madrid dès que possible, Nicky, conclut-il en se redressant dans son fauteuil.

— Je le ferai. Je partirai demain.

— Très bien. Je me sentirai plus tranquille en te sachant loin de moi.

Soudain, Nicky comprit qu'il n'y avait rien d'autre à ajouter et elle se leva.

— Je crois que je ferais mieux de partir.

Elle se dirigea vers la porte cintrée qui menait à l'entrée. Charles se leva aussi et la suivit. Elle se retourna et attendit qu'il s'approche d'elle.

— Je suis contente que nous ayons pu parler, Charles. Beaucoup de choses en ont été clarifiées pour moi.

— Oui, moi aussi je suis heureux que nous nous soyons vus, Nicky.

Il la regarda intensément, la tête penchée sur le côté, puis sourit faiblement.

— Tu es toujours aussi belle.

Elle hocha la tête, incapable de parler.

— Bien sûr, tu continues à parcourir le monde pour rendre compte de tous les désastres. Mais tu n'es pas mariée, à ce que je vois. Ou plutôt, tu ne portes pas d'alliance. Es-tu mariée ?

— Non.

— Y a-t-il quelqu'un de particulier dans ta vie ?

— Oui. Mais seulement depuis peu.

— Tu es amoureuse de lui ?

— Je crois. Je n'en suis pas sûre.

— Est-ce que tu vas l'épouser ?

— Il ne me l'a pas proposé.

— Alors il est fou. Et s'il te le propose ? Le feras-tu ?

— Je ne sais pas.

— Je n'aurais jamais pu te faire de mal, tu sais, dit Charles en changeant de sujet de conversation. Cependant, je ne peux t'en vouloir d'avoir voulu prendre ta propre voiture et ton chauffeur pour venir ici.

— J'ai voulu être prudente.

— Et indépendante. C'est une chose que j'ai toujours aimée chez toi.

Alors qu'elle se retournait pour gagner l'entrée, il lui prit le bras, l'attira vers lui et la serra. Nicky fut surprise, mais ne résista pas. Elle le laissa faire, comprenant qu'il avait besoin de la tenir contre lui. Elle sentit son cœur battre sous sa fine chemise et, dans une bouffée d'intuition, elle se dit : Oh mon Dieu, il m'aime toujours ! Elle avala péniblement sa salive et s'écarta doucement.

— Il vaut mieux que je parte, maintenant, murmura-t-elle.

Et soudain, contre sa propre volonté, elle leva la main et lui toucha la joue.

— Ne t'en fais pas, je ne te trahirai jamais, Charles.

— Je le sais, Nicky, dit-il en lui prenant le bras pour la conduire à la porte d'entrée. Je te fais confiance. Je te confie ma vie.

*
* *

Une fois revenue au Ritz, dans l'intimité de sa suite, Nicky s'effondra.

Allongée sur le lit, elle pleura amèrement, sanglotant comme si son cœur allait se briser. Ses larmes coulaient pour Charles et la vie dangereuse et solitaire qu'il avait choisi de mener, et pour elle, pour ce qu'ils avaient vécu ensemble, pour ce qu'ils auraient pu vivre.

Mais elle finit par se calmer et par reprendre le contrôle d'elle-même. Elle resta un long moment adossée à ses oreillers, réfléchissant à tout ce qui était arrivé depuis quelques semaines. Très normalement, elle ressentit un violent sentiment de culpabilité en se souvenant de toutes les choses horribles qu'elle avait pensées de Charles. Comment avait-elle jamais pu croire qu'il fût un criminel, un trafiquant d'armes, de drogue ? Elle aurait dû savoir que c'était impossible.

Oui, il l'avait sacrifiée, il avait sacrifié leur amour, leur avenir, l'avenir des enfants qu'ils auraient pu avoir ensemble. Mais il l'avait fait pour une noble cause. Il l'avait fait pour son pays. Et, oui, elle aurait dû s'en douter et chercher dans cette direction, et non penser à quelque ignominie. Après tout, la famille de sa mère, les célèbres Clifford d'Allendale, avait toujours été au service de la Couronne d'Angleterre, depuis des temps immémoriaux. L'honneur, le devoir et la loyauté envers son pays lui avaient été inculqués dès la naissance. Il ne faisait que marcher dans les pas de ses ancêtres.

Une fois revenue au Ritz, dans l'intimité de sa suite, Nicky s'effondra.

Allongée sur le lit, elle pleura amèrement, sanglotant comme si son cœur allait se briser. Ses larmes coulaient pour Charles et la vie dangereuse et solitaire qu'il avait choisi de mener, et pour elle, pour ce qu'ils avaient vécu ensemble, pour ce qu'ils auraient pu vivre.

Mais elle finit par se calmer, et par reprendre le contrôle d'elle-même. Elle resta un long moment adossée à ses oreillers, réfléchissant à tout ce qui était arrivé depuis quelques semaines. Très normalement, elle ressentit un violent sentiment de culpabilité en se souvenant de toutes les choses horribles qu'elle avait pensées de Charles. Comment avait-elle jamais pu croire qu'il fût un criminel, un trafiquant d'armes, de drogue ? Elle aurait dû savoir que c'était impossible.

Oui, il l'avait sacrifiée, il avait sacrifié leur amour, leur avenir, l'avenir des enfants qu'ils auraient pu avoir ensemble. Mais il l'avait fait pour une noble cause. Il l'avait fait pour son pays. Et, oui, elle aurait dû s'en douter et chercher dans cette direction, et non penser à quelque ignominie. Après tout, la famille de sa mère, les célèbres Clifford d'Allendale, avait toujours été au service de la Couronne d'Angleterre, depuis des temps immémoriaux. L'honneur, le devoir et la loyauté envers son pays lui avaient été inculqués dès la naissance ; il ne faisait que marcher dans les pas de ses ancêtres.

QUATRIÈME PARTIE

Amis et ennemis

Sur ton visage je lis
La carte de l'honneur
de la vérité, de la loyauté

William Shakespeare

Car j'ai jugé pur
et cru limpide
un être noir comme l'enfer,
aussi sombre que la nuit — toi.

William Shakespeare

CHAPITRE 31

C'était l'époque de l'année où les Parisiens fuient vers les lieux de villégiature pour leurs vacances d'été et où les touristes envahissent la ville. Paris grouillait d'étrangers, mais cela ne gênait pas Nicky. Elle était à la fois soulagée et heureuse d'être là.

Quoiqu'elle ne connût pas bien Madrid, qu'elle n'avait visité qu'une fois avant ce dernier voyage, elle n'avait aucune envie d'y retourner. Les dernières quarante-huit heures l'avaient marquée, en particulier sa rencontre avec Charles la veille, et elle savait qu'à partir de maintenant la ville de Madrid serait toujours pour elle entachée de mauvais souvenirs.

Elle avait réussi à partir le samedi, en fin d'après-midi, et en arrivant le soir elle s'était installée au Plaza-Athénée. Clee ne serait pas de retour avec le dimanche soir et ne s'attendait pas à la voir avant lundi. De toute façon, elle avait besoin d'être un peu seule pour mettre de l'ordre dans ses pensées et replacer en perspective tout ce qui était arrivé depuis la dernière fois qu'elle l'avait vu à New York, début août.

Bien sûr, elle s'était lancée délibérément à la recherche de Charles Devereaux, mais le voir soudain devant elle avait été un choc énorme et inattendu, comme l'avait aussi été la révélation de sa vie clandestine d'agent du renseignement britannique. Elle avait passé une mauvaise nuit, alors même qu'elle était épuisée, et après s'être tournée et retournée dans son lit pendant des heures, elle avait fini par s'endormir à l'aube.

Quand elle s'était réveillée vers dix heures, elle n'était pas dans son assiette, et, midi venu, une immense tristesse avait pris possession d'elle, une tristesse si profonde qu'elle frôlait la dépression. Si bien que Nicky, pour s'en dégager, s'était habillée et avait quitté l'hôtel.

Optimiste de nature et généralement énergique, elle n'avait pas l'habitude d'être entraînée ainsi dans les profondeurs obscures, et elle détesta cette sensation qui l'enveloppait. Elle espéra donc que se retrouver dehors au soleil dans des rues familières, revoir des lieux qu'elle aimait, aiderait à éclaircir à nouveau son humeur.

Aussi loin qu'elle pût remonter dans ses souvenirs, Nicky avait toujours eu des affinités spirituelles avec Paris. C'était sa ville de bien des façons, et les années d'enfance qu'elle y avait passées avaient été extraordinairement heureuses. Et c'est cette joie enfantine qu'elle tenta de retrouver en arpentant les rues d'un pas énergique. Peut-être les souvenirs heureux aideraient-ils à chasser les démons du présent ?

Nicky n'était pas triste pour elle-même, mais pour Charles. Il y avait très longtemps, bien avant qu'il l'ait connue, il s'était consciemment engagé dans une voie mortelle et irrévocable. Il avait opéré un choix clair, un choix qui l'avait finalement conduit jusqu'à cette cache de Madrid où ils s'étaient rencontrés la veille. En décidant de servir son pays, il avait choisi de vivre dans le monde obscur de l'espionnage, un monde souterrain dangereux où régnaient les secrets, la duplicité, les marchandages — et trop souvent la mort.

Elle frissonna en dépit de l'air tiède et du soleil radieux. Une vie peu enviable et qui n'avait pas grand-chose à offrir. Elle savait que Charles ne pourrait jamais se marier, encore moins avoir des enfants, mener une vie normale. La solitude et la peur dont il lui fallait se contenter devaient être une torture, et le spectre de la trahison, de l'erreur ou du hasard qui entraînerait sa découverte devait le miner. Ce genre de terreur ne peut que coller à la peau, se dit-elle en frissonnant de nouveau.

Nicky avait une démarche régulière et posée, mais son esprit courait à cent à l'heure. Toutes sortes de pensées se bousculaient dans sa tête, mais une en particulier reprenait constamment le dessus : Charles avait admis être un espion britannique depuis l'âge de vingt-cinq ans ; c'était là un engagement total et sans nuances, alors comment avait-il bien pu s'engager envers elle ?

Elle aurait bien voulu le lui avoir demandé. Elle aurait aussi voulu lui avoir demandé pourquoi il n'avait pas laissé une lettre pour elle, comme il l'avait fait pour sa mère. Peut-être n'avait-il pas su quoi lui dire, ou n'avait-il rien eu à dire. La lettre destinée à Anne était brève et terre à terre, une petite note froide. Elle ne le saurait jamais. C'était trop tard. Elle avait laissé passer l'occasion.

Après avoir remonté l'avenue Montaigne en sortant de son hôtel et pris à droite les Champs-

Élysées, Nicky déboucha place de la Concorde et longea bientôt le jardin des Tuileries. Elle ralentit le pas et regarda autour d'elle. Cela faisait des années qu'elle n'était pas entrée dans ce jardin, auquel tant de bons souvenirs de son enfance étaient associés.

Tout à coup, elle pensa à Marie-Thérèse Bouret, la jeune fille qui s'était occupée d'elle. Nicky avait sept ans, et Marie-Thérèse dix-sept, quand la jeune Française était venue vivre chez eux, devenant plus une grande sœur qu'une nurse. Vive, tendre et joyeuse, Marie-Thérèse avait emmené Nicky jouer au jardin presque chaque jour en été. Elle l'avait emmenée dans tant d'autres lieux aussi, pendant les six années où ses parents avaient représenté à Paris leurs journaux respectifs ! C'était avec Marie-Thérèse qu'elle était allée pour la première fois au Louvre voir *La Joconde* et d'autres tableaux célèbres ; ensemble elles étaient montées à la tour Eiffel pour admirer Paris, et remarquer, comme la jeune nurse le lui avait montré, combien l'Arc de Triomphe ressemblait au moyeu d'une roue géante, les grandes avenues dessinées par le baron Haussmann en partant comme de longs rayons.

Et quand sa mère l'avait emmenée à Fontainebleau, Versailles et la Malmaison lors de ce qu'elle appelait leurs « sorties historiques », Marie-Thérèse avait toujours été de la promenade. Elle aussi avait profité des cours de sa mère sur l'histoire de France, cours qui n'étaient jamais ternes ni ennuyeux, mais vivants et fascinants. Et c'était à Marie-Thérèse qu'elle s'accrochait quand ses parents étaient absents pour faire leur métier de journalistes, à elle que s'étaient adressés ses premiers balbutiements en français. Oui, elle lui avait été indispensable quand elle était petite, elle qui l'avait tendrement aimée, et lui avait tant appris sur la langue française, sur Paris, sur le mode de vie des Français.

Au fil des années, elles n'avaient jamais perdu le contact et, chaque fois que Nicky passait par Paris, elles se voyaient. Marie-Thérèse s'était mariée à vingt-trois ans, et elle avait eu un fils un an plus tard. Malheureusement, son mari, Jean-Pierre, avait été tué dix ans plus tôt dans un accident de voiture au Mozambique, où il travaillait comme ingénieur. Son fils, Paul, qui avait maintenant vingt-deux ans et était lui aussi ingénieur, s'était marié récemment.

Je dois l'appeler, se dit Nicky. Je le ferai en rentrant à l'hôtel et l'inviterai à déjeuner demain. J'espère qu'elle sera libre. L'idée de voir la jeune femme qu'elle avait tant aimée et qui avait joué un si grand rôle dans sa vie quand elle était enfant remonta le moral de Nicky. Un peu de sa tristesse s'évapora.

Après s'être promenée rue de Rivoli, Nicky décida de traverser le Louvre, puis la Seine par le pont des Arts, cette passerelle que Nicky connaissait bien, surtout que son père en avait une très bonne toile due au peintre officiel de la Marine française, Jacques Bouyssou.

En arrivant quai de Conti, face à la coupole de l'Institut de France, Nicky hésita, se demandant si elle allait suivre la Seine vers Notre-Dame, ou s'enfoncer dans les petites rues derrière le quai. L'appartement où elle avait vécu avec ses parents et Marie-Thérèse était situé aux deux derniers étages d'une maison du XVIIIe siècle sur l'île Saint-Louis, par-delà la vieille cathédrale. Elle aimait ces îles de Paris, mais décida d'y aller plus tard.

Elle prit la rue Bonaparte et arriva à Saint-Germain-des-Prés.

— Napoléon Bonaparte, murmura-t-elle dans un souffle.

Le nom lui était familier depuis son enfance, et il évoquait pour elle une foule de souvenirs. Il fascinait sa mère qui, après des années de recherches, avait écrit une savante biographie du grand général, empereur des Français.

Pour Nicky, la genèse de ce livre avait été extraordinaire, et elle le considérait toujours comme le meilleur qu'ait écrit sa mère. Le portrait de l'homme était extrêmement honnête et juste, et on y voyait l'importance que revêtait encore l'empereur pour l'époque actuelle. Sa mère avait bien montré le côté humain de son personnage, parlant de Joséphine, sa grande passion, la seule femme qu'il eût vraiment aimée, mais qui avait dû céder devant son insatiable ambition : il avait fait annuler leur mariage pour donner avec une femme plus jeune un héritier à son empire.

A en croire sa mère, cette décision dramatique avait ruiné leur vie. Sans Joséphine à ses côtés, Napoléon n'avait plus eu de chance, et Joséphine était morte, le cœur brisé, juste après l'exil de l'Empereur à l'île d'Elbe en 1814. « Ils n'ont jamais cessé de s'aimer, lui répétait sans cesse sa mère pendant la rédaction du livre. C'est cela, la vraie tragédie. »

Nicky soupira. Jamais elle ne s'habituerait aux angoisses que les hommes et les femmes se causent, aux choses terribles qu'ils se font subir au nom de l'amour. Rien n'a changé, et cela ne changera jamais, se dit-elle, parce que les êtres humains sont exactement les mêmes que par le passé. Nous n'avons rien appris au fil des siècles. Ce que Charles lui avait fait était cruel, inconcevable, quelle que soit l'importance de sa cause. Il avait mal agi en envisageant même de l'épouser dans de telles circonstances. Il s'était montré égoïste. Mais qui ne l'est pas ?

En arrivant au boulevard Saint-Germain, Nicky était en nage, le cœur fatigué et les pieds moulus. Elle s'installa à la terrasse ombragée des Deux Magots et commanda un grand crème, une salade de tomates aux lamelles de poulet et une bouteille d'eau. Elle n'avait guère mangé, ces derniers jours, et elle se rendit soudain compte qu'elle mourait de faim.

Le garçon lui apporta immédiatement du pain et de l'eau. Elle avala un grand verre d'un coup et s'adossa à sa chaise. Sa longue marche lui avait fait du bien, elle était certaine qu'elle dormirait cette nuit — et puis demain elle verrait Clee. Cette perspective l'emplit de chaleur et de plaisir. Elle était tellement impatiente de le retrouver !

Enlevant ses lunettes de soleil, Nicky fronça les yeux et regarda autour d'elle. Le quartier était plein de monde, les gens se promenaient, ou s'asseyaient aux terrasses des cafés, comme elle, pour profiter du beau temps en cet agréable dimanche après-midi. Les bruits de conversations et de rires l'entouraient. Elle ne put s'empêcher de remarquer combien tout le monde avait l'air normal, et cela la rassura suffisamment pour que ses pensées quittent un moment Charles Devereaux et le monde traître et cynique dans lequel il vivait. Soudain, elle s'aperçut qu'il lui avait rendu un grand service en disparaissant comme il l'avait fait. Sa vie aurait été horrible si elle l'avait épousé.

*
* *

Marie-Thérèse vivait à l'autre bout de Paris, près du boulevard de Belleville. Étant donné la distance depuis le Plaza-Athénée, Nicky compta une bonne demi-heure de taxi pour s'y rendre le lundi. Elle était néanmoins un peu en retard quand elle arriva enfin, tant les embouteillages congestionnaient les rues à cette heure du jour.

En montant l'escalier vers l'appartement, elle se demanda pourquoi son amie vivait à Belleville — qui ne méritait guère son nom.

C'était un vieux quartier sans aucune élégance, un peu miséreux même, et Nicky se dit qu'il ne cadrait pas avec le milieu habituel de Marie-Thérèse, qui évoluait d'ordinaire dans un quartier beaucoup plus huppé.

Mais, après avoir serré son amie dans ses bras dans la petite entrée de l'appartement, Nicky regarda autour d'elle et vit que le salon était vaste et joliment décoré. Il y régnait une sorte de joie, et l'atmosphère en était plaisante.

Quant à Marie-Thérèse, elle était toujours aussi jolie et vive, ses grands yeux noirs pétillaient et sa bouche généreuse se pinçait pour retenir son rire.

— Maintenant tu vois pourquoi il m'est difficile de bouger, dit-elle en montrant sa jambe gauche emprisonnée jusqu'au genou dans un plâtre. J'ai du mal à monter et descendre l'escalier avec ça !

— J'ai été désolée d'apprendre ton accident, et désolée de ne pouvoir t'inviter à déjeuner au Relais Plaza. Mais c'est merveilleux de te voir et tu as l'air en pleine forme, Marie-Thérèse.

— Je le suis, ma chérie, en dehors de cette petite bêtise, répondit-elle en frappant son plâtre de sa canne avec une grimace.

— Tiens, c'est pour toi, dit Nicky en lui tendant le paquet noir qu'elle tenait à la main.

— Nicky, tu n'aurais pas dû! Mais comme c'est gentil — oh ! ça vient de chez Chanel !

— J'espère que tu l'aimeras. J'ai traversé la rue ce matin jusqu'à la boutique. On m'a dit que tu pourrais l'échanger si tu voulais.

— Je suis sûre que je vais l'adorer, merci. Mais viens, ne restons pas plantées ici, allons nous asseoir, que je puisse ouvrir ton cadeau. Tu es si généreuse, ma chérie.

Elles s'assirent dans de grands fauteuils, face à face, et quelques secondes plus tard, Marie-Thérèse avait ouvert sa boîte de chez Chanel et sorti un splendide foulard de soie dans les rouge et blanc. A son expression, Nicky ne douta pas qu'il lui plaisait beaucoup, et elle en fut ravie.

— Merci, Nicky, tu es un amour, dit Marie-Thérèse en se levant pour l'embrasser. J'ai une bouteille de vin blanc qui n'attend que toi, et un peu de ce pâté de campagne que tu as toujours adoré.

— J'espère que tu as aussi les cornichons ! dit Nicky en pouffant.

— Bien sûr. Je n'oserai pas te servir du pâté sans eux. Je n'ai pas oublié combien tu les aimes. Avec ta copine Nathalie, vous les mangiez comme des bonbons !

— Je ne m'en suis jamais lassée. Et Nathalie non plus.

— Et où vit la belle Nathalie, maintenant ?

— A Los Angeles. Elle réussit très bien dans le cinéma.

— Elle était belle comme une vedette, quand elle était petite.

— Elle est toujours très belle, mais elle est productrice, de l'autre côté de la caméra.

— Mais toi, tu es devant la caméra, ma Nicky, et tu es formidable. Une chaîne française a récemment montré un documentaire que tu as fait pour ATN sur les femmes de Beyrouth et leur opinion de la guerre. C'était très touchant, et j'ai été très fière de toi.

— Merci. Si je me rappelle bien, ils m'ont doublée en français.

— C'est ça, dit Marie-Thérèse en clopinant jusqu'à la cuisine. Je vais chercher le vin au réfrigérateur et nous pourrons boire un verre.

— Laisse-moi t'aider ! dit Nicky en se levant d'un bond.

— Merci, ma chérie.

Nicky poursuivit Marie-Thérèse dans l'entrée et le long d'un petit couloir jusqu'à la cuisine, où elle ouvrit la bouteille et la plaça sur un plateau avec la tranche de pâté, une assiette de pain de campagne et un bol de cornichons. Marie-Thérèse ajouta quelques serviettes en papier et Nicky emporta le tout au salon.

Une fois installées dans leurs fauteuils, elles trinquèrent, et Nicky regarda la pièce aux couleurs joyeuses.

— Tes affaires sont très bien mises en valeur, ici, et l'appartement a l'air grand, mais pourquoi as-tu déménagé ? Tu étais bien installée sur la rive gauche, non ?

— Très bien, c'est vrai. Mais mon appartement n'avait qu'une chambre, et c'est trop peu pour trois.

— *Trois?* Paul et sa femme vivent-ils avec toi ?

— Non, non, ma chérie, ils ont leur propre appartement. Je vis avec mon ami, Marcel. Il est veuf, et il a un fils. C'est chez lui ici, et nous avons trouvé beaucoup plus pratique que j'emménage avec eux. Marcel et moi avons fait quelques travaux, et j'ai apporté mes affaires... Nous sommes bien.

— Je suis contente pour toi.

Nicky se dit soudain que son ancienne nurse faisait beaucoup moins que ses quarante-six ans. Sa chevelure courte et bouclée était encore bien noire, son teint bien rose, et ses chaleureux yeux bruns pétillaient de bonheur, comme dans son enfance.

— Marie-Thérèse, je crois bien que tu es follement amoureuse de ton ami Marcel ! Je le lis dans tes yeux !

Marie-Thérèse rougit un peu et hocha la tête, timide comme une petite fille.

— Je crois que Marcel te fait beaucoup de bien.

— Oh, oui. Je n'avais pas été aussi heureuse depuis des années. Marcel est très gentil, et nous nous entendons très bien.

— Est-ce que vous allez vous marier ?

— Oui, peut-être. Il n'y a pas le feu. Quand nous en aurons envie, nous le ferons. Mais toi, Nicky ? Hier soir, au téléphone, tu as dit que tu avais un ami à Paris. Est-ce la raison de ton voyage ? Tu es venue le voir ?

— Oui. Il est photographe. Nous nous sommes rencontrés à Beyrouth il y a deux ans. Et puis juste après notre retour de Chine, où nous avons couvert les manifestations de la place Tiananmen, nous... enfin, c'est devenu sérieux entre nous. C'était fin juin.

— Jamais je n'aurais pensé que tu t'intéresserais à un Français ; tu étais tellement américaine, petite fille.

— Je crois que je le suis encore. Mon ami est américain, bien qu'il vive ici. Il s'appelle Cleeland Donovan, Clee pour les intimes, et je suis certaine que tu as vu dans *Paris-Match* des photos qu'il a prises.

— Oui, oui ! J'en ai vu ! Et tu vas l'épouser ?

— Peut-être.

— Ce serait merveilleux pour moi, si tu venais vivre à Paris... Peut-être nous verrions-nous plus souvent que tous les deux ans !

A cet instant, on sonna à la porte, et Marie-Thérèse demanda à Nicky :

— Voudrais-tu ouvrir, s'il te plaît ? C'est le déjeuner qui arrive. Je l'ai commandé au restaurant d'à côté.

Nicky se précipita et Marie-Thérèse lui cria :

— Tout est payé. Il n'y a qu'à mettre les plats au four. Il est déjà allumé.

— D'accord, répondit Nicky en ouvrant la porte et en prenant le plateau que lui tendait un serveur. Merci beaucoup, lui dit-elle.

— Merci, Olivier, merci, répéta Marie-Thérèse.

— De rien, madame Bouret, répliqua le serveur avant de disparaître dans l'escalier.

Dans la cuisine, Marie-Thérèse s'appuya au chambranle de la porte tandis que Nicky plaçait les plats au four.

— C'est du couscous au poulet. Ils le font très bien, expliqua-t-elle.

— En tout cas, ça sent bon !

— Allons, retournons au salon pour prendre un autre verre, et tu pourras tout me raconter de ton ami Clee.

— J'en serais ravie. Pour commencer sans tarder, je te dirai qu'il est merveilleux.

— Ah ! Je crois que toi aussi tu es amoureuse !

— C'est bien possible.

— [illegible] ça sera [illegible] !

— Allons, retournons au Salon pour [illegible] avec votre [illegible], tu pourras voir [illegible] de [illegible]

— J'en serais ravie. Pour commencer [illegible] je [illegible] est [illegible].

— Ah ! Je crois que toi aussi tu es amoureuse [illegible]

— C'est bien possible.

CHAPITRE 32

Nicky sentit son humeur changer à la minute où elle ouvrit la porte à Clee, le lundi soir. Les derniers vestiges de tristesse et l'horrible mélancolie se dissipèrent instantanément, et son moral vira au beau. Tout ce qui l'avait préoccupée ces derniers jours fut repoussé à l'arrière de son cerveau. La seule chose qui comptait était Clee.

Il apparut devant elle, muet, un large sourire fendant son visage, irradiant la bonté, son amour pour elle brillant dans ses yeux sombres.

Elle lui sourit aussi, le visage radieux, ouvrit grand la porte et s'effaça pour le laisser entrer.

— Tu m'as manqué, Nick, dit-il.

Il l'entoura de ses bras et repoussa la porte du pied.

— Ça fait si longtemps, Nicky, continua-t-il en lui caressant la joue de ses lèvres. Beaucoup trop longtemps pour moi.

— Et pour moi. Tu m'as terriblement manqué.

— Tu m'en vois ravi.

Il l'embrassa doucement sur les lèvres puis, le bras toujours autour de ses épaules, l'entraîna vers le petit salon. S'écartant d'elle, il la regarda.

— Nicky, mon Dieu, c'est si bon de te voir ! J'ai tellement besoin de toi !

— Et j'ai tellement besoin de *toi* ! répondit Nicky.

Elle fut surprise de l'avoir admis avec une telle ferveur. D'ordinaire, elle se montrait plus prudente dans ses paroles, mais elle avait une telle envie de partir en Provence, d'effacer tout ce qui s'était passé depuis qu'elle était arrivée en Europe, et surtout d'être avec Clee et d'oublier Charles Devereaux !

— Bon, je crois que je ferais mieux de t'assener tout de suite mes problèmes, annonça-t-il avec une grimace.

— Quel genre de problèmes ?

— Est-ce une bouteille de champagne, dans ce seau, là-bas ?

— Du dom-pérignon, ton préféré.

— Prenons-en une flûte, ma chérie, et je vais tout t'expliquer.

Nicky s'assit sur le canapé, un peu anxieuse, espérant que ces problèmes n'étaient pas insurmontables. Elle ne pourrait supporter de le voir repartir pour un reportage. Elle voulait être avec lui. Elle avait besoin de lui, de sa gentillesse, de son affection.

Clee ouvrit la bouteille avec habileté et remplit deux flûtes de cristal. Il en tendit une à Nicky et, quand ils eurent trinqué, but une longue gorgée en gagnant la cheminée.

— Mmmm, c'est bon... J'ai eu une dure journée au bureau.

— Ces problèmes, Clee, quels sont-ils ?

Il posa son verre sur le manteau de la cheminée.

— D'accord, j'y vais. Premièrement, il y a une fuite dans ma salle de bains. Quand je suis rentré hier soir, j'ai tout retrouvé inondé, la salle de bains et la chambre sont sous l'eau — enfin, presque. J'ai appelé plusieurs plombiers aujourd'hui, mais bien sûr, aucun n'était libre avant demain. Ma femme de ménage a fait de son mieux pour contenir le déluge, mais je ne peux pas t'installer chez moi ce soir. Alors...

Il plongea la main dans une poche de sa veste et en sortit une brosse à dents qu'il fit claquer sur le manteau de la cheminée.

— ... Il va falloir que je passe la nuit ici. Je pourrai camper dans la suite avec toi, hein ?

— Bien sûr ! s'écria-t-elle en riant de soulagement. Ce sera parfait. Ce n'est pas ce que j'appelle un problème. Enfin... que tu doives rester là — mais je suis désolée pour ton appartement.

— Il avait besoin d'être redécoré, de toute façon. Autre chose : on ne peut pas partir pour le mas mercredi comme prévu, Nicky. J'ai des ennuis au bureau...

— C'est-à-dire ?

— Deux de mes associés sont indisponibles pour diverses raisons. Peter Naylor et moi nous sommes partagé leur travail. Est-ce que ça t'ennuie qu'on reste à Paris une petite semaine ?

— Oh, Clee, tu sais que j'adore Paris. En plus, je me moque un peu de l'endroit où je suis, tant qu'on est ensemble.

— Nicky, c'est la meilleure nouvelle que j'aie entendue depuis des semaines.

Il lui sourit, mais ses yeux se fixèrent intensément sur elle. Très sensible à chaque nuance de son comportement, il se rendait compte que ses sentiments pour lui avaient évolué depuis la Provence et

New York. Il prit une gorgée de champagne et continua.

— Autre chose encore — une déception. Yoyo n'arrivera pas à Paris avant la fin de la semaine... Alors je crains bien que notre célébration de ce soir ne se fasse en tête à tête.

— Oh, Clee, je suis désolée qu'on ne voie pas Yoyo tout de suite, mais le plus important, c'est que nous soyons ensemble — dans la mesure où il est en route, et non en train de pourrir dans une prison de Pékin. Est-ce que tu lui as parlé ?

— Non, mais il a appelé le bureau samedi, et Jean-Claude a compris que Yoyo savait que tu serais à Paris aujourd'hui. Apparemment, il a parlé à ta secrétaire à New York.

— Il a appelé la chaîne la semaine dernière.

— Un autre verre ? demanda-t-il.

— Pas pour moi, merci.

— Comment se sont passées tes enquêtes à Rome, Athènes et Madrid ?

— Très bien, merci. Et toi, à Berlin et Leipzig ?

— Pas mal, pas mal du tout. J'ai l'impression que je risque d'y retourner dans peu de temps. Beaucoup de choses se passent. On n'a encore rien vu.

Il lui parla de la situation politique à Berlin Est et Ouest, à Leipzig, en Europe de l'Est en général, et surtout en Russie.

Nicky l'écouta attentivement, respectant son jugement, comme elle l'avait toujours fait. Mais, en même temps, une partie de son esprit se concentra sur l'homme. Elle ne put s'empêcher de trouver qu'il était beau, le visage bronzé, les cheveux éclaircis par le soleil. Il portait un costume bleu foncé en soie, une chemise bleu pâle et une cravate bleu marine, et elle ne l'avait jamais vu plus élégant. Mais bien qu'il eût depuis longtemps acquis l'inimitable élégance française, qu'il eût l'air européen, son visage était totalement américain : enfantin et ouvert, ses yeux bruns candides et sincères, sa large bouche irlandaise généreuse et tendre. Oui, Cleeland Donovan était un homme à la beauté tranquille, et il était très séduisant.

Soudain, ses sentiments pour lui semblèrent l'engloutir, la submerger. Pour la première fois, elle comprit vraiment combien il comptait pour elle. Personne au monde n'était plus important que lui, et elle fut stupéfiée de cette révélation soudaine. Perdue quelques secondes dans la contemplation de l'homme et de ses sentiments pour lui, elle ne s'aperçut pas qu'il s'était arrêté de parler, jusqu'à ce qu'il émette un léger sifflement qui la fit sursauter. Elle se redressa et cligna les yeux.

— Hé, Nicky, où dérivais-tu ? Est-ce que je t'ennuie ?

— Oh, non, Clee, certainement pas... Honnêtement !

— Qu'est-ce qui ne va pas ? Tu as une expression bizarre.

— Je t'aime.

— Quoi ?

— Je t'aime.

Il gagna le canapé en trois enjambées et s'assit près d'elle. Prenant ses mains dans les siennes, il la regarda.

— Nicky, est-ce que ça t'ennuierait de le répéter une fois encore.

— Je t'aime, Clee. Je t'aime.

— Oh, Nicky.

Il prit son visage entre ses mains et l'embrassa, l'amenant à se détendre contre les coussins. Il écarta une mèche de cheveux blonds de son visage et dit :

— Je t'aime, moi aussi... Je te l'ai déjà dit. Et j'ai souffert de ne plus t'avoir auprès de moi.

Il l'embrassa, plus passionnément cette fois, puis s'arrêta brusquement.

— Allons au lit. Je te veux.

Il se leva et lui tendit la main. Ensemble ils allèrent dans la chambre, firent voler leurs vêtements et s'enlacèrent. Ils restèrent un long moment sans dire un mot, sans bouger, simplement heureux d'être proches et intimes de nouveau.

— Jamais je n'ai connu cela auparavant, dit finalement Clee.

— Moi non plus.

Et elle savait que c'était la vérité. Jamais elle n'avait aimé Charles comme elle aimait Clee; chacun des deux hommes avait éveillé en elle des sentiments différents. Il y eut un autre moment de silence, et il enfouit son visage dans ses cheveux, lui caressant le dos, la serrant contre lui.

Cette fois, ce fut Nicky qui prit l'initiative de l'entraîner vers le lit.

Ils s'allongèrent côte à côte, se regardant dans les yeux, sans rien dire. Ils n'avaient pas besoin de mots, ils pouvaient lire sur le visage de l'autre l'expression éloquente de leur amour et de leur désir.

Ils s'enlacèrent et, comme toujours, leur passion les amena bientôt au summum de l'excitation. Quand Clee retomba sur Nicky, hors d'haleine, il se rendit compte qu'elle avait les joues humides et lécha le sel de ses larmes.

— Tu pleures ! Nicky, qu'y a-t-il ? Pourquoi pleures-tu ?

— Je ne sais pas, murmura-t-elle. Je crois que c'est de bonheur !

Elle rit. Il lui adressa son petit sourire de travers et la serra dans ses bras.

*
* *

— C'est un bien meilleur pique-nique que celui que nous avons pris au mas, dit Clee entre deux bouchées de cuisse de poulet.

— Je ne suis pas d'accord ! Ton pique-nique était le meilleur de ma vie. Tu avais fait des choses merveilleuses, y compris les plus fantastiques sandwichs au beurre de cacahuète et à la gelée de raisin que j'aie jamais mangés.

— Si c'est tout ce qu'il faut pour te faire plaisir, répondit Clee en riant, je ne crois pas que j'aurai trop de mal à te rendre heureuse.

Nicky rit et prit son verre de vin blanc sur la table de nuit.

— Je peux être beaucoup plus difficile sur certains plans, tu sais.

Ils étaient assis en tailleur au milieu du vaste lit, vêtus des peignoirs blancs de l'hôtel. Ils avaient posé entre eux une assiette de poulet et une corbeille de pain et, sur la table roulante que Clee avait amenée du salon, trônait un saladier plein de verdure et une panier de fruits frais, près du seau à glace où rafraîchissait une bouteille de montrachet.

— Est-ce que toutes les filles te prennent pour Kevin Costner ? demanda soudain Nicky en le regardant d'un air intrigué.

— Seigneur, non ! Pourquoi ?

— Parce que vous vous ressemblez beaucoup, tu sais.

Il prit une gorgée de vin.

— En fait, je t'ai pris pour lui.

— Quoi ?

Elle lui raconta l'épisode du magazine à Athènes, quand elle avait cru qu'il était sur la couverture.

— Un de tes fantasmes, dit Clee. Tu as toujours rêvé d'avoir une star de cinéma !

— Non, Clee, c'est toi que je rêve d'avoir.

— Tu m'as, *baby*, au cas où tu ne le saurais pas.

— Je suis contente.

— Et toi, Nicky ? Est-ce que je t'ai ?

— Tu le sais bien.

Il lui sourit et lui envoya un baiser de loin.

Nicky prit une gorgée de vin et, l'air songeur, garda son verre dans ses mains. Au bout d'un moment, elle dit lentement :

— Clee, quand j'étais à Londres et que je t'ai appelé à Berlin, juste avant de partir pour Rome, je t'ai dit que j'avais été voir Anne Devereaux à Pullenbrook...

— Tu es allée t'excuser, c'est ça ?

— Oui, c'est vrai, en partie. Mais j'avais une autre raison d'aller la voir... J'en étais venue à penser que Charles était peut-être encore en vie, qu'il pouvait très bien avoir mis en scène sa mort pour disparaître, pour des raisons inconnues.

Clee la regarda bouche bée un moment, puis reposa son morceau de poulet dans son assiette.

— Tu n'es pas sérieuse ! dit-il en riant. Allons, Nick, c'est à moi que tu parles... Arrête de plaisanter.

— Mais je ne plaisante pas. Je suis sérieuse, tout à fait sérieuse.

Son ton sobre inquiéta Clee, qui réfléchit à ce qu'elle venait de dire.

— Qu'est-il arrivé qui ait pu te faire penser ça, demanda-t-il finalement, après tant d'années ?

Nicky lui raconta l'histoire, lui donnant presque tous les détails intéressants, mais s'arrêtant après le récit des événements de Rome et d'Athènes. Elle ne dit rien de Madrid.

Quand elle eut terminé, Clee déclara d'une voix curieusement sourde :

— Et pourquoi donc parcourais-tu toute l'Europe à la recherche d'un mort ? Un prétendu mort. Est-ce qu'il ne t'a pas fait assez de mal ? Ou bien l'aimes-tu encore, Nick ? C'est ça ?

— Non, je ne l'aime plus. Je suis détachée de Charles Devereaux, et ce depuis longtemps. Bien avant de tomber amoureuse de toi.

— Si tu le dis, affirma Clee calmement en la regardant droit dans les yeux... Oui, je te crois, Nick. Mais pourquoi l'as-tu recherché ?

— Je voulais savoir la vérité. Écoute, Clee, j'ai été stupéfaite, choquée, incrédule, quand j'ai vu ce visage aux nouvelles. Il ressemblait tant à Charles que je devais en parler à Anne. Je n'arrivais pas à m'ôter ce visage de l'esprit. Tu sais, j'ai toujours eu un doute, j'ai toujours été troublée par le fait qu'on n'ait pas retrouvé son corps... J'imagine que c'est dans la nature humaine, d'avoir besoin de funérailles, d'enterrer ses morts... Je crois que j'ai voulu savoir la vérité pour pouvoir tirer un trait sur ce chapitre de ma vie.

— Est-il tiré, maintenant ? Vraiment ? Où est-ce que cela va continuer de te hanter ?

— Non. Je viens de te le dire. Il est tiré.

— Dis-moi, Nick, pourquoi es-tu tellement certaine maintenant qu'il s'est suicidé, qu'il est vraiment mort ? Qu'est-ce qui t'a fait changer d'avis ?

— Où que je sois allée, je me suis heurtée à un mur. Pas trace de lui à Rome, ni à Athènes.

— Pourquoi es-tu allée à Madrid ? Qu'espérais-tu y trouver ?

— Je ne savais pas ce que j'y cherchais. Je voulais montrer les photos à son ancien associé espagnol. Je crois que je recherchais une confirmation ou une information de la part de Don Pedro.

— Et que t'a-t-il dit ?

— Je ne l'ai pas vu. Il n'était pas là. Comme je te l'ai dit au téléphone ce matin, j'ai quitté Madrid samedi soir et j'ai passé la nuit ici.

— Pourquoi ce soudain changement d'attitude ?

— Je me suis rendu compte que, si je pouvais si facilement prendre Kevin Costner pour toi sur un magazine, j'avais bien pu prendre un autre homme pour Charles Devereaux.

— Les photos peuvent effectivement nous induire en erreur. Montre-les-moi, Nicky, j'aimerais les regarder.

— Je m'en suis débarrassée... J'espère que tu ne m'en veux pas, Clee.

— Non, je ne t'en veux pas, mais je suis étonné et troublé. J'aurais aimé que tu m'en parles tout de suite, dès que tu as vu le reportage à la télévision. J'aurais compris, Nick, une fois que je me serais fait à l'idée que ce type était peut-être en vie et... que j'avais un rival.

— Tu n'as aucun rival, Clee. C'est toi que j'aime.

— J'aurais préféré que tu me fasses confiance : je suis un type assez intelligent, et je te respecte, Nicky, je respecte tes émotions, ton esprit, ton professionnalisme — et ton indépendance. Jamais je ne m'opposerai à quelque chose que tu voudras faire, à moins que je ne pense que ça risque de te faire du mal. Heureusement, tu es une femme adulte, une journaliste d'expérience, une correspondante de guerre dont j'ai apprécié les qualités depuis deux ans que nous travaillons côte à côte. Crois-tu que je ne te connaisse pas ? Que je ne te fasse pas confiance ? Jamais je ne te traiterai comme une enfant.

— Merci, Clee. Oui, tu me connais, mieux sans doute que quiconque. Je suis contente que tu me fasses confiance. Moi aussi, je te fais confiance, tu sais.

— ... Alors, sa mère n'a pas trouvé les photos ressemblantes ?

— Non. Elle a été catégorique. Et Philip Rawlings aussi.

— Quelle est la situation légale de Charles Devereaux en Angleterre ?

— Il est considéré comme disparu, parce qu'on n'a pas retrouvé son corps. Une lettre annonçant son suicide ne suffit pas. Je ne suis pas même certaine que l'enquête de police soit close. Je n'ai jamais pensé à le demander à Anne.

— Jamais tu ne m'as parlé de Charles Devereaux, jamais. Ce que je sais, je le tiens d'Arch Leverson. Mais c'est très peu de chose : par loyauté envers toi, il ne s'est pas montré très bavard. Je ne savais même pas qu'il avait laissé une lettre. Est-ce à toi qu'elle était adressée ?

— Non, à sa mère.

— Que disait-elle ? Le sais-tu ?

— Oui, elle me l'a montrée quand je suis venue en Angleterre juste après le suicide. Il n'y avait que quelques lignes, très brèves, presque froides. Il disait qu'il ne voulait plus vivre, qu'il faisait la seule chose possible — s'ôter la vie — et qu'il espérait qu'elle lui pardonnerait.

— Lui a-t-elle pardonné ?

— Je ne sais pas vraiment. Elle le pleure toujours, j'en suis certaine, bien qu'elle fasse bonne figure.

— Il n'y avait donc pas de lettre pour toi ?

— Non.

— N'as-tu pas trouvé ça étrange ?

— Si. Mais peut-être n'avait-il rien à me dire.

— Pourquoi dis-tu cela ?

— Parce que, dans les mois qui ont précédé son suicide, il a tout très soigneusement préparé. Il a cédé ses parts de l'entreprise d'importation de vins à ses associés britanniques et espagnols, il a vendu son appartement, rédigé un testament et mis toutes ses affaires en ordre. Tout a été fait avec beaucoup de méthode, Clee. Alors, s'il avait voulu me dire quelque chose, il m'aurait écrit une lettre, tu ne crois pas ?

— Je suppose... Qui a hérité de son argent ?

— Anne est son unique légataire, conformément à son testament, mais naturellement elle n'a pas encore hérité, parce que Charles ne sera considéré comme décédé que sept ans après sa disparition.

C'est la loi britannique. Anne ne pourra demander à la cour de le déclarer légalement mort que dans quatre ans.

Clee se pencha en avant et fronça les sourcils.

— Quand un homme disparaît pour commencer une nouvelle vie, avec une nouvelle identité, il le fait généralement pour une très bonne raison. Quand tu as pensé que Devereaux pourrait être encore vivant, quelle raison as-tu trouvée pour qu'il ait agi ainsi, Nick ?

— Je n'avais aucune certitude. J'ai dit à Arch, quand je l'ai vu à Rome, que ce devait être une raison si bizarre que personne n'y aurait songé. Mais en fait j'ai pensé que Charles pouvait tremper dans quelque chose d'illégal.

— Comme ?

— Un trafic d'armes, ou de drogue.

— Ouais. J'imagine que j'en serais arrivé à la même conclusion, étant donné le monde dans lequel nous vivons.

— Je t'ai raconté tout ça ce soir parce que je voulais que tu le saches, Clee. Je voulais que rien ne puisse nous séparer.

— Je suis content que tu m'aies parlé, et je ne suis pas en colère contre toi, affirma Clee en souriant. Je me sens seulement un peu protecteur envers toi, c'est tout... Je t'aime.

— Je t'aime.

— Ne parlons plus de ce Devereaux. Enterrons-le une fois pour toutes, tu veux bien ?

— Il est déjà enterré, dit Nicky en descendant du lit.

Elle passa du côté de Clee et le serra dans ses bras.

— Merci d'être si merveilleux, si compréhensif. Je reviens dans une minute. Ne t'en va pas !

— Je ne m'en irai *jamais*.

Nicky referma la porte de la salle de bains derrière elle et s'y adossa. Elle voulait dire à Clee toute la vérité, mais elle avait su dès le début qu'elle ne pourrait lui raconter l'histoire complète. Heureusement, elle avait réussi à ne pas éveiller ses soupçons. Personne ne devait jamais savoir que Charles Devereaux était encore en vie. Elle lui en avait fait la promesse, et elle ne le trahirait pas : il avait mis sa vie entre ses mains. Son secret, de toute façon, ne nuisait en rien à Clee. Elle ne reverrait plus jamais Charles Devereaux. Ce chapitre de sa vie était enfin refermé.

CHAPITRE 33

— Après la mort de Maï, à l'hôpital Xiehe, j'ai rapporté son corps à ses parents, dit Yoyo dont le regard passait de Clee à Nicky. Des amis m'ont aidé. Nous avons trouvé deux pousse-pousse. Ils nous ont emmenés. Nous sommes allés chez Maï. Ses parents ont pleuré. Ils étaient très tristes. J'étais très triste... Maï était si jeune...

Sa voix trembla et il se tut. Nicky lui posa la main sur le bras en un geste de sympathie et de profonde affection. Il était difficile de croire que Yoyo était enfin avec eux, à Paris, semblant en si bonne santé, presque prospère. Il portait un beau costume sombre, une chemise blanche et une cravate rouge, et semblait totalement contrôler la situation. Nicky s'éclaircit la voix.

— Clee et moi savons combien ce fut horrible pour toi, combien tu as souffert de ce deuil, combien tu en souffres encore. C'est tellement tragique ! Nous avons tous été bouleversés par la mort de Maï.

— Je sais, Nicky, dit Yoyo avec un faible sourire. Et merci, Clee, pour avoir porté Maï si loin, pour avoir tenté de la sauver, pour l'avoir emmenée à

Xiehe. Tu es gentil, Clee. Tu es un véritable ami. Et toi aussi, Nicky.

— J'aurais tant voulu la sauver, dit Clee.

Il éprouvait la plus grande sympathie pour le jeune Chinois assis avec eux dans son appartement de la rue Jacob. C'était le vendredi 1er septembre, en début de soirée. Yoyo était venu dans le sixième arrondissement, sur la rive gauche, pour les voir, leur raconter son évasion de Pékin, les mettre au courant des dernières nouvelles. Plus tard, ils iraient fêter leurs retrouvailles tant attendues avec M. Loong, le bienfaiteur de Yoyo, qui les avait tous invités.

— La mort de Maï, c'était une mauvaise chose, dit soudain Yoyo.

— Oui, ce fut un grand malheur, approuva Clee.

Nicky et lui se jetèrent un coup d'œil : il fallait changer de sujet de conversation.

— Nicky et moi nous sommes fait beaucoup de souci pour toi toutes ces semaines, Yoyo. Arch et les autres aussi. Nous ne savions pas ce qui t'était arrivé après notre départ de Pékin. Nous t'avons attendu à Hong Kong, comme nous te l'avions promis. Plusieurs jours, tu sais.

— Désolé de ne pas être venu. C'était trop difficile pour moi, Clee.

— Ne t'excuse pas, Yoyo, intervint Nicky. Nous comprenons. C'est seulement que nous nous faisions du souci pour toi. Nous espérions que rien ne t'était arrivé, que tu n'étais pas enfermé dans une prison de Pékin. Dieu merci, tu vas bien !

— Il m'est arrivé beaucoup de choses. Mais j'ai de la chance. Vraiment.

— Dis-nous tout : comment es-tu sorti de Pékin, comment es-tu arrivé à Paris ?

— Je commence par le début, d'accord ?

— D'accord, Yoyo, vas-y ! l'encouragea Clee avec un sourire.

— Après votre départ, il y avait la police partout à Pékin. Je suis allé chez Maï. Les parents de Maï m'ont caché. La police posait beaucoup de questions sur les étudiants. Il y a eu beaucoup d'arrestations. Beaucoup d'étudiants ont été emprisonnés. A l'université Qinghua, il y a eu des choses horribles. C'était dangereux. Je suis resté chez Maï une semaine. Les parents de Maï craignaient que la police me trouve, m'arrête. Le père de Maï m'a conduit chez des amis. Ils m'ont caché pendant dix jours. C'était difficile. Dangereux. Il devenait impératif que je quitte Pékin.

— C'est à ce moment que tu as quitté la ville ? A la mi-juin ? demanda Nicky.

— Non, non. Je suis resté à Pékin. J'ai déménagé souvent. Je suis allé chez des amis des parents de Maï. Ils m'ont caché. La mère de Maï m'a dit qu'elle m'aiderait à fuir, qu'elle avait des *guanxi*...

— Ça veut dire des relations, interrompit Nicky en regardant Clee. Philip Rawlings me l'a expliqué quand j'étais à Pullenbrook.

— Comment sait-il ça ?

— Je te l'ai dit, il a un poste important au ministère britannique des Affaires étrangères. Hong Kong est une colonie de la Couronne, sous protectorat britannique jusqu'au 30 juin 1997... Qui sait, peut-être est-il chargé des affaires chinoises, ou de Hong Kong, au ministère... Il n'a jamais été très explicite sur son travail.

— Je comprends, dit Clee. Désolé pour cette interruption, Yoyo. Continue.

— La mère de Maï avait beaucoup de relations. Elle m'a envoyé dans le sud de la Chine. Le père de Maï m'a donné de l'argent. Et j'avais le vôtre. Je l'avais gardé en sécurité. La mère de Maï m'a dit que j'avais besoin de beaucoup d'argent. Pour acheter les gens. Des gens très importants.

— Et comment es-tu passé à Hong Kong ?

— Beaucoup de gens m'ont aidé. Des gens ordinaires. Ils détestent le gouvernement. Ils détestent ce que le gouvernement a fait aux étudiants. Ils sont tristes pour les étudiants. Ils aiment le mouvement démocratique. Beaucoup de personnes différentes m'ont aidé. La mère de Maï m'a fait aller à Shenzhen...

— C'est à côté de Hong Kong, dit Clee à l'intention de Nicky. C'est une zone économique, un peu comme Hong Kong. C'est devenu, du jour au lendemain, une sorte de vitrine de leur croissance économique.

— Oui, dit Yoyo. Tu connais Shenzhen, Clee ?

— J'y ai fait un reportage il y a un an. C'est un drôle d'endroit, plein de criminels et de miséreux, mais aussi d'hommes d'affaires et de chefs d'entreprise. Mais continue ton histoire, Yoyo.

— J'avais besoin de papiers pour aller à Shenzhen. Tous les citoyens chinois ont besoin de certificats spéciaux. Le père de Maï a un ami qui a des *guanxi*. Cet homme m'a acheté un certificat.

— Mais comment as-tu gagné Shenzhen depuis Pékin ? La route est longue, dit Nicky.

— Le père de Maï m'a conduit à Shanghai. Son frère nous a aidés. Il m'a fait passer chez des amis, tout un réseau, Nicky. Ils aident les étudiants. Je ne peux pas dire plus. D'accord ? Vous comprenez ?

— Bien sûr qu'on comprend. Tu ne veux pas trop divulguer de choses sur le réseau parce que d'autres étudiants pourraient avoir à utiliser la même voie pour s'échapper ?

— C'est ça, Nicky. Je suis arrivé à Shenzhen début août. J'avais une relation spéciale. L'ami d'un ami. Je suis resté deux semaines. L'ami de Shenzhen m'a conduit rue Zhong Ying un jour. C'est une rue commerçante. D'un côté, c'est la Chine, de l'autre Hong Kong. Beaucoup de touristes. On a acheté les policiers ; ils ont regardé ailleurs et j'ai passé la frontière.

— Mais il y a la police de Hong Kong de l'autre côté de la rue Zhong Ying, dit Clee. Je connais bien ce passage depuis mon reportage sur Shenzhen. Comment as-tu pu franchir le contrôle de l'autre côté ?

— J'ai couru. Je suis passé par des ruelles, des allées. Je me suis caché. Je suis arrivé à l'eau. Hong Kong était de l'autre côté de la baie. M. Loong attendait en bateau. Chaque jour, un bateau m'a attendu, jusqu'à ce que j'arrive. Je suis arrivé à Hong Kong sur le bateau de M. Loong. M. Loong s'est occupé de moi à Hong Kong. C'est un homme bien.

— Qui est exactement ce M. Loong, Yoyo ? demanda Nicky.

— C'est le frère de la mère de Maï. Un homme très important à Hong Kong. Un homme d'affaires. Il a quitté Shanghai en 1948, avant que les communistes n'arrivent en 1949. Il a une entreprise d'import-export à Hong Kong. Il est très riche, maintenant. Il m'a aidé. Il m'a amené à Paris.

— Tu étais un immigrant clandestin à Hong Kong, sans papiers. Comment as-tu fait ? Comment as-tu pu en sortir ? demanda Clee. Je sais que tu as un passeport chinois, mais les visas, et tout ce qu'il faut pour quitter la colonie ?

— M. Loong a tout arrangé. Il a beaucoup d'amis. Des amis importants. Il m'a acheté un *vrai* passeport de Hong Kong, à mon nom.

— Est-ce qu'on peut le voir, Yoyo ? demanda Nicky. Ça ne t'ennuie pas de nous le montrer ?

— Mais non, répondit Yoyo en fouillant dans sa poche.

Il en sortit le passeport et le tendit à Nicky. Clee se leva et s'approcha d'elle, sur le canapé. Ensemble ils l'examinèrent, puis se regardèrent. Ils s'attendaient à voir un faux, mais il semblait authentique et valide, un vrai passeport de Hong Kong au vrai nom de Yoyo, Chin Yong Yu. En le lui rendant, Clee dit :

— Très bien, Yoyo. Ton ami M. Loong a certainement de gros *guanxi*.

Yoyo rit et approuva du chef.

— Et quels sont tes projets ? demanda Clee. Est-ce que tu vas rester en France ?

— M. Loong a un bureau de son entreprise d'import-export à Paris. Il m'a amené ici comme secrétaire. Peut-être que je vais rester, peut-être que je vais aller à New York, dit-il en posant sur Nicky un regard interrogateur.

— Nous en reparlerons demain, tu veux bien, Yoyo ? répondit-elle après un coup d'œil à l'horloge de la cheminée. Je crois que nous devrions partir.

Est-ce que M. Loong ne nous attend pas à huit heures ?

— Oui, dit Yoyo en se levant. Lui et Mme Loong nous attendent au Ritz, place Vendôme, dans la suite Ernest Hemingway.

Clee regarda Nicky et ils éclatèrent de rire.

— Qu'est-ce qu'il y a ? demanda Yoyo.

— On se disait que tu as vraiment de la chance, Yoyo. Ce M. Loong *est* ta chance.

— Oh oui, M. Loong est une vraie chance, admit Yoyo.

CHAPITRE 34

Nicky n'avait cessé de penser à Anne Devereaux depuis Madrid et, le dimanche matin, elle décida de l'appeler à Pullenbrook.

— Que c'est bon d'entendre ta voix, Nicky, dit Anne.

— Et la vôtre aussi, Anne. Je suis à Paris avec Clee, et j'ai pensé vous dire un petit bonjour.

— Je suis contente que tu m'appelles. Je ne savais pas où te joindre, et je voulais te parler.

Nicky perçut quelque chose de curieux dans la voix d'Anne ; elle changea de position sur sa chaise et se redressa.

— De quoi ?

— De Charles. Nicky, je...

— Oh, Anne, je suis désolée d'être venue vous voir à Pullenbrook il y a deux semaines avec cette histoire ; je sais combien je vous ai bouleversée, et c'était très mal de ma part. J'ai agi de façon impulsive, sans vraiment réfléchir. Charles s'est bien suicidé il y a trois ans, je le sais. Ce n'était pas Charles sur la photo, j'avais tort.

— Je n'en suis plus aussi sûre.

— Que voulez-vous dire ? demanda Nicky en se raidissant.

— J'ai réfléchi. J'ai repensé à ces photos. Quand tu me les as montrées, j'ai bien vu la ressemblance. En fait, je l'ai trouvée très troublante. Mais je me suis immédiatement convaincue qu'il ne pouvait s'agir de Charles, pour la simple raison que mon fils n'aurait jamais pu faire une chose aussi monstrueuse que feindre sa propre mort. Mais, ces deux dernières semaines, ces photos m'ont hantée.

— Oubliez-les, Anne. Ce n'était pas Charles. Honnêtement. Ce n'était pas lui.

— J'aimerais revoir ces photos, dit calmement Anne. Pourrais-tu avoir la gentillesse de me les envoyer ?

— Je ne les ai plus. Je les ai détruites. Il n'y avait aucune raison de les garder.

— Tu ne les as vraiment pas ?

— Non, je vous l'ai dit : je m'en suis débarrassée, je les ai déchirées et jetées.

Il y eut un silence à l'autre bout du fil. Nicky attendit un moment, puis demanda :

— Anne, êtes-vous toujours là?

— Oui, je suis là, Nicky.

Sa voix ne parvint que très faiblement à Nicky et elle s'en inquiéta.

— Est-ce que vous allez bien ?

— Je n'ai pas beaucoup dormi ces derniers temps, pour te dire la vérité. J'imagine que je n'ai pas pu détacher mon esprit de Charles. Tant de souvenirs me revenaient...

— Oh, Anne chérie, ne vous faites pas de mal, dit doucement Nicky, pleine de compassion pour son amie. C'est ma faute. Je ne sais pas quoi faire pour vous aider, mettre votre esprit au repos, faire que vous vous sentiez mieux... Y a-t-il quelque chose que je puisse faire ?

— Pourrais-tu venir en Angleterre, Nicky ? J'aimerais te parler. J'ai besoin de te parler. Je n'ai personne d'autre. Peut-être que, si je te voyais, je me sentirais moins seule...

Le cœur de Nicky se serra, et elle fut sur le point de refuser ; mais, sachant qu'elle était responsable du désespoir de cette femme, elle se reprit.

— Je pourrais venir demain, Anne, pour la journée. Je n'aurai pas le temps d'aller à Pullenbrook, alors est-ce que vous pourriez me retrouver à Londres ? Pour le déjeuner ?

— Naturellement, ce serait merveilleux ! dit Anne d'une voix soudain plus forte, plus dynamique. Pourquoi ne pas nous retrouver chez moi ? C'est un endroit calme et beaucoup plus confortable qu'un restaurant.

— Oui, ce serait parfait, Anne. Alors d'accord. On se voit demain, disons entre midi et midi et demie.

— Je t'attends avec impatience.

— Saluez Philip pour moi.

— Je le ferai. Il est parti se promener, sinon je te l'aurais passé. Je sais que tu aurais voulu lui dire bonjour. Bien, on se voit demain, ma chérie, et merci.

Quand Nicky eut raccroché, elle resta assise au bureau de Clee, dans son petit coin de travail, et réfléchit à sa conversation avec Anne. Elle avait une voix triste et épuisée au début de leur conversation, et Nicky savait que c'était sa faute. C'était elle qui avait rouvert une blessure à peine cicatrisée en trois ans, et qui l'avait à nouveau horriblement fait souffrir.

Le passé était revenu, comme un torrent de tourments, submerger cette femme délicieuse, qui méritait tellement mieux. Nicky ressentit une soudaine bouffée de colère en pensant à Charles et à ce qu'il avait fait à sa mère en disparaissant, puis repoussa ce sentiment inutile, qui ne jouait plus aucun rôle dans tout cela, et certainement pas dans la vie d'Anne. Elle allait trouver un moyen d'arrêter le saignement, d'aider Anne à panser de nouveau sa blessure. Et, pour cela, elle devait aller à Londres. Elle prendrait l'avion demain matin. Il n'y avait qu'une heure de vol et, quand elle arriverait, elle convaincrait Anne Devereaux que son fils était mort. Il l'était d'ailleurs, pour tous ceux qu'il avait connus.

La porte d'entrée claqua et Nicky sursauta. Elle bondit sur ses pieds et courut jusqu'à l'entrée. Clee était là, les bras chargés de sacs. Deux baguettes sortaient de l'un d'eux, des légumes d'un autre, et des fleurs se balançaient au-dessus d'un troisième.

— Salut, dit-il en souriant. Viens avec moi déballer tout ça.

Elle le suivit à la cuisine.

— J'ai l'impression que tu as acheté de quoi nourrir une armée ! s'exclama-t-elle. Qu'as-tu l'intention de faire pour le déjeuner ?

— La célèbre omelette paysanne à la Donovan pour commencer, répondit-il en déposant lourdement ses sacs sur la table.

— Est-ce que je peux te demander ce que c'est ?

— Il faudra que tu attendes. C'est ma spécialité, et c'est délicieux. Tu adoreras ça.

Comme un magicien, il fit jaillir le bouquet de fleurs de son sac et le tendit à Nicky.

— Pour la femme de ma vie, dit-il en s'inclinant afin de lui déposer un baiser sur la joue. Et « bien le bonjour à toi, *mavourneen* », ajouta-t-il avec le plus fort accent irlandais qu'elle ait jamais entendu.

— Oh, Clee, comme c'est gentil, merci !

Elle prit le bouquet et enfouit son visage dans les fleurs. Puis, impulsivement, elle lui lança les bras autour du cou et le serra contre elle. Le visage tout contre celui de Clee, elle lui murmura :

— Je t'aime.

— Je t'aime aussi, Nick, dit-il en lui prenant le menton pour la regarder dans les yeux. Et tu ne sauras jamais à quel point. Il ne me reste qu'à tenter de te le prouver. En attendant, il faut que je commence à faire le déjeuner, sinon nous ne nous mettrons pas à table avant quatre heures de l'après-midi.

— Est-ce que je peux t'aider ?

— Quand j'aurai rangé mes achats, tu pourras mettre la table, ouvrir la bouteille de champagne, nous en verser deux verres et y ajouter du jus d'orange. Ensuite, tu pourras t'asseoir et me faire la conversation pendant que je préparerai l'omelette. Ça te va ?

— Ça me va, répondit-elle en riant.

Elle l'aida à vider les sacs et mit les fleurs dans un vase. Puis elle étala une nappe, ajouta assiettes, fourchettes et couteaux et s'occupa de la bouteille de champagne. Son père aimait le « mimosa », ce mélange de champagne et de jus d'orange, et elle savait bien le doser.

— A la jeune fille que j'aime, dit Clee en faisant tinter son verre contre le sien. A ta santé !

— A ta santé, mon chéri, murmura-t-elle dans un sourire.

Clee partit s'affairer devant le plan de travail et Nicky le regarda, admirant sa rapidité et son efficacité dans le maniement des légumes qu'il avait visiblement l'intention d'incorporer à l'omelette. On dirait qu'il fait une omelette espagnole, se dit-elle en se retenant de sourire.

— Est-ce que tu vas toujours à Bruxelles demain ? demanda Nicky au bout de quelques minutes.

— Oui, j'y vais. Pourquoi ?

— J'ai appelé Anne Devereaux tout à l'heure, et j'ai été ennuyée de la sentir déprimée. Je crois qu'elle va très mal, Clee.

— Et tu te dis que tu as ouvert une boîte de serpents, ou plutôt la boîte de Pandore, c'est ça ?

— Oui. C'est vraiment ma faute, Clee. Je me suis conduite comme une idiote en me précipitant chez elle comme je l'ai fait. J'ai été bien trop impulsive. J'aurais dû attendre, réfléchir, en discuter avec toi.

— Tu aurais dû le faire, effectivement, et je t'aurais dit de laisser tomber. Mais qu'importe ? Il ne sert à rien de pleurer sur le passé... Que veux-tu faire à son sujet, Nicky ? Est-ce que tu peux l'aider ?

— Elle veut que je vienne la voir. Elle me l'a demandé. Elle dit qu'elle n'a personne d'autre à qui parler.

— Et Philip ? Est-ce qu'il ne compatit pas à ses problèmes ?

— Certainement, mais nous sommes très proches toutes les deux, et j'étais...

— Tu étais fiancée à Charles, termina Clee en la regardant par-dessus son épaule. Tu n'as pas besoin de prendre de gants avec moi... en ce qui concerne Charles Devereaux, je veux dire. Vous étiez fiancés, et vous avez eu une liaison. Personne n'est sans passé, sans histoire, à nos âges. Nous portons tous un certain bagage.

— Merci de ta compréhension. Enfin, j'ai accepté d'aller à Londres demain, pour déjeuner avec elle à son appartement d'Eaton Square. Comme tu avais dit que tu allais à Bruxelles pour deux ou trois jours, j'ai pensé que ça te serait égal.

— Naturellement. Tu aurais pu y aller même si j'étais resté à Paris. Tu dois faire ce que tu as à faire, et je n'essaierai pas de te tenir en laisse. Je ne suis pas du genre à faire ça. Et j'espère que tu ne me tiendras pas en laisse non plus.

— Jamais ! C'est *verboten*. De plus, tu es un célibataire endurci, tu me l'as dit. Il y a des années que tu t'es coulé dans le moule de Robert Capa, et je sais que tu veux prendre ton appareil et photographier le monde, comme lui. Je comprends.

Clee posa le couteau qu'il tenait et s'approcha de Nicky, lui retira des mains son verre qu'il plaça sur la table, et l'incita à se lever.

— Écoute, mon petit rayon de miel : il est bien possible que je veuille courir le monde avec mon appareil, il est bien possible que je veuille être libre, mais en tout cas je ne veux pas être sans rêve. Je te veux près de moi.

Il l'embrassa presque violemment puis la tint à bout de bras et le sourire en coin apparut.

— Et si on se mariait ?

Nicky fut si surprise qu'elle le regarda bêtement.

— Je ne m'y attendais pas... Est-ce que je dois te donner ma réponse aujourd'hui ?

— Non, tu n'as pas à me donner ta réponse aujourd'hui, dit-il avec un sourire en lui posant un baiser sur le nez. Tu peux me la donner demain, ou la semaine prochaine, ou quand tu veux — tant que c'est « oui ».

CHAPITRE 35

Comme Pullenbrook, l'appartement d'Anne sur Eaton Square était très beau, impressionnant lui aussi à sa façon. Il avait été décoré des années plus tôt, peu avant sa mort, par le grand architecte d'intérieur anglais John Fowler.

Les murs du salon, spacieux et haut de plafond, étaient d'un rose fané que le décorateur trouvait particulièrement apaisant. Le rose des rideaux de taffetas, aux deux grandes fenêtres, était un peu plus profond, et cette couleur douce baignait la pièce d'un rayonnement nacré. Des antiquités géorgiennes, des tapisseries d'Aubusson et plusieurs tableaux de Stubbs représentant des chevaux ajoutaient à l'élégance tranquille de la pièce. Comme toujours, Anne y avait apposé son empreinte inimitable : tables à jupons pour accueillir les photos de famille dans des cadres d'argent, pots de grandes orchidées blanches, vases de fleurs partout, et des bougies parfumées qui brûlaient lentement.

En ce matin ensoleillé de lundi, Anne et Nicky avaient pris place sur le petit canapé proche de l'une des fenêtres donnant sur Eaton Square et les masses vertes des arbres de son jardin central.

Anne était plus calme que lors de la dernière visite de Nicky, et cela se voyait sur son visage. Les petites rides autour de sa bouche avaient disparu et son corps était moins raide. En fait, presque toute la tension l'avait quittée, et elle était souriante et plus détendue.

Nicky, soulagée d'avoir réussi à apaiser Anne, se sentait mieux elle aussi : elle était contente d'être venue à Londres. Le voyage en valait la peine, puisque les blessures qu'elle avait rouvertes se cicatriseraient vite maintenant. Anne se ressemblait déjà plus.

Les deux femmes avaient toujours été complices et, après leur longue et intense discussion du matin, elles semblaient en communion encore plus intense.

— Tu ne peux savoir ce que signifie pour moi que tu sois venue, dit Anne en prenant la main de Nicky. Tu m'as fait recouvrer la raison, tu m'as aidée à me ressaisir, et je t'en suis très reconnaissante, ma chérie. J'étais très triste, déprimée... Je crois que je commençais même à me prendre en pitié, ce qui ne me ressemble pas du tout. Je ne supporte pas l'apitoiement sur soi, c'est un tel signe de faiblesse ! Je ne le supporte pas chez les autres. Merci, Nicky, tu as fait des merveilles.

— Inutile de me remercier, Anne. J'ai été heureuse de venir. Outre que je vous aime et que je veux votre bonheur, je me sens responsable de tout cela. C'est moi qui ai ouvert la boîte de Pandore et en ai laissé échapper toutes ces horreurs. Je voulais remettre les choses à leur place. Je voulais vous aider à surmonter cela, si je le pouvais.

— Tu y es parvenue, alors ne t'inquiète plus, le couvercle est bien en place... Tu as toujours représenté quelque chose de très spécial pour moi,

Nicky, comme la fille que je n'ai jamais eue. Et tu m'as apporté un tel réconfort aujourd'hui que tu m'as permis de puiser de nouveau dans mes réserves d'énergie intérieure. Tu m'as remise sur les rails, pourrait-on dire.

Elles se sourirent.

— Je me sens mieux aussi, Anne, vraiment. Je me suis fait beaucoup de souci pour vous, hier, quand j'ai senti votre douleur. Je savais ce que vous traversiez... Il y a deux semaines, à Pullenbrook, vous m'avez suppliée de laisser Charles reposer en paix. C'est ce que j'ai fait, et j'espère que vous pourrez faire de même.

— Je le crois... maintenant. Oui. Je suis sûre que je le peux, ma chérie.

— Anne... J'ai une grande nouvelle. Yoyo, le jeune étudiant chinois que nous avons rencontré à Pékin, a réussi à s'échapper. Il est arrivé à Paris jeudi dernier, et Clee et moi avons dîné avec lui vendredi. Il est en pleine forme !

— Je suis ravie qu'il s'en soit sorti sain et sauf, s'exclama Anne dont le visage s'éclaira soudain d'une animation inattendue. Raconte-moi !

Nicky lui narra l'odyssée de Yoyo, et elle terminait le récit de leur dîner au Ritz avec M. et Mme Loong quand on sonna à la porte.

— Oh, ce doit être Philip, dit Anne en se levant. J'ai été un peu surprise quand il a appelé à onze heures et demandé s'il pouvait nous rejoindre. D'ordinaire, il déjeune à son club. Et puis j'ai compris qu'il voulait te voir. Il t'aime beaucoup, Nicky.

— Je suis très heureuse qu'il déjeune avec nous. Je l'aime bien aussi, dit sincèrement Nicky. C'est un homme adorable.

Un instant plus tard, Philip Rawlings entrait dans la pièce, embrassait d'abord Anne, puis Nicky.

— Je te croyais en Provence ! dit-il à Nicky en levant des sourcils interrogateurs.

— Je devrais y être, mais Clee a des problèmes au bureau. Nous espérons partir la semaine prochaine.

— C'est une belle saison, là-bas, murmura Philip.

Il s'approcha du petit bar et se servit un verre. D'ordinaire, il ne buvait pas au déjeuner les jours de semaine ; aujourd'hui constituait une exception. En fait, ce n'était pas son premier whisky et soda. En venant les rejoindre, il avait fait une chose qu'il n'avait pas faite depuis des années : il s'était arrêté dans un pub, au Grenadier, le seul pub qu'il connaissait dans le quartier de Belgravia, et il avait rapidement bu un verre avant de reprendre sa marche vers Eaton Square.

Substitut de courage, se dit-il en laissant tomber un cube de glace dans son verre de cristal. Il se retourna vers Anne et Nicky, qui était sur le point de se laisser tomber dans un fauteuil près du canapé où Anne avait déjà pris place. Il leva le verre et but une longue gorgée. Il était inutile de différer l'épreuve, si bien qu'il alla s'asseoir près d'Anne.

— Je crains bien que ce ne soit pas un très bon déjeuner, Philip, dit Anne. J'ai laissé Pilar et Inez à la campagne en venant ce matin. Alors je me suis arrêté chez Harrods prendre un peu de viande froide pour accompagner une salade.

— Ne t'en fais pas. Je n'ai pas grand faim.

— Je me sens beaucoup mieux, mon chéri, continua Anne en lui souriant. Être avec Nicky, lui parler, m'a énormément tonifiée.

— Je le vois !

— Je vais vraiment bien, maintenant, Philip. Vraiment.

— Oui.

— Je parlais justement à Anne de Yoyo, intervint Nicky pour tenter de détendre l'atmosphère dont elle ne comprenait pas la lourdeur. Vous savez, cet étudiant chinois qui nous a tant aidés à Pékin. Il a réussi à gagner Hong Kong, puis Paris, et nous l'avons vu la semaine dernière.

— Il a eu de la chance, dit sombrement Philip. Malheureusement, beaucoup d'étudiants engagés dans le mouvement démocratique et qui ont tenté de s'échapper ont été renvoyés en Chine par le gouvernement de Hong Kong. Dieu sait quel y a été leur sort.

— C'est terrible ! s'exclama Anne. Comment avons-nous pu faire une chose pareille ?

Philip ne répondit pas et but une autre longue gorgée, vidant presque son verre avant de le poser sur la précieuse table en laque devant lui. Il prit son souffle et dit :

— Anne, j'ai quelque chose à te dire, je suis heureux que Nicky soit avec nous. Elle a le droit de l'entendre, elle aussi.

Les deux femmes le regardèrent, intriguées par son ton grave et l'expression tourmentée de son visage.

— C'est à propos de Charles...

— Charles ? interrompit Anne d'une voix trop aiguë.

Nicky se raidit dans son fauteuil, pleine d'appréhension.

— Ce matin, certaines informations sont arrivées sur mon bureau. Des informations confidentielles, secrètes, mais je crois que, étant donné les circonstances, j'ai l'obligation morale de vous mettre toutes deux dans la confidence. Cependant, comme c'est une communication à diffusion restreinte, classée très secrète, en fait, je dois vous demander de ne jamais en faire état à quiconque. Elle ne peut sortir de ces murs. Je compte sur votre discrétion, et je dois vous demander votre parole, à toutes les deux.

— Tu sais que je ne divulguerai jamais quoi que ce soit sur ton travail, confidentiel ou non, dit Anne, un peu interloquée.

— Je vous donne ma parole, murmura Nicky.

Elle était inquiète, se demandant ce que Philip allait leur révéler. Il hocha la tête et prit la main d'Anne.

— Quand Nicky est venue nous voir à Pullenbrook en août, elle avait raison sur toute la ligne, Anne. C'était bien Charles, dans ce reportage d'ATN à Rome. Il avait effectivement feint de mourir il y a trois ans.

Anne en eut le souffle coupé et ses yeux s'arrondirent sous le choc. Elle resta sans voix un moment, puis s'exclama :

— Veux-tu dire qu'il est en vie ? Mon fils est vivant ?

Philip ne répondit pas.

Nicky resta parfaitement immobile, les mains serrées sur ses genoux. Elle savait qu'elle devait être prudente dans ses réactions, qu'elle ne devait rien trahir.

— Est-il vivant, Philip ? Je t'en prie, réponds-moi, répéta Anne. Charles est-il vivant ?

— Non, Anne, il ne l'est plus. Charles est mort.

— Je ne comprends pas ! s'écria-t-elle au comble de l'agitation. Tu viens de dire que Nicky avait raison, que Charles n'était pas mort il y a trois ans. Et maintenant tu dis qu'il est mort. Comment cela se peut-il ? En es-tu certain ?

— Certain.

Nicky, aussi choquée qu'Anne, faisait de son mieux pour se contrôler. Elle tenta d'affermir sa voix :

— Mais comment savez-vous que Charles est mort, Philip ?

— Mon ami Frank Littleton me l'a dit ce matin. Frank et moi étions à Harrow ensemble, et à Cambridge, et nous sommes restés amis depuis cette époque. Frank travaille pour les services secrets, pour le MI6, mais il n'est pas un agent intervenant sur le terrain. Il fait un travail de bureau. Il m'a envoyé une note ce matin, me demandant de venir le voir. Ce que j'ai fait. Et il m'a dit que le fils d'Anne avait été tué.

— Oh, Seigneur, que dis-tu ? Le MI6, l'espionnage, les services secrets ! Est-ce que Charles était engagé dans quelque chose de dangereux ?

— Frank ne m'a pas donné beaucoup de détails, répondit Philip d'un ton calme dont il espérait qu'il aiderait Anne à traverser cette nouvelle épreuve.

— Vous venez de dire qu'il a été tué, dit Nicky. Alors il n'est pas mort de mort naturelle. Ni dans un accident. Voulez-vous dire qu'il a été assassiné ?

Philip hocha la tête. Il entoura les épaules d'Anne de son bras tandis qu'elle laissait échapper un étrange sanglot. Elle se mit à trembler.

— Quand Charles a-t-il été tué ? demanda Nicky.

— La semaine dernière.

— *Où ?*

— A Madrid. Il était dans un avion qui a sauté sur l'aéroport de Madrid. Un petit Falcon privé.

— Oh, mon Dieu ! dit Anne en pressant sa bouche de ses mains. Mon fils ! Charles ! Je t'en prie, dit-elle en se tournant vers Philip, dis-moi de quoi il s'agit, Philip. Je t'en supplie, dis-le-moi. Je ne comprends pas.

— A-t-on retrouvé son corps ? coupa Nicky.

— L'explosion a été très forte...

Anne se mit à sangloter doucement, la tête sur l'épaule de Philip. Il la serra contre lui, tentant désespérément de la réconforter.

— Vous avez dit que l'information vous est parvenue grâce à un vieil ami du MI6, continua Nicky. Cela signifie que Charles était un agent secret, qu'il travaillait dans le monde clandestin du renseignement. Est-ce bien cela ?

— Je le crois, Nicky.

— Vous n'en êtes pas sûr ?

— Frank ne m'a donné que très peu de détails. Il n'aurait même rien dû me dire du tout. Mais il connaît Anne, et il sait que nous allons nous marier. C'est pour cela qu'il a voulu que je sache. Il a pris ce risque pour moi. Mais il n'allait pas mettre en péril la sécurité nationale. Il y aurait eu là plus que son poste en jeu.

— Mais il vous a donné un indice sur le meurtrier, ou les meurtriers, non ?

— ... J'ai eu l'impression que ce pourrait être des agents israéliens.

— Le *Mossad*! s'écria Nicky. Pourquoi le Mossad aurait-il voulu tuer Charles Devereaux ? D'après ce que vous venez de nous dire, il était un agent britannique. Les Britanniques et les Israéliens ne sont pas adversaires. Ils sont du même côté !

Philip resta silencieux.

— Il travaillait bien pour les services de renseignement britanniques, n'est-ce pas ? tenta Nicky en faisant jouer tout son métier de journaliste.

— Peut-être pas. Frank m'a dit... Je crois que je ne devrais peut-être rien ajouter. Non que j'en sache beaucoup plus que ce que je vous ai déjà dit.

— Juste une chose. Si Charles ne travaillait pas pour les Britanniques, il travaillait pour quelqu'un d'autre. *Qui ?*

— Frank ne l'a pas vraiment dit, Nicky. Cependant, il a sous-entendu que Charles travaillait avec une organisation basée au Proche-Orient.

— Une organisation terroriste ? Est-ce ce que vous voulez dire ?

Philip hocha la tête.

— Vous voulez dire qu'il était un terroriste ?

— C'est possible.

— Il travaillait pour l'OLP? Abou Nidal ? Le FPLP-Commandement général ? *Qui ?*

— Frank n'a mentionné aucun de ces groupes, mais il a indiqué que Charles travaillait pour les Palestiniens.

— Je ne vous crois pas ! s'écria Nicky. Non !

— Les Palestiniens, répéta Anne en s'écartant soudain de Philip pour se redresser sur le canapé. Frank a dit que Charles travaillait pour les Palestiniens ?

— C'est ce qu'il a laissé entendre, oui.

Anne était blanche comme la craie. Ses yeux perdirent soudain toute expression. Elle regardait droit devant elle, au loin, comme si elle voyait quelque chose que Nicky et Philip ne pouvaient distinguer. Elle était ailleurs, silencieuse, parfaitement immobile, comme en transe.

Philip jeta un regard inquiet à Nicky. Celle-ci hocha la tête et regarda Anne. Puisant dans les informations que Charles lui avait données à Madrid, elle dit lentement :

— Peut-être que Charles n'a pas trahi les Britanniques. Peut-être était-il une *taupe*, un agent britannique apparemment passé à l'ennemi sous une nouvelle identité, pour la bonne cause.

— Je ne sais pas, répondit Philip. Mais c'est possible, naturellement. Il arrive que de telles choses soient mises en place à un très haut niveau. Souvent très peu de gens, même dans le service, sont au courant, pour des raisons de sécurité. Il est possible que Frank ne sache pas tout.

— Exactement, s'exclama Nicky. Et si Charles était une taupe, cela fait de lui un *faux* traître, n'est-ce pas ?

— C'est cela, approuva Philip en regardant Anne dans l'espoir qu'elle avait entendu ce qu'avait dit Nicky.

Car c'était possible, tout à fait possible. La théorie de Nicky se tenait parfaitement bien. Nicky s'appuya contre le dossier de son fauteuil, retournant tous les faits dans son esprit, et elle se surprit bientôt à se demander si Charles était vraiment mort, ou s'il avait dû le faire croire une seconde fois.

Il ne m'a pas fait confiance, se dit-elle. Il a cru que je risquais de le trahir. Il a eu peur, peur que je ne le mette en danger. Oui, c'est ça. Il a voulu faire croire qu'il était mort de nouveau pour continuer à travailler comme taupe pour les Britanniques !

Son cœur se serra. Que devait-elle vraiment penser ? Était-il mort, cette fois ? Dans ce cas, le Mossad s'était-il trompé de cible ? Avait-il assassiné un agent britannique ?

*

* *

Il n'y avait aucun bruit dans l'appartement de Clee. Tout était parfaitement calme, pas même le tic-tac d'une pendule pour briser le silence. Il était tard, presque minuit. Nicky était seule; Clee avait été retenu à Bruxelles pour *Paris-Match*. Elle lui avait parlé au téléphone un peu plus tôt, réussissant à limiter la discussion sur sa journée à Londres. Maintenant, elle était au salon, et finissait un bol de soupe en réfléchissant aux événements de la journée.

Les extraordinaires révélations de Philip ne l'avaient pas autant bouleversée qu'Anne, pour des raisons évidentes. Après tout, elle avait vu Charles dix jours plus tôt, l'avait écouté lui expliquer sa disparition, et elle l'avait cru. Elle croyait aussi qu'il était toujours en vie. Le Charles Devereaux qu'elle avait connu, avec lequel elle avait été fiancée, avait toujours été un homme extrêmement intelligent, brillant même. Il était donc raisonnable de penser qu'il était un agent secret hors de pair, la meilleure taupe en exercice. Il n'avait donc pas été pulvérisé dans cette explosion à l'aéroport de Madrid. Il s'était arrangé pour le faire croire, parce qu'il voulait qu'elle et tous les autres croient qu'il était mort.

Elle était certaine qu'un autre homme était mort à sa place dans le Falcon.

Mais, qu'il soit vivant ou mort, elle était persuadée qu'il n'avait pas œuvré pour la cause palestinienne ; il avait simplement infiltré une organisation terroriste en tant que taupe. Elle songea qu'elle aurait bien aimé dire à Anne ce qu'elle savait, si seulement cela avait pu l'aider à mieux supporter ces révélations sur son fils. Mais pour Charles, juste au cas où il serait en vie, elle n'avait pas osé le faire.

Anne avait fini par sortir de son état de transe et Nicky avait pu lui répéter sa théorie : Charles était un faux traître, un agent double, une taupe. Et elle avait insisté sur l'idée que Frank Littleton, l'ami de Philip, n'avait certainement pas toutes les données en main.

Anne avait semblé réconfortée et, au bout d'un moment, elle s'était excusée et s'était retirée dans sa chambre, expliquant qu'elle avait besoin d'être seule.

Nicky et Philip s'étaient entretenus pendant une heure de plus, avant qu'elle parte pour Heathrow prendre l'avion de Paris. A un moment, Philip avait exprimé l'inquiétude d'avoir commis une terrible faute.

— Peut-être aurais-je dû ne rien dire à Anne, Nicky. J'aurais dû tout garder pour moi, qu'en penses-tu ?

Nicky l'avait rassuré. Il avait fait ce qu'il fallait faire. Cela avait semblé le réconforter. Puis il lui avait confié :

— Je l'aime beaucoup, Nicky, je l'aime depuis des années. Je n'ai pas pu croire à mon bonheur quand elle a finalement accepté de m'épouser ; et je lui ai tout dit sur Charles parce que je la respecte, parce qu'il n'y a jamais eu qu'honnêteté et vérité entre nous. Nous ne nous sommes jamais menti. Anne est une femme mûre et intelligente, et j'ai pensé qu'elle avait le droit de savoir tout ce que je sais sur son fils, de savoir ce que Frank m'avait dit par amitié. Et j'ai pensé que, toi aussi, tu devais savoir la vérité, Nicky.

Si c'est vraiment la vérité, s'était dit Nicky. Mais elle avait répondu :

— Oui, vous avez raison, Philip, et vous avez agi au mieux. Aucune femme ne veut qu'un homme la traite en imbécile.

*

* *

— Ah, Nicky, mon petit, dit Marie-Thérèse, tu es bien évasive. Comment peux-tu dire que tu ne sais pas si tu vas épouser ton Clee ? Tu dois bien avoir une idée de ce que tu vas faire !

— Mais non, protesta Nicky. Il ne m'a demandée en mariage que dimanche matin...

— Mais on est jeudi, aujourd'hui ! Tu devrais savoir ce que tu ressens, maintenant. En tout cas, je crois qu'il s'attend à une réponse à son retour à Paris demain. N'est-ce pas ? A mon avis, tu dois dire oui, ma chérie. Que peux-tu dire d'autre ?

Nicky sourit à sa vieille amie d'enfance.

— Ah, Marie-Thérèse, tu es une incurable romantique. Je pourrais dire non, tu sais.

— Mmmm, c'est vrai. En revanche, pourquoi ferais-tu ça alors que tu es tellement amoureuse de ton Clee ?

— Et qu'est-ce qui te fait dire ça ?

— Je le vois dans tes yeux, mon petit et, quand tu parles de lui, ton visage rayonne d'amour.

— On verra. Je crois que je prendrai ma décision en Provence. Je n'ai pas eu le temps de réfléchir ces derniers jours, dit Nicky en regardant sa montre. Oh, il faut que je parte ! J'ai promis à Yoyo de dîner avec lui ce soir, et j'ai quantité de choses à faire cet après-midi. Merci pour cet autre délicieux déjeuner. J'espère qu'on t'aura retiré ton plâtre quand je reviendrai de Provence, que je puisse t'inviter à un déjeuner de gala au Relais Plaza.

— Avec Clee, j'espère.

— Avec Clee.

— Et si on ne peut déjeuner ensemble, tu m'appelles avant de rentrer aux États-Unis fin septembre, hein, Nicky ?

— Bien sûr. Mais ne t'en fais pas, nous déjeunerons ensemble, je te le promets.

Nicky se pencha et embrassa Marie-Thérèse.

— Ne te lève pas. Je peux très bien trouver la porte toute seule.

— Au revoir, ma chérie.

— Au revoir, et prends bien soin de toi !

Nicky referma la porte de l'appartement derrière elle et descendit l'escalier en courant. Elle déboucha en trombe dans la rue et, en prenant à droite avec l'espoir de trouver un taxi, elle bouscula un groupe d'hommes qui sortaient du restaurant au rez-de-chaussée de l'immeuble.

— Oh, pardon ! s'exclama-t-elle.

— De rien, mademoiselle, répondit l'homme à qui elle avait écrasé le pied.

Il se retourna et lui sourit. Nicky ouvrit la

bouche de surprise : elle était face à Charles Devereaux.

— Oh, mon Dieu !

Charles lui saisit le bras et la poussa vers une voiture garée contre le trottoir.

— Au revoir, Bernard, Hadji, dit Charles en montant derrière elle dans la voiture.

— Que se passe-t-il ? Où m'emmènes-tu ? Char...

— Tais-toi ! Ne dis plus un mot.

CHAPITRE 36

Ils étaient face à face dans le salon de l'appartement minable où il l'avait conduite.

— Mais, nom de dieu, que faisais-tu dans un quartier comme Belleville ? demanda Charles. J'en ai à peine cru mes yeux quand je t'ai vue. Que faisais-tu là?

— Avant que *je* réponde à tes questions, s'écria Nicky, j'aimerais t'en poser quelques-unes, *moi*!

— D'accord, admit-il en hochant la tête. Je te répondrai si je peux.

— D'abord, tu me jettes dans une voiture qui fonce dans Paris et tourne dans une ruelle dont je ne peux voir le nom, ensuite tu me traînes dans cet immeuble. Je n'ai pas la moindre idée de l'endroit où je me trouve, et j'aimerais savoir où nous sommes !

— Cet appartement est rue Georges-Berger, une rue qui donne dans le boulevard de Courcelles, au nord-est de l'Arc de Triomphe, derrière le parc Monceau.

— Pourquoi m'as-tu poussée dans cette voiture ?

— Je ne savais pas ce que tu allais dire, ce que tu pourrais révéler. Il était plus facile de venir ici.

Maintenant, dis-moi ce que tu faisais dans ce quartier. Belleville n'est pas un coin bien reluisant. C'est pour ton reportage ? Tu interviewes les gens de Belleville ?

— Non, mais que veux-tu dire ? Y aurait-il un reportage à faire à Belleville ?

— Comment le saurais-je ?

— Mais c'est toi qui as soulevé le sujet !

— Je n'arrive pas à imaginer pourquoi tu pouvais t'y trouver, c'est tout. C'est un quartier où vivent beaucoup d'Arabes. Mais je suis sûr que tu le sais.

— J'étais allée voir Marie-Thérèse Bouret, la Française qui a été ma nurse quand j'étais petite. Je suis sûre que je t'ai parlé d'elle un jour.

— Oui, je crois.

— Elle a déménagé à Belleville parce que son ami y vit. Elle s'est installée chez lui.

— Il est marocain, tunisien, algérien ?

— Je n'en sais rien.

Soudain, Nicky se souvint du couscous que Marie-Thérèse avait commandé pour leur déjeuner, la semaine précédente, et du nom du restaurant : le café de Tanger.

— Tu sortais d'un restaurant nord-africain, non ?

— Marocain.

— Pourquoi m'as-tu conduite ici ?

— Je ne voulais pas te parler en pleine rue.

— Avons-nous quelque chose à nous dire ? Tu aurais pu me faire confiance, ajouta-t-elle après l'avoir longuement fixé. Je ne t'aurais pas trahi. Je t'avais donné ma parole d'honneur, à Madrid. Alors tu vois, il était inutile de faire semblant de mourir une seconde fois.

— Mais je t'ai fait confiance, Nicky. Je te fais confiance.

— Alors pourquoi as-tu fait croire que tu étais dans ce jet privé, ce Falcon, qui a explosé à Madrid la semaine dernière ?

Il resta abasourdi et la regarda avec curiosité.

— Qui t'a parlé de cet avion ?

— Philip Rawlings.

— Tu as vu Philip ?

— Oui. Je suis allée à Londres lundi pour voir ta mère, qui était très déprimée. Elle commençait à douter que tu te sois suicidé il y a trois ans. Je l'ai retrouvée à son appartement pour déjeuner. Je voulais la convaincre que tu étais mort...

— Pourquoi a-t-elle eu des doutes ?

— A cause des photos, celle du reportage à Rome. Les photos de toi.

— Oui, je comprends. Continue.

— J'ai parlé à ta mère pendant une heure, et je suis parvenue à ce qu'elle croie à nouveau que tu étais mort. Et puis Philip est arrivé. Et il a annoncé ta mort, expliquant à ta mère que j'avais eu raison pour les photos.

Nicky raconta tout ce que Philip avait dit, sans pourtant révéler le nom de Frank Littleton. Quand elle eut terminé, Charles hocha la tête, les yeux songeurs.

— J'imagine que Philip a appris l'histoire de l'avion par un vieil ami dans les services secrets. Je sais tout de l'« establishment » britannique et des liens qui unissent les anciens d'une même école. Asseyons-nous, tu veux bien ? Je crois que nous serons plus à l'aise.

Quand ils se furent installés, Charles continua.

— Contrairement à ce que tu crois, je n'ai pas voulu faire croire que j'avais péri dans l'explosion de l'avion. En fait, j'aurais dû le prendre, s'il n'y avait pas eu un empêchement de dernière minute. Il a fallu que je reste à Madrid... plus longtemps que prévu. Comme je laissais une place libre, c'est Javier qui l'a prise. L'avion devait se rendre à Gibraltar, où vit sa sœur. Il voulait y passer le week-end.

— Sous-entends-tu que l'avion a été saboté ? Que quelqu'un a tenté de t'assassiner ?

— Je ne sous-entends rien, je te le dis.

— Qui ?

— Je n'en suis pas vraiment sûr — bien que j'aie des soupçons et quelques théories.

— Le Mossad ?

— Pourquoi fais-tu allusion au service de renseignement israélien ? demanda Charles en fronçant les sourcils.

— Philip a suggéré que le Falcon avait peut-être été saboté par eux, et qu'ils étaient après toi.

Il resta silencieux.

— Je n'ai rien dit, ni à ta mère ni à Philip, Charles. Je n'ai jamais parlé de notre rencontre à Madrid. J'ai aussi fait très attention à mes réactions aux nouvelles apportées par Philip... Tu vois, j'ai toujours pensé que tu étais encore en vie. Je le croyais fermement. Je savais que tu n'étais pas mort, et je ne voulais pas te faire courir un risque, mettre ta vie en danger.

Il ne répliqua pas.

— Philip m'a dit quelque chose de très curieux, Charles.

— Quoi ?

— La personne qui l'a informé lundi matin de ta mort à Madrid a laissé entendre que tu étais un terroriste.

Charles ne bougea pas d'un cheveu, et une expression songeuse s'empara de son visage. Finalement il regarda Nicky droit dans les yeux et dit :

— Les terroristes des uns sont les combattants de la liberté des autres.

— Je suis désolée, mais je ne suis pas sûre de comprendre où tu veux en venir.

— C'est une question de point de vue, non ?

— C'est bien ce que j'avais cru comprendre... Es-tu en train de me dire que tu es un terroriste ?

— Bien sûr que non !

— Non, bien sûr ! s'exclama Nicky avec un sourire de soulagement. Tu es un agent britannique qui est entré dans la clandestinité. Tu es une taupe britannique qui a infiltré une organisation terroriste du Proche-Orient. C'est ça ?

— Non.

— Tu n'es pas un agent britannique ?

— Non, et je n'en ai jamais été un. Je ne suis pas non plus une taupe.

— Tu m'as menti, à Madrid ?

— Oui.

— Pourquoi ?

— Parce que je ne voulais pas te dire la vérité.

— Quelle est la vérité ?

— J'appartiens à une organisation du Proche-Orient, Nicky.

— Qui s'appelle ?

— Al Awad — ça veut dire Le Retour.

— Je sais ce que ça veut dire ! cria-t-elle presque en s'agitant sur sa chaise et en le regardant avec des yeux exorbités. Ça veut dire le retour dans la patrie — la Palestine. Et c'est une organisation terroriste, affirma-t-elle en insistant sur chaque mot. Une organisation terroriste palestinienne, pour être exacte. J'en ai entendu parler, même si elle n'est pas aussi en vue que le groupe d'Abou Nidal et d'autres organisations.

— Ce n'est pas une organisation terroriste ! affirma Charles.

— Oh, je t'en prie ! Et que fais-tu pour eux ? Tu tues des femmes et des enfants ? Des innocents ?

— Je te l'ai dit. Je ne suis pas un terroriste. Je m'occupe d'argent, des questions financières.

— Peut-être n'utilises-tu pas de Kalachnikov ni de Beretta, mais tu es quand même un terroriste. L'argent que tu gères finance des actions barbares, des actes de terrorisme !

— Nicky, Nicky, crois-tu que les services secrets britanniques, la CIA, le Mossad ou la DGSE française soient différents ? Tous ces services font la même chose, dans le monde entier : ils mentent, trichent, tuent, meurent, et au nom de quoi ? Du *patriotisme*, disent-ils. Les combattants palestiniens de la liberté sont eux aussi des patriotes.

— Oh, mon dieu, que tu parles bien ! explosa-t-elle.

Elle n'en croyait pas ses oreilles. Que Charles Devereaux appartienne à une organisation palestinienne lui semblait totalement invraisemblable. Elle se contrôla, comprenant qu'elle ne devait pas laisser ses anciennes relations avec Charles ni sa colère outragée se mettre en travers de leur conversation. L'émotion ne devait pas obscurcir son jugement. Pense avec ta tête, s'ordonna-t-elle, et pose encore quelques questions pour aller au fond des choses. Résous une fois pour toutes l'énigme Charles Devereaux.

— Et pourquoi fais-tu ça ? Pour l'argent ? Pour quoi ?

Il eut un mouvement de recul, le mépris dans les yeux.

— Comme tu me connais mal, Nicky, si tu crois qu'on peut m'acheter. Je travaille pour ce groupe parce que je crois en ses buts.

— Tu crois en ses buts ! Veux-tu dire que tu crois en son idéologie ? C'est ça ?

— Oui, c'est ça.

— Pourquoi ? Pourquoi toi ? Un Anglais, un aristocrate ? Je ne comprends pas.

— Veux-tu vraiment savoir ?

— Question stupide. Bien sûr que je veux savoir !

Charles se carra dans son fauteuil, croisa les jambes et la regarda. Nicky s'aperçut soudain qu'il portait ses verres de contact bruns. Cela changeait beaucoup son apparence, et il lui sembla très loin du Charles qu'elle avait jadis aimé. Après quelques secondes de contemplation, il dit :

— C'est pour un homme que j'aimais...

— Un homme !

— Ah, non, Nicky, ce n'est pas ce que tu crois ! Non, j'aimais cet homme, et il m'aimait, et c'est ce qui m'a converti à la cause palestinienne et à Al Awad. Son amour et son influence sur moi. C'était un grand homme, et tout cela m'a conduit à adopter ses idées, à suivre son exemple.

— Il est palestinien ?

— Il l'était.

— Il est mort ?

— Malheureusement, oui.

— Qui était-il ?

— Mon père. C'était mon père.

Nicky resta abasourdie. Au bout de quelques secondes, elle murmura :

— Est-ce que tu veux dire que Henry Devereaux n'était pas ton père ?

— Oui.

— Est-ce qu'Anne t'a adopté ?

— Non, elle ne m'a pas adopté. Elle est bien ma mère.

— Ta mère *biologique*?

— Oui. Tout comme Nayef Al Kabil était mon père biologique.

— Anne Devereaux a eu une aventure avec un Palestinien ?

— Oui. Mais c'est l'histoire de ma mère, pas la mienne, et ce n'est pas à moi de te la raconter. Si tu veux en savoir plus, tu dois t'adresser à elle.

— Mais tu es né en Angleterre, tu y as été élevé, instruit, à Eton et à Oxford. Comment tout cela est-il arrivé ? Comment en es-tu venu à... avoir des sentiments aussi forts pour ton père ?

— Ma mère a pensé que je devais le connaître.

— Et quand l'as-tu rencontré ?

— Quand j'étais enfant, à six ans.

— Et c'est alors qu'il a commencé à t'endoctriner !

— Non, plus tard, quand j'étais plus vieux et que je pouvais comprendre. Mais je ne pense pas que ce fut de l'endoctrinement. C'était le legs qu'il me faisait. Son sang coule dans mes veines ! Je suis son fils !

— Le sang de ton père est plus important pour toi que celui de ta mère ? Est-ce cela que tu veux dire ?

— J'imagine que je suis plus un Al Kabil qu'un Clifford, en fin de compte. Je suis le fils de mon père.

— Quand ton père est-il mort ?

— Il a été tué en 1981, dans le Sud-Liban, pendant les hostilités.

— Est-ce à ce moment-là que tu as pris fait et cause pour son mouvement ?

— Non, environ deux ans plus tôt, en 1979, quand il m'a demandé de l'aider pour le financement du groupe. Il avait mis Al Awad en route en 1958 et, si tu veux le savoir, c'était un homme modéré. Il croyait en la modération, la violence n'était pas dans ses manières, Nicky. Il croyait aux discussions autour d'une table de conférence.

Nicky ignora ces précisions et demanda :

— Tu faisais partie du groupe quand nous nous sommes rencontrés ?

— Oui.

— Alors pourquoi t'es-tu engagé envers moi ?

Elle le regardait durement. Il hésita, puis dit lentement :

— Ce fut d'abord une attraction sexuelle. Je te voulais. Je voulais qu'on ait une aventure. Mais j'ai fait la même erreur que mon père.

— Qu'est-ce que ça veut dire ?

— Il est tombé amoureux d'une belle Anglaise. Je suis tombé amoureux d'une belle Américaine. Je n'avais pas prévu que notre relation irait aussi loin, Nicky. Et puis, quand je me suis retrouvé tellement amoureux de toi, j'ai pensé que je pourrais gérer la situation, avec toi *et* mon engagement dans le groupe de mon père.

— Et tu as changé d'avis.

— Non, pas vraiment.

— Alors pourquoi as-tu décidé de disparaître, il y a trois ans ?

— En fait, pas à cause de toi, bien que tu aies commencé à poser des problèmes. J'ai pensé que des services secrets étrangers étaient sur mes traces et s'apprêtaient à m'éliminer.

— Lesquels ?

— La CIA. Et le Mossad.

— Et en quoi étais-je un problème ?

— Comme je te l'ai dit, mon père a été tué en 1981. Son bras droit, qui a repris le flambeau après sa mort, avait encore plus besoin de moi que mon père. Je me suis retrouvé beaucoup plus impliqué que je ne l'avais prévu en m'engageant du côté de mon père. Néanmoins...

— Tu voulais aussi continuer ta petite vie à Londres, c'est ça ?

— Oui. En 1986, juste après nos fiançailles, j'ai compris que ça ne marcherait pas, que tu serais un obstacle, finalement. J'ai aussi compris que ce n'était pas juste pour toi. Je ne voulais pas te faire courir de danger. Alors à cause de toi et du fait que des espions me traquaient, j'ai acquis la conviction qu'il fallait que je disparaisse. Et je l'ai fait.

— Et ta mère n'a jamais rien su ?

— *Jamais*. Mon père ne voulait pas qu'elle sache, et moi non plus.

— Pourquoi me racontes-tu tout ça ?

— Parce qu'il n'y a aucune raison pour que tu l'ignores.

— Est-ce que tu vas me faire tuer ?

— Ne sois pas ridicule, Nicky !

— Je pourrais te dénoncer.

— Ça n'aurait pas d'importance. Plus maintenant.

— Pourquoi pas ?

— Je pars aujourd'hui pour le Proche-Orient. Je ne reviendrai plus en Europe. Je finirai mes jours là-bas.

— Pourquoi ?

— C'est trop dangereux pour moi, ici. Et il y a une autre raison que je ne peux te révéler.

— Tu vas au Liban ?

— Je ne peux pas te dire où je vais, tu dois bien le comprendre.

On frappa à la porte. Charles tourna la tête et dit :

— Entrez !

Pierre, l'homme qui avait fouillé la suite de Nicky à Madrid, ouvrit la porte et annonça :

— La voiture est prête.

Charles hocha la tête, se leva et se tourna vers Nicky.

— Il faut que je parte. Un avion m'attend au Bourget.

Nicky se leva aussi.

— Tu sais que je ne dirai rien à ta mère de notre rencontre d'aujourd'hui.

— Non, ça ne lui ferait que plus de mal encore.

Nicky le regarda, la colère si près d'éclater qu'elle se mordit les lèvres le temps de reprendre le contrôle d'elle-même.

— Elle a pleuré pour toi des larmes amères, l'autre jour.

— Je l'aime... mais...

Il ne termina pas sa phrase, saisit son attaché-case et sortit dans le couloir. Nicky le suivit.

Après avoir ouvert la porte, Pierre prit les deux valises qui attendaient là et descendit l'escalier menant à la rue.

Quand Nicky et Charles arrivèrent en bas des marches, il se tourna vers elle dans le petit vestibule.

— C'est le moment de nous dire adieu, Nicky.

— Si tu crois que je veux faire un reportage sur toi, ce n'est pas le cas.

— Je sais. Tu aimes beaucoup trop ma mère pour lui faire encore plus de mal.

Ils sortirent sur le trottoir.

— Le monde est petit, hein ? dit soudain Charles. Quand je pense qu'on s'est rencontrés par hasard à Belleville !

— Oui.

— Je peux te conduire quelque part ?

— Non, merci, je préfère marcher.

— Au revoir, Nicky, dit-il avec un faible sourire.

— Au revoir, Charles.

Pierre avait mis les bagages dans le coffre et, quand Charles fut monté à l'arrière, il alla s'asseoir près du chauffeur. La voiture s'écarta lentement du trottoir et descendit la rue étroite.

Nicky se retourna et partit dans la direction opposée, vers le boulevard de Courcelles, un million de pensées tourbillonnant dans sa tête.

Le souffle de l'explosion fut si fort que Nicky fut projetée par terre. Pendant une fraction de seconde elle resta étourdie, puis un cri étranglé sortit de sa gorge tandis qu'elle se mettait péniblement à quatre pattes et tournait la tête. La voiture dans laquelle Charles avait pris place avait explosé à une trentaine de mètres d'elle. Elle émit une sorte de râle d'horreur et se leva. L'air était plein de fumée et d'odeurs de brûlé, la rue jonchée de morceaux de métal, de verre brisé et de lambeaux de vêtements. Du parc Monceau, un policier en faction et plusieurs passants se précipitèrent vers elle.

Encore tremblante, Nicky s'adossa au mur de l'immeuble et ferma les yeux. Aucune chance que Charles ait survécu. Pas dans cet enfer. Et c'était bien sa voiture qui avait explosé, puisqu'il n'y avait aucun autre véhicule rue Georges-Berger.

CHAPITRE 37

Elles étaient assises sur le vieux banc de pierre au sommet de la colline des Amoureux. C'était le dimanche après-midi, et il faisait beau et chaud. Une légère brise agitait les arbres et poussait les nuages blancs dans l'arc lumineux du ciel bleu — une parfaite journée de septembre.

Aucune des deux femmes n'y avait pourtant prêté attention. Elles se tenaient enlacées, leurs têtes blondes l'une contre l'autre, partageant un moment de calme après une longue et souvent douloureuse conversation.

Nicky s'écarta un peu et regarda Anne.

— Voilà. Je vous ai dit toute la vérité. Je n'ai rien caché. Maintenant, vous savez tout, Anne.

Anne hocha la tête et serra la main de la jeune femme avant de prendre dans la poche de sa veste un mouchoir pour se sécher les yeux...

— Mon fils est mort... c'est drôle, tu sais, mais je ne crois pas être capable de verser d'autres larmes. Il ne m'en reste plus. J'ai pleuré Charles pendant trois ans, et je ne me crois pas capable de recommencer.

— Vous ne le pouvez pas. Vous devez regarder vers l'avenir, Anne. Votre vie doit continuer, votre vie avec Philip.

— Oui, ma chérie, tu as absolument raison. Il y a un moment, tu as dit que je savais tout et, grâce à toi, c'est vrai. Mais toi, tu ne sais pas tout, Nicky. Tu ne connais pas ma version de l'histoire. Je crois que je devrais te parler de Nayef Al Kabil, et de ce qui est arrivé il y a quarante et un ans.

— Seulement si vous le souhaitez vraiment, Anne.

— Oui, je le souhaite. Et j'en parlerai à Philip. Il a le droit de savoir, lui aussi.

Anne regarda au loin, le visage calme, les yeux pensifs, et il lui fallut quelques minutes pour commencer à parler.

— Je me souviens de chaque instant comme si c'était hier, chaque nuance m'apparaît aussi claire qu'alors. Mon père, Julian Clifford, occupait un poste important au gouvernement, à cette époque. Il avait fréquemment collaboré avec Winston Churchill, surtout pendant la Seconde Guerre mondiale et à la fin de celle-ci ; ils étaient du même bord. Mon père s'est occupé de la création de l'État d'Israël, en 1948. Lui et moi étions assez proches, à l'époque. Il était veuf. Ma mère était morte pendant la guerre. Enfin... mon père m'a emmenée avec lui en Palestine, en 1947. Il aimait bien que je l'accompagne quand il voyageait à l'étranger ou restait longtemps loin de la maison. En janvier 1948, j'ai rencontré Nayef. Il était issu d'une vieille famille palestinienne de renom, originaire de Gaza. Ils possédaient des terres, des orangeraies, et jouissaient dans la région d'une grande considération et d'un grand respect. Nayef n'avait que quelques années de plus que moi, et nous sommes tombés amoureux.

Curieusement, Anne garda longuement le silence.

Nicky la regarda, lui serra la main, mais ne dit

rien en voyant qu'elle essayait de garder le contrôle de ses émotions. Puis elle reprit :

— Nous étions très amoureux, Nicky. C'était la première fois pour lui comme pour moi, et tu sais ce qu'est un premier amour. Nous étions aveugles à tout hormis nous-mêmes. Il était si beau : élancé, bien qu'il ne fût pas extrêmement grand, le teint clair et les plus beaux yeux verts, clairs et innocents. Il était gentil avec moi, très tendre et très attentionné. Nous sommes devenus inséparables. En mai 1948, juste après mon dix-septième anniversaire, j'ai découvert que j'étais enceinte.

Anne s'arrêta une fois de plus et regarda Nicky.

— Les choses étaient différentes, à l'époque. Je ne pouvais rien faire, même si je l'avais voulu — ce qui n'était pas le cas. Naturellement, j'étais bouleversée et effrayée. Nayef et moi sommes allés ensemble en informer mon père, et Nayef lui a expliqué combien il m'aimait, et a précisé qu'il voulait m'épouser. J'ai dit à mon père que j'éprouvais les mêmes sentiments pour Nayef. Mon père a très mal réagi. Il était horrifié, furieux. Il m'a ramenée immédiatement en Angleterre. J'avais le cœur brisé. J'ai dû attendre sept ans pour revoir Nayef.

— Oh, Anne chérie, comme c'est triste ! Vous étiez si jeune, une enfant encore !

— Oui, nous étions tous deux des enfants, et très inexpérimentés sur bien des points. Il se trouvait que le plus vieil et le plus cher ami de mon père m'aimait. C'était Henry Devereaux, un industriel britannique qui me connaissait depuis toujours. Comme il était veuf et sans enfant, il accepta de m'épouser à la demande de mon père. Nous nous mariâmes en septembre 1948. Imagine mon sentiment d'horreur, après avoir été arrachée à Nayef, moi qui portais son enfant, de me retrouver mariée à un homme que je ne connaissais que comme l'ami de mon père. J'étais à l'agonie, mais je ne pouvais qu'obéir à mon père. En fait, Henry savait qu'il avait la maladie de Hodgkin, un cancer des ganglions lymphatiques, et qu'il ne vivrait plus longtemps. Comme il n'avait pas de famille en dehors d'un lointain cousin, et comme il m'avait toujours aimée, notre mariage lui fit grand plaisir. Il était heureux de pouvoir s'occuper de quelqu'un, et aussi d'avoir une jeune compagne pour les dernières années de sa vie. Je dois dire qu'il a été très bon pour moi et qu'il aimait beaucoup Charles. Mais je n'étais pas heureuse avec lui. Comment aurais-je pu l'être ? Notre mariage n'était qu'une plaisanterie. Mais je me dis maintenant, en repensant au passé, que je n'ai pas fait beaucoup d'efforts. Je le considérais comme un vieillard, puisqu'il était contemporain de mon père.

— Et naturellement vous pensiez à Nayef, murmura Nicky avec un élan vers son amie.

— Oh, oui, Nicky, comme je pensais à lui ! Mais je ne pouvais rien faire. Et puis j'avais mon merveilleux enfant, Charles, l'enfant de Nayef. J'aimais mon fils à la folie, et il m'a aidée à combler le vide de mon cœur. J'ai fini par m'habituer — on s'habitue toujours, tu sais. Charles était né en février 1949, mais ce n'est que lorsqu'il eut six ans que je décidai qu'il devait connaître Nayef, son vrai père. Les choses étaient beaucoup plus faciles pour moi à ce moment-là, dans la mesure où Henry et mon père étaient morts tous les deux. Alors, en

1955, j'ai emmené Charles dans le sud de la France, à Nice, pour qu'il rencontre Nayef.

— Et, à partir de cette époque, il a vu son père régulièrement au fil des années. Charles me l'a expliqué à Paris.

— Très régulièrement. Je lui avais dit que c'était un secret, que personne ne devait savoir pour Nayef. J'avais peur de la réaction de mon frère, Geoffrey, tu comprends. Je dois dire que Charles s'est très bien conduit. Il a gardé le secret. Il aimait Nayef, et Nayef l'aimait. Je ne savais pas qu'il endoctrinait notre enfant... Mais je n'aurais pu l'arrêter. Quand Charles a eu dix-huit ans, il a commencé à aller et venir à sa guise. De plus, il avait toujours été très volontaire et indépendant. Mais, pour te dire la vérité, Nicky, je n'avais pas la moindre idée de la force des liens qui les unissaient, de l'importance qu'avait prise leur relation, jusqu'à ce que tu me le démontres aujourd'hui. Charles était très discret à ce sujet. J'imagine qu'il le devait.

— Et vous, est-ce que vous avez repris des relations avec Nayef ?

— Non. Enfin, ce n'est pas tout à fait exact. Pendant deux ans environ, entre 1955 et 1957, nous avons repris où nous nous étions arrêtés. Mais ce ne fut jamais vraiment la même chose — ce n'est jamais la même chose —, et nous avons mis fin à notre liaison d'un commun accord. Ce n'était pas possible, ma chérie. Il vivait au Liban, j'étais ici, à Pullenbrook, et il commençait à avoir une action politique, tant ses convictions le préoccupaient. Je crois qu'il s'était déjà très profondément engagé pour sa cause.

— Charles m'a dit que son père était un modéré. Le croyez-vous ?

— *Absolument*. Nayef n'aurait jamais usé de violence, ne l'aurait jamais approuvée. Il a toujours cru qu'on pourrait parvenir à la paix par d'autres moyens.

— S'est-il jamais marié ? A-t-il eu d'autres enfants ?

— Non, il ne s'est pas marié. Il n'a pas non plus eu d'enfants — en tout cas, pas à ma connaissance. C'est peut-être une des raisons qui ont rendu Charles si important à ses yeux. Il était son fils unique, et il l'a voulu tout à lui.

— Oui, dit doucement Nicky. Et Charles s'est laissé prendre. Il a pourtant eu le choix.

— C'est entièrement ma faute, Nicky, dit Anne dans un soupir. Si je n'étais pas tombée amoureuse de Nayef quand j'étais jeune, rien de tout cela ne serait arrivé...

— Mais vous n'auriez pas eu Charles non plus.

— C'est vrai. Eh bien, ma chérie, dit Anne avec un petit sourire, peut-être ferions-nous mieux de rentrer. Clee et toi ne tarderez pas à partir pour l'aéroport. De plus, Philip et moi avons quelque chose à vous dire. Et moi, j'ai quelque chose à vous montrer.

Les deux femmes se levèrent. Au loin, la grande maison Tudor, ancienne, inchangée, éternelle, resplendissait sous le ciel lumineux. Ensemble elles descendirent la colline, bras dessus, bras dessous.

Philip et Clee étaient dans la bibliothèque en train de bavarder quand Anne et Nicky arrivèrent, quelques minutes plus tard.

— Vous voilà! s'exclama Philip. J'étais sur le point d'aller vous chercher. Inez va servir le thé. Je suis sûr que vous en voudrez toutes deux une tasse.

— Merci, c'est vrai, dit Nicky.

Anne se contenta de hocher la tête et alla prendre une enveloppe dans le tiroir de son bureau.

Nicky regarda Clee et lui sourit. C'était un tel réconfort de l'avoir ici avec elle ! Pendant le déjeuner, sa présence avait semblé détendre tout le monde. Non seulement il était chaleureux et compréhensif, mais aussi rationnel et les pieds bien sur terre. Avec lui, on savait à quoi s'en tenir. Cela fit plaisir à Nicky qu'Anne ait si bien réagi en sa présence, se soit sentie à l'aise, elle qui était si tendue quand ils étaient arrivés de Paris la veille au soir.

Clee conduisit Nicky vers l'un des canapés Chesterfield près de la cheminée et ils s'assirent côte à côte. Anne tendit à Nicky l'enveloppe qu'elle venait d'aller chercher.

— Je crois que tu devrais lire ça, Nicky. C'est arrivé jeudi dernier.

Nicky sursauta en reconnaissant l'écriture de Charles. La lettre était arrivée à Pullenbrook le jour de sa mort. Ignorant le frisson qui la parcourait, Nicky regarda encore l'enveloppe. Elle avait été postée le mardi 5 septembre, à Paris. Elle sortit la lettre de l'enveloppe et la lut lentement.

Paris, lundi soir, le 4 septembre 1989

Chère maman,

Il y a trois ans, je t'ai fait croire que je m'étais suicidé. Je ne pouvais te mettre dans la confidence parce que, si mon suicide feint devait être efficace, toi la première devais y croire. Ce fut une chose bien cruelle à t'infliger, je le sais, mais j'étais certain que ma vie était en danger. Je devais disparaître de la surface de la terre et devenir quelqu'un d'autre si je voulais survivre. Des agents secrets de plusieurs pays me pourchassaient car, sans que tu le saches, j'avais épousé depuis longtemps la cause de mon père et j'étais actif dans son organisation depuis 1979.

Mon père, que j'aimais tant, était un homme modéré, comme tu le sais. Et moi aussi. Malheureusement, il y a des gens dans le groupe qu'il a fondé, Le Retour, qui n'ont pas respecté ses principes. Une faction en son sein pratique la violence. Je ne peux ni ne veux le tolérer. Je me suis souvent exprimé à ce sujet au cours de l'année qui vient de s'écouler, et j'ai fait clairement connaître mes sentiments. En conséquence, je sais qu'à nouveau ma vie est en danger — et cette fois le danger vient de ma propre organisation. On a déjà tenté de m'éliminer la semaine dernière en faisant sauter mon avion à l'aéroport de Madrid.

Il y a eu trop de tueries au Proche-Orient pendant toutes ces années. Il faut que cela cesse. Les Palestiniens et les Israéliens doivent apprendre à vivre ensemble. Et en paix. Le terrorisme est vicié. Il doit être mis hors la loi, une fois pour toutes.

Je sais que mon temps est compté maintenant, quelques semaines, deux mois au plus. Et, avant de mourir, il y a une chose que je dois faire pour aider les innocents du Proche-Orient, Arabes et Juifs. Ces dix dernières années, j'ai géré les affaires financières de l'organisation de mon père, et brillamment, tu peux me croire. Aujourd'hui, les fonds appartenant au groupe se montent à trois cents millions de dollars américains. Cet argent est déposé sur un compte numéroté dans une banque, à Zurich. Je veux que cet argent soit utilisé pour le bien du Proche-Orient, pas pour tuer et détruire. Je suis seul à connaître le numéro de ce compte et le nom de la banque qui le détient, la Banque Internationale de Zurich. Tu connaîtras le numéro de mon compte si tu penses à mon jouet favori quand j'étais enfant. Le nom de ce jouet forme le numéro. Je veux que toi et Philip alliez à Zurich le jour où vous recevrez cette lettre. Sortez l'argent de la Banque Internationale de Zurich et déposez-le dans une autre banque suisse, sur un autre compte numéroté. Inventez votre propre numéro.

Je veux que toi et Philip utilisiez cet argent pour aider les enfants du Proche-Orient, pour aider à soulager leurs souffrances. Et il doit être utilisé pour tous les enfants, quelles que soient leur race, leur confession ou leur couleur.

Je sais que tu ne pourras jamais me pardonner, maman, mais j'espère qu'un jour tu pourras penser à moi avec un peu d'indulgence. Je t'ai toujours aimée.

Charles

Nicky leva les yeux et regarda Anne.

— Est-ce que Clee peut la lire ?

— Naturellement. J'aimerais qu'il la lise.

Clee s'exécuta, puis il rendit la lettre à Nicky.

— Vous êtes-vous souvenue de son jouet préféré, Anne ? finit-il par demander après un long silence.

— Bien sûr. C'était son cheval à bascule. Il est toujours à l'étage, dans la nursery. Charles appelait son cheval Foxy. En retrouvant le rang de chaque lettre dans l'alphabet, on obtient le numéro 6152425.

— Êtes-vous allés à Zurich ? demanda Nicky.

— Oh, oui, le jour même. J'ai immédiatement gagné Londres en voiture et Philip et moi avons pris l'avion de l'après-midi. Le vendredi matin, nous étions à la banque.

— Le numéro était-il exact ? demanda Nicky.

— Oui, dit Anne.

— Nous avons retiré l'argent du compte, expliqua Philip. Le caissier nous a remis un chèque de trois cents millions de dollars et nous sommes allés dans une autre banque, où nous avons ouvert un compte et déposé le chèque. Nous voulons créer une fondation et nous prévoyons de construire des hôpitaux, des cantines et des écoles pour les enfants du Proche-Orient, comme Charles le voulait. Oui, vous pouvez être sûrs que ce sera fait !

Nicky se tourna vers Anne.

— C'était un acte de rédemption de la part de Charles, n'est-ce pas ?

— En effet, Nicky.

— Pourrez-vous lui pardonner ?

— Je le crois... peut-être... avec le temps.

*

* *

Plus tard, après le thé, Nicky et Clee montèrent dans la chambre lavande et gris où ils avaient passé la nuit.

Pendant qu'elle rangeait les quelques vêtements qu'elle avait apportés, Nicky dit à Clee :

— Merci de t'être joint à moi. Tu as été merveilleux.

— Alors, finalement, tu es contente d'être venue, n'est-ce pas, Nicky ?

Elle ferma son sac et, le soulevant du lit, alla le poser près de la porte.

— Oui, je suis contente. Et je te suis reconnaissante de m'y avoir encouragée. J'ai failli craquer à la dernière minute.

Il se leva de son fauteuil et posa les mains sur ses épaules.

— Nicky Wells ! Craquer ? Jamais !

— Mais si, insista-t-elle en souriant. Tu m'as donné le courage d'affronter Anne, de lui dire que Charles était mort.

— Tu le lui devais bien, Nicky, étant donné les relations que vous avez, à quel point elle a compté, et compte toujours, pour toi, et le genre de femme qu'elle est : une femme merveilleuse... Dieu sait si nous arriverons jamais en Provence à ce rythme-là! s'exclama-t-il soudain. Il y a toujours quelque chose qui nous en empêche : les problèmes du bureau, l'arrivée de Yoyo, et maintenant tout ça !

— Oh, ne t'en fais pas pour la Provence, nous avons toute la vie pour aller au mas.

Elle le regardait dans les yeux, et il sourit.

— Est-ce que ça veut dire que tu réponds... oui ?

— Oui. C'est oui.

Il la serra sur son cœur, puis la tint à bout de bras, le sourire plus large encore, et s'exclama :

— Mais si tu m'épouses, tu vas vivre à Paris ! Et ta grande carrière à la télévision américaine ?

Elle rit et haussa légèrement les épaules.

— Je vais laisser Arch régler ce problème. Il trouvera bien le moyen de tout arranger.

Clee se pencha et l'embrassa.

— Je promets d'être le meilleur des maris.

— C'est beaucoup de la part d'un célibataire endurci comme toi.

— Non, je ne le suis plus. Allons, viens !

En bas, Anne et Philip les attendaient dans la petite entrée.

— Le taxi vient d'arriver, dit Anne, mais vous avez tout le temps pour Heathrow, alors ne vous en faites pas, vous ne raterez pas l'avion.

— Merci pour tout, Anne, dit Nicky en l'embrassant avant de murmurer dans ses cheveux : Je vais épouser Clee.

Anne s'écarta doucement d'elle et la regarda de ses yeux bleus, si semblables à ceux de Nicky, et qui s'emplirent de larmes. Elle sourit et dit :

— Je suis heureuse pour toi, Nicky chérie. Et c'est moi qui devrais te remercier d'être une si bonne amie...

— Je n'ai pas pu éviter d'entendre ce que tu viens de dire, Nicky, intervint Philip. Mes félicitations à tous les deux.

Il serra la main de Clee et ouvrit ses bras à Nicky.

— Merci de nous aimer assez, dit-il, pour être venue tout nous dire, Nicky.

— C'était la seule chose à faire.

Tous quatre sortirent et se dirent au revoir. Nicky et Clee montèrent dans la voiture. Le chauffeur démarra et ils s'engagèrent lentement sur l'allée de gravier, vers les énormes portes du parc. Avant le premier virage, Nicky se retourna. Anne et Philip, toujours sur le perron, leur faisaient des signes d'adieu de la main et, derrière eux, le soleil couchant illuminait le manoir de Pullenbrook. La première fois que je suis venue ici, se dit Nicky, je suis tombée amoureuse d'une homme fascinant, d'une femme extraordinaire et d'une maison splendide, où j'aurais pu être un jour chez moi. J'ai cru que j'allais passer ma vie ici avec eux. Mais les choses ne devaient pas se dérouler ainsi, et je ne reviendrai probablement jamais. Pourtant, je laisse ici un peu de mon cœur, et jamais je n'oublierai.

REMERCIEMENTS

Je remercie chaleureusement mon amie Barbara Victor, à Paris, qui a mis ses recherches à ma disposition et m'a généreusement prodigué son temps.

TABLE

Cet ouvrage a été réalisé par la
SOCIÉTÉ NOUVELLE FIRMIN-DIDOT
Mesnil-sur-l'Estrée
pour le compte des Éditions Belfond
en novembre 1992

Imprimé en France
Dépôt légal : septembre 1992
N° d'édition : 2908 - N° d'impression : 22235